Madonna Capadócia

William Fernandez

Madonna Capadócia

PandorgA
2015

Direção Editorial
Silvia Vasconcelos
Assistente Editorial
Thaluana Meira
Preparação
Priscila Gorzoni
Revisão
Pamela Berton
Diagramação
Vanúcia Santos (AS Edições)
Capa
Marco Mancen

Texto de acordo com as normas do Novo Acordo Ortográfico da Língua Portuguesa (Decreto Legislativo nº 54, de 1995)

Dados Internacionais de Catalogação na Publicação (CIP)
Ficha elaborada por: Tereza Cristina Barros - CRB-8/7410

Fernandez, William
Madonna Capadócia / William Fernandez São Paulo: PandorgA, 2015.

ISBN 978-85-8442-064-3

1. Romance brasileiro I. Título

16.04/009-2015 CDD-869.93

Índices para catálogo sistemático:
1. Romances : Literatura brasileira 869.93

2015
IMPRESSO NO BRASIL
PRINTED IN BRAZIL
DIREITOS CEDIDOS PARA ESTA EDIÇÃO À
EDITORA PANDORGA
AVENIDA SÃO CAMILO, 899
CEP 06709-150 – GRANJA VIANA – COTIA – SP
Tel. (11) 4612-6404
www.editorapandorga.com.br

Impressão e acabamento: Yangraf Gráfica e Editora

Aos meus pais pela compreensão.

Apresentação

Era o fim da primaveira em Luhansk, na Ucrânia. Por isso, Sasha, Shura, Magnus e Aleksei agora se encontravam toda tarde aos fins de semana num celeiro abandonado. Porém, naquela primaveira de mil novecentos e trinta e dois, um encontro mudaria a rotina daqueles amigos, pois Mileva Nadédge, filha de aristocratas alemães que tinham terras na Ucrânia, ela tinha acabado de chegar a Luhanks.

Sasha, a única menina da turma, viu nela uma oportunidade para dar mais uma voz feminina ao grupo. Levou a nova amiga ao encontro no celeiro e, lá, Magnus e Mileva iriam se encontrar pela primeira vez, naquele que era apenas o começo da grande odisseia de suas vidas.

Naquela primavera, tudo parecia excitante e novo para a emergente turma e eles fariam planos, sem imaginar o que realmente acontecia naquela Europa dos anos trinta.

De um lado, era o início da ascensão de Hitler e o começo do fim da paz no continente. De outro, Stalin confiscava alimentos dos camponeses ucranianos, condenando milhões à morte. Nem mesmo a simpática turma escaparia da fúria dos ditadores que varreu a Europa naquela década. Cada um iria se salvar à sua maneira, cada um com seu próprio sonho, cada um com sua própria verdade.

Eu conheço meu destino, um dia meu nome será associado à lembrança de algo tremendo, uma crise como jamais houve na terra, a mais profunda colisão de consciências, conjurado contra tudo que até então foi acreditado, exigido, santificado.

Friedrich W. Nietzshe.

Alemanha, Berlim,

4 DE ABRIL DE 1932.

UNIDAS NAS RUAS CENTRAIS DE BERLIM, cem mil pessoas gritam como um mantra.

– Heil Hitler! Heil Hitler!

Inclinando o corpo para frente, a pequena Mileva Volkova está ao lado de seu pai, em absoluto estado hipnótico. Extasiada, da sacada de sua casa, ela sente as palavras de Hitler rasgarem seu peito como um trovão, deixando-a em uma letargia invencível. Eles são apenas uma típica família social-democrata. Mas as palavras do futuro Führer alemão desabam com força sobre toda aquela Alemanha de esfomeados.

"Nós lutamos e batalhamos pela eternidade, porque acreditamos na grande Alemanha, agora é o momento, acordem do seu sono e caminhem adiante! Não queremos que esta nação seja fraca e vocês precisam se endurecer enquanto são jovens! Vocês precisam aprender a aceitar privações e nunca esmorecer!"

– Heil Hitler! Heil Hitler! Heil Hitler! – grita a multidão de braços estendidos.

Hitler continuou:

"Não importa o que criemos e o que façamos, nós passaremos, mas em vocês a Alemanha viverá! E quando não restar mais nada de nós, vocês levantarão o pavilhão que há algum tempo nós levantamos do nada!"

Logo abaixo da sacada, dois homens conversam, um comerciante de bicicletas e um advogado desempregado, eles escutam com certo distanciamento todo o frenesi da multidão.

– Então? Ainda social-democrata ou vem para o nosso lado? – indagou o comerciante.

O advogado hesitou, pois um flash lhe veio à cabeça: suas aulas de direito, e o seu encanto pela nova ideia de um Estado democrático e republicano.

Ele gostava de posar de democrata na faculdade, defensor da liberdade partidária, então colocou a mão dentro de seu velho colete, sua única vestimenta decente para conseguir um emprego. Colocou, mas logo a retirou, notando o quanto estava sujo, velho e rasgado. Por um instante, sentiu vergonha e um misto de revolta. A Alemanha era um país livre politicamente, então porque ele e tantos outros se vestiam como maltrapilhos?

– O amigo Hindenburg cairá, é preciso fazer uma escolha: ou está conosco ou com os decadentes sociais democratas. E então, o que decide?

– Decadência, mais decadência é impossível! Eu acho que... – respondeu assustado.

Antes de qualquer resposta um velho mendigo doido, a quem todos os transeuntes daquela rua conheciam, vinha com o rosto pálido como um zumbi, como se estivesse em estado de choque. Ele repetia a todo instante a mesma frase, enquanto erguia uma mão para o céu, deixando a outra espalmada embaixo do queixo, onde as lágrimas gotejavam.

– Esse é o nosso homem, esse é o nosso homem, esse é o nosso homem. – repetia o mendigo.

O advogado olhou atônito aquela cena: "eu nunca o vi falando desta forma em toda minha vida".

Nesse instante, a platéia reverberou uma saudação tão intensa que todo o chão tremeu. De repente, parecia que tudo conspirava para Hitler e ele teve apenas o tempo de virar para seu interlocutor.

– E então o que me diz? – indagou novamente o comerciante.

– Para o inferno! Este é o nosso homem. Heil Hitler!

Ucrânia, primavera de 1932.

– Ah, não seja medroso! – montando em seu belo alazão, Magnus bradava alto, zombando do amigo.

– Desse jeito você vai matar esse cavalo. O que me estranha é que boa parte da tua loucura passou para o pobre animal – Aleksei respondia, enquanto Magnus empinava as patas dianteira do cavalo.

– Ah! Isso sim é divertido. – disse Magnus, enquanto tomava distância para pular uma pequena mureta – diga o que disser, não há cavalo como Asset! Isto é viver, não aquelas aulas de álgebra que nos ensinam.

Bem acostumado com as piruetas do amigo, Aleksei o deixou para trás, ao passo que gritava:

– Vamos, teimoso, Shura e Sasha estão esperando.

Debaixo de um de um imponente carvalho, no meio de um verde campo de centeio, o pensativo Shura estava sentado no colo de sua mãe, enquanto observava a aproximação de seus amigos. Ao longe, via seus dois companheiros trotando e, de certo, aquela cena dava ares à imaginação. Refletia sobre seu papel naquele trio de amigos, sim, pois, cada um era diferente, Magnus era bonito, audacioso e falante, Aleksei responsável e trabalhador: dois opostos e só se davam bem quando estavam sozinhos.

Assim que estacaram perto de Shura, ao passo que apeavam de seus cavalos, Magnus e Aleksei perguntavam por Sasha. Shura deu de ombros

– Crianças tenham calma. – interveio a mãe de Shura, logo que percebeu a impaciência dos meninos.

– Sasha deve estar vindo, apenas se atrasou... Tomem, aqui tem uma garrafa de leite e pão de centeio. Dividam tudo, de cada pão façam cinco pedaços. Eu já coloquei cinco copos para o leite.

– Terminou apontando para o cesto que estava a seu lado.

– Como assim, cinco copos? – perguntaram atônitos, sem nada entender.

Irina Ziuganov, a mãe de Shura, calmamente ajeitava suas tranças negras e, com seu semblante monástico, voltava o olhar para o leste, sabia que os Volkova estavam de volta. Depois de muito tempo, tinham vindo passar o verão em sua grande fazenda. Eles tinham uma filha na mesma faixa de idade de Shura e os outros. Sasha morava muito próximo à fazenda, então, pensando com seus botões, ela logo chegou à conclusão que poderia haver uma nova amiguinha para todos.

"Ah! mas, talvez eu esteja sendo apenas tola, os Volkova moram em Berlim, são muito ricos para deixarem sua filha saracotear com filhos de camponeses ucranianos".

Irina olhava para aqueles meninos, cada um tinha apenas quatorze anos, e que futuro o destino lhes reservava? Filhos de camponeses, quando muito, se mantinham bem com a lavoura dos pais "ah, quem sabe um golpe do destino os projeta como homens de sucesso, a quem toda a Ucrânia se orgulharia, homens de honra, ah, quem sabe... Senhor, meu Senhor. Olhe por nós."

De repente, um galope foi ouvido às costas da camponesa, os garotos se agitaram, pensaram que era Sasha, mas era apenas Dmitri Ziuganov, o pai de Shura, que vinha buscar sua esposa. Um homem corpulento, de ralos cabelos loiros e olhos esbugalhados. Em absolutamente nada, Shura se parecia com ele.

– Boa tarde, garotos! – a saudação foi realizada ainda em cima do cavalo – Meninos, passei por Sasha no caminho e tenho de dizer, está se tornando uma bela rapariga não acham? – os garotos se entreolharam corados.

– Ah meninos! Não sejam moles. Shura ouvi falar que estão namorando – terminou o velhote, cutucando o filho.

Shura encolheu os ombros, juntou as mãos nervoso e, comovido de timidez, apontou para Magnus. O franzino ruivinho enfiou a cara dentro da camisa de vergonha e apontou para Aleksei e este, sem ter para quem apontar, enfiou um grande pedaço de pão na boca para não responder.

O pai de Shura gargalhava alto, enquanto dava o braço para a sua senhora, já montada na garupa. Ela ainda lhes deu uma última advertência:

– Cuidado, não saiam do celeiro, nada de correria, ouviu, seu Magnus? E na hora que o trem apitar voltem para casa. Não se esqueçam...

Sem muita paciência para esperar mais delongas, o homem esporeou o cavalo e este sacudiu uma densa poeira no campo.

À medida que a poeira se dispersava ao oeste, os meninos identificaram o vulto de uma cavalgada tomando forma no horizonte; era Sasha Ladin Lamantieva vindo do leste, pelo mesma estradinha aonde Magnus e Aleksei tinham chegado. Pode-se dizer, como senhor Ziuganov tinha dito que eles estavam espalhando a sua própria lenda. A garota revelava tal estado de graciosidade no momento em que levantara um pouco o pescoço para melhor olhar seus amigos, na toada em que o vento debulhava um caracol de seus cabelos castanho claro, fazendo-o descer rente à testa, quase que contornando o rosto de formas suavemente redondas e marcantes.

– Não acreditarão na notícia que eu trago – gritou, ainda um pouco distante do alcance de seus amigos

– Hoje, entre nós, no nosso famosíssimo encontro, haverá um novo integrante... – nesse instante os pequenos abriram a boca, compreendendo a razão dos cinco copos. – Aliás, equivoco-me, quero dizer uma nova integrante – disse sorrindo para continuar – É a filha dos Volkova, eu a vi hoje quando chegava de Luhansk e a convidei para brincar conosco. Ela aceitou, por isso, hoje teremos novidades.

De imediato, eclodiram alguns protestos, ora, Sasha era amiga de todos, mas não podia tomar uma decisão assim sem antes consultar os outros. As reuniões no celeiro abandonado eram de altíssimo planejamento estratégico para suas vidas, por isso, argumentavam preocupados, caso a menina tivesse, digamos, hábitos não tão apreciados.

Na verdade, os garotos estavam preocupados que a menina fosse uma daquelas metidinhas, que adorava mandar que tomassem banho, penteassem o cabelo, falando de roupas da moda...

Manifestações dramáticas à parte é de se destacar, que aquilo já tinha se tornado sagrado para eles. Todos os sábados, por volta da quatro da tarde, encontravam-se no celeiro da antiga fazenda abandonada do Sr. Basilev e lá faziam todas as brincadeiras possíveis para crianças. Conversavam sobre a teimosia dos adultos, as novidades das lojas de departamentos, principalmente os tipos de chocolates ou de salsichas novas, bonecos em miniatura que se vendiam em Luhansk. Costumavam brincar de esconder e depois elegiam aquele que mais procurou. Zombavam dos estudos com o curador da paróquia, além, é óbvio, de suas calças estranhas.

De tudo um pouco de suas vidas eles levavam para o celeiro abandonado e lá desgraças e glórias caiam ora no riso, ora em brigas puramente tolas.

– Mas ela é alemã! Acaso fala russo? – indagou Aleksei, no espaço de tempo entre os últimos arranjos para a partida e o galope rumo ao celeiro.

– Sim, tem um pouco de sotaque é verdade, mas de resto sua fala é muito boa, além do que, seu pai é russo, e bem... Acho que eles vão por outra estrada, portanto, cavalos a postos, ela virá depois – terminou Sasha.

Logo em seguida explicou, já em meio à cavalgada, que o pai de Mileva Volkova conhecia o antigo proprietário da fazenda e logo que ela fizera a menção, ele exclamou: "A antiga fazenda do Sr. Basilev? Ah! Passei minha infância lá, morreu viúvo e sem filhos, eu bem sei, mas ai de mim poder revelar um último sorriso seu, vendo tantas crianças acalentar um pouco sua solidão". Sabedor, com refinada perfeição de detalhes de onde ficava e enlevado de um refrescante entusiasmo, falou sorrindo que ele, em pessoa, levaria Mileva ao celeiro.

– Sasha o que devemos fazer quando ela vier nos cumprimentar? – somente depois de vinte minutos à cavalo, Magnus tomou coragem para perguntar, posto que já chegavam perto de parar os animais e pular a cerca que dava para a velha fazenda.

– Não se preocupe, faça como Shura. – replicou ela, consciente que Shura já era mais desenvolto no trato social.

Eles logo se embrenharam na capineira de meio palmo, a propriedade não era grande, devia ter cerca de seis hectares, possuía uma casa velha, fedida e caindo aos pedaços e, por isso mesmo, sem graça, afora um curral em ruínas e um moinho de vento com uma hélice quebrada. Interessante mesmo era o celeiro, lá havia caveiras de bois, arreios, botas, saiotes, chapéus e, por incrível que pareça, muito, muito feno, o que era motivo de segredo bem guardado entre as crianças. Não era à toa, apenas algumas ovelhas errantes gozavam um pouco da propriedade, nada nem ninguém pareciam ter a remota lembrança da existência daquela fazendinha.

– Mileva! Vamos, suba logo – gritou o senhor Volkova, de cima da carruagem, ao notar que sua filha ainda estava no salão de sua casa, diante do espelho, ajeitando o vestido com as mãos.

– Querida, não quer deixar seus amigos esperando, quer?

Com as mãos para o alto, Mileva deu um salto para frente, como se estivesse desvencilhada de todo e qualquer obstáculo.

– Paizinho, já estou indo. Oh, Anastásia estou bem assim, pode deixar – disse, enquanto a governanta lhe amarrava um lacinho no pescoço.

– Paizinho, Sasha me espera com seus amigos, e eu não posso chegar descabelada. – disse, por fim, já se aproximando da carruagem.

– Ah ,espere! Senhor, não podemos partir ainda! – gritou de súbito, quando já estava na carruagem.

– Paizinho, meus doces, me deixe ir buscar... Por favor, por favor, por favor, por favor. Diga que sim.

A contragosto, o senhor Volkova consentiu, não sem antes uma pequena resistência, coisa de praxe, para que sua permissão viesse abençoada por beijos estalados da filha. Mileva, foi como sempre, mas, desta vez, sorriu e disse que seria rápida, pois o dia estava claro, bonito, como nunca o vira. Portanto, não queria perder mais nenhum minuto sequer, estava ansiosíssima para conhecer os amigos de Sasha.

Como era costume, a garota ainda zanzou um pouco antes de subir, seu pai já estava conformado, contudo o senhor Volkova parecia ainda mais benevolente do que o normal com sua pequena. Não porque fosse visitar a antiga fazenda, onde tinha passado boa parte de sua infância, ou gostasse de mimar a filha (atividade da qual acusava a esposa), mas porque aquela era, realmente, sua filha espevitada e folgazeira, uma menina, que, a seus olhos, crescia sem se deixar um pouco infantil, que adorava ler, no entanto, nunca tardava muito para fazer sucumbir o silêncio da casa. Nas tardes de domingo, logo se ouviam risos efusivos da cozinha, era ela pregando sustos e aprontando brincadeiras com os empregados.

As visitas que iam a sua casa costumavam espalhar por toda Berlim que os Volkova tinham uma filha simpática e que, muito provavelmente, ela se casaria com um de seus rapagões, pois era até difícil acreditar que toda sua atenção fosse tão despretensiosa.

– Pronto, paizinho, agora sim! Podemos ir. Eu juro, ponho mesmo meus doces no fogo, veja, veja – e pôs-se a puxar um isqueiro do bolso do pai para lhe demonstrar, coisa que ele disse ser desnecessário.

– Que bom que retomou o ânimo, eu te achei tão triste desde a nossa chegada – disse o senhor Volkova, logo que a viagem engrenou.

Mileva fez um sinal afirmativo, disse que sentia saudades dos amigos e que a vida ali na Ucrânia parecia, por demais, enfadonha.

A carruagem seguiu por uma estradinha aberta no meio de um campo recém-colhido de milho, o sol transpassava a cortina da janelinha, pela qual Mileva olhava atentamente o horizonte, lá, ao longe, alguns camponeses aravam a terra com um carro de bois, algumas crianças brincavam, apenas três meninos, talvez filhos daqueles camponeses, meninos como quaisquer outros que, ao avistarem a carruagem, puseram-se a correr ao lado em uma tentativa de acompanhá-la. Mileva abriu totalmente a cortina, puxou alguns doces dos bolsos e, abrindo rapidamente a portilha os atirou. Os três garotos tropeçaram uns nos outros e caíram sobre os doces, como urubus sobre a carniça. Mileva olhou novamente, porém a poeira já os cobria. Ela voltou para o assento e seu sorriso se desfez quando percebeu que aquelas crianças estavam famintas, ou que talvez não tivessem a oportunidade de comer muitos doces. Por um momento, ficou reflexiva.

A carruagem seguiu e ela não tentou olhar outra vez pela portinhola, sabia que haveria outras crianças e camponeses. Talvez o mundo todo tivesse suas crianças e seus camponeses.

– Pelo que vejo, algo te aflige, não? – indagou, em russo, o senhor Volkova, vendo uma ligeira umidade nos olhos azuis de sua filha.

Mileva lentamente escorou a mão embaixo do queixo, olhou para fora da carruagem e soltou um suspiro, como se nada nem ninguém no mundo pudesse compreender o que sentia.

– Paizinho, paizinho, vistes a última visita que fizemos ao nosso capataz. Quanta pobreza! – exprimiu-se, de início, em alemão. – Roupas surradas, casa cheia de rachaduras e ninguém, absolutamente ninguém, sabia ler uma carta que eu tinha enviado em bom e claro russo... E ainda assim, mesmo toda esta pobreza não os impediu de dar a nós seus lugares na mesa, ficando eles em pé, pois não tinham mais de três cadeiras em casa. – terminou em russo.

– Sim, minha querida. Eu vi e fiquei muito satisfeito por teres dado tantas bonecas à filha do capataz. No entanto, quero sua sabedoria para entender que não se pode abraçar todos os problemas do mundo. Temos de trabalhar para a família, e, à medida que vamos ganhando, poderemos compartilhar.

Mileva balançou a cabeça afirmativamente, consciente que ainda não tinha nada de muito grande para compartilhar. Poderia ao menos compartilhar um pouco da dor inerente, a qual aquelas pessoas já pareciam estar anestesiadas pelo tempo. Talvez o tempo tratasse de anestesiá-la também.

– A fazenda do Sr. Basilev, veja, Mileva! ...Mileva, está ouvindo? – a pequena ainda parecia tomada por algumas reflexões.

– Querida, eu sei que sente saudades de casa, sua mãe ainda vai demorar, mas tente aproveitar um pouco a estadia. É apenas enquanto durar o verão, logo voltaremos e você sabe que este é um bom momento para descansar para as futuras decisões que a mocinha há de tomar.

Seu pai referia-se ao momento pelo qual a vida de Mileva transitava, dos folguedos de criança às escolhas de uma moça da aristocracia alemã. Nadédge, como a maioria de suas amiguinhas alemãs chamava-a, ainda parecia satisfeita em apenas ler romances, ninguém poderia negar que ela pertencia àqueles espíritos sonhadores que planavam na fantasia, ao passo que se arrastavam desesperados a qualquer menção matemática, por isso mesmo tinha uma inteligência e bom senso bem mais desenvolvidos que a maioria das amigas com as quais convivia.

Ela sabia que, talvez, Sasha não tivesse tanto estudo, nem seus amigos, no entanto, imaginava que aquele encontro seria como muitos que se davam entre famílias da aristocracia alemã: muita conveniência social e pouco tato.

De fato, aqueles encontros que seus pais organizavam eram, para Mileva, um suplício indizível. O único remédio para aquele tédio colossal era fazer-se de desentendida, pois sempre havia um rapagote da sua idade. Por isso, no meio do caminho, seu pai mencionava os mesmos nomes várias vezes.

– Lembras do filho de Heckman? Quanta erudição... Ah, e o que dizer do rapazinho da família Huberman, que rosto angelical e que senso de humor! A propósito, a família Klotz também deseja conhecer-nos e dizem que seu filho é um prodígio da música. O novo Richard Wagner da Alemanha.

Finalmente, depois de uma hora de viagem, a carruagem parou. O senhor Volkova logo desceu e adentrou a cancela sem pedir licença. Mileva ia logo atrás, tentando apertar o lacinho rosa de seus sapatos e prender seus loiros cabelos que a todo momento caíam sobre sua testa.

"Talvez um novo corte de cabelo seja preciso". – pensou. Vendo o pai, como que enfeitiçado, embrenhar-se para a antiga casa, Mileva logo avistou o celeiro. Sasha estava do lado de fora, acenando entusiasticamente para que viesse.

Mileva chegou lentamente, pois pisava um pouco no vestido. Ohou para Sasha e caminhou para beijar-lhe a face.

– Mais uma vez. Mileva Nadédge.

– Sasha Lamantieva – disse sua nova amiga rindo – Venha. Eu lhe disse que tinha amigos e vou lhe apresentar.

Mileva olhou pela fresta da porta do celeiro e só viu um garoto de cabelos castanhos partidos ao meio.

– Mas só vejo um menino? – indagou.

Sasha sorriu e lhe explicou que Shura era mais articulado do que os outros dois, por isso, os dois melindrados veriam primeiro como Shura faria, para depois irem. Mileva sorriu e notou como ali estavam apenas crianças, as quais ainda nem sequer pensavam em casamento, dinheiro ou erudição. Olhou ao redor e viu que o feno estava todo pisado e fundo.

"Estavam pulando sobre o feno, eles apenas veem aqui para brincar, nada mais", deduziu.

Tomadas as primeiras impressões, Mileva caminhou até Shura, que rapidamente se levantou, bateu um pouco a poeira das calças e lhe estendeu a mão, achando que seria assim o cumprimento inicial. Contudo, ele não estava preparado para um cumprimento feminino, por isso, ficou paralisado de terror quando notou que Mileva se esgueirou em sua direção para beijar cada uma de suas faces. Notando a falta de costume, a pequena alemã fez todo o movimento sozinha, ao passo que Shura sorria com o corpo inerte.

– Meu nome é Andrii Shura. Muito prazer!

– Mileva Nadédge. Muito prazer, Shura... Quando estávamos em Luhansk, Sasha me disse que você sabia fazer doce de leite. Eu adoro doce de leite. – terminou rindo.

Shura assentiu e mostrou um pequeno pote que tinha.

Escondidos atrás do monte de feno, presenciando tudo o que se passava por um buraco, Magnus e Aleksei assistiam o tal cumprimento com um verdadeiro pavor.

– E se ela quiser nos beijar também? Depois disso virá o banho, tenho certeza! – diziam um para o outro.

– Vamos seus bobalhões – bradou Sasha, chegando atrás do monte de feno.

Os dois batiam o pé e não queriam ir, não sabiam bem como fazer, Shura já havia participado de encontros com outras garotas, era mais sociável e engraçado. Eles estavam no seu papel e aceitariam cumprimentar Mileva de longe, não havia necessidade de grude.

– Quanta falta de educação! – disse Shura, chegando, abruptamente por trás deles. – Vocês irão, ou Sasha e eu iremos arrastá-los, o que preferem?

Completamente acuados, os dois meninos aceitaram.

Enquanto atrás do feno acertavam-se os detalhes para o encontro, Mileva estava sozinha na entrada do celeiro com uma vontade quase irresistível de rir, "como são tímidos", pensava. Ademais aquilo era completamente diferente dos encontros na Alemanha: ninguém estava tentando impressioná-la, os garotos, em vez de bajularem-na, tinham medo dela e, de certo, um medo repulsivo.

Deixando os cabelos caírem sobre a face, ela tentava disfarçar seu riso, porém não se dava conta de que estava encantada com aquela forma de ser tão espontânea e completamente livre de afetações.

Passados alguns minutos, Sasha retornou, explicando para Mileva que Magnus e Aleksei exigiam duas coisas para se apresentarem: primeiro sem beijo; segundo, no trajeto em que caminhariam um para o outro, estariam de costas e nenhum dos dois olharia para trás. Sasha guiaria Mileva e Shura os outros dois. Quando as costas encostassem uma na outra deveriam dizer seus nomes, virar, apertar as mãos e ponto.

– Eu aceito! – disse prontamente a garota, para desespero do outro lado do feno.

Sasha pediu que Mileva ficasse de costas, tudo já ia começar. Desta maneira, ela veio caminhando de costas, sendo guiada pela amiga. Do outro lado, Shura trazia Aleksei. Ele era o primeiro porque tinha se vendido por balinhas de morango, aliás, para ser mais exato, pela promessa delas.

Em alguns segundos, Aleksei, encostou as costas em Mileva.

– Meu nome é Gavril Aleksei Iliarovitch. Prazer!

– Meu Nome é Mileva Nadédge e... Shura me disse que você sabe tocar violino.

Aleksei confirmou, mostrando o violino que tinha trazido de casa. Feitas as apresentações iniciais, logo ele e a menina ficaram de frente, e, tão logo viu seu rosto, não resistiu, quis questionar:

– Você come muito morango?

– Não – ela respondeu.

– E de cenouras, gosta?

– Também não. – respondeu mais uma vez, fazendo uma cara de não estar entendendo bem a razão daquelas perguntas.

– É porque seu rosto é um pouco rosa, daí pensei que poderia ser como Magnus. Quando ele era pequeno, comeu tanta cenoura que seu cabelo ficou daquele jeito – então discretamente colocou a mão do lado da boca para sussurrar – da cor de uma cenoura.

Todos caíram no riso, enquanto o feno se mexia violentamente. Mileva tomou o comentário como fruto da mistura de uma prolongada caminhada com a brancura pálida de sua origem germânica.

– Você vai me beijar? – indagou, por fim, Aleksei.

– Acho que não há necessidade, seu rosto poderia ficar rosa – disse ela, sorrindo para o rosto risonho e curioso de Aleksei.

Nesse momento, Sasha fez um sinal para Shura ir buscar Magnus.

Quando Shura pegou no braço do ruivinho, notou que o pobre tremia como uma vara verde.

– Magnus! Tenha calma.

– Mas, Shura! Eu nunca conheci uma garota, dessa forma. – disse ele, nos primeiros passos de costas.

– E Sasha?

– Ela não vale, ela é menina de teimosa. Devia ser menino... Além do que, cresceu conosco.

Do outro lado, Sasha conduzia Mileva com uma saliente excitação. Mileva devolveu-lhe um olhar intrigado.

– Magnus é diferente dos demais – Sasha começou. – Não há como explicar, ele não é tão tímido quanto Aleksei, nem tão articulado quanto Shura... Ah, como posso dizer isso... Espero que não fique ofendida, só digo por dizer, mas muitas meninas do povoado admiram Magnus.

Mileva soltou um sorriso tranquilo, sabia que a amiga estava tentando ser cuidadosa para não lhe faltar com respeito. Contudo, lá no fundo, ela via nos olhos de Sasha a mesma esperança e entusiasmo que seus pais tinham de vê-la se encantar com um menino de alguma família alemã de renome.

"Já estive em tanto jantares, sentada em cadeiras cuidadosamente colocadas de frente paras garotos tão enfeitados. Ela nem imagina que fui apresentada a tantos bons rapazes, e isto não é mesmo uma pena? Acho que vou desapontar Sasha".

Os dois caminhavam lentamente de costas. Ele já estava a dois passos de sua nova amiga quando notou que Shura e Sasha os tinham deixado. Nesse momento, Mileva deu um passo para trás, com uma passada acautelada. Magnus deu outro e suas costas finalmente se encontraram.

De repente, na junção de seus corpos algo flamejou dentro deles. Mileva olhou para cima e notou que, por uma fresta de telha, perpassava um filete de luz que atingia em cheio seu peito. Quando ela sentiu com que força batia o coração de Magnus, arrebatou-lhe subitamente um êxtase, ao notar que seu coração começava a bater na mesma velocidade "o coração dele parece tão cheio de ternura, ainda que um pouco nervoso".

Magnus deu um longo suspiro e colocou a mão sobre o peito como que para acalmar seu coração, mesmo de costas, Mileva percebeu o gesto e o imitou. Aos poucos, o feixe luminoso desvanecia e os corações iam silenciando serenamente, envoltos no abraço de suas mãos. Passaram-se alguns segundos, e assim aplainou uma leve brisa porta à dentro do celeiro, cativando-lhes os olhos de tal fascínio, como se por todo o ar reluzissem grandes correntes de veneração que os embriagava em um balanço irresistível.

Já estavam ali calados há alguns segundos, até que Mileva olhou para Sasha e voltou a si.

– Meu nome é Mileva Nadédge Volkova.

Magnus ouviu, ainda de costas, mexeu umas pedras com o pé, até tomar coragem.

– Meu nome é Magnus Rossel Pavlovitch – disse, por fim, fazendo com que os dois ficassem de frente.

Com o casalzinho de frente, Shura, Aleksei e Sasha se dirigiram para o fundo do celeiro para procurar suas bugigangas preferidas.

Face a face, permaneceram mais alguns instantes em silêncio, tendo porque, antes de Mileva puxar assunto, ela aguardava que Magnus lhe estendesse a mão. Pelo menos, tinha sido assim com os outros dois e, talvez, fosse apenas uma questão de esperar. No entanto, há muito ela poderia esperar, pois ele estava constrangido para lhe estender a mão, achando-as demasiadamente sujas para tocar aquele ser tão angelical que quase lhe arrebatou o coração.

Notando a falta de articulação, Mileva tomou a iniciativa mas, para seu desapontamento deixou estendido o braço por alguns segundos sem obter resposta. "Talvez ele não tenha tido uma boa impressão".

– Não vai apertar minha mão? – indagou, um pouco constrangida.

De cabeça baixa e com as mãos para trás, Magnus lhe fitou com um sorriso, revelando vagarosamente uma das mãos espalmadas para cima.

– Minhas mãos estão sujas... Eu acho.

Mileva nem se deu o trabalho de olhar a mão, ora, com certeza eram as mãos sujas que simbolizavam a peraltice e fogosidade própria de seu tempo, em que sujar-se era sinal de vitalidade e alegria, sentimentos que não se questionam ou mesmo tenta-se compreender.

Tomada de leve digressão, Mileva recobrou o olhar e o trouxe para fitar Magnus diretamente. Pensava em si, na sua vida de preparação para o mundo, não seria o seu luxo constrangedor? Assim, colocou a mão na barra de seu vestido de renda, perguntando-se se, por acaso, sua vestimenta estaria ostensiva demais para aquele menino de calças surradas, ou se seria o sobrenome de sua família um peso, porém nem ela, nem Magnus, nem ninguém conseguiria compreender que, naquela troca de olhares, havia uma espécie de comoção reprimida.

Não se tratava, porém, de riqueza ou pobreza, timidez ou desenvoltura, havia naquela primeira troca de olhares ali um subentendimento absolutamente inexplicável para ambos. Os gestos, o brilho nos olhos, o sorriso, tudo de um era prontamente reconhecido pelo outro. Contudo não sabiam como, de repente, suas mentes balbuciavam pensamentos desconexos, estavam discernimento. Por um instante, a vida escorregou de seus corpos, errando num eterno devaneio. Inebriados numa santa loucura, queriam, mas não podiam gritar nem abraçar-se. Subitamente, todos os movimentos pareciam fúteis demais, pois seus espíritos tinham ganhado, agora, uma profunda rachadura, por onde sangravam a própria dor da inocência de suas posições. Eram crianças. Apenas crianças se contemplando, encantadas com a beleza do outro.

Mileva tentava encontrar um bom argumento, porém era inútil, então, agindo no impulso do momento, a pequena alemã dobrou os joelhos e esfregou suas mãos na terra até que ficassem bem sujas.

– Pronto, agora nossas mãos estão sujas. – disse ela, estendendo-lhe o braço.

Ao ver aquele gesto, Magnus tomou uma dose de confiança, deu um passo a frente e cumprimentou a amiga.

– Bem já ouvi falar que Gavril Aleksei é muito bom no Violino, Andri Shura sabe fazer doces como ninguém e, pelo que Sasha me disse, você adora cavalos, eu também, apesar de não saber montar tão bem, mas meu pai me deu um, lhe dei o nome de Niko.

– O nome do meu cavalo é Asset – bastou ouvir a palavra cavalo e Magnus prontamente reagiu empolgado. – Ele é muito veloz, poderíamos cavalgar outro dia. É fácil. Venha, venha, vou te mostrar meu cavalo.

A velocidade com que Magnus respondeu e a sua súbita mudança de postura impressionaram Mileva. Ele segurou sua mão com firmeza e a puxou para fora do celeiro, falando sobre as vitórias que seu Asset lhe propiciava nas corridas com os outros garotos.

Ele a levou para ver o animal, um grande alazão que, ao notar a chegada de Magnus, começou a balançar a cabeça, querendo se desvencilhar das cordas. Mileva olhou um pouco assustada para a imponência do cavalo.

– Asset parece um pouco fogoso e arredio, você não tem medo de se machucar?

Com um olhar sorridente e carregado de entusiasmo, Magnus respondeu afirmativamente, porém explicou que ele e Asset eram como irmãos, portanto, era preciso confiar um no outro, como se faz com as pessoas de que se gosta. Demonstrando sua ternura, Magnus acariciou o rosto de seu cavalo para acalmá-lo e lhe deu um beijo seguido de mais carícias, só então Mileva entendeu o quão especial era aquela relação.

Por alguns segundos, ela ficou fitando o garoto com um sorrisinho matreiro. Olhava para seu fino cabelo ruivo ser embaraçado pelo vento, lábios finos da cor de uma cereja, o nariz um pouco empinado e aqueles olhos errantes. Sim, aqueles grandes olhos negros, que pareciam olhar para ela com certa familiaridade, sem, no entanto, deixar de transparecer um pouco de receio e candura.

– Por que me olha assim? – Magnus tinha certa suspeita. – Não está pensando em me beijar está?

Mileva sorriu e balançou a cabeça.

– Por que eu te beijaria? Isto é próprio da iniciativa dos homens. Eu... O que eu, uma pobre e indefesa garota, poderia fazer?!

Por um instante, Magnus se perguntou se Mileva estava querendo que ele a beijasse. De posse da resposta, tentou argumentar como fora com Aleksei e Shura, mas, antes de terminar seu raciocínio, Mileva o interrompeu, cruzou os braços e lhe deu as costas, como se insultada por uma grave ofensa.

– Pois tu acabas de dar um beijo em Asset, seu cavalo... Então quer dizer que sou menos digna do que seu cavalo? Não mereço um beijo... Hum! Pois bem, não falarei contigo até que me beije. – Mileva falava com tanta mágoa, que se diria que Magnus tinha lhe faltado com a pior de todas as faltas. Na realidade, assim que terminou de falar, ela mesma se impressionou com a força de suas palavras.

Magnus ficou atônito com a exigência, mal tinha conseguido apertar-lhe as mãos, que dirá um beijo no rosto.

– Tudo bem, eu beijo, mas você não vai contar a ninguém e nunca mais, em toda nossa vida, haverá outro beijo entre nós.

Mileva não se conteve, gargalhou para o ar, juntando as duas mãos e caminhando aos pulos na direção de Magnus. Arrancou do pequeno um sorriso, contraditório com a própria ansiedade que sentia, tanto que, assim que a garota ficou a um palmo de distância, ele fechou os olhos e virou o rosto para que ela o beijasse. No entanto, a alemãzinha segurou seu rosto com as duas mãos e virou-o para frente, beijando-lhe diretamente nos lábios.

Nervoso, Magnus abriu os olhos sem entender o que tinha acontecido. Ele apenas via Mileva sorrindo e rodopiando sem parar.

– Você já tinha beijado alguém antes? – ela perguntou, já um pouco mais contida.

– Não, nunca desta forma. E você?

– Também não desta forma.

Ela caminhou na direção dele mais uma vez. Magnus já nem parecia nervoso e ela não entendia como aquele impulso tomara conta da situação, de uma forma que talvez ela não pudesse conter, porém inflamada por um sentimento que nunca sentira na vida.

Logo ela estava bem próxima dele outra vez, no entanto, antes que eles ficassem a um passo do outro, ouviram a porta do celeiro abrir.

– Ei ,vocês, venham! O que fazem aqui, vamos para o celeiro brincar. – gritou Sasha, ao finalmente encontrar os dois desaparecidos.

Rapidamente, os três voltaram para o celeiro e lá todos procuraram se divertir à sua maneira. Era mesmo engraçado ver Aleksei com as caveiras dos bois fingindo que era um dragão, enquanto todos os outros estavam embaixo de um guarda chuva, na esperança de se protegerem do fogo de suas narinas. Depois que o dragão foi vencido, Mileva tirou de uma bolsinha alguns doces e dividiu com todos, como prêmio.

Em seguida, Aleksei distribuiu doces cozidos que trouxe de casa. Shura rasgava o pão de centeio e, em cima do feno, Sasha, que tinha pego escondida o cachimbo de seu pai, mostrava a Magnus como se fumava.

A brincadeira com o cachimbo era contagiante e não tardou para que todos se reunissem ao redor de Magnus, rindo de sua cara quando este se engasgou com a fumaça. No meio da troça, ao notarem que o trem se precipitava, todos subiram no feno e começaram a pular e gritar as ideias mais ridículas que lhes vinham à cabeça. Não eram rebeldes sem causa, ou crianças inocentes demais, eram apenas crianças usufruindo o direito de não terem noção de nada, de absolutamente nenhuma responsabilidade.

Gritavam tanto que tinham de se abraçar a todo momento para não perderem o equilíbrio e Mileva notava que todos riam e gargalhavam de suas próprias invencionices, como hipnotizados naquela aura de entusiasmo totalmente desprovida de lógica.

Na hora combinada, o senhor Volkova chegou ao celeiro para buscar a filha, que se despediu de todos com especial atenção. Subiu na carruagem e, de cima, pela portinhola, deu um último sorriso na direção de Magnus, porém ele estava desamarrando seu cavalo e não a viu. Então ela olhou para ele de costas e notou uma grande cicatriz atrás de sua orelha. Voltou ao banco resignada, "ele beijou o próprio cavalo, nada mais justo, que o cavalo também tivesse o direito".

O trem que passava pelo pequeno vilarejo de Ostranoi tinha dado a deixa, todos se puseram a caminho. Aleksei e Sasha moravam perto um do outro, por isso seguiram juntos, enquanto Magnus e Shura seguiram pelo outro lado.

– Então, o que achou de Mileva? É simpática não acha? E linda, sim! Quanta beleza e educação. Mas, eu não comparo com Sasha, pois nós dois já somos um para outro aquilo que tu, um dia, em um grande momento, serás para alguém.

Magnus apressou o galope do cavalo, na esperança de instigar em Shura uma corrida, porém foi inútil, Asset não parecia muito disposto, tampouco Shura.

– Sabe, fico feliz pela Sasha e por você estarem juntos, desde que nos conhecemos e andamos juntos. Sasha sempre esteve junto a ti, sempre foram grandes amigos e assim, com muita felicidade... É assim que as coisas seriam naturalmente.

Shura assentiu com a cabeça, mas não queria falar de si próprio, estava feliz, isto era certo, mas, no fundo, estava muito mais feliz por aquela união proporcionar uma grande alegria entre seus amigos e as respectivas famílias.

O dia escurecia rápido e por todo o caminho se ouviam alguns grilos retinindo sua cantiga, Magnus batia um pouco os mosquitos do rosto quando avistou sua casa. A casa de Shura ficava a alguns quilômetros mais abaixo do rio. As casas dos cinco amigos margeavam o rio Donets, porque as terras eram ainda mais férteis nas margens. O rio era também uma importante via de transporte para os moradores do vilarejo.

O ruivinho se despediu do amigo e rapidamente saiu da estradinha rumo ao portão que dava para o terraço da casa. Shura estranhou um pouco sua pressa, sempre conversavam um pouco na despedida, porém, desta vez, ele tinha seus motivos. Nos primeiros degraus que davam acesso à soleira da porta, Maria, sua irmã, estava sentada resignadamente com as duas mãos no queixo. Ela não conteve o sorriso ao notar a aproximação de seu irmão. Ainda que não pudesse enxergar, ela já conhecia bem o trote de Asset. Magnus já imaginava o que se passara, sempre que a irmã lhe esperava do lado de fora, era porque seu pai tinha chegado bêbado, soltando todo tipo de impropérios, batendo nos móveis, rogando pragas aos vizinhos e aos próprios filhos.

"Meu Deus, que ele nada tenha feito a Maria".

– Maria! Maria. Papai chegou de Luhansk, não foi? Como ele está? Ele maltratou você? Quebrou algo dentro de casa?

Maria Pavlovitch tateou pelo corrimão da escadinha e, com algum custo, levantou-se com a bengala à frente. Sua cegueira se consolidou muito cedo, por isso já não era motivo de tanta angústia. Foi logo aos dois anos, na noite após a morte de sua mãe, falecimento decorrente do parto de seu irmão. Na noite seguinte, subitamente, acordou asfixiada de terror e com náuseas, parecendo tomada de uma grande dor. Soltava grunhidos como se estivesse sendo alvo de uma tortura alucinante.

Chegaram mesmo a achar que estava possuída por um demônio ou que alguém lhe havia rogado uma praga terrível. De fato, aquilo não tinha uma explicação lógica, sua mãe tinha morrido, mas ela era muito pequena, não teria consciência da relevância da situação. No entanto, muitos em Ostranoi fizeram suas especulações a respeito da causa, uns falavam em bruxaria, choque na cabeça, as coincidências que cercavam o nascimento de Maria, o desejo de não ver a mãe morta, havia todo tipo de teoria possível.

Entretanto, àquela altura, Maria já tinha sido levada a vários médicos e todos foram uníssonos em dizer que não estava no poder da medicina uma cura. Ela não enxergava sequer o reflexo da luz, era cegueira completa. A ciência tinha chegado em um ponto, que não podia ultrapassar.

– Aqui, pegue minha mão... Isso, pronto, pronto. Podemos falar agora. – Magnus sempre ficava junto dela, pedindo-lhe que segurasse a mão.

Para a pobre jovem, não restou muita coisa a não ser o apego à fé e o amor a Deus e assim ela, humildemente, levou sua vida de camponesa. Vivia para os outros e gostava daquela forma simples de ser. Todos os dias pedia para Magnus ler a bíblia, praticamente não saía de casa, apenas quando o menino insistia. Costumava passar todo o dia lavando as roupas da família. Na semeadura, selecionava as piores sementes de trigo, esmagava-as e dava para as galinhas, que eram as grandes companheiras de sua vida.

É bem verdade que, por vezes, se arriscava em um trabalho mais complexo, como consertar as camisas do pai ou do irmão, porém logo tinha de parar, por conta dos dedos feridos pela agulha. Quando saía, ia para a igreja, ajudava como podia o padre de Luhansk, pedia perdão a Deus de qualquer coisa que nem mesmo ela sabia ao certo se tinha feito. Pedia a Deus que cuidasse de sua mãe, que perdoasse seu pai e que guiasse Magnus para que fosse um grande homem e, então, ia para casa dormir o sono dos justos.

– Sim, ele não está bem hoje. – disse ela, em um longo suspiro – Mas o que se há de fazer meu irmão? Não devemos contrariá-lo, penso eu, então fiquemos um pouco aqui fora, logo ele irá dormir. Não achas melhor assim?

Magnus concordou, sabia que, quando seu pai vinha bêbado de Luhansk, ficava muito agressivo, contudo e, acima de tudo, era seu pai, dele e de Maria, e eles deveriam respeitá-lo.

De repente, um barulho de pancada na mesa e aquela voz clamorosa os fez tremer um pouco.

– Ora que maravilhoso, eles dizem, é a família! Sim, só eles dizem, porque como se não bastasse um desgraçado como, eu ter de suportar a morte da esposa, ainda eis que tenho de criar um irresponsável e outra cega. Obrigado, meu senhor! Obrigado! Por ora de todas as desgraças, agora surge o governo, esse abutre safado, querendo tomar tudo que planto. Ah, só por cima do meu cadáver, estão ouvindo bando de ladrões? Morte para esses desgraçados!"

Magnus apertou a mão de Maria e disse que não deveriam ouvir aquilo, pois era um momento de extrema fúria.

– Senhor! Onde está que não me ouve? Por que me abandona nesta miséria? Por que me troca pela aristocracia?

Maria e Magnus sentaram-se novamente e ele pôs-se a contar do encontro no celeiro, da sua nova amiga, a filha dos Volkova, e do provável namoro de Shura com Sasha. Maria apenas ouvia, não tinha muitas coisas novas para lhe contar, visto que, sempre quando saía de casa, Magnus estava a seu lado. Por isso ela ouvia atentamente, dava ávidos palpites e esperançava pela felicidade do irmão como se fosse a sua própria.

– Acho que ele foi dormir, podemos entrar agora. – o ranger da velha cama de seu pai foi o sinal de alerta que só os aguçados ouvidos de Maria poderiam distinguir.

Ela segurou a mão de Magnus e seguiu para seu quarto, os dois caminhavam na ponta dos pés para não acordarem o velho pai. Ao entrar, a jovem apontou para o único criado mudo, lá estava uma bíblia, a qual tinha uma página marcada pelo padre de Luhansk.

– O senhor Paulo, nosso benfeitor, pediu que este trecho fosse lido, mas se você estiver muito cansado, tudo bem. – Magnus assentiu, sentou do lado da irmã, olhou a página marcada e começou em voz alta:

> "E, passando Jesus, viu um homem cego de nascença. E os seus discípulos lhe perguntaram, dizendo: Rabi, quem pecou, este ou seus pais, para que nascesse cego? Jesus respondeu: Nem ele pecou nem seus pais; mas foi assim para que se manifestem nele as obras de Deus. Convém que eu faça as obras daquele que me enviou, enquanto é dia; a noite vem, quando ninguém pode trabalhar. Enquanto

estou no mundo, sou a luz do mundo. Tendo dito isto, cuspiu na terra, e com a saliva fez lodo, e untou com o lodo os olhos do cego. E disse-lhe: Vai, lava-te no tanque de Siloé (que significa o Enviado). Foi, pois, e lavou-se, e voltou vendo."

Nesse momento, Maria se recostou na cabeceira da cama e interrompeu. – Magnus. – disse um pouco emocionada – Jesus disse "Enquanto estou no mundo sou a luz do mundo" e, no entanto, eu não posso ver a luz como todos e, ainda que eu possa sentir o poder da palavra, eu tenho medo de sofrer por toda a minha esperança. Sim, a esperança me fez sofrer, tu bem sabes disso, porém tenho medo de me entregar à escuridão e negar toda minha fé... Oh, Magnus! Me diga, meu irmão, a quem eu fiz mal, para que Deus me fizesse assim?

Magnus ficou perturbado, não sabia o que dizer, por isso, permaneceu em silêncio. Já tinha visto a irmã chorar bastante por ser diferente dos demais. Entretanto, naquela noite, ela parecia ainda mais frágil, talvez, porque seu pai a tivesse maltratado e também pelo padre de Luhansk insistir para que ela continuasse acreditando, que não perdesse a fé. Até aqui, tudo bem, e ele também gostaria de dizer, de lhe motivar, que haveria uma cura milagrosa e isto aconteceria cedo ou tarde. O problema era o amanhã escuro, pois logo vinha outro e outro e outro... Tudo era confuso demais em sua cabeça, deveria apoiá-la? Ou dissolver suas esperanças? Coçou a cabeça e disse a única coisa que podia levantar o astral de todos:

– Maria, se amanhã você acordar e estiver escuro, chame meu nome e eu virei lhe pegar para cavalgarmos com Asset. Dessa vez, será o mais rápido que puder no campo de centeio, eu prometo, eu prometo, prometo...

– Ah, mas papai não vai deixar, ele diz que é perigoso – ela respondeu em um tom melancólico.

– Nós faremos, não se preocupe... Ah, não fique assim, vamos... Você sabia que Asset pode correr tão rápido, mais tão rápido que chega a criar luz no vento!

Maria sorriu e Magnus ficou satisfeito de ter lhe arrancado aquele sorriso. Há algum tempo ele tinha inventado a história de que havia luz no vento, pois era o vento que fascinava sua irmã. Então ela lhe fez jurar que amanhã eles correriam em Asset e que ele, em nenhum momento, iria se preocupar com ela.

Antes do nascer do sol, como de costume nos passeios, Maria estava de pé do lado de fora à espera do irmão. No fundo da casa se ouviam passos, apenas passos, pois Magnus e o pai falavam baixinho para que Maria não ouvisse.

– Quer mesmo levar tua irmã em uma corrida sem sentido? Não vê que tu a fazes lhe sofrer, instigando prazeres que não são para ela? Não entendes que a esperança é a razão do seu sofrimento? Ou será que tu não a ouves chorar todos os dias quando acorda?

Magnus ouvia com atenção, a negativa do pai era algo bem previsível.

– Pai, Maria não é uma desgraçada por Deus, ela pode e tem o direito de ser feliz. Se sofremos pela esperança, então, eu lhe suplico, nos deixe sofrer, seria melhor do que fingirmos alegria na indiferença.

Contrariado, o senhor Pavlovitch mordiscou os lábios e balançou a cabeça, o que significava que sua paciência se esgotara. Se Magnus, seu filho, queria divertir-se mais com a irmã, então que ele tratasse de cuidar dela, assim eles poderiam se divertir o quanto quisessem. No entanto, daquele dia em diante, Magnus seria completamente responsável pela irmã.

– Vá, mas lembre-se, está nas tuas mãos.

Magnus caminhou para o pequeno estábulo. Sentada na frente da casa, Maria aguardava ansiosamente estalando os dedos e balançando impacientemente os pés. Até que ele encostou com Asset ao seu lado e ela subiu na garupa.

Seguiram movidos ao suave galope no pequeno trajeto entre sua casa e o campo de centeio. Enlaçando o corpo de Magnus com os dois braços, Maria se divertia atrás, tentando adivinhar a paisagem pela qual passavam.

– Acho que estamos perto das grandes terras, a fazenda do senhor Pedro Kutuzov, ouço o som de vários trabalhadores puxando o arado e chicoteando os bois.

– Sim. Seus ouvidos enxergam mais que muitos olhos, estamos passando pela propriedade do senhor Kutuzov e que grande propriedade. O trigo de suas terras poderia alimentar o mundo inteiro e te digo com toda certeza, talvez, este homem já nem seja o mais rico de Luhanks, mas também o mais rico da Ucrânia.

À medida que Magnus ia descrevendo a grandeza da propriedade e a quantidade de trabalhadores, mais ele ficava impressionado com tamanha riqueza.

"Meu Deus! Que homem magnífico deve ser o senhor Kutuzov" pensava, sem suspeitar que logo aquele homem iria cruzar seu destino.

Não tardou muito e, depois de saírem das grandes terras, alcançaram a margem do Donets. Maria sorria animada ao escutar a leve correnteza do rio. Não havia muito vento no crepúsculo daquela manhã. O frio era um pouco intenso, mas ela estava bem abraçada ao irmão. Ora, Magnus era tão grande para ela, que nada nem ninguém no mundo poderiam lhe fazer mal. A alvorada refrescante, inspirava um daqueles dias em que sonhamos eternizar no fundo de nossos corações para nunca perdemos a fé na vida. Nada podia dar errado, o campo de centeio estava tão perto e a felicidade era algo que já não lhe custava tanto. Se ela não podia ver a beleza de uma manhã de sol, ao menos podia sorrir para o sol, acreditando na beleza de seu próprio sorriso.

Depois de cruzarem a margem, Magnus avistou as terras do senhor Volkova e eles finalmente adentraram o campo de centeio. No meio, havia uma estradinha plana de aproximadamente dois mil metros. Era lá que costumava correr com os amigos.

Depois de alguns minutos em um galope suave, Magnus estava pronto para a corrida.

– Maria, você está pronta? – perguntou com muita ênfase, o que fez com que ela o apertasse ainda mais em seus braços. – Muito bem, muito bem, então se segure firme. Tenho planos de galopar até as infinitas estrelas... Asset! Vamos, Asset! A toda velocidade! Iaaa! Iaaa!

Obedecendo aos estímulos do amo, o cavalo girou para esquerda e depois para a direita, deu três passos para trás, empinou um pouco as patas dianteiras e partiu em tal disparada que se diria que Maria esmagaria os ossos do irmão, tamanha a força crescente de seu abraço.

Assustando-se de início, Maria sentia seu coração bater alucinadamente. Parecia que a cada vinte metros Asset dobrava a velocidade. Ao longe o sol nascia bafejando em sua face uma leve quentura. O vento redobrou a força, fazendo bater cada vez mais forte seus longos cabelos ruivos. Maria empinou um pouco a cabeça e a manteve rente à de Magnus, estava excitada com o deslizar do vento. Quando o irmão sorriu, ela pôde sentir e entender o significado da contração de seu rosto.

Estavam ali, cabeças lado a lado, com um sorriso sereno, galopando a toda velocidade rumo a qualquer rumo.

“Meu Deus quanta liberdade! Nesta velocidade, Magnus e eu poderíamos correr o mundo inteiro, sim, o mundo inteiro! Ora, o que é o mundo para um espírito livre?”

De repente, em meio à desabalada corrida, Maria teve a impressão de ver uma mancha vermelha. Por orientação do irmão, ela mantinha os olhos bem fechados.

"Será o reflexo de uma luz?"

Ela abriu os olhos e nada viu, até que Magnus lhe disse:

– Estamos indo na direção do sol.

Maria olhou para frente com os olhos bem abertos e viu um vulto meio amarelo esbranquiçado, então, tomada de forte impulso inclinou-se um pouco mais e arregalou os olhos. Tudo era muito rápido e a todo o momento perguntava a si mesma se estava delirando. Então, arregalou bem os olhos outra vez. A poeira estava forte e um pequeno pedaço de graveto entrou em seu olho, causando-lhe certo desespero. Sentia-o queimar e instintivamente soltou um dos braços, ciente do perigo. Magnus cometeu o erro de olhar para trás, por um segundo. Quando voltou a olhar para frente, deparou-se com um boi atravessando a estrada a menos de vinte metros.

Puxou as rédeas com toda força e Asset brecou em dois tempos. Maria foi arremessada para o lado contrário do braço solto. Desesperado, Magnus apeou do cavalo, correndo rumo à irmã estendida sobre o campo de centeio.

Ela havia batido fortemente com a cabeça em uma pedra e tinha um corte profundo na perna.

No andar de cima do casarão dos Volkova, Mileva tinha aulas com seu novo curador, o velho Circassiano. Fumando um cachimbo, sentado na sua grande poltrona, o senhor Volkova recebia a ilustre visita do senhor Kutuzov, um homem de negócios, aparentemente aflito diante do preço que o senhor Volkova primeiro tinha estipulado para a propriedade.

– Permita-me discordar, mas o preço da sua propriedade não está muito valorizado? – Kutuzov, disse, ao passo que o outro, em sua distração, acariciava com doçura a cabeça do gato em seu colo.

Mantendo-se calado, ele mostrava certa indiferença para o momento. Até mesmo seu gato miava, reclamando atenção. A bem da verdade, agora suas duas mãos estavam abaixo do queixo e seu olhar firmava-se sem expressão e isto deu a nítida impressão para Kutuzov que seu anfitrião estava muito distante dali.

– Está tudo bem?

– Hoje de manhã – ele colocou o gato no chão, trazendo o olhar para Kutuzov – hoje de manhã eu recebi informações da Alemanha.

– Pelo que vejo, meu amigo, não são notícias muito boas.

Aquela expressão, "meu amigo", tirou um sorriso do rosto de Volkova.

– Só porque somos amigos e confio em ti... O que me aflige é que o horizonte da Alemanha parece nebuloso – disse, levantando-se em seguida.

– Nosso presidente Hinderburg está velho e desconfio que já não tenha tanto juízo para comandar à Alemanha. Enquanto os sociais-democratas lutam contra o facismo, Hitler berra nos comícios que o povo alemão não pode aceitar as humilhações do tratado de Versalhes. Alguns empresários desconfiam, com razão, que Hinderburg não vai durar muito. Por isso, já correram para o lado de Hitler, ao verem suas tropas paramilitares surrarem comunistas nas ruas de Berlim.

O outro agitou-se na cadeira, tentando animar o amigo.

– Eu não entendo bem, senhor Volkova, seu partido está no poder. Hinderburg ainda é o presidente, vamos com calma, ao que soube, Hitler perdeu as eleições de março.

– Sim, ele perdeu, mas agora – Volkova caminhou até a lareira de cabeça baixa – conseguiu uma maioria esmagadora no parlamento. Hinderburg não consegue governar, a tendência é que Hitler seja escolhido Chanceler, e a verdade, a grande verdade, é que a Alemanha está um caos, cheia de desempregados e ladrões. O pior é que apenas Hitler grita contra isto... Ah, meu amigo... Antes eu dizia "Hitler é um lunático", foi preso por um golpe de Estado frustrado, escreveu um livro bisonho e veja agora onde estamos. No atual estado do país, um lunático é um herói. É o fim dos tempos!

– E não é assim que lunáticos e agitadores crescem? Na lama de uma nação?

Volkova assentiu.

– Hitler cresce instigando e invocando a grandeza da Alemanha. Ele está vendendo uma ilusão. A questão é que todos querem cair nesta ilusão!

Subitamente, Anastásia entrou ofegante no salão anunciando ao senhor Volkova o acidente que acabara de se dar em suas terras.

– Senhor! Senhor! – Anastásia parou sem ar, estava em pé ofegante com as mãos nos joelhos e logo recomeçou a balbuciar palavras – os homens vieram aqui avisar... É a filha do Sr. Pavlovitch, a pobrezinha é cega, está caída no campo, dizem que morrerá se não lhe levarem em um médico, por favor, senhor Volkova, se o senhor puder ajudar... Qualquer coisa... Por favor.

Nesse momento, ouviram-se os passos de Mileva descendo às pressas. O velho Circassiano vinha logo atrás, repetindo como um papagaio "Senhorita Nadédge, ainda não terminamos sua lição de Francês de hoje.".

Tendo sido colocado plenamente a par da situação (sabendo que um de seus bois estivera solto na estrada), o senhor Volkova, rapidamente ordenou que fosse preparada a carruagem e que a menina fosse levada para Luhansk, sem um segundo de demora. Os empregados saíram, com o objetivo de preparar a carruagem, porém o senhor Kutuzov, que bem conhecia das coisas, interveio.

– Circassiano, tu não és médico?

– Fiz boa parte da faculdade senhor, mas não cheguei a me formar. – respondeu o velho, de maneira um pouco constrangida, pois não gostaria que o senhor Volkova soubesse quais eram os motivos que o fizeram sair da faculdade no último ano.

– Sim, eu sei, mas aqui em Ostranoi é tu quem fazes cirurgia nos pobres não é? – Circassiano confirmou – E, por sinal, dizem que é muito bom. Que tal, senhor Volkova trazer para cá a menina que ele dê uma olhada, antes de lhe levarem para Lubansk. Não iria custar nada.

Volkova olhou para o velho e este lhe respondeu com o olhar servil de quem diz: "Estou à sua disposição, meu senhor".

Novos passos apressados foram ouvidos, Magnus queria agradecer e pedir para ir junto na viagem, acompanhando a irmã. Esta era sua intenção, mas, ao notar Mileva ao lado do pai, ficou um pouco confuso, não sabia se devia pedir ajuda e depois cumprimentá-la, ou fingir que não a conhecia. Por um instante, permaneceu inerte ao notar o olhar piedoso dela, até que a coragem se impôs.

"Meu Deus, minha irmã está muito mal e eu não posso hesitar agora, vamos homem... Não importa, faça o que for necessário."

– Acho que não devem levar esta moça para Luhanks – Circassiano raciocinou rápido, depois de olhar o ferimento na perna de Maria.

– Ela tem uma fratura na tíbia e um corte profundo no braço, então escutem, nesses casos, o importante é a higiene no ferimento. Vejam, é muito grande o risco de contaminação bacteriana, é um corte de um centímetro... Hum... Parece não ter havido lesão vascular grave. Agora devemos esterilizar a ferida numa sala higienizada, fechá-la e então cuidaremos da perna.

– E a cabeça, doutor? – indagou Magnus, já um pouco refeito do susto.

– Bem, eu não senti ferimentos, nem fortes hematomas, talvez.. Não sei... Olha, o melhor é esperar e ver como ela recobra a consciência.

O senhor Volkova providenciou todos os trâmites e o velho Circassiano levou Maria para sua casa, onde mantinha uma sala de cirurgia para os pobres.

Antes de seguir com a irmã, Magnus deu, mais uma vez, os mais altos préstimos de sua gratidão para com o senhor Volkova.

– O que posso fazer nesse mundo para lhe pagar?

– Está tudo bem. Apenas cuide da sua irmã. – ele respondeu, constrangido.

– Meu senhor, muito obrigado, mas espero que me conceda a graça de deixar vir trabalhar de graça, alguns dias, em sua fazenda... Por favor, eu lhe peço! Somente assim poderei viver em paz.

Vendo que era inútil argumentar, ele consentiu, um consentimento do qual ainda iria se arrepender bastante.

Então, depois de ter agradecido a todos, Magnus quis ir embora, porém, não conteve o próprio impulso e dirigiu-se a Mileva, a quem tinha ofertado apenas um tímido sorriso desde sua chegada. Naquele instante, suas passadas encurtaram, caminhava de cabeça baixa, com a vista quebrada. Ela aguardou seus passos acanhados com aguçada ansiedade, a seus olhos, ele parecia emocionado demais para não contagiá-la. E foi justamente assim que ele chegou a sua frente, depois levantou o olhar e então ela pode ver seus olhos umedecidos. Ele estava ainda mais vulnerável por ver alguém da família em um momento de tanta tristeza, o choro estava entalado, contudo, manteve-se em silêncio, pois queria mostrar um pouco da sua gratidão.

– Somente Deus poderá pagar a generosidade de seu pai.

– Deus pagará a meu pai com a saúde da tua irmã. Eu mesma irei rezar por ela e.... – ela hesitou – por você!

O cocheiro gritou, estava na hora de ir, Magnus tateou pela imaginação outro assunto para ficar ali um pouco mais.

– Se você puder, apenas se puder, peça alguém para levar Asset para minha casa, ele está amarrado na cerca. Enfim, acho que passarei perto da casa de Aleksei e pedirei para ele vir buscar. Por favor, te peço de coração, cuide um pouco dele, até a hora que Aleksei chegar.

Mileva prometeu cuidar da melhor forma possível. Sorrindo, ele caminhou espontaneamente em sua direção e lhe apertou os braços com um abraço enternecido de aflição, mas também de uma profunda gratidão. Em seus braços, Mileva olhou em seus olhos até ser inundada em uma vontade irresistível de chorar. Ela sentiu o olhar de Magnus sob seus ombros e foi como se uma mancha negra tivesse emergido das profundezas e sufocasse os seus mais sinceros sentimentos. Então, abruptamente, soltou-se do abraço e correu para dentro de casa.

Depois do embarque, O senhor Volkova retornou ao salão onde Kutuzov lhe esperavas. Dir-se-ia tranquilamente que parecia não ter sentido muito aquele acidente. Sua condescendência para o velho Circassiano foi uma forma de se livrar daquilo o quanto antes, ele continuava muito perturbado com as notícias que chegavam da Alemanha.

– Mil perdões, o senhor falava que esta fazenda não valia muito...

– Ah, sim! Na verdade, a produção de milho continua...

– Ah, meu amigo, Hinderburg não suportará muito tempo – subitamente Volkova atalhou a conversa – logo Hitler vai tomar o poder e, de certa forma, eu ficaria muito ansioso de ver sua postura diante dos franceses e ingleses. Veja, até aqui tudo seria perfeito, meu caro, mas o que ele fará para conseguir uma saída para o mar báltico? O que fará com a França para tomar a província do Sarre? Chegam mesmo a falar que ele vai varrer os judeus da Alemanha, o país todo sabe do seu ódio e boa parte dele o compartilha. E então, o que faremos, me diga. Eu, pessoalmente, me sinto atordoado, talvez devesse viajar para longe, não sei.

Do alto da escadaria, Mileva olhava para o salão pensativa. Seu pai parecia tão distante, enquanto falava da Alemanha e seu futuro. Ela ouvia todo o discurso, mas não absorvia muita coisa, sua imaginação vagava por um universo distante, estava com Magnus, aquele garoto tímido, de calças surradas.. Sim, aquele menino parecia atiçar as chagas da sua alma, conhecer todos os seus mínimos segredos, vontades, compelindo-a a quebrar para dentro e para fora os suspiros que, ora carregavam esperança, aflição. Tomada por esses sentimentos, levantou-se, caminhou do lado de fora da casa, alimentou o cavalo, voltou, sentou-se outra vez e se pôs a imaginar o sorriso de Magnus, então todas as suas inquietações fora se dissipando naquele sonho encantado.

– Volkova, tu podes, simplesmente, continuar na mesma, porém com discrição. Mantenha seus amigos sociais-democratas e faça alguns contatos entre os nazistas. Seja esperto. – redarguiu Kutuzov.

– Pode ser, mas também temos de saber o que os comunistas irão fazer, duvido muito que aconteça uma revolução nos moldes da União Soviética, mas, talvez, obriguem Hitler a dividir o poder.

Nesse instante, Kutuzov retirou o velho relógio de bolso e notou que estava tarde, quis levantar-se para ir, entretanto, o outro o deteve, insistindo que ficasse para almoçarem juntos. Em seguida pediu que Mileva descesse, pois logo o almoço seria servido.

Mileva desceu, cumprimentou o Sr. Kutuzov e sentou-se calmamente em uma cadeira de frente para o pai, Kutuzov relanceou-lhe o olhar e sorriu para seu anfitrião cheio de contentamento, como se sua permanência ali fosse um golpe de sorte do destino.

– Volkova deixe de preocupações tolas! A Alemanha vai continuar no mesmo lugar onde está, não é, senhorita Mileva? – ela sorriu, um pouco confusa, não sabia do que ele falava, apenas confirmou.

– Sabe, Volkova, se vou almoçar contigo hoje, exijo que venhas jantar uma noite dessas em minha casa. Gostaria que conhecessem meu filho, Alexandre. É um ótimo rapaz, tem, mais ou menos, a idade de Mileva.

– Isto seria ótimo, Mileva adoraria conhecer novos amigos. Conte conosco. – bradou Volkova efusivamente.

Como já esperado, Anastásia surgiu no salão, anunciando que o almoço já estava servido e, rapidamente, convidado e anfitriões se dirigiram a seus respectivos lugares na enorme mesa de madeira, feita para abarcar até três gerações daquela família de poucos integrantes. Não era à toa que os empregados serviram boa parte dos pratos na cabeceira da mesa onde o senhor Volkova, como de costume, sentou-se, tendo Mileva e Kutuzov outros dois um de cada lado, sentados frente a frente. O que não deixou a jovem alemã muito confortável. Para ela, Kutuzov comia devagar, preparando, talvez, alguma arapuca para falar.

– Senhorita Nadédge, não é porque seja meu filho, mas Alexandre é o homem que toda garota gostaria de conhecer.

– Eu imagino, senhor – redarguiu Mileva, corando um pouco – O senhor é muito educado, deve ter ensinado muito bem seus filhos.

– Oh, sim! Com certeza. Ele estudou em Londres e em Viena e, não podia ser de outra forma, voltou de lá como bom pé de valsa. Este ano veio para cá e aqui me mostrou que tem tino para os negócios. Já está administrando sozinho algumas propriedades.

– Isso é fantástico! – bradou Volkova.

– Sabe – Kutuzov recomeçou em uma lenta reflexão – eu posso estar enganado, nunca se sabe, de fato, os mistérios da vida, do coração, mas, às vezes o destino surge em nossos horizontes e muda todas as perspectivas. Os acontecimentos parecem sintonizados em cadeia, tudo conspira. Então, surge uma força que nos pega de surpresa e, quando vemos, já fomos laçados pelo golpe do destino. Sim, eu falo de amor. O amor que pode surgir a qualquer momento em nossas vidas.

– Bravo! Belas palavras! – cumprimentou Volkova, sem notar o semblante comovido de sua filha. Aquela afirmação a deixou prostrada, com o garfo a meio caminho da boca.

“Amor, ele está falando de amor? Será um sinal, meu Deus?”.

Mileva quase não tocava na comida, parecia entretida em descobrir a própria natureza de seus sentimentos, perguntando-se a todo tempo se eram grandes, maiores que sua capacidade de medir, mais fortes que ela, eternos, sendo capazes de vencer a própria vida. Entretanto, não obtinha resposta. Então, logo se entregava à felicidade por estar completamente vencida e entregue nas mãos do destino. Soltou um suspirou, voltou a comer, ora animada, ora desconfiada com a sorte de sua vida e o tal golpe do destino.

“Está acontecendo comigo! E eu nem sei dizer como, nem quando isto começou, porque eu o beijei no celeiro? Ah, não importa, lutar não apenas parece inútil, como também me fere profundamente. Eu sinceramente não me entendo, talvez, desde o primeiro momento em que vi Magnus já o tenha amado, com todas as minhas forças, ainda assim, agora que tomei consciência do que se passa comigo, sinto que, meu Deus, eu não sei.

Parece que agora que sei, tenho medo deste sentimento me ferir e se ele não me amar? Então minha vida não faria muito sentido. Eu não entendo o que está acontecendo, por um momento me sinto livre como uma borboleta, em outros momentos me sinto presa como um pássaro na gaiola".

Logo que terminou sua refeição, Volkova tratou de acompanhar Kutuzov até a porta. Contudo, antes de ir, ele fez uma última oferta pela propriedade, tratando de alertar seu anfitrião do panorama na Ucrânia, deixando bem claro que o amigo devia dançar conforme a música.

– Volkova, Stalin está confiscando a produção agrícola de alguns camponeses da Ucrânia eu ainda estou de pé por ter bons contatos, mas, acredite, esse desgraçado pode matar a todos nós de fome, então, me escute, se os sociais-democratas caírem na Alemanha, não tenha dúvidas, fique ao lado de Hitler e seus nazistas. Pelo menos eles ainda não matam seu povo de fome, você está me ouvindo?

Volkova ouviu aquilo estarrecido, ele não acreditava que Stalin pudesse usar de meios tão brutais, a ponto de matar seu povo de fome. Isso apenas instigou uma ideia que ele já vinha meditando há algum tempo.

"Preciso voltar para Alemanha, o mais rápido possível".

Trezentos rublos agora e não se fala mais em nada.

Volkova agitou-se de seu pensamento, voltando rapidamente para a conversa com seu convidado.

– Oh, sim, trezentos! Trezentos, deixe me ver, não poderia elevar um pouco mais. Ah, tudo bem, mas me diga, só por curiosidade, se Stalin está confiscando os cereais, então por que o senhor ainda quer comprar a fazenda?

Kutuzov soltou um sorriso matreiro.

– Não se preocupe, eu danço conforme a música. Estou tentando entrar para a turma de Moscou. Política meu amigo, política! Faça política ou morra!

Volkova apertou os lábios olhando para o pasto, depois coçou a cabeça, estava confuso e triste. Por um lado, adorava a fazenda, por outro, sabia que tinha de voltar à Alemanha e não tinha bons contatos com o governo russo.

– Tudo bem, negócio fechado. – por fim ele respondeu.

No dia seguinte, Sasha, Shura e Aleksei foram ver Mileva. Magnus também viria, mas estava atrasado.

Sasha parecia incrivelmente alegre ao lado de Shura, enquanto este parecia um pouco desconfortável com toda aquela atenção. Sentia-se até mal, cercado de tantos carinhos que ele não era capaz de responder.

– Eu acho melhor ir na frente com Asset – disse, a meia voz.

– Por que você quer ir na frente? – indagaram as duas.

– Magnus ainda deve demorar, eu tenho de passar em alguns lugares antes – terminou e subiu no cavalo sem dar maiores detalhes.

Sasha, Mileva e Aleksei não disseram muita coisa, Shura seguiu, sem olhar pra trás, deixando seu trio de amigos.

"Espero que Sasha me entenda um dia", pensou.

– Não acredito que você irá embora depois de amanhã – Sasha estava um pouco surpresa com aquela notícia que Mileva lhe dava.

– Papai tem de resolver alguns assuntos na Alemanha e, enfim, ele me prometeu que voltaríamos.

Em uma promessa obtida a muito custo, para se falar a verdade, prevaleceu um pouco a ideia de que em Ostranoi estavam livre de toda aquela algazarra da política alemã. Como o senhor Volkova não dependia tanto daquilo que plantava em sua propriedade, por isso tentava convencer a si mesmo de seu desapego da fazenda.

– Acho que é Magnus que vem vindo – As palavras de Aleksei fizeram o coração de Mileva explodir de ansiedade.

– Sim, é ele – respondeu a pequena alemã, que agora já nem sabia como, mas tinha de dizer adeus, de alguma forma, para Magnus.

“Como ele vai ficar, irá sofrer? Sentirá alguma coisa com a notícia de minha partida? Talvez queira ir comigo, oh, meu Deus! Ah, que bobagem, sua irmã está tão doente, ele nem se lembrará de mim, nem sabe que existo, da última vez que nos vimos a única coisa de que deve se lembrar é de como me soltei de seus braços e corri para dentro de casa. Deve me achar só uma garota tola, mimada e sem coração, ah... Da forma como tudo aconteceu, acho que não devo ter muitas expectativas.”

Tomando de empréstimo o cavalo do velho Circassiano, Magnus chegou um pouco agitado, respondendo aos amigos que sua irmã estava bem, porém apenas o velho podia dar maiores detalhes. Estava com pressa, ainda não sabia direito o que ia dizer ao pai, nem tinha tantas esperanças que ele se dispusesse a cuidar de Asset nesse meio tempo em que ficaria fora.

– Shura foi na frente, levando Asset – adiantou-se Aleksei.

– Então é melhor irmos logo, preciso voltar ainda hoje, Maria está com muita febre... Vamos.

Sem delongas, Magnus deu o braço para Mileva subir no cavalo, enquanto Sasha seguia com Aleksei.

- Sabe, tenho algo para te contar. - assim que o galope ficou um pouco mais suave, ela aproveitou para falar.

As palavras pareciam carregadas de certo luto, sentia como se uma profecia do destino estivesse em curso, por isso sua fala vibrou com impotência, não havia contra o que lutar. Ela olhou ao redor, procurava um pouco de beleza, naquela manhã de céu nublado. Então olhou a correnteza do Donets, a seus olhos aquelas águas pareciam ter um efeito tranquilizante, o que dirá, então, para aqueles camponeses que ficavam ali na beirada matando sua sede.

Em Berlim, sua vida no campo não poderia ser apenas um sonho de verão, por isso ela prestava bastante atenção em tudo ao seu redor. Tinha de sonhar para alimentar o desejo de voltar.

Magnus fez um sinal e pediu que ela continuasse.

- Meu pai decidiu voltar para a Alemanha, ele disse que tem algumas coisas para resolver lá, coisas que só ele entende, então, partiremos depois de amanhã.

E agora, o que ele vai dizer, o que vai pensar, parece que nem ouviu o que eu disse, será que se importa? Será que se lembra do beijo? - tomada pela aflição, queria uma resposta, um sinal ou qualquer vestígio de impacto. Em sua mente, uma metralhadora de pensamentos duvidosos.

Por alguns minutos, Magnus seguiu calado. A verdade é que, desde o dia que a conhecera, buscava continuar sua vida normalmente. Tinha consciência de que algo mudara dentro dele, porém, àquela altura, com todos os problemas que o cercavam, sentia-se fraco e esgotado de tanto indagar a Deus o motivo de tudo aquilo. Por isso, achava que, talvez, daquela forma, fosse melhor. Pensava que seu mundo era pequeno para ela, não havia espaço para sonhar com aquela aventura. Tinha um pai ditador, uma irmã que lhe exigia os maiores cuidados, teria de trabalhar duro para viver, enquanto Mileva era uma menina alemã abastada que talvez nunca precisasse trabalhar.

Ele até poderia ter ficado mais triste, a questão é que já estava tão tomado pelas aflições da irmã, tão acostumado com a grosseria do pai, com a falta de recursos, que, de certa forma, aquela notícia não era capaz de atingi-lo com tanta força, era apenas uma notícia triste, em um ambiente de tristeza previsível que sua vida tinha se tornado.

Mesmo abatido, ainda assim, buscou um restinho de simpatia para mostrar que se importava até um determinado ponto.

– Você pode enviar uma carta, assim pode me contar um pouco da Alemanha, da sua vida lá.

– Sim, eu escreverei, eu juro que escreverei, além disso, papai me prometeu que voltaríamos no recesso escolar do fim do ano e, desta vez, virá até a mamãe.

Ele sorriu, repetindo sem muita convicção "que bom, que bom", na realidade ele não acreditava muito naquela promessa, achava que era tudo um consolo para a despedida. Ninguém iria se importar tanto se eles não se vissem mais. Suas vidas continuariam do ponto em que haviam parado, nada de mais, nada de menos.

– Se um dia você voltar, – ele falou com ar sério – eu penso nisto, você pode imaginar que, talvez, tudo esteja um pouco diferente, talvez eu não seja o mesmo, nem você, nem nossos amigos, até o ponto em que ninguém se reconheça. Sabe, é preciso coragem para voltar, porque sempre há o risco de que tudo que você gostava já não esteja do mesmo jeito.

A caminho de casa, ele se lembrava das manhãs em que seu pai saía com o mais terno sorriso, folgazão, fazendo piruetas com o cavalo e acenando com a mão. Magnus o esperava, à noite, na porta e da porta ele o assistia chegar rogando pragas a Deus e ao mundo.

– Acho que sim, é preciso coragem, em poucos meses muita coisa pode mudar, mas o quanto nós já mudamos nessa vida! Poderíamos nos transformar em algo tão ruim, que não pudéssemos mudar a nosso favor.

Magnus fez um sinal afirmativo.

Do lado esquerdo, pareando no mesmo galope, Aleksei olhava para o rosto triste de Mileva, sua beleza o fascinava até o ponto em que via seus olhos brilharem para Magnus, então retraía-se, sentia-se mal por imaginar que a amasse e pelo fato de Magnus ser um dos seus melhores amigos.

– Magnus, por favor, pare aí mesmo! – gritou Shura, pouco antes do terraço da entrada da casa do amigo.

– O que houve? Onde está Asset? – Perguntou Magnus, impaciente.

Shura encolheu os ombros, suava frio na testa e coçava a cabeça freneticamente. Buscava uma resposta que não tinha.

– Vamos, homem diga! – esbravejou Magnus mais uma vez.

Neste momento, escutaram um estalo, depois outro e outro, como uma batida de madeira. Rapidamente, Magnus apeou do cavalo e correu para os fundos da casa. Era de lá que vinha o som.

Shura atirou-se em seus braços, suplicando que não seguisse para os fundos. Repentinamente Sasha começou a chorar ao sentir um forte aperto no coração. Shura segurava o rosto de Magnus com as duas mãos, suplicando que não fosse, porém ele se desvencilhou. Houve outro estalo, seguido de um gemido. Todos estavam prostrados em um silêncio aterrador, parecia que um demônio havia surgido cochichando no ouvido de cada um, deixando todos petrificados.

Quando Magnus chegou aos fundos da casa, caiu de joelhos. Asset estava estendido no chão, coberto de sangue, o couro das costas havia sido arrancado e as duas pernas de trás haviam sido esmagadas. Seu pai levantava o mais alto que podia uma pesada tora de madeira e com toda sua força alvejava o espinhaço do cavalo.

– Pare! Pare, pare! Por favor! – gritou, em desabalada carreira, rumo ao animal.

Limpando o suor da testa e vendo o filho correndo em completo desespero, o senhor Pavlovitch, soltou a tora, limpou as mãos com um pano e saiu da cena friamente.

Jogando-se no chão, vendo seu cavalo ser cruelmente torturado pelas mãos do próprio pai, Magnus passou os braços ao redor do pescoço do animal, caindo em um choro convulsivo.

Naquele momento, Magnus, sentiu-se invadido em uma torrente de dor que escorria por todos os poros do seu corpo, parecia que sua alma tinha se quebrado em vários pedaços. Asset estava morto, seu pai era o assassino, o executor da pena de morte, pena a qual ele mesmo causara com aquele passeio desnecessário. Esse era seu único pensamento.

Não suportando olhar, Sasha, Shura e Aleksei, viraram o rosto.

Vendo Magnus chorar convulsivamente, Mileva dava soluços de desespero. Ela simplesmente não podia crer que alguém fosse capaz de um ato de tamanha selvageria. Estava paralisada de terror. Tentou caminhar mas, em um primeiro momento, suas pernas se negaram a continuar. A cena era horrível demais, riachos de sangue ramificavam-se no solo e parte da cabeça estava esmagada. Ainda assim, tomou coragem, abriu os olhos lacrimosos e correu na direção da cena, imbuída de um instinto maior que a coragem ou a ousadia. Estacou ao lado de Magnus, abaixou-se e o abraçou.

Ele nada disse, apenas olhou-a nos olhos. Tentou dizer algo, mas as palavras lhe faltavam tanto quanto para ela. Algumas folhas crepitavam no solo. Magnus sabia, o outono se aproximava. Junto com ele, morriam algumas folhas e depois viria o inverno com a neve cobrir tudo. A morte estava por todos os lados, mesmo nos olhos brilhantes de Mileva.

– Você já perdeu alguém importante? – Magnus perguntou, subitamente.

Mileva voltou a chorar suavemente em seu ombro.

– Perdi algo maior hoje, a fé no ser humano, na bondade e na solidariedade. Há, talvez, perdido em algum lugar, um pedaço morto de meu coração à procura de esperança.

– Sinto muito por te afligir com meu sofrimento. Se um dia eu encontrar este pedaço por aí, eu gostaria de poder ensinar a ele o caminho de volta para casa.

– Eu te garanto, ele já o teria te encontrado, em ti meu coração encontraria todos os caminhos para acreditar. Como Deus é justo, Ele também chora, porque só Ele sabe o quanto você gostava desse cavalo.

– Mileva, vou rezar para que Deus receba Asset – Magnus limpava o rosto, estancando as lágrimas -- Agora está em paz, pode correr eternamente no céu, eu, eu... sabe, eu gostaria de ter cem anos, assim logo estaria com ele, porque mesmo que tivesse vivido por cem anos, por fora, eu sempre seria uma criança ao lado de Asset.

Mileva suspirou lentamente. Magnus apoiou a cabeça sob seu ombro, permanecendo alguns minutos absolutamente vencido por toda a avalanche de horror e tristeza que se apoderava de seu espírito.

Depois de meia hora, ambos regressaram dos fundos da casa, um pouco mais refeitos, porém ainda era nítido o semblante devastado, acentuado pelos olhos vermelhos e a roupa machada de lágrimas e sangue na altura do peito.

Antes que alguém se aproximasse, Magnus tentou mostrar-se lúcido com todos, enquanto o abraçavam. Na verdade, apesar de serem amigos, não gostaria que o tivessem visto chorar em todo aquele desespero, receava que sentissem pena dele. Por isso, tentou retomar o controle da situação. Deu seu cavalo para Shura e Sasha, enquanto liberava Aleksei para levar Mileva.

Ele queria que fosse assim e até insistiu, porém Mileva batia o pé, dizendo que voltaria para casa em sua companhia, se tinha vindo com ele, seria sua tarefa levá-la de volta em segurança. Dizia isso, mas, no fundo não queria mesmo sair do seu lado. Por isso inventava argumentos, pretextos, que não era tão longe, e, principalmente, argumentava, com razão, que Magnus não poderia mais viver com o pai. De fato, estava mesmo disposta a pedir a seu pai para que o amigo pudesse trabalhar na fazenda deles.

Assim foi feito e todos foram embora em seus cavalos, enquanto os dois voltavam a pé para a fazenda do senhor Volkova.

Caminhando na relva rasteira, Magnus, olhou de relance para Mileva, na esperança de que ela não estivesse com a face corada ou aparentasse cansaço físico. Para ele, era sempre uma questão de não machucá-la nem feri-la, porque, de alguma forma, o sentimento que tinha era absolutamente contraditório em sua mente, uma vez que tinha medo de tocá-la. Achava que, se fizesse isso, ela quebraria como uma boneca de gesso.

Ele só poderia gostar dela a distância, por isso, não era de se surpreender a falta de reação sobre a viagem. Magnus havia se fechado em um universo sedimentado pela separação, onde o critério de beleza das coisas estava na distância do seu toque, preso em um mundo onde a insignificância parecia nobre, assim como parece nobre um coração inflamado por um latente desejo pelo impossível.

– Você está cansada? – ele puxou assunto. – Podemos parar um pouco e descansar.

– Não, tudo bem – ela falou sorrindo – em Berlim caminho muito nos parques e também quando vou para Baden. Talvez possamos parar ali na frente, perto daquelas bétulas.

Eles caminharam rumando para a pequena colina e tudo parecia normal, até que Magnus se desequilibrou sem motivo aparente.

– O que foi? – ela perguntou.

– Não sei, mas acho que tropecei em algo e não foi uma pedra, espere... foi aqui neste buraco.

Magnus estranhou, porque notou que a terra ainda estava fresca. Era um buraco cavado em pouco mais de meio metro de profundidade que parecia ter sido feito há pouco tempo.

– O que está fazendo? Está procurando algo? – perguntou Mileva ao vê-lo escavando com as mãos pelo buraco.

Ele ia responder, mas logo mudou a expressão, pois suas mãos bateram em algo duro. Não era uma rocha, pelo barulho dos toques ele pôde perceber que era madeira, e, seja lá quem tivesse enterrado aquilo, o tinha feito há pouco tempo e sem o mínimo cuidado para escondê-lo. Por isso, suas esperanças em algo de valor eram pequenas, no entanto, ele iria até o fim.

– Veja, é um baú, é um baú!

– Abra, abra! Vamos ver, vamos, vamos!

Eles falavam ao mesmo tempo. O êxtase aumentou ainda mais quando perceberam que o baú não tinha tranca. Estavam empolgados como duas crianças que haviam encontrado um grande tesouro escondido, naquele baú fino e largo.

– É apenas uma flauta e eu nem sei tocar isto... – Magnus falava sorrindo em um tom de decepção.

Uma flauta doce marrom. Para tristeza dele, era tudo que havia no baú.

Tentando animá-lo, Mileva disse que ele podia aprender a tocar e não era tão difícil, só tinha de soprar e apertar alguns buraquinhos. Magnus até fez uma rápida tentativa de menos de dez segundos, foi o tempo de ver as gargalhadas que ela soltava ao ouvir aquele som estranho.

– Venha, vamos para a sombra. Eu vou tocar para você ver – disse ela, ao passo em que o puxava pela mão.

No alto da pequena colina, eles pararam à sombra das bétulas, sentados na relva, com o tronco escorado na árvore, estavam ombro a ombro em silêncio. Logo Mileva começou a tocar uma composição de Vilvadi. Junto com eles a melodia também parecia contemplar os raios solares que rasgavam as nuvens e se deitavam sobre a terra, até reluzir em brilho no leito do rio. Já estava bem perto do pôr do sol e, aos poucos, toda a atmosfera alaranjada descascava as matizes de todas as tonalidades possíveis entre o amarelo e o vermelho. Uma forte brisa fresca bateu em seus rostos, agitando as folhas da árvore, os pássaros e tudo mais que estivesse quieto. Ao longe, subitamente o apito do trem, um som bem diferente do normal, pois estava abafado por galopes. Eram cavalos, muitos cavalos, centenas de cavalos selvagens, correndo rentes ao trem a toda velocidade, levantando uma densa cortina de poeira que cobria a fumaça. Com toda essa atmosfera, Magnus sorriu, olhando para Mileva, como se não pudesse acreditar naquilo, em como um pequeno instante na vida poderia reunir tantas bênçãos, como se, perto do pôr do sol, a natureza ganhasse vida própria, se exibindo para roubar todas as cenas do espetáculo antes que as luzes fossem apagadas.

Lá mais ao longe, um pouco abaixo da colina de bétulas, um dos vaqueiros dos pais de Mileva gritou, assim que a viu.

– Vamos? – ela perguntou, levantando-se, junto com Magnus.

– Vá. Você tem de ir sozinha daqui.

– Mas eu tenho que falar com meu pai sobre você e...

Sorrindo, ele a abraçou.

– Não se preocupe. Se ele gostar de mim... Eu moro bem aqui perto, ele mandará me chamar.

– Senhorita Mileva, seu pai a está preocupado. Devemos ir agora, logo irão viajar – disse o homem, ao se aproximar.

Ela montou na garupa.

– Então é adeus. – ela falou, desviando o olhar.

– Adeus.

Foi tudo que disseram, antes de darem as costas um para o outro. Eles não faziam ideia de que não iriam mais se encontrar naquela primavera, tampouco podiam imaginar que só iriam se encontrar mais de dez anos depois.

Em um rastilho de pólvora, a vida escorreu por um mês. Nas margens do Donets já se viam as folhas das faias reluzindo o dourado sobre o leito do rio. Era época de se fazerem as últimas colheitas, tempo em que as crianças corriam pelos campos para alastrar suas peraltices, pois o inverno logo chegaria. Sendo assim, seria de se imaginar que a pequena turma de amigos retornaria ao velho celeiro abandonado para seus derradeiros encontros, no entanto, algumas coisas começavam a mudar. Magnus havia sido expulso de casa pelo pai e, por intermédio de Anastásia, agora trabalhava durante todo o dia na fazenda que fora do senhor Volkova. No pouco tempo de folga que tinha ia cuidar de sua irmã na casa do velho Circassiano. Aleksei tinha se mudado para Kiev, para a casa de seu tio. Tinha dito aos pais que não queria mais viver em Ostranoi. Mileva parecia ter esquecido dos amigos e nunca enviou uma linha de carta. Os únicos que se encontravam com regularidade eram Sasha, Shura e Magnus.

Embalados pelo ciclo da vida, todos estavam crescendo e pensando em si, no seu mundo, suas novas ideias, no jeito de cada um. Era preciso trabalhar para ter honra, casar e ter filhos. Para isso, era preciso ter roupas melhores, falar bem, ter bons dentes, um belo cabelo. Todos imaginavam em que podiam melhorar, de alguma forma. Quando já não somos crianças, a vida perde suficiência e vivemos como um ninguém à procura de ser alguém.

Feliz por estar viva, Maria não tinha nenhuma ideia de ser melhor, vivia cada dia grata apenas pelo encanto de ouvir seu próprio suspiro, de sentir o sabor de alguma salsicha diferente, sempre tentando dar menos trabalho possível para o velho Circassiano. Deus lhe dava poder para respirar, sentir o vento, o cheiro dos jasmins que floresciam na janela de seu quarto, ou mesmo para ter um ataque de tosse, como naquela noite de tempestade chuvosa, em que sua janela ficou um pouco aberta.

– Maria! Está tudo bem? – perguntou o velho, enquanto se aproximava lentamente com a vela em um candeeiro.

– Sim, sim. Não se preocupe.

Sem muita demora, vendo que a tosse só aumentava, ele lhe pediu que virasse de costas para uma massagem.

– Sinto muito estar lhe dando tanto trabalho a esta hora da noite.

– Não se preocupe, eu não estava dormindo, estava apenas escrevendo, não me custa nada vir aqui.

Bastaram alguns minutos de massagem e a tosse havia desaparecido. Ele então colocou a vela sobre uma mesinha de remédios, ao lado da cama de Maria e se pôs a escrever.

Maria se remexeu na cama, tinha a boa lembrança de estar no colo do pai quando ele falava com ela em voz alta. Então, timidamente sentou-se na cama, apertou o travesseiro sobre o peito, desabrochando um e outro sorriso de admiração.

– Me perdoe, acho que estou te incomodando, não se preocupe estou saindo. – disse o velho médico, um pouco constrangido.

– Não, por favor. Não vá. É que... Eu estava me lembrando de meu pai, era tão carinhoso quando ficava na cama comigo à noite, mas isso já faz muito tempo, Magnus diz que é o jeito dele. Papai se tornou um homem destroçado pela própria amargura da solidão.

Um trovão reverberou nos céus, ela se encolheu um pouco na cama, instintivamente teteando ao lado como que à procura das mãos de Magnus, que sempre surgia para lhe cobrir de consolo.

O velho Circassiano, levantou-se, foi até a janela e parou para olhar a chuva derramar impiedosamente e para ouvir a torrente de ventos, que agora chicoteava o telhado de sua casa de madeira. Não era uma grande casa, mas sabia que suportaria aquela chuva, como já tinha aguentado, durante anos, outras bem piores. A única diferença é que havia alguém ali que não sabia disso. Quantas chuvas ele ouvira em absoluta solidão, chegando ao ponto de falar sozinho "É uma tempestade e tanto não acha?". No entanto, sua mente apenas balbuciava "Ah, que bela chuva".

Naquela noite, ele contou muitas histórias de sua vida errante pela Europa. Quando Maria perguntava sobre os melhores lugares, falava sempre dos mesmos nomes: Baviera, Turim, Praga. Assim foi toda a madrugada. A chuva já tinha parado e o dia já estava clareando quando ele finalmente se levantou e falou em voz alta:

"Foi uma tempestade e tanto, não acha?"

Naquele fim de outono, princípio de inverno, Maria estava se recuperando muito bem. A cada dia sentia mais equilíbrio na perna, absolutamente encantado com a beleza e devoção de sua paciente. o velho Circassiano tratava de ser o mais atencioso possível. Magnus tinha conseguido tirar algum tempo para ir visitá-la, ao contrário de seu pai, que nunca tinha aparecido nem para dar bom dia.

Era, geralmente, no fim da tarde que o irmão vinha e, como sempre, nunca aprecia de mãos vazias, trazia sempre consigo uns sacos de milho ou feijão. Às vezes, chegava sorridente com alguns morangos que Anastásia tinha lhe dado.

Não era de se surpreender que, naquele dia, Maria sofresse tantas quedas na tentativa de ficar em pé. Além da saudadede Magnus havia também o fato de que ele tinha lhe prometido um bom e decente banho, tarefa que o velho Circassiano tinha delegado a uma ex empregada do senhor Volkova, que apenas lhe jogava um balde de água no corpo e lhe mandava passar o sabão o mais depressa possível. A grande realidade era que até um banho de gato era mais digno. Para Maria, incomodar era um suplício, por isso, neste dia, havia vivas em sua mente, ninguém iria necessitar ser incomodado.

Soaram batidas fortes e impacientes na porta, nem era bem o jeito de Magnus chegar, mas Maria e o velho Circassiano não estranharam... Até o berro do outro lado.

– GRTK. Polícia política, abra!

Atônito, Circassiano levantou-se o mais depressa possível da cadeira, na esperança de que sua docilidade e cortesia ajudasse a amenizar qualquer mal entendido. Ele já tinha o conhecimento de que Stalin estava exigindo dos camponeses mais grãos do que o normal, mas não era um típico camponês, e sim um médico que comprava cereais e os estocava para sobreviver.

– Queremos ver a despensa, queremos ver o lugar onde guarda trigo, vamos rápido, rápido... – disseram os três oficiais.

– Mas, meus senhores, eu não sou um camponês, vivo daquilo que me dão, pouca coisa, trabalho como médico e professor, aqui só ajudo as pessoas, tenho apenas dois sacos de batata e um de aveia que estoquei para esse inverno, mas, pelo amor de Deus, é tudo que tenho. Não levem, por favor!

– Silêncio, velho imundo! Nos mostre onde guarda os sacos agora!

Ajoelhado, com as mãos juntas, ele implorava para os oficiais do governo não levaram todo seu estoque de comida, mas era inútil, toda sua súplica não era mais sofrível ou dramática do que a dos outros camponeses. Para os oficiais de Stalin, aquilo era mero expediente.

Ouvindo tudo, Maria enxugava o suor do rosto, suspirando por uma intervenção divina, por um lampejo da compaixão que habitava em todos os corações humanos. Subitamente pode distinguir bem um som de uma pancada seguida de um gemido e queda “Eles o mataram”, pensou. No pouco fôlego que ainda lhe restava, tentou rezar com ainda mais fervor. No entanto, logo constatou que nunca saberia o que estava acontecendo enquanto continuasse ali. Foi assim, trêmula de medo, que se jogou de sua cama e se arrastou em um custoso esforço até a sala onde o velho Circassiano estava caído.

– Maria, volte! Não venha para cá... Não façam nada com ela, bando de covardes!

– Hum, que bela moça... – disse o oficial comandante.

– Covardes, covardes! Ela é cega, malditos, ela não pode fazer nada, seu covardes!

Seus gritos, foram silenciados com um golpe de pistola na cabeça. Bem perto da sala, a garota chorava apavorada, ouvindo os gemidos renitentes do amigo.

– O que fizeram com ele? O que estão fazendo? Por que estão fazendo isso conosco?

Neste momento, o oficial encarregado de procurar os alimentos retornou com apenas um mísero saco de trigo e outro de aveia.

– Mas o que é isso? – gritou o líder dos oficiais – Apenas um saco de trigo e aveia! Apenas isso! O que acha que somos, velhote? Que somos idiotas? Sabemos que há milho aqui em algum lugar. Fale logo!

– Não... Eu não estoquei milho – a voz saía entrecortada pelos gemidos.

Impaciente, o comandante pegou Maria pelos cabelos. Mergulhada em soluços, a jovem foi trazida para bem perto de Circassiano. O homem ainda segurava seus cabelos quando se agachou para falar:

– Então o senhor não vai dizer onde está o milho... – começou, com um sorriso irônico – Oh, e esta jovem aqui, pobrezinha. É cega, mas que pele suave, rosto bonito e esses cabelos na cintura, ah, mas sabe que eu adoraria mesmo saber? O que há por baixo deste vestido, não é, rapazes?

O comandante já estava colocando a mão por baixo do vestido, ao passo que Maria se mantinha petrificada pelo terror.

– Pare! – gritou o velho – está bem, está bem. Eu falo, por favor, pare! Eu falo se você não fizer nada com ela.

Rapidamente, ele soltou Maria.

– Está no quintal, enterrado, logo atrás do poço, está lá. Agora por favor, nos deixem em paz!

Rapidamente os homens escavaram e encontraram o saco de milho. Para eles, era o suficiente. Mesmo que isto pudesse matar a garota e o velho, ainda assim eles não se importavam. Aquelas eram as ordens na Ucrânia.

– Por favor, tenham compaixão, deixem pelo menos uma terça de milho aqui... Se levarem tudo, vão nos matar de fome – Circassiano ainda tentava sensibilizá-los, enquanto empilhavam os sacos na carroça.

– Isso não nos interessa – responderam secamente.

Quando os homens terminaram de empilhar os sacos, olharam para o oficial comandante.

– Para onde vamos agora, senhor?

Ele esfregou as mãos, soltando um sorriso de satisfação.

– Para as propriedades do senhor Kutuzov.

Maria e o velho Circassiano não sabiam do risco que Magnus corria, pois não tinham conhecimento que a venda feita pelo senhor Volkova havia sido completada. Na realidade, eles estavam muito mais preocupados em como iriam conseguir sobreviver naquele inverno. Para muitas famílias ucranianas, a primavera de mil novecentos e trinta e dois nunca será esquecida.

Agosto de 1934

O presidente alemão Hindenburg morre. Já feito chanceler, Hitler aproveita o momento e unifica as duas funções, transformando-se no líder supremo da Alemanha. Logo, em dezenove de agosto de mil novecentos e trinta e quatro, os alemães votam em um plebiscito, em que 89,9% aprova a nova função.

Março de 1938.

Logo após anexar a Áustria, Hitler, em sua loucura militar, alega que a Sudetolândia (república Tcheca), região de fronteira com a Alemanha, possui população étnica alemã e que, por isso, há interesses alemães no país.

O presidente francês e o primeiro ministro inglês encontram-se com Hitler, realizando o acordo de Munique, que dá a ele o direito de ocupar a Sudetolândia. Em troca, o líder se compromete não avançar mais.

Junho de 1940

Em sua jogada mais ousada, Hitler decide atacar a França, até aquele momento, seu oponente mais forte, pois possuía uma grande força armada.

Comandados pelo General Von Rundstedt, os alemães surpreendem os franceses ao atravessarem as floresta das Ardenas, empurrando as tropas aliadas para o canal da mancha.

Em quatorze de junho de mil novecentose quarenta, Hitler marchava com Wehrmactht, as forças armadas alemãs. pelas ruas de Paris.

Junho de 1941.

No dia vinte e dois de junho de mil novecentos e quarenta e um, três milhões e quinhentos mil soldados invadem a União Soviética. Era a operação Barbarossa. A maior operação militar na história das guerras.

Dez anos depois

SUL DA RÚSSIA, 8 DE SETEMBRO DE 1942.

CRUZANDO OS MONTES URAIS NOITE A DENTRO, a velha locomotiva russa partia a toda velocidade sobre os trilhos e nenhum de seus passageiros prestava bem atenção se era dia ou noite, ou mesmo se estavam perto ou longe de seus destinos. Logo todos estariam no campo de batalha, talvez até desconfiassem que estavam a caminho da maior batalha bélica da história da humanidade e que aquela pequena viagem era o momento certo para vestir suas almas com as últimas orações.

Roçando em alguns arbustos, a máquina ainda estalava nos trilhos e o assobio de alguns pássaros parecia anunciar que a madrugada ia chegando ao fim, até por isso, Anatoly parecia resignado em sua falta de sono. No começo da noite, tivera um breve sonho, sonhava que voltava para a Ucrânia e todos o chamavam de Magnus. Em sua mente, aquele não parecia um bom sonho e, realmente aliviado, até hoje não sabia como tinha chegado aos Urais, nem quem o tinha colocado no trem. Sabia apenas que não tinha memória e lhe haviam dado aquele nome "Anatoly". Por sorte, a história de Anatoly até ali era bem melhor que a de Magnus.

Por isso o alívio, há pouco tinha acordado com um sobressalto quando o trem passara sobre alguns galhos caídos de um pinheiral. Tentava voltar a dormir, mas, de certo, parecia muito ansioso para relaxar. "Leningrado está cercada, Kiev sucumbiu sem luta, quase chegaram a Moscou... Se vencerem essa batalha, então cercarão Moscou pelo sul e pelo norte virão de Leningrado, aí será o fim.".

Logo vinham algumas imagens, acompanhadas das mesmas palavras de sempre. Estava tão cravado em seu coração, que não sabia se estava sonhando ou embriagando-se em um devaneio pela bravura tão inspiradora daquele discurso:

No sonho, estava sentado ao lado do rádio à espera da grande fala de Stalin.

"Camaradas, cidadãos, irmãos e irmãs, combatentes do nosso exército e da nossa marinha! É a vós que me dirijo, meus amigos! Grave ameaça paira sobre o nosso país."

Anatoly abriu os olhos e rapidamente ouviu o estalar sobre os trilhos do trem. Voltou a adormecer e Stalin continuou:

"Esta guerra nos foi imposta. O inimigo é cruel e impiedoso. Querem a nossa terra, o trigo e o petróleo. Visam a restauração do czarismo e a destruição da cultura nacional dos povos da União Soviética. Querem nos fazer de escravos de príncipes e barões germânicos."

Anatoly tornou a abrir os olhos e levantou-se lentamente. Pela janela do trem, um pálido reflexo do luar clareava seu rosto. Do outro lado do vagão, homens dormiam espremidos uns nos outros enquanto seu único amigo na viagem estava em pé, olhando para o luar. Seu nome era Eron Desya, seu melhor amigo desde que chegara aos Montes Urais.

– Parece uma bela noite para ser a última, não acha? – disse Desya, ao notar a aproximação de Anatoly.

Tirando do bolso a pequena bíblia que seu "pai" lhe conservara, Anatoly, aproximou-se de Desya, abrindo o livrinho em apocalipse 20. Os trechos estavam grifados:

"E, acabando-se os mil anos, Satanás será solto da sua prisão, E sairá a enganar as nações que estão sobre os quatro cantos da terra, Gogue e Magogue, cujo número é como a areia do mar, para as ajuntar em batalha. E subiram sobre a largura da terra, e cercaram o arraial dos santos e a cidade amada; e de Deus desceu fogo, do céu, e os devorou."

Anatoly rapidamente fechou o livrinho, olhou de lado, como sem entender o que se passava em sua mente. Na verdade, ele repetia mentalmente uma frase que parecia ser tirada de algum provérbio chinês:

"Honre sua espada! Nunca a desembainhe para um rato, a espada quer uma batalha que valha a pena!"

– Anatoly? Anatoly? Acabei de te fazer uma pergunta!

– Não se preocupe. Deus tem uma espada pronta, ele provirá contra o demônio.

Colocando a mão na boca, Desya abafou o sorriso em respeito à fé do amigo.

– Anatoly, também queria ter a sua boa fé, mas amanhã estaremos em Stalingrado e... Pelos sussurros deste vagão, tudo que ouço é que metade dos homens não consegue sequer atravessar o rio Volga. A força aérea alemã os abate antes mesmo de o atravessarem.

Desya deu um suspiro e voltou a falar.

– Não sei como os exércitos alemães do sul avançaram em uma velocidade tão avassaladora como essa. Dizem que em Kiev as tropas alemãs fizeram seiscentos mil prisioneiros. Isso é verdade, digo, você sabe de algo, tem ideia disso?

– Porque você me pergunta isso? Eu não sei absolutamente nada sobre a Ucrânia! Além do fato de, infelizmente, ter nascido lá... E, enfim, até parece uma coisa de outro mundo, por que você se surpreende tanto? O povo da Ucrânia recebeu os alemães como libertadores. São uns traidores, não tenho nada a ver com isso!

Anatoly rapidamente, voltou e se sentou em seu canto do vagão para fumar um cigarro. Aos olhos de seu amigo, parecia ofendido e arredio, mas Desya já havia notado em outros momentos essa profunda perturbação, a guerra apenas a tinha acentuado. Logo assegurou-se daquilo que antes apenas suspeitara, o amigo não tinha apenas vergonha de ser ucraniano, como também parecia esconder algo de seu passado.

Afastando-se da janela, Desya deu alguns passos em direção ao companheiro e, enquanto ele se aproximava, Anatoly via o reflexo do luar nos longos cabelos negros de seu amigo, imaginando quantas mulheres ficariam tristes com Desya morto.

– Amanhã, podemos não estar mais vivos – disse Desya, enquanto se sentava ao lado.

– Tem razão! – Anatoly falou sorrindo – Então, eu acho que é melhor você me dar o endereço de todas as mulheres com quem você dormiu nesse outono. Se eu voltar vivo, eu mesmo faço questão de consolá-las.

Rindo descontraidamente, Desya respondeu que um caçador dos montes Urais não suportaria o nível de safadeza de Moscou.

– Você quer apostar? – provocou Anatoly.

– Apostar?! Nós dois?! Sendo que amanhã haverá seiscentos mil alemães prontos para atirar nas nossas cabeças. Cara, que merda de aposta!

– Não seja tão pessimista! Ninguém vai atirar na sua cabeça. Eles podem te matar torturado, queimado, de fome, exaustão, câmara de gás, enfim, não pense apenas no tiro, há várias opções de morte em uma guerra.

– Realmente, meu horizonte estava muito fechado, pensando apenas no maldito tiro na cabeça, agora posso imaginar vários tipos de morte. Sinto-me bem melhor agora, Anatoly, obrigado!

Desya tentou balbuciar algo como “estamos fritos”, mas começou a rir de toda aquela desgraça e eles permaneceram por alguns minutos rindo de suas histórias miseráveis, até que um ou outro combatente reclamava do barulho, então retomavam a conversa baixinho, tentando travar todos os músculos a toda vez que sentiam uma vontade desenfreada de rir convulsivamente. Quantas histórias e como tudo era morbidamente engraçado naquelas circunstâncias tão extremas. Porque, realmente, não lhes restava muito senão rir.

Subitamente, fez-se um instante de silêncio em todo o vagão.

– Desya... há dez anos atrás, eu – Anatoly parou um instante, desviou o olhar para o céu, como se o fitasse pela última vez e permaneceu estancado nas trevas, o rosto congelado em alguma lembrança do tempo.

– Anatoly, acorde! Você dizia que há dez anos...

– Nada, Desya, não é nada, bobagem minha. Vamos descansar, vamos chegar logo.

E nada mais foi dito.

Desçam! Vamos, não tenham medo, desçam logo! Pela sua pátria, devemos lutar, vamos! Vamos!

Quando o vagão de Magnus abriu, vários comissários tinham de puxar os combatentes, em razão do choque com a cena inicial. Eles estavam do lado leste do rio Volga, a cidade de Stalingrado ficava na margem oposta, a oeste. A todo o momento balsas chegavam para buscar mais combatentes, enquanto os aviões da força aérea alemã, Luftwaffe, soltava bombas sobre todas as embarcações que tentavam cruzar o rio.

Protejam-se! Não pulem no rio, não pulem, estão ouvindo! – a plenos pulmões, os comissários políticos e oficiais da GRTK tentavam conter o pânico dos recém-chegados com ameaças e gritos de ordem.

Magnus e Desya olhavam um para o outro com olhos esbugalhados enquanto estavam na balsa e os aviões da Luftwaffe, a Força Aérea Nazista, mergulhavam seu ronco na direção das balsas, atirando com metralhadoras.

"Morrer na guerra sem dar um tiro! Ah, não! Não está nos meus planos servir apenas de bucha.", pensava Magnus.

De repente, quando já estavam perto da margem da cidade, um avião stuka mergulhou atirando.

– Abaixe-se, Anatoly! – gritou Desya.

Quando o avião mergulhou, tiros de metralhadora perfuraram a proteção de cima da balsa, alvejando mais de dez homens da pequena embarcação.

– Você está bem, Desya? – gritou para o amigo.

– Estou, estou sim, não sei como, mas estou.

Magnus nem teve tempo de levantar a cabeça para sorrir aliviado, ao notar, horrorizado, o sangue que escorria sobre seu braço direito. A seu lado agonizava um velhote com um tiro que lhe atravessara o pescoço. Ele então olhou para o chão, se deparando com o mar vermelho em que suas botas estavam mergulhadas e, naquele momento, ele entendeu que sobreviveram apenas porque estavam no meio do bolo e não nas pontas da balsa. Aqueles que haviam morrido serviram de escudo para os que estavam no centro, por isso os comissários colocavam os mais velhos e gordos nas pontas.

Assim que desembarcam, os dois rapidamente se dirigem para as docas de Stalingrado, não havia tempo a perder. Naquele exato momento, os alemães castigavam a cidade com um bombardeio absolutamente infernal.

Àquela altura, Stalingrado tinha cerca de quinhentos mil habitantes e se estendia por trinta quilômetros ao longo do rio, com praticamente noventa por cento da cidade na margem oeste (ocidente), ou seja,

Stalingrado tinha o Volga nas suas costas. Por isso, à medida que os alemães penetravam na cidade, mais os soviético eram empurrados para o rio, onde estavam os últimos redutos de resistência, justamente no estaleiro perto das docas, nas fábricas de tanques e em algumas faixas estreitas de casas perto do rio.

– Desya, por aqui, por aqui, venha! – gritou Magnus, apontando para uma fila de homens que deveriam pegar um rifle.

Ao longe, mas nem tanto, aproximadamente uns duzentos, trezentos metros, rajadas de metralhadoras eram ouvidas, juntamente com gritos de "vamos!" e "avançar!". Alguns tiros ricocheteavam nas ruínas da cidade, outros pareciam afofar-se em um saco de areia, e Magnus sabia que não eram sacos de areia, eram apenas corpos humanos tombando.

O forte impacto de uma bomba nos arredores fez Anatoly e Desya se desequilibrarem. Bem nessa hora, aproveitando-se da ocasião, Magnus furou a fila, correndo para cima do morro onde entregavam os rifles. À medida que subia, seus olhos detinham-se completamente estarrecidos com o cadáver de uma cidade e, a bem da verdade, era isso mesmo na sua mente, tudo era apenas ruínas, entulhos no chão, aviões gotejando bombas, alguns poucos prédios cheios de furos prestes a desabar, homens carregando feridos, chegando com outros sem braços, pernas, gemidos lancinantes reverberavam em seus ouvidos, até que o roncar dos aviões chegou, forçando Magnus a apertar nas mãos o crucifixo que trazia no peito, aí veio o som de passos a correr em desespero, para logo em seguida o estrondo das bombas aéreas arrebentarem tudo.

Morbidamente, uma densa poeira subia, impregnando o último suspiro dos homens. Então com o caminho aberto pelas bombas da Luftwaffe, a infantaria motorizada avançava com os tanques Panzer e a artilharia de metralhadoras terminava o serviço. Uma vez mais recomeçavam os gemidos. "É o inferno na Terra", dizia Magnus para si mesmo, um inferno tão sanguinolento, que, por um momento, desejou que seus olhos ficassem cegos como os de sua irmã.

– Ofereçam cobertura para as baterias antiaéreas! – berraram os oficiais de regimento.

Nos primeiros bombardeios da Luftwaffe, em agosto de mil novecentos e quarenta e dois, já tinham morrido mais de duzentos mil civis em Stalingrado. Consciente de que a maioria das casas era de madeira, os alemães jogaram mais de mil bombas incendiárias, deixando apenas uma floresta de chaminés feitas de alvenaria.

Ao que se dizia, o incêndio de Stalingrado podia ser visto a quilômetros de distância. O fogo destruiu várias e importantes fábricas de que armamentos e, como boa parte da cidade não havia sido evacuada, não restou aos moradores outra escolha, senão colaborar no esforço de guerra.

Quando Magnus e Desya chegaram, a situação parecia quase irreversível, tanto que todos os cidadãos se mobilizavam desesperadamente em algum esforço, fosse cavando trincheiras, construindo casamatas (redutos subterrâneos), trabalhando nas fábricas, nas interceptações telefônicas, cortando linhas de abastecimento dos alemães, ou mesmo fingindo-se de amigos.

“Meu Deus, os alemães vão afundar Stalingrado!”. – Talvez este fosse um pensamento muito comum em todos os “impressionáveis” soldados, porém Magnus sabia bem o que esperava, tinha se tornado um homem frio e calculista. No entanto, ele estava um tanto bestializado com o incrível canhoneio alemão, aquilo parecia uma chuva de bombas aéreas com milhares de balas cortando o ar como um enxame de abelhas enfezadas.

– Quem não tem rifle, segue o que tem! Estão ouvindo, quem não tem rifle segue o quem tem, quando o que tiver rifle morrer, você pega o rifle dele. Quem não tem rifle, segue o que tem.

Magnus pegou o rifle, olhando para Desya com uma cara tipo: "Nós vamos arranjar um rifle pra você, que por sinal, não será o meu.".

– Tudo bem, tudo bem. Você sabe atirar melhor. – disse Desya conformado.

– Avancem! Para longe da fábrica de tratores! AVANCEM! AVANCEM! – ordenavam os oficias de regimento.

– Anatoly, avançar?! Mas é correr em direção às balas. É suicídio! – disse Desya.

Não havia outra escolha, era preciso empurrar os alemães para mais longe do Volga e Magnus sabia que os oficiais precisavam sacrificar alguns homens para isso.

Durante quinze minutos, a artilharia alemã continuou firme, a derramar o sangue de muitos soviéticos, porém interromperam o avanço ao ouvir o sibilar dos foguetes Katyusha na margem leste do rio. Até que os foguetes pararam, já estava perto do final da tarde e a Wehrmacht parecia satisfeita em ter avançado dois quarteirões.

Reinou um silêncio sepulcral e os inimigos relaxaram sem perceber que Magnus e Desya ainda continuavam em seu perímetro. Ainda assim, com a devida meticulosidade alemã, um dos comandantes ordenou que uma patrulha "assegurasse" a área.

Em cima de um jipe, os soldados passavam, metralhando cadáveres para cientificar-se que estava tudo seguro.

– Ali tem uma barricada de entulhos. Vamos, abaixe-se sobre aqueles outros cadáveres e se finja de morto. – disse Magnus para Desya.

A patrulha se aproximou da barricada dos jovens soldados.

"Não acho que exista muita glória em morrer fingindo-se de morto", pensava Desya

A patrulha passou rapidamente metralhando pilhas e pilhas de corpos, os dois amigos sentiram os espasmos dos corpos daqueles que ainda agonizavam, o ruído do motor do jipe foi ficando mais distante, até quase sumir. Por um momento, trincaram os dentes, simplesmente não podiam acreditar que estavam vivos, chegando mesmo a temer abrir os olhos e, de certo, podiam acordar em outro mundo, ou, o que seria pior, no mesmo mundo de cara para um rifle alemão.

Atrás daquele monte de tijolo e ferro retorcido, Magnus e Desya abriram os olhos lentamente, ofegantes, com a mão na boca para não fazerem barulho, tão mergulhados naquela atmosfera alucinante, que não tinham sequer reparado nos três homens ao lado. Um deles era um sujeito bem estranho, por sinal, pois vestia um sobretudo elegante, com um grosso lenço ao redor do pescoço branco, usava óculos modernos; de fato, aquele não era um traje de um soldado convencional e, ainda assim, ele tinha um rifle com mira telescópica, o qual, pela sua aparente tremedeira, ele não devia saber usar direito. Parecia muito mais com um aristocrata da Rússia czarista do que propriamente com um soldado do Exército Vermelho.

Os outros dois tinham vestes mais modestas, porém seguravam o rifle com mais segurança e tenacidade, tinham a pele mais escura e um nariz alongado.

Por uma pequena brecha em meio ao entulho, os três podiam ver cinco alemães, três conversavam tranquilamente, outro fumava e o mais distante tomava banho.

– Camarada Igor Danilov, comissário político – disse o homem bem vestido, em um fio de voz.

– Camarada Abdul Nasser Kolinov, soldado do 278ª companhia... e este ao meu lado é Yuri Yushenko. – disse o outro, com o rifle apontado.

Cumprida a formalidade, Kolinov voltou-se concentrado para a mira de seu rifle, porém Yushenko segurou seu braço, apontando para Anatoly.

– Se você atirar, denunciará a nossa posição – disse Magnus, ao notar a disposição de Kolinov.

Danilov redarguiu-lhe um olhar mesclado de confusão e impotência, jogando no ar uma pergunta embargada pelo claro constrangimento.

– Algum de vocês sabe atirar?

Magnus fez um sinal positivo, prontamente reforçado pelos acenos de Desya.

– A única forma de não denunciar nossa posição vai ser atirar quando houver uma explosão, fiquem atentos. – falou Magnus.

Ele passou a mão naquele belo fuzil Mosin Nagant, engatilhou suavemente e fixou a mira no homem do banho, o mais distante.

Esbaforido, Danilov olhava obcecadamente pela pequena brecha o homem tomar banho, depois olhava para Anatoly sustentando a mira e não deixou de morrer um pouco por antecipação com a real possibilidade de algo não dar certo. Se Anatoly errasse, como era mais do que provável, os alemães iriam notá-los e seriam fuzilados ali mesmo, era tudo uma questão tempo. Ora, o alvo devia estar a mais de cento e cinquenta metros de distância, ele ia errar, era quase uma certeza.

De repente, um avião da Luftwaffe mergulhou. "A explosão", foi o único pensamento de Anatoly e, concomitantemente ao barulho, puxou o gatilho. Danilov e Abdul Kolinov alvoroçaram-se pela brecha, emocionando-se com a tira de sangue que a cabeça do homem jogava no ar.

O soldado que fumava terminou seu cigarro, ia virar em direção ao alvejado quando outra explosão surgiu e Magnus perfurou seu capacete com um tiro no centro da testa. Danilov simplesmente não acreditava, Anatoly continuava, friamente, engatilhando o fuzil.

Um dos três homens separou-se, caminhando na direção do soldado que fumava, chegando a ver seu corpo. Virou-se para gritar, mas veio outra explosão e uma bala perfurou seu olho direito. Agora Danilov se apertava para não gritar, o que era aquele homem com um fuzil? Quanta habilidade, frieza e que mira. Abdul, por sua vez, apenas observava, tentando absorver um pouco da técnica do siberiano.

Com apenas dois homens, Magnus simplesmente atirou em um na frente do outro e, quando o último quis levantar, já era tarde, mais dois tiros na cabeça e nada menos que cinco homens mortos em cinco minutos.

Sorrindo como uma criança travessa, Anatoly acenava para Desya, enquanto tentava devolver o fuzil para Danilov, que apenas olhava para ele maravilhado, contemplando aquele momento como se o destino o tivesse guardado especialmente para eles, como se daquele ponto em diante, daquele encontro entre um jovem jornalista e aquele atirador, fosse surgir uma grande esperança. Não sabia de que forma, depois de tantas desgraças, mas via toda a União Soviética resplandecendo de orgulho, talvez porque, na sua mente, finalmente reluzia a manchete que estamparia seu jornal no dia seguinte:

"Surge um herói"

– Nesta guerra, este monte de ruína ainda é uma benção. Espero que este prédio fique em pé pelo menos por hoje, enquanto passamos a noite. – fazendo guarda do lado de fora, Yushenko testava os nervos de Anatoly, especulando mais uma forma de morrer na guerra.

– Sinceramente, se não morremos no bombardeio das docas, não acho que agora vamos morrer soterrados pelo prédio, não acha? – respondeu Magnus.

– Anatoly, você tem razão, mas penso que talvez fosse melhor, morreríamos em paz, sem dor e estaríamos livres deste mundo de sangue... Ah, mas não se preocupe, não vai cair. – terminou sorrindo.

Naqueles tempos de incessante bombardeio, até que aquele prédio parecia servir, talvez para mais dois meses de guerra, ora nos guerra. Nos dois andares destruídos de cima havia salientes rachaduras grossas nas paredes, perto do chão. Um pequeno prego segurava debilmente uma bandeira da União Soviética. Parecia mesmo um péssimo lugar para se viver, mas, em Stalingrado, aquilo era até um grande luxo, principalmente pela quantidade de escombros que tinham ao redor, o que propiciava escudos e barricadas naturais. Não era de se surpreender que Danilov, impressionado como era, quisera levar Anatoly e Desya para lá passarem uma noite aconchegante com direito a uma pequena fogueira, mingau decente e um colchão livre de pulgas.

Por outro lado, Abdul Kolinov agradecera o convite, mas ia voltar para o seu regimento, agora gostava de dormir junto de seus companheiros. Vários mulçumanos tinham acabado de chegar do norte do Cáucaso, o irmão de Abdul era um homem ambicioso, um georgiano cristão que acabara de se converter para o islamismo e isto já tinha surtido o primeiro efeito. A maior parte da comunidade já estava hospedada no teatro da cidade, na realidade, os Kolinov tinham feito uma aliança com o comandante em chefe em Stalingrado, eles teriam um comando de regimento, em troca, deveriam recrutar o maior número possível de muçulmanos do Cáucaso, coisa que Samir Kolinov já fazia muito bem.

Assim foi feito e cada um seguiu seu caminho e agora o jornalista tinha um esfomeado Eron Desya à sua frente, repetindo pela terceira vez o prato de mingau enquanto tagarelava sem parar.

– Hum, o que você queria? – disse Desya – Anatoly pode não ser da divisão de atiradores de elite, mas cresceu nos Montes Urais, caçando ursos e lobos, está acostumado a atirar, fez isso a vida inteira. Eu, sinceramente acho, e não é porque ele é meu amigo, mas não acredito que em toda a União Soviética exista um atirador tão bom quanto Anatoly. O que ele fez hoje...

– Espere, espere – interrompeu abruptamente Danilov, de onde vocês são mesmo?

– Dos Montes Urais.

Entornando três colheradas seguidas, Desya queimava a língua para não dizer outra coisa ou mesmo rir, estava certo que seu interlocutor era meio doido, subitamente o homem desatava a caminhar de um lado para o outro, feito um demente repetindo a todo instante as mesmas palavras.

– Sabe, – começou Danilov, transparecendo certa afobação – temos milhares de homens, tropas siberianas, posicionados na fronteira do extremo leste, por mim, já estariam aqui, mas Stalin teme que o Japão nos ataque por ali. Hitler poderia muito bem pedir ao seu aliado nipônico para atacar por uma frente leste, aí estaríamos mortos, lutando em duas frentes.

Do outro lado da grande sala estava o comandante, o chefe das tropas de Stalingrado, seu nome era Nikolay Armelov. Era um homem alto, de cabelos pretos desgrenhados, de rosto amorenado, cavado de vincos de expressão, e a voz tão grave que parecia um rugido, e nada disso chamava mais atenção do que o frenético piscar de seus olhos, apenas um recém-adquirido tique, o qual parecia se acentuar com violência enquanto ele discutia estratégias com um de seus oficiais mais teimosos.

– Estamos sendo massacrados pelos alemães, porque eles atacam ao mesmo tempo em três frentes, pelo ar a Luftwaffe nos bombardeia e no chão o 6º exército de Paulus nos ataca pelo norte, enquanto o 4º exército de tanques Panzer de Hotz nos ataca pelo sul. Devemos lançar duas contra ofensivas imediatamente, caso contrário, seremos empurrados para trás do Volga e então será o fim. – disse o oficial.

– O que você acha que sabe da guerra? – respondeu Armelov asperamente – Como você acha que os alemães venceram a Polônia, a

França e os Países Baixos? Como você acha que eles matam milhares de leningradenses em um cerco?

– Blitzkrieg idiota! – gritou Danilov – A tal guerra relâmpago que combina ataques aéreos e o avanço de dois flancos de infantaria motorizada, circundando, até que as duas pontas da pinça alemã se encontram na retaguarda do inimigo. Esta é a essência da guerra alemã.

– Esta estratégia – recomeçou Armelov – é muito eficiente em campo aberto, eficiente até mesmo em terrenos acidentados e florestas, como a Wehrmacht surpreendeu os franceses, na invasão das Ardenas, mas aqui em Stalingrado, com pilhas de entulhos de dez metros! Aqui tanques já não se locomovem mais! Aqui é nossa casa, não devemos partir em uma ofensiva direta, não! Não, senhor! Vamos esconder nossos homens nas posições mais inimagináveis, porões, sótãos, embaixo de entulhos. Vamos fazer nossos atiradores de elite caminharem à noite pelos esgotos da cidade, escondê-los em prédios bem localizados. Não devemos ficar a menos de cinquenta metros dos alemães, dessa forma a Luftwaffe não irá mais realizar nenhum bombardeio as nossas costas.

– Nisso o senhor está certo. – subitamente o semblante do oficial se encheu de gravidade – Senhor... mas, mudando um pouco de assunto, eu preciso informar que... senhor, o médico psiquiatra disse que mais dois homens do meu batalhão... Eles começaram a apresentar um quadro grave de demência e estão delirando, chamando... – o jovem oficial hesitou, temendo uma bronca ainda maior, justamente daquilo que Armelov não admitia ouvir.

Armelov arregalou os olhos.

– O que? Diga, diga, vamos!

– Estão chamando pela bruxa, estão chamando por Madonna Capadócia!

– A tal bruxa de cem anos? Ora, que bobagem! Agora todos os loucos a chamam, não é? Esses homens fracos, sim, são fracos, eis o que são!

Eles se mijam nas calças ao chegarem no front, a loucura deles vem daí, da covardia! Não há nenhuma bruxa os enfeitiçando, são eles que se fingem de doidos, inventado essas histórias de Madonna Capadócia. Não passam de uns sem vergonha, se alguém chamar por... – Armelov botou a mão no peito sem ar – Mande fuzilar todos!

Do lado de fora do prédio, Magnus e Yuri Yushenko mantinham vigilância a há mais de uma hora. Conversavam para passar o tempo e a conversa teimava em girar sobre o mesmo assunto, na verdade, Magnus já estava meio desconfortável com aquela entrevista para a morte, fruto do obstinado interesse que sua figura parecia despertar.

Subitamente Yushenko, disparava mil questionamentos filosóficos sobre o sentido da vida e da morte, cunhando frases que, em um primeiro momento, pareciam ao atirador uma pontada em seu orgulho de guerra.

Yushenko manteve-se impassível, sereno, como se a noite transcorresse na sua mais perfeita forma de ser e, por mais incrível que parecesse, agora até estampava um sorriso realmente cativante. Mantinha-se com as duas mãos juntas em sinal de oração e isto inspirou em boa impressão em Anatoly, uma impressão mais que pacífica, uma impressão segura.

Diante daquele homem que queria saber da morte, Magnus notava seu olhar se dirigindo para aquele céu tomado de estrelas, depois ele fechava os olhos, suspirava, balbuciando baixinho palavras que pareciam invocar dentro de si o despertar de uma paz celestial. Olhou em sua face e, de uma hora para outra, um véu de candura mergulhou em seu espírito, como se a alma de Yushenko estivesse se descamando, deixando à mostra, a nudez reluzente, que intimidava o jovem atirador.

— Esta noite e sua melodia são tão encantadoras – Yushenko falou, mantendo-se no seu estado de serenidade.

Em um gesto de cabeça, Magnus concordou, acreditando que Yushenko o companheiro falava de maneira figurativa do som. Ele não fazia ideia de que o som realmente estava em Yushenko e o efeito que estava criando.

– Seu dedo mindinho... O que houve, foi queda de cavalo? – indagou Yushenko, ao notar o dedo torto de Anatoly, segurando o fuzil.

Nem bem Anatoly confirmou, o outro cortou-lhe a palavra.

– Quando criança, eu tinha um belo cavalo, eu o adorava... – Yushenko repetia.

Ouvia tudo com atenção redobrada, encantado em encontrar alguém com a mesma paixão que a sua. Sem demora, a presença de Yushenko foi cativando-o, sem ele sequer perceber o que realmente estava acontecendo.

– Escute, Yushenko, – exclamou subitamente – Por que não vamos ao galpão das docas? Os oficiais do 65º Exército guardam alguns cavalos lá, o que você acha? Poderíamos até montar!

Em um primeiro momento, ele refutou a ideia com o argumento de que estavam de guarda e isto denotava certa rigidez ética que queria incorporar em toda a guerra. Porém o outro insistia, com aqueles olhos feiticeiros que só cresciam com a noite, ele era agora apenas o fantoche da besta, de outro modo não seria capaz de magnetizar sua presença sobre Magnus, o jovem recém-chegado do Urais nada sabia sobre Madonna Capadócia ou qualquer coisa do tipo, por isso concordou.

Aquele grande galpão não devia ter mais de cinco metros de altura, ainda assim podia-se notar facilmente seu comprimento. Ele ocupava uma quadra inteira, estava no bairro das docas, porém distante das grandes fábricas, por isso ainda muito preservado das bombas alemãs. Dentro dele havia dois tanques semi destruídos e alguns sacos de batatas e aveia empilhados na entrada. Magnus, viu aquilo como sinal de que os mantimentos mudavam de lugar a toda momento e, se estavam ali, era porque a força aérea alemã ainda não tinha descoberto aquela região.

– No final do galpão – Yushenko falava, ao passo que trancava o portão – eles improvisaram duas cocheiras, são dois belíssimos cavalos, um baio e outro é negro, de uma raça que nunca vi, vamos, vamos depressa! – caminhando a passos rápidos, chamava Anatoly para cada vez mais dentro da escuridão.

Cada um tinha uma lâmpada de querosene nas mãos, ainda assim Anatoly não se apressou tanto enquanto mergulhava no breu das trevas.

– Devagar! Não há motivo para pressa. – bradou ao ver Yushenko tomar a dianteira.

– Tudo bem, mas fique logo atrás, você pode se perder aqui dentro. – o outro respondeu com ar soturno.

Magnus pedia que ele caminhasse mais devagar senão não conseguiria acompanhar.

– Yushenko, me espere... Yushenko está ouvindo.... Yushenko!

Mesmo correndo, percebia que cada vez mais Yushenko ganhava distância dele, até que, em um determinado momento, em meio aos caminhões, aquela pequena chama pareceu fazer uma curva para esquerda, depois outra e outra e então a luz de Yushenko praticamente desapareceu. Chocado, Magnus começou a se assustar, caminhava lentamente, olhando para todo lado, confundindo-se com o tamanho do galpão e a direção que devia seguir, pois, na sua cabeça, para seguir em frente teria de fazer alguns desvios.

– Yushenko, está me ouvindo? – gritou mais uma vez. Não houve resposta.

Talvez o melhor a fazer fosse parar e foi justamente o que ele fez, no entanto, sentia que não era capaz de voltar sozinho dali, não estava lá dentro há mais de cinco minutos, nem tinha caminhado tanto, mas aquela escuridão começava a lhe inspirar certo receio na sua capacidade de se orientar, além de que, Yushenko estava lá e, de alguma forma, sentia que não era seguro voltar sem ele.

– Yushenko, está me ouvindo? Vou ficar aqui esperando, tudo bem?

De repente, seu grito teve um eco muito distante, rapidamente a situação começava a ficar inexplicavelmente angustiante, não que Magnus tivesse medo do escuro, não era isso, mas, na sua imaginação, naquele exato momento um homem viria apunhalá-lo por trás, um gás sairia para asfixiá-lo, uma bala correria na sua direção.

Era absolutamente aterrador e, por alguns instantes, ele duvidou se as imagens eram construídas em sua imaginação ou materializadas no escuro. Via-se como uma presa impotente em uma emboscada e não adiantaria gritar ou correr. A situação deteriorou-se ainda mais. Um sopro do inferno e a chama de sua lamparina se apagou. Podia ouvir com bastante nitidez as batidas de seu coração. Bem perto dele um pedaço de ferro estalou, fazendo-o caminhar para a esquerda, desta vez, sem o auxílio de nenhuma luz, começando a tropeçar e esbarrar em todo tipo de bugiganga e destroços.

"Mas que droga de lamparina, meu Deus. Que diabo está acontecendo aqui, parece que estou em um labirinto, dentro de uma caverna sem fim", pensou.

Sem saber ao certo para onde ir, caminhava e parava, tentando lembrar o caminho de volta. Já não estava nem um pouco preocupado se Yushenko voltaria com ele ou não, na realidade, tudo que queria era sair daquele lugar esquisito o mais rápido possível.

Seus esforços de concentração não davam resultados, tentava refazer o percurso mentalmente, entender os objetos que tropeçara, para então definir seu caminho, mas era inútil, absolutamente inútil, sua mente parecia travada e em poucos instantes seus membros enregelaram-se, em um tremelico compulsivo. Seu corpo não obedecia mais e não teve outra coisa a fazer senão gritar incessantemente por alguém, mas nada acontecia, tudo se mantinha na mesma, parecia que não havia mais ninguém em seu universo de existência.

De fato, ele já não ouvia Stalingrado, tampouco seus tiros ou aviões e, por mais que caminhasse de um lado para outro, sentia estar se perdendo mais e mais. De uma forma sufocante, aquela escuridão ia afogando seus sentidos em uma pressão enlouquecedora. Notou que, ou encontrava uma solução, ou ficaria louco. Refez esforços, porém sua mente teimava em se autossabotar, forjando imagens de agressores para onde quer que ele olhasse. Quando já estava à beira de um choque nervoso, ele escutou algo.

– Quem está ai?

Ninguém respondeu. O som continuou e Magnus percebeu que vinha de baixo.

Um pouco mais para perto e o som aumentou. Empunhou o rifle, caminhando com a mira na frente. Aos poucos, à medida em que se aproximava, o som ia ficando mais nítido, até que se deu conta. Era um som de choro.

Naquele primeiro instante, ficou aliviado, achava que talvez fosse uma criança, ou alguém perdido, por isso apressou as passadas, caminhando para o fundo do galpão. Não demorou muito e ao longe, avistou uma luz, mais alguns passos e finalmente pôde distinguir aquela voz, tomada de choro e lamúrias.

Era Yushenko.

Não era um engano, era ele e Anatoly quis correr em sua direção, porém refreou seu impulso, estático diante daquela cena aterrorizante.

Yushenko estava de joelhos, coberto de sangue e com uma faca nas mãos. Perto dele um cavalo agonizava no chão, em seu corpo mais de dez facas permaneciam cravadas, fazendo o sangue jorrar por todos os lados.

– Veja, Anatoly, veja. – Yushenko falava chorando – veja o que nós fizemos, nós o matamos, nós o matamos, nós o matamos...

Completamente estarrecido e sem querer acreditar no que via, Magnus deu dois passos para trás, empunhando novamente a mira do rifle porque Yushenko ainda tinha uma faca na mão.

– Anatoly, meu amigo, o que foi? O que você tem, porque está apontando para mim? Eu apenas fiz o que você mandou.

Yushenko levantou-se, caminhando lentamente na direção de dele.

– Não se aproxime, seu doente! Eu atiro, estou avisando nem mais um passo! Você está possuído pelo demônio, desgraçado. – Magnus não escondia o desespero que aquela situação anormal lhe acendia, acreditava piamente que o cavalo morto não poderia ser obra dos homens da terra.

– Você faria isso?

Ao passo que esfregava as mãos sujas de sangue no uniforme, Yushenko sorria, agora sua postura mudara, já não havia choro e tristeza, seu rosto ficou lívido outra vez e sua postura tornara-se altiva.

– O demônio, eu? – ele perguntou, lambendo o sangue da faca – Não, o demônio em si é muito pequeno e incompetente para ser comparado a mim. Um homem à beira da salvação pelas mãos de Madonna Capadócia.

Anatoly sabia que já tinha ouvido falar naquele nome, mas não lembrava bem, na verdade não tinha tempo de pensar. Yushenko continuava a se aproximar com a faca na mão.

– Pare! Eu já mandei parar! Estou avisando, vou atirar, não quero fazer isso, mas vou fazer.

Uma pilha de nervos, ele recuava, com os braços tremendo de uma forma que talvez até achasse que não fosse acertar o tiro. O outro, por sua vez, simplesmente ignorava as ordens de Anatoly e continuava caminhando em sua direção, cada vez mais rápido, como se realmente quisesse que ele atirasse, como se estivesse desafiando sua coragem.

– Oh, meu caro Anatoly, você começou isto tudo, agora termine, vamos faça. Este é o seu destino, onde você estiver, lá estará a morte!

Magnus parou, deixando o outro a dois passos do fuzil. Yushenko caminhou os dois passos, encostando o peito no rifle.

– Se você tem coragem, faça. – ele falava serenamente.

Anatoly não esboçou reação, estava paralisado de terror, estava convicto de que um demônio tinha se apossado do amigo, por isso relutava qualquer movimento brusco.

– Muito bem – disse Yushenko.

Ele lentamente esticou o braço com a faca, a direção era o peito de Anatoly, e o jovem atirador via lentamente a arma se aproximar mais, e mais, e mais...

Até que um tiro ecoou em todo galpão. Magnus o acertara.

Yushenko caiu de joelhos, o tiro entrara pelo peito, saindo pelas costas, Anatoly não fez mais nada. O outro gemia baixinho de joelhos, aos poucos esses gemidos foram silenciando em uma longa respiração. Subitamente Yushenko levantou a cabeça, encarando-o nos olhos, pronto para lhe dar uma resposta que o surpreenderia ainda mais.

– Obrigado, Anatoly!

– Yushenko... Por que?

Mas, antes que tivesse uma resposta, sentiu como se a vibração de uma tempestade chegasse aos arredores do galpão, os ferros do portão começaram a estalar. Magnus estava cada vez mais convicto de que algo fora do normal estava em curso e, de fato, estava. Em poucos segundos os portões se arrebentaram, pôde ver a saída, quis correr, mas não conseguia a ventania não deixava.

– Vá embora, Anatoly, vá agora! – gritou Yushenko.

Quando Magnus virou o olhar, viu o amigo de joelhos, com os braços abertos, como se estivesse prestes a subir ao céu.

– Yushenko, o que está acontecendo?

– Não se preocupe, Anatoly, não tenha inveja de mim! Morte Branca trará seu fim.

– O que? Mas o que está dizendo? Morte Branca? – agora os gritos eram inúteis, Yushenko se mantinha inflexível em sua posição.

Em meio a ventania, Magnus, correu para se escorar em um caminhão. Alguns objetos começaram a voar pelos ares e Yushenko parecia cada vez mais rígido em sua posição.

Por um instante, acreditou que também estivesse louco, mas, na sua imaginação, podia ouvir claramente o roçar de um vestido, como se uma mulher se aproximasse, não dele, mas de Yushenko.

Foi quando, ouvindo o ruído bem próximo, Magnus, viu o amigo juntar as mãos em oração, sorrindo e falando calmamente.

– Vida querida, eis a vida que tanto espero!

Dito isso, o vento, como tinha começado, parou subitamente e as coisas já não voavam mais. Yushenko caiu de lado e tudo ficou em silêncio. Sem saber bem o que fazer, Magnus não pensou em nada, simplesmente correu para a saída, porque estava com medo que se fechasse de novo. Precisava chamar ajuda rapidamente, não sabia se Yushenko estava vivo ou morto, mas alguém haveria de ajudá-lo e ele poderia explicar toda a situação. No fundo, além do horror do que tinha visto, também estava com medo de ser acusado de assassinato.

– Homem, pelo amor de Deus... Fale... Respire, se acalme, está pálido! Está sem cor, Desya, traga água rápido, ele está passando mal! – impressionado, Danilov tentava entender o que tinha acontecido para deixar Anatoly daquele jeito.

Assim que se acalmou um pouco, ele tratou de contar toda a história, ressaltando com todas as letras a legítima defesa na morte de Yushenko.

– Relaxe, ele era apenas um soldado comum, por outro lado, hoje mesmo eu estava falando com Armelov, ele vai promovê-lo para atirador de elite. Então fique calmo, ninguém vai fazer nada, eu lhe garanto, só peço que fique calado e confie em min.

– Tudo bem.

– Como você disse mesmo que ele tinha respondido, quando você o chamou de demônio? – Desya quis ouvir, aquelas duas palavras mais uma vez. Armelov já tinha saído e eles poderiam conversar à vontade. Na verdade, a conversa do comandante continuaria de onde tinha parado e esta era a grande coincidência da noite que tanto fascinava Desya.

– Madonna Capadócia! Ele já disse isso, você não ouviu? – Danilov respondeu com rudeza.

Anatoly fez um sinal positivo com a cabeça e ele notou o tom irritado do outro. Ele logo deduziu que poderia não pegar muito bem alimentar aquela história sem sentido, mas ainda assim estava curioso, mais que curioso, havia mesmo um desejo latente em saber o que era e do que se tratava Madonna Capadócia.

De fato, ele não queria ir direito ao assunto, não queria se passar por um "potencial fanático", mas lembrava das últimas palavras de Yushenko, anunciando um tal "Morte Branca". Disso ele poderia perguntar com qualquer outro pretexto e foi exatamente o que fez.

– Morte Branca – Danilov falava, rangendo os dentes – é um nome miserável que deram a um atirador alemão que atuou em Leningrado, junto com as tropas finlandesas. Ele atirava camuflado na neve e segundo dizem, não sei, matou mais de cem soviéticos em uma semana. Segundo o monitoramento do serviço secreto, o desgraçado estaria aqui em Stalingrado.

Naquele momento, Magnus percebeu o receio por trás da raiva de Danilov, então simplesmente debochou, dizendo que não haveria atirador como ele em Stalingrado. Dizia aquilo para ganhar Danilov, mas também para poder introduzir outra vez Madonna Capadócia na conversa.

– Bobagem, Madonna Capadócia, Morte Branca, eu aposto como são apenas lendas bestas para botar medo nos fracos, não é?

– Isso! Exato, uma lenda besta! Isto tem origem nas Guerras Napoleônicas – começou Danilov, cedendo ao interesse sutil de Magnus.

Anatoly inclinou-se na direção de Danilov, delepara não desviar a atenção, sentia um interesse especial naquilo.

– Dizem – continuou – que um grande comandante de Napoleão chamado Denis Lafaiete chegou bastante ferido a um povoado perto de Smolensk e foi informado da existência de uma santa milagrosa que seria capaz de curá-lo. Como ele não acreditava naquilo, resolveu ir ver com os próprios olhos a tal santa. Eles a chamavam Madonna Capadócia.

– Mas porque esse nome? – Magnus perguntou

– Era filha de turcos e, segundo dizem, quando ela nasceu, floresceu, depois de anos de seca, uma bela primavera nas estepes da Rússia. Por isso Capadócia, em homenagem a Santa Doreteia da Capadócia, a santa da primavera.

– E Denis conseguiu vê-la? Foi curado?

– Ele não apenas foi curado, como também se apaixonou por ela, dizem. Não sei direito. Depois jurou protegê-la, e aquelas bobagens todas românticas que iriam fugir juntos, essas coisas!

– E fugiram?

Danilov fez um sinal negativo com a cabeça.

– O caso chegou aos ouvidos do czar e logo ele achou que poderia usar isso a seu favor e então ele prometeu um pedaço de terra para Madonna Capadócia viver com Denis, uma fazenda que dizem ser aqui perto.

– Mas havia algo em troca – Magnus se antecipou.

– Sim. Ela devia escrever uma carta para Denis partir imediatamente para Rostov. De lá, iriam em uma carruagem. Bem, e foi o que ela fez, ela escreveu.

– Era uma emboscada para Denis, não era? – perguntou, já afirmando.

Danilov confirmou.

– Então o que aconteceu? Como isto se tornou “Madonna Capadócia”?

– Ela seguiu seu caminho, foi para a fazenda, dizem que a propriedade ganhou seu nome e, durante todo o desenrolar da guerra, permaneceu resignada. No fim, quando realmente soube o que tinham feito com Denis, caiu em depressão, enlouqueceu, perdendo todas as forças milagrosas, deixando-se apoderar por um demônio, amaldiçoando os russos dia após dia, até chegar a ponto de unir ao seu próprio rosto uma máscara de barro e cimento para que nenhum homem jamais a olhasse outra vez. Prometendo um dia retornar para se vingar, criaram a lenda, porque alguns soldados do front estão ficando loucos, bobagem! Bobagem!

– E então, o que houve, ela morreu, matou os russos? – já naquele momento, perguntava de maneira insistente, ainda não fazia ideia do que realmente o envolvia em toda a história.

– Bem... Ela morreu. Muitos dizem que ela, em seu estado de loucura, suicidou-se se afogando no rio Volga e dizem que de lá ela chama todos, para levá-los em seus braços para a morte, blá, blá. Esta é a boba história dos covardes! A realidade é que muitos homens não têm nervos para Stalingrado, aí inventam essas coisas.

– É, com toda certeza. – Anatoly desconversou.

VERONEZH, 1 DE OUTUBRO DE 1942.

ARRANCHADOS NO PRÉDIO DA PREFEITURA de Voronezh, o 1º exército alemão, do general Von Sauller, ocupa tranquilamente a cidade, mantendo apenas posições defensivas na já extensa linha de frente alemã no sul da Rússia.

Para o general, tudo parece caminhar de vento em popa, a ponta de lança em Stalingrado já tinha tomado quase toda a cidade; a raposa do deserto, Erwin Rommel, ensandecia os ingleses no norte da África e, àquela altura, era de se imaginar que o povo de Leningrado já devia estar rezando para que o lago Ladoga congelasse logo e bem forte.

"Ah, mas uma hora vai descongelar e aí nenhum caminhão poderá abastecê-los com comida, só restarão barcos lentos. Um alvo fácil demais para a Luftwaffe", pensava Sauller.

Deitado em um quarto especialmente preparado, o general abriu um sorriso franco, contagiante, daqueles rasgados que irradiam uma vibração angelical.

– Já há algum tempo não te vejo assim, parece especialmente feliz hoje. – sua esposa cobria os seios, querendo puxar assunto antes que ele dormisse.

– Nós conhecemos a história Catarina... Hum, Catarina Akamathova? Que nome triste! É mesmo esse nome que você vai usar de agora em diante?

– Sim, sim! – respondeu ela rapidamente com ênfase – por favor, enfim... Não sei, é apenas uma homenagem para Catarina, a grande, acho que os russos vão gostar de me chamar assim, e também quero me acostumar logo com esse nome, então é melhor que seja assim.

– Tudo bem. Bem, retomando a conversa, como você sabe, os habitantes de Moscou devem suas vidas à neve que travou o avanço dos blindados. Os tanquistas tiveram de passar noites em claro mantendo uma fogueira sobre os tanques para que o óleo lubrificante do motor não congelasse, e essas nevascas impediram os voos de observação da Luftwaffe. Ora, sem o apoio da força aérea tática os comandos ficaram praticamente cegos! Lógico, a contra ofensiva coordenada de Jukov tem seus méritos, mas, acredite! Isso é tudo, o inverno os ajudou, não há nenhum mistério nisso! Todos nós sabemos que o inverno não vai durar para sempre e, além do que, acaso Napoleão não conquistou Moscou? Sim, conquistou, mas e dai? De que adianta conquistar uma grande cidade que não fornece um grão de trigo?

– Você acha que Hitler não vai mais conquistar Moscou com medo de ver seu exército morrer de fome como o de Napoleão? – interrompeu Catarina.

– Tudo em seu tempo, esta é uma guerra econômica e Hitler sabe disso, por isso os campos de cereais da Ucrânia, junto com o petróleo do Cáucaso, são tão importantes. Depois de realizarmos a conquista do sul da Rússia, avançaremos em direção a Moscou pelo Volga, faremos a junção com as tropas de von Küchler, as quais descerão do norte, assim que varrerem Leningrado do mapa.

Sauller pronunciou o nome von Küchler com especial orgulho, não porque fosse seu amigo ou admirador, não era nada disso. Contudo,

Sauller, assim como von Küchler, fazia parte da nova turma de generais promovidos por Hitler.

No começo da operação Barbarossa, o Führer tinha deixado as três pontas de lança ao comando dos veteranos da Primeira Guerra e, verdade se diga, tudo poderia ter se mantido nos conformes, não fosse o recuo em Moscou e a resistência tenaz no cerco de Leningrado. Por isso von Küchler vinha conquistar a Leningrado que o general Von Leeb tanto "hesitava" tomar. Sauller vinha conquistar o sul da Rússia depois de von Rundstedt ter recuado em Rostov, então seguiria de lá para a tão ansiada conquista de Moscou, coisa que o mestre de blindados, Heinz Guderian não tinha conseguido.

– Você sabe o quanto o estimo – começou Catarina, cheia de cuidados – toda sua geração de generais, homens que merecem o atual posto, mas Heinz Guderian, o homem que comandou a invasão das Ardenas arrasando as tropas francesas em 15 dias e Hitler, sem mais nem meno o, barrou? Sabe, desconfio que os tais "instintos" do Führer estejam travando alguns generais.

– Não estou entendendo onde você quer chegar.

– Eu fiquei sabendo que Guderian estava a apenas 200 quilômetros de Moscou, então suplicou a Hitler toda força e apoio militar para conquistar a capital, porém ele rejeitou essa ideia, gritando-lhe que primeiro era preciso conquistar a Ucrânia. Com certeza Hitler não esquece Napoleão, isso está óbvio, o que quero dizer é que ele é inteligente instigando seus generais, mas depois breca seus arranques sem dar muitas explicações, por isso eu pergunto: e se Guderian estivesse certo? E se aquela fosse a grande oportunidade de conquistar Moscou e forçar o armistício, como fizemos com a França e outros países?

Com um brusco movimento para a frente, Sauller sentou-se na cama, balançando levemente a cabeça, deixando suas costas para Catarina, talvez isto quisesse dizer que ele estava um pouco decepcionado e que os verdadeiros nazistas não deviam esmorecer sua fé no Führer. Ela realmente se assustou com essa hipótese, entretanto, o amor que ele sentia por ela nunca lhe instigava mais que uma breve reflexão, como a de um mestre que ainda deve orientar seu discípulo inexperiente.

– Eu poderia lhe dizer – começou Sauller virando e fitando os olhos azuis de sua amada – que já anexamos oito países com a ajuda dos instintos do Führer, mas é algo maior, grandioso, eu diria divino. Você sabe por que lutamos nessa guerra fratricida, vendo alemães serem destroçados nos campos e mães e esposas desmanchando-se em lágrimas, sabe por que arriscamos nossa vida e fazemos esse sacrifício?

– Por Hitler – responde Catarina desdenhosamente, enquanto desembaraçava os cabelos loiros do rosto.

– Exatamente! Você vê, Hitler é o homem destinado! O homem que veio tirar a Alemanha do caos e governar o mundo com sua mão de ferro. Nós arriscamos nossa vida nessa guerra miserável, buscando forças nas suas palavras, nas suas ideias e no seu sonho da grande Alemanha. Nenhum crime comete Hitler... Entenda, a história do mundo é a história das guerras! Os vencedores não só ficam para contar, como emergem suas nações como grandes potências. Ou não foi assim com a Inglaterra Elizabetana, após a guerra com a Espanha? Ou com a Rússia de Pedro, depois de derrotar a Suécia de Carlos XII? Mesmo a Alemanha cresceu bastante depois da unificação de Bismarck, mas ele só fez isto guerreando contra os príncipes alemães!

Com um simples movimento de cabeça, Catarina concordou, deixando à mostra um sorriso fabricado para a ocasião, um sorriso que lhe doía na alma, mas que era mais do que necessário.

– É por isso que existem pessoas como eu e você – continuou ele em tom solene – admiro muito a sua coragem, sei que nem a mais fiel nazista iria se voluntariar para uma missão tão perigosa e ao mesmo tempo tão nobre.

Ela sorriu de novo, desta vez fazendo uma força incomensurável. Seu olhar se dispersava junto com a fumaça do cigarro. Estava tão distante dele quanto da Alemanha. Não à toa, resolveu descobrir-se caminhando nua até a janela para contemplar aquela que seria sua última madrugada do lado germânico.

Ela chegou e viu o orvalho borrar as luzes da cidade na vidraça. Não havia muitas estrelas naquele céu de outono, nas ruas daquela Voronezh ocupada, apenas o movimento de alguns caminhões descarregando comida e armamentos, ainda assim seus olhos tentavam se deter, olhando para tudo que pudesse distraí-los. Porém, num instante, seu olhar parou no reflexo de seu corpo, então ela pousou a mão em seu seio esquerdo e lá se manteve, preocupando-se se não tinha um seio maior que outro, "Ah, que fútil", chegou a pensar, no entanto, mesmo para uma mulher inteligente, naqueles tempos de cartas de despedidas, de lutas pela pátria e pela vida, bem naqueles tempos era até agradável ser um pouco fútil, um pouco tola. Entretanto buscava concentrar-se, apoiando as mãos na bancada da janela, repetindo para si mesma palavras motivadoras, as quais foram capazes de diminuir um pouco da autorrepugnância que sentia ao cogitar desistir. Logo seu fôlego retornou e ela aceitou que era assim que as coisas tinham de ser, que cada um devia fazer seu sacrifício pessoal naquela horrível guerra.

Levantando-se calmamente, Sauller puxou do bolso de sua farda dois mapas com informações vitais para a missão de Catarina. Uma vez mais, antes de entregar, ele vacilou, achando que aquilo era não para ela, que tudo que deviam fazer era esquecer seu perfeito russo, fruto da convivência de infância tão estimulada por seu pai, porém era aquela sua grande oportunidade de se tornar uma grande espiã da Segunda Guerra.

"Mas ela já era tão linda", pensava ele, "e tão meiga com suas proeminentes maçãs rosadas, sua fala ameninada e calma, porque tudo isso?" Mas de que adiantava remoer-se? Admirava-a mais ainda por sua coragem e sabia que ela não voltaria atrás. Estava na hora de deixa-lá ir.

– Tome, – apontando na sua direção os mapas – são os mapas dos dois grandes comboios de suprimentos que levaremos ao 6º Exército em Saralingrado. Este é o verdadeiro e este é o falso, pelo amor de Deus, guarde o verdadeiro! Os comboios irão pela estrada feita até a base dos romenos no berço das faias. O primeiro é um comboio pequeno de alimentos, o segundo é um grande comboio de armas e eu mesmo estarei no comando. Vá, entregue o mapa falso, depois vá para a base. Faça tudo isto em três dias, então você vai me contatar. Você entendeu tudo, Mileva?

Ela fez que sim, soltou-se de seus braços e se vestiu com uma calça e uma jaqueta de frio, roupas simples de viagem, não queria chamar atenção quando chagasse no front soviético.

– Adeus, Sauller.

– Adeus. – um adeus refeito de lágrimas.

Quando Catarina saiu, ele correu para a janela, esperando ver ainda alguns passos seus, quem sabe um aceno de volta, um sorriso ou mesmo uma pirueta, antes de chegar ao caminhão. Assim seus olhos se mantiveram prostrados, ansiando desesperadamente o surgimento de sua figura, até que finalmente ela surgiu e, do alto da janela, ele conseguiu acompanhá-la por meio do eco de suas botas à medida que ela sumia na escuridão. Foi tudo tão rápido e ela sequer olhara para trás.

Mileva, Mileva...

– Parece que não conseguiu dormir, está meio estranho... Teus olhos parecem vidrados, como se não encontrassem um lugar seguro... Você ficou assim perturbado desde que ouviu falar na tal Madonna Capadócia. – sussurrando, Desya fazia sua capciosa observação.

Subindo mais dois lances de escadas, Anatoly chegou em um quarto fechado, então se encostou lentamente na parede, fez um sinal, lançou uma granada pelo buraco da parede, para logo em seguida Desya invadir o cômodo lançando uma rajada de tiros. Ninguém gemeu ou atirou de volta, aquele prédio estava seguro e de lá o binóculo de Magnus lhe ofertava um campo de visão privilegiado. O prédio ficava de frente para a grande praça central em ruínas, provável rota de passagem de solados alemães.

– Pronto, agora é só esperar um alemãozinho dando sopa. – Magnus falava com o olho encostado na mira.

A seu lado, sem desgrudar do binóculo, Desya escrutinava o perímetro pela quarta vez, cansado de dizer para si mesmo não havia nenhum sinal de movimento. No fundo, ele esperava que seu companheiro puxasse um assunto qualquer, já que não respondera sua pergunta. No entanto, o mercenário permanecia calado e concentrado, mesmo seus olhos pareciam bem distantes e, depois de alguns minutos, ele se cansou e resolveu trazer de volta o assunto que havia desencadeado aquele silêncio mortificante.

– Você continua calado. Não tente fingir, eu sei que algo o perturba.

Magnus até fez menção de falar, eram amigos desde o tempo em que ele tinha chegado aos Urais e realmente não tinham segredos um com o outro, queria dizer como se sentia, que estava chocado de ver o demônio diante de seus olhos, mas o que todos diriam quando, mesmo chocado, seu espírito sentia certa leveza com aquele nome, Madonna Capadócia? Ainda buscava compreender porque ficara tão afetado com aquilo. Já fazia tempo, tanto tempo. Dez anos desde a última vez que ouvira aquilo.

– Sabe, essa é a história que me fez vir para Rússia, ainda vivia na Ucrânia quando tudo aconteceu. – respondeu Magnus, buscando sentar-se enquanto mantinha o rifle escorado no cavalete.

Notando a abertura, Desya ouviu Anatoly lhe dizer que seu nome de batismo era Magnus Rossel e que Anatoly era um típico nome russo que havia ganhado no abrigo de indigentes, logo que chegara fraco e desmemoriado.

– Há dez anos, eu comecei a trabalhar na fazenda de um homem chamado senhor Volkova...

Sem nenhum rodeio, contou toda sua história, sem tirar os olhos da mira.

À medida que a manhã passava sem bons alvos, Magnus reconstruía para Desya aquele tempo. Lembrou que Mileva não lhe enviava notícias, que muitas vezes aguardava esperançoso o anúncio de seu nome quando o rapaz que distribuía as cartas entrava no casarão, porém nunca estava lá. Então voltava para o estábulo, zelava cuidadosamente dos cavalos. Muitas vezes dormia junto a algum animal doente, gostava daquilo, doava-se para aquele serviço com muita disciplina e gratidão. Naquelas fortes nevascas de dezembro, os cavalos eram uma boa companhia, principalmente para ficar ao seu lado quando caía fraco sobre o pouco feno que restava.

Semanalmente os homens da GRTK apareciam para confiscar os alimentos e Magnus falava em sua inocência. Aqueles eram tempos estranhos na Ucrânia. Ele não fazia ideia de que eram os oficiais do governo, achava que eram ladrões mercenários do Cáucaso, de toda forma, as coisas na fazenda do novo proprietário, o senhor Kutuzov, ficavam cada vez mais críticas.

De repente, os camponeses não saíam mais de casa com medo, os campos de centeio e de trigo eram vigiados por homens armados, ninguém tinha notícia e os últimos estoques de comida do inverno já tinham sido levados, agora a morte estava no sonho de todas as famílias ucranianas, bem ali, em pé, sorrindo no horizonte de braços estendidos, não como uma benção, ou mesmo como uma revolta diante da vida. A morte, com sua promessa de eternidade e remissão de todos os pecados, todas as dores. Era esta morte o consolo das famílias que, aos poucos, viam seus entes queridos padecerem cruelmente pela fome, ouvindo em cada gemido, em cada lamúria um estalo em seus corações. Em cada buraco na terra, uma cova; em cada ave no céu, um comensal da morte; em cada trem que apitava, havia um chamado para partir. A sombra da morte manchava toda a realidade, eclipsando as migalhas de dignidade que ainda restavam na natureza humana.

Para ele, a Ucrânia estava perdida, derrotada eternamente, e não importaria o que os homens dissessem ou sonhassem, ninguém acreditaria mais, porque se conformava em apenas querer acreditar, tudo parecia uma ilusão, algo ridículo. Sentia que os homens já não eram nem um grão de areia dos seus sonhos, quando todos caíam chocados aos perceber que eles eram impotentes e ninguém viria salvá-los.

– Aquilo era horrível. – lembrava – Homens armados vinham e levavam a nossa comida, ladrões aos milhares e ninguém podia fazer nada. Anastásia não me deixava fazer nada, nem ela fazia nada. Quando a comida foi acabando, todos os funcionários foram embora. No natal, apenas Anastásia e eu compartilhávamos o delírio de viver em um lugar decente.

– Anatoly, você está bem? – Desya notava o olhar do amigo perdido no espaço.

Não era para menos, a lembrança estava de volta na cabeça de Magnus. Um período em que ele esteve bem perto da morte, por isso mesmo, um tempo que ele nunca esqueceria, sua vida era fruto de um milagre.

UCRÂNIA, FIM DA PRIMAVERA DE 1932.

– Magnus, eu tenho uma carta para você! – sentada em uma cadeira de balanço, Anastásia falava em um gemido baixo – mas eu só te dou se você pegar um pano, uma vassoura e um esfregão, e me ajudar a limpar esses quartos. Depois vamos varrer todo o alpendre. Aquelas faxineiras imundas limpam igual o nariz delas!

Todos os dias era a mesma coisa, a governanta tinha as mesmas ordens, não havia mais ninguém na propriedade, apenas ela e Magnus. Porém ele já sabia que a pobre mulher delirava, sempre na esperança de que o patrão fosse chegar.

– Sim, ia esquecendo! Traga a escada para espanarmos o teto. – ela completava.

Deitado em posição fetal, ele tinha pouquíssimas forças para qualquer reação, porém a notícia de uma carta fizera renascer uma fagulha de ânimo em seu corpo, ainda assim, levantou-se a duras penas, equilibrando-se em um pau oco que agora o acompanhava onde quer que fosse.

Caminhou alguns passos no rumo de onde estava a governanta, não sem antes desviar o olhar do grande espelho que ficava ao lado do rádio na sala, ele sabia, sua aparência estava moribunda e, cada vez que se olhava no espelho, sentia que morria um pouco mais, sua vida ia diminuindo e já estava passando da hora de matar algum cavalo. Uma decisão difícil, certamente muito difícil para ele, por isso há muito vinha postergando.

– Eu cheguei até a porta de fora – Magnus contava – cheguei perto de dona Anastásia, ela apenas continuou se balançando de olhos fechados. A carta estava em seu colo e eu apenas peguei, então disse: Dona Anastásia, não temos mais nada para comer, todo o milho acabou, os últimos sacos de feijões foram levados... Acho que não temos outra escolha, senão matar um cavalo.

Magnus repetiu três vezes o que disse, dona Anastásia não esboçou reação. Logo ele sacudiu a cadeira de balanço, notando de imediato a cabeça da senhora balançar de um lado para outro. Esfomeado e fraco, sequer esboçara reação, pegou no pulso daquela velha senhora, estava fraquíssimo, iria morrer logo e isto até o deixou um pouco aliviado, ela iria se livrar daquele sofrimento e logo ele também iria.

A neve, naquele dia em especial, a neve parecia mais fina, mais leve no seu cair. Ele olhava ao redor e em tudo ele podia ver o rosto de Mileva, mesmo em alguns galhos nus, onde houvesse beleza, caberia a lembrança de seu sorriso e mesmo ela iria gostar daquela natal nevado na Ucrânia, poderia se fantasiar como cigana, brincar na neve, fazer bonecos, ah, mas na Alemanha também havia neve, ele pensava-enquanto saía do casarão.

– Caminhei até o estábulo – continuou – com o facão na mão, na realidade, minhas pernas caminharam, como em um ùltimo esforço antes da morte. Eu tinha que fazer algo horrível. Tinha que matar algum cavalo, mas, quando cheguei, fiquei olhando, apontava para um, então ficava com pena, apontava para outro e assim ia passando e então percebi que talvez não conseguisse. Nem demorou muito e minha vista foi ficando escura, eu já estava muito fraco, tonto, caí no chão e antes mesmo que pudesse fazer qualquer oração ou pedido, abri a carta e eu só olhei para baixo, onde estava assinado Mileva Nadédge. Tenho certeza que foi esta carta que sustentou a chama da minha vida.

Um pouco constrangido, puxou a carta do bolso e deu para Desya. Ele ainda a tinha guardada, e talvez o mais embaraçoso não era o fato que ainda a tivesse guardada, mas que a levasse no bolso para onde fosse.

Por mais sentimental e íntimo que fosse, era esta carta que o ligava profundamente a Madonna Capadócia. Inexplicavelmente aquele nome, já existia para ele há mais de dez anos e isso nem era o pior, o mais absurdo de tudo era que Magnus simplesmente sonhava com ele.

– Apenas leia. – pediu.

PRIMAVERA DE 1932 RÚSSIA

Madonna Capadócia... O lugar onde todos os corações criam raízes. Ah, Magnus você não irá acreditar, é tão bela esta fazenda. Não me canso de passar o dia correndo no campo atrás de ovelhas e ver todos os dias nascer, diante dos meus olhos, a beleza de uma vida inteira. Meu Deus! Como é bela a primavera em Madonna Capadócia, aqui uma vida é mesmo muito pouco para o que eu estou disposta a dar.

Estou escrevendo pelas últimas centelhas de luz do sol, está perto, logo o brilho de faias e bordos vai incendiar o pôr do sol, logo os rouxinóis cantarão docemente pelo ar, fazendo cócegas em nosso coração, chamando toda a maravilha do mundo para sorrir diante de nós. Seria aqui o destino da felicidade, eu me pergunto? Se for, um dia nós estaremos aqui, Magnus e Mileva, Mileva e Magnus, nosso "M" deve ser o sinal, eu estou certa disso, que aqui em Madonna Capadócia vi a profecia se erguendo pelos sinais...

Ontem foi celebrado um casamento entre camponeses, eu vi tudo! O padre perguntou se eles se aceitavam e eles disseram que sim, depois se beijaram, então foram chamados marido e mulher e todos nós cantamos e jogamos sobre eles as folhas dos bordos e das faias, foi tudo conforme eu imaginava! Quem sabe este é o sinal e o nosso será, desse jeito, caindo folhas coloridas sobre nós. Eu tenho fé que um dia nos casaremos, mesmo na distância ainda tenho fé e sei que você também tem.

Por isso escrevo mil vezes que te amo, gravo seu rosto na minha memória e para onde quer que eu olhe, onde despertar o meu sorriso, lá estarão seus olhos inocentes de volta para mim, porque, no fundo, não há como negar, isto é tudo que somos: dois amantes, tentando quebrar a barreira entre o sonho e o real, apenas duas folhinhas ao vento que sobem e se elevam no brilho das grandes estrelas, aquilo a que chamam sétimo céu de felicidade, distante, você bem sabe, tão distantes do mundo, somos capazes de encurtar nossa própria distância.

Eu sei que a maioria das pessoas irá zombar de nós por todas as dificuldades, vão nos chamar de sonhadores, de inocentes a caminho da desilusão... Então para que Deus nos deu o dom de ver do outro lado da fronteira, para dizer que não podemos mais continuar? Que agora é um caminho sem volta? Um sonho desgarrado da vida, a mesma vida que agora parece reclamar nossa existência, tentando nos convencer que o importante é, unicamente, o amor próprio. Que o tempo não para e a vida segue, como se o coração amasse unicamente para vencer, para conquistar, e toda magia e pureza dos nossos sentimentos não fossem mais que simples marionetes no jogo das circunstâncias.

Isto faz sentido? Você acredita nisso, meu querido? Fala-se tanto em um mundo onde os sonhos só podem trilhar o caminho do necessário, então deixe que o mundo fale o que quiser, para nós, o mundo acabou de nascer, está em nossos braços, pois ainda somos como Madonna Capadócia, onde todos os corações criam raízes, onde não há dor ou tristeza, apenas um rastro de fé. Então, imagine, veja meu sorriso neste exato momento... Tão bela é a primavera de Madonna Capadócia... É a vida, apenas o esplendor da vida.

Mileva Nadédge.

Quando finalmente terminou de ler, Deysa olhou para Magnus estupefato.

– Nossa, espere! Então o que você está dizendo... Então Madonna Capadócia é o nome de uma fazenda aqui na Rússia, então ela existiu mesmo, é isso?

– Talvez, quero dizer, não sei, o nome pode ter sido dado, em razão da lenda... Não posso dizer muita coisa, além do mais, Madonna é um nome popular, é o nome dos quadros da Virgem Maria com o menino Jesus. – Magnus terminou a fala e subitamente se levantou como se não quisesse conversar mais.

Firmemente interessado no final da história, Desya olhava para Anatoly, disposto, até mesmo, a arriscar um tom mais ácido de rejeição.

– E foi aí, que você... Foi dessa história que os dois homens desconhecidos pegaram você e o colocaram no trem para os Urais. – ele perguntou, intuindo que aquele era o desdobramento natural da história que Anatoly contara, quando da sua chegada aos Urais.

Magnus simplesmente lhe olhou com uma expressão severa, porém, ao mesmo tempo, resignada.

– Desya, – Anatoly deu um longo suspiro – não gosto de lembrar. Perto da morte temos a mais doce ilusão, a saudade do tempo que vivíamos, a desesperança, a frustração, até que sonhamos pelo avesso, acreditando que um pedaço da alma foi embora com as lembranças... O passado passou, está enterrado, nunca se esqueça disso!

Desya não ousou mencionar mais uma palavra sequer durante aquela manhã. A partir daquele momento, Magnus fez com que tudo transcorresse de maneira profissional e concentrada e logo a manhã passou diante deles, preenchida pelo nobre esforço de guerra que tanto inflamava o patriotismo na União Soviética. Não era de se admirar que ele quisesse ser mais que o esforço de guerra, ser um símbolo, por isso não gostaria de lembrar muitas coisas de seu passado, seu mundo era aquele e cabia a ele e a mais ninguém simbolizar a força e a sagacidade dos soviéticos.

Por tudo isso, por tudo que ele acreditava e agora representava, deixava sem piedade ou compaixão três cadáveres para os alemães enterrarem naquela manhã.

Não sem antes Desya ir buscar as plaquetinhas que tinham os nomes dos soldados alemães mortos, pois, no dia seguinte, Anatoly, estaria no jornal, com seus feitos sendo exaltados aos olhos de todo país. Era um homem nascido para brilhar, marcando-se no panteão dos grandes nomes da guerra, aqueles que a história lembraria pela eternidade. E ele sabia que os homens que brilhavam deveriam estar acima de qualquer dor do passado, de qualquer derrota.

Bunker das docas.

– Anatoly... Seu nome é Leroy de Montespan – Magnus ouvia aquilo tomado de certa expectativa. Não era para menos, o comandante Armelov em pessoa o tinha requisitado para essa missão de resgate.

– Ele é um espião francês a nosso serviço, infiltrado desde a tomada de Paris. Nasceu na fronteira da França com a Alemanha. Há poucos dias ele contatou nosso serviço de inteligência dizendo o dia, a hora e o prédio onde estaria junto com outros doze soldados de uma guarnição alemã. – esclareceu Danilov.

– Precisa ver se vou ter uma boa posição, não posso fazer milagre a mais de mil metros de distância. – redarguiu Anatoly com certo mau humor, não gostava de ser tirado de sua rotina habitual para “missões de salvamento”. No entanto, ele não faria ideia de que estava a ponto de conhecer o homem que mudaria para sempre o rumo de sua vida.

– E você acha que eu indicaria você para um negócio desses sem ter um prédio frontal, não seja besta! Saiba que Armelov está lá, por isso é bom mudar essa carinha.

Por todo o front soviético, à medida que Magnus derrubava seus adversários, sua imagem simplesmente se projetava. Aquele nome Kryss Anatoly, começava a ganhar a notoriedade de um verdadeiro herói. Conforme suas fotos estampavam jornais, Mais e mais ele ficava conhecido como o atirador, o mercenário do leste, ou, para os comandantes, nossa grande arma.

Sentindo, pela primeira vez, o peso do nome que tinha criado, teimava em acreditar na forma como sua mira estava tão desalinhada naquele dia, talvez estivesse um pouco pressionado em ter de resgatar um espião tão importante para a guerra. Talvez fosse a plateia e a presença em pessoa do comandante Armelov, aguardando pessoalmente o resgate, mas o fato é que a ponta de seu rifle tremia e ele não gostava nada disso, por isso seu lábio se contorcia, induzindo-o a respirar fora do padrão.

Em sua mira, o lado direito e o esquerdo deviam ficar do mesmo tamanho, para isso era preciso lembrar do mantra de atirador, respirar por um fio de ar. O segredo era a respiração, dizia ele a si mesmo, entrando em tal estado de concentração que foi fazendo com que, aos poucos, os dois lados ficassem iguais. A ponta do rifle parou de oscilar justamente no momento que um alemão deixou o brilho de seu capacete à mostra, e a plateia assistia em absoluto silêncio o atirador puxar suavemente o gatilho.

– Ele conseguiu! Num tiro de mais de quinhentos metros, ele conseguiu! É incrível! – Armelov, esbravejava a pleno pulmões, enquanto Danilov abraçava o herói que ia ilustrar mais uma grande capa de jornal.

De fato, ainda havia outros alemães no prédio, a questão é que Magnus fora chamado para acertar exatamente aquele soldado, o qual estava posicionado no último andar, ou seja, ele simplesmente matara o atirador de elite que estava impedindo os soviéticos de se aproximarem, e era de se imaginar que era assim que as coisas seriam dali para a frente: o herói soviético travaria embates com outros atiradores de elite alemães, e um deles seria o Morte Branca.

Da janela, Armelov deu o sinal, apontando para quais janelas as granadas deviam ser atiradas. Os homens com braços mais fortes se alinharam, todos com granadas nas mãos, eles eram selecionados a dedo pelo comandante e até protegidos pela sua importância, pois conseguiam arremessar a grandes distâncias, poupando vidas soviéticas com a força de seus braços.

Logo em seguida aos arremessos, Armelov deu ordens a um emissário para que fosse marcada uma reunião com todos os oficiais de regimento e comissários políticos. O comandante das tropas em Stalingrado estava certo de que Leroy traria alguma informação importante sobre o posicionamento das tropas alemãs.

– Ah, espere! – gritou, um pouco aturdido com a lembrança de que Yeremenko chegava naquela noite, enviado por Stalin.

– Diga, Senhor.

– Mande separar a melhor vodca e charutos importados também. Mande preparar uma festa no bunker do alto comando e diga para as mulheres que Anatoly e Leroy irão participar.

– Sim, senhor.

Ao cabo de duas horas, depois de várias granadas lançadas, só restava um atirador alemão no prédio, sua condição era desesperadora, não era à toa que ele resolveu inocentemente sair com as mãos para cima, acreditando mesmo que em uma guerra urbana poderiam ser feitos prisioneiros. Em uma guerra urbana não há campo de onde se possa vigiar prisioneiros, a batalha era travada dentro da cidade, em meio à ruínas e prédios. Nenhum dos lados fazia prisioneiros e não era necessariamente por selvageria humana, mas porque aquela era acima de tudo uma batalha por espaço. Nessas circunstâncias a guerra se torna um implacável banho de sangue.

Enquanto o jovem alemão saia com as mãos para cima, Armelov de cima do prédio fez um sinal para que ninguém atirasse e, logo em seguida, deu um sorrisinho irônico para o capitão que estava no chão.

– Faça as honras, Anatoly. – disse o comandante.

– Na testa, Anatoly! Na cabeça desse infeliz, faça o capacete dele voar longe. – falou Danilov.

– Que tal no peito, hã? Se você atirar no peito do alemão, onde fica a plaquinha, deixo você participar da reunião com os oficias de regimento de hoje à noite.

Anatoly empunhou o rifle na janela e, antes de alinhar a mira, chegou a olhar para o rosto do jovem alemão e, de fato, ficou impressionado com sua expressão de medo. Tentou não olhar de novo, não gostava de olhar nos olhos dos homens que matava. Deixou a cruz bem no peito esquerdo do jovem e, quando estava prestes a puxar o gatilho, a mira oscilou de novo, sua respiração estava densa demais. Parou, tomou um longo suspiro, notando, em um rápido vislumbre, o pequeno retângulo prateado. Foi justamente quando atirou, vendo tombar o corpo do alemão.

Entretanto, sequer houve tempo de saber se Anatoly tinha acertado o tiro na plaquinha, um regimento alemão acabara de chegar pelo leste do prédio conquistado, disparando uma saraivada de tiros.

Na janela, Magnus, Armelov e Danilov viam as tropas soviéticas recuarem um pouco.

– E agora, e Leroy como fica? – desesperado, Armelov esbravejava com as mãos na cabeça.

– Não será aquele ali correndo em meio aos tiros?! – apontou Danilov.

– Não pode ser aquele. – Magnus interrompeu.

Armelov deu um sorriso escrachado, juntou as mãos na direção do céu e disse rindo:

– Acreditem, senhores é aquele mesmo. Esse é nosso francês!

Driblando obstáculos em meio às ruínas, um homem corpulento, com uma máscara teatral, corria nu em zigue-zague em pleno tiroteio alemão.

– Mas o que diabos é aquilo? Está pelado? Está com uma máscara? – Magnus falava um pouco horrorizado.

– Ele não está apenas pelado, tem algo na bunda – Danilov observou – um desenho... É uma estrela de Davi, ele vem pelado correndo em meio a tiros com uma estrela de Davi desenhada na bunda. Comandante, acho que os alemães fizeram algo com nosso espião.

Dando de ombros, Armelov limitou-se a dizer que seu espião era um pouco excêntrico, nada demais, um pouco louco, desmiolado, mas, acima de tudo, um homem raro, daqueles que combinam coragem com uma inteligência assombrosa. Tinha nascido na Alsácia-Lorena, era um daqueles escritores meio revolucionários, suicidas, falava com perfeita fluência seis idiomas, entre eles o francês e o alemão, sendo que até imitava o sotaque dos alemães da Baviera.

– Homens, deem cobertura! – Armelov gritou.

Depois de uma rápida resposta da artilharia soviética e de muito saracotear entre as ruínas, Leroy finalmente conseguiu correr para fora do perímetro de combate, entrando no prédio onde Magnus, Armelov e Danilov estavam. No térreo, junto a outros soldados, os três estavam sentados em uma mesa tranquilamente e tomaram um tremendo susto quando Leroy pegou impulso da correria e pulou sobre ela, ficando de pé nu com o peito estufado e ao mesmo tempo ofegante. Pelos buracos da máscara, viam seus olhos negros, podia-se notar a saliva escorrendo pela estreita fenda da boca. A máscara teatral não tinha expressão, era de ferro dourada, presa na cabeça por duas correntes que se ligavam atrás da cabeça.

Passando uma das mãos na longuíssima cabeleira encaracolada, mantinha a outra sobre o peito esquerdo. Seu olhar parecia eletrizado e todo seu ser parecia absorto em uma grande corrente de adrenalina, subitamente olhou para Magnus, depois para Armelov, depois para Danilov. Sua virada de cabeça era brusca, sem mais nem menos, soltou um grito grave, amainou, puxando um novo fôlego para seu discurso:

– O sonho é loucura acreditada, o amor, o embevecimento dos deuses, logro-me neste sonho de ser grande! Desgraçados são esses olhos a me envolver, eles me fazem a serpente! Eles me violentam com suas ideias! Ode à natureza humana, porque de todos Deus há carne, de toda carne, divindade. Furacões em terra serão pequenos para demonstrar o louco ódio que sinto a toda aversão que percebo! Me rasgue, me fale quem são seus inimigos! Traga-os até mim para que eu beba o sangue dos mortos e chore o sangue dos vivos! Porque a desgraça é dilacerante, não menos excitante, aos olhos desta corja insana de seres maquiados com o a máscara da vergonha e vestidos com a roupa da luxúria malfazejos de liberdade. Agora eu sou o carrasco, traga a mim as cabeças desses infames para que eu as ofereça aos comensais do destino!

Sem saber bem o que fazer, os homens comemoraram pelo simples fato de que tinham de comemorar o resgate daquele que era "importante" para Armelov. Todos já tinham ouvido falar que o tal espião era uma pessoa não convencional, mas ninguém estava preparado para aquele nível de excentricidade.

– Eu sou Leroy de Montespan, filósofo, escritor saído das raias do surrealismo, poeta sem rimas, dramaturgo do prazer, este o único rei a quem sirvo. Eu sou o vento nu selvagem, reinando livre neste imundo labirinto das ideias.

"Labirintos das ideias? Mas que espécie de distúrbio este infeliz tem?", Magnus pensou

Armelov pegou-o pelo braço, oferecendo-lhe roupas quentes enquanto pedia a Anatoly que se aproximasse.

– Este é o homem, Leroy. – com uma das mãos Armelov apontava para Anatoly, com a outra tapava o nariz.

– Então este é o famoso Anatoly! – falou Leroy com seu timbre potente, enquanto apertava com força a mão de Magnus – No lado alemão, ouvi falar muito sobre você. Aliás, não tenho novidades muito boas para lhe dar, parece que selecionaram o melhor atirador da Wehrmacht para matá-lo. Eles o chamam de Morte Branca e dizem que já matou mais de 50 soviéticos aqui em Stalingrado.

– O serviço de inteligência já tinha me informado isso, – de forma repentina o rosto de Magnus assumiu um tom de seriedade – mas já estamos mapeando o rastro desse tal Morte Branca.

– De toda forma, gostaria de dizer que para mim é uma honra conhecer vossa senhoria.

Magnus agradeceu, apenas gesticulando com a cabeça, estava um pouco intimidado com a expressividade de seu interlocutor e sua voz estrondosa. Sua grossa cicatriz no pescoço devia ter sido fruto de algum estilhaço de bomba.

Anatoly aproveitava e olhava discretamente a nunca de Leroy, tentando encontrar a presilha das correntes. Ele tentava, mas não conseguia, porque a espessa cabeleira do francês estava por cima. Enciumado com o rodeio que todos faziam, àquele homem, Magnus achava aquilo tudo já muito ridículo. Chegou a não entender porque tinha sido requisitado para salvar aquele homem tão esquisito, cheio de trejeitos com as mãos, que mais remetia a um gestual de maestro de orquestra.

Ao que parecia, e isso era realmente saliente, o francês tinha um leve tique do lado esquerdo da fronte, que o fazia mexer constantemente. Mas isso não era nada, Magnus estava convicto que nem o gambá mais imundo da face da Terra seria capaz de exalar semelhante odor, chegando mesmo a acreditar que Leroy seria capaz de matar um homem doente com sua catinga.

– Homens, não há mais o que fazer aqui, tenho de ir. Eu os aguardo no bunker do alto comando. Vistam-se bem e, Leroy, pelo amor de Deus, tome um banho! O comandante Yeremenko chegará hoje à noite, vem a mando de Stalin ver como anda a situação, não me cheguem de mãos abanando! Quero bons relatórios, ouviram o que eu disse? – terminou Armelov, retirando-se em seguida.

Quando a noite caiu e os ataques de ambos os lados tinham dado uma trégua, todos estavam com os ouvidos grudados no rádio à espera do um boletim de informações da guerra. Alguns dias atrás Churchill tinha feito um discurso em apoio à União Soviética, depois foram os americanos, de maneira que as noites de todo o front, quando havia cessar fogo, eram tiradas para ouvir o boletim e músicas capazes de anestesiar seus espíritos tão horrorizados com o banho de sangue.

O rádio era o grande parceiro das noites dos combatentes, por isso, não era de se admirar tanto que, logo na chegada ao bunker, os ouvidos de Anatoly fossem tomados por uma acalorada discussão de oficiais junto ao rádio. A BBC de Londres estava, naquele exato momento, transmitindo um boletim oficial de guerra e, ao que parecia, depois da grande ofensiva japonesa no Pacífico, os americanos iam ganhando cada vez mais terreno. Eles já tinham vencido a batalha de Midway e agora desembarcavam em Guadalcanal, nas ilhas Salomão, onde deveriam se juntar às tropas australianas em um combate em meio à floresta tropical contra os japoneses.

No norte da África, o locutor deixou transparecer um emergente tom de alerta e os soviéticos realmente absorveram com facilidade a urgência da situação. As tropas do general alemão Erwin Rommel tinham alcançado a cidade de Alam Halfa, a 150 quilômetros do Cairo. O impacto da notícia afastou alguns experientes oficiais de perto do rádio; passando as mãos na cabeça, deixavam transparecer extrema tensão não acreditando no que ouviam, pois de Alam Halfa para o canal de Suez era um pulo, que se multiplicaria por mil se os alemães alcançassem os campos de petróleo do Oriente Médio. Anatoly não entendia bem a razão de tanto alarde, aproximou-se de Danilov para um melhor esclarecimento e só então entendeu que o pior era outra questão, avançando pelo Oriente Médio os alemães poderiam conectar-se com um histórico inimigo da Rússia.

– Se as tropas germânicas chegarem a Istambul, os turcos entrarão na guerra contra nós. – Danilov fez uma pausa e suspirou – Simplesmente nos atacariam pelo Cáucaso, como fizeram na Primeira Guerra, abrindo uma nova frente de batalha.

De súbito, irrompeu um motim anti-inglês no bunker e os oficiais soviéticos estavam realmente indignados. Afinal de contas, que raios de guerra lerda os ingleses faziam no norte africano, estravejavam, contra as sobras da Wehrmatch e o insignificante exército italiano? Como podiam estar perdendo terreno para essas tropas famigeradas? Não tardou muito e começaram a chover pragas e lamúrias contra a Inglaterra.

– Estão fazendo corpo mole! – diziam indignados os oficiais.

– A Inglaterra nos deixará aqui morrendo! Não vai haver segunda frente do ocidente, ora, pensem vocês, por que sacrificar vidas de barões ingleses, quando podem sacrificar soviéticas? – ironizava um cabo.

– Besta! Acaso Churchill é idiota? Como você é tolo. Quando Hitler tentou fazer o bloqueio continental contra a Inglaterra, Churchill recorreu aos EUA para abastecê-los pelo mar. Ora, amigo, o velhote é inteligente, sabia que uma hora os submarinos alemães iriam afundar alguma embarcação americana, ou que os japoneses iriam querer algum pedaço deles. – respondeu um dos oficiais próximo ao QG de comando.

– O que você quer dizer com isso? – perguntou o cabo.

– Estou dizendo que os britânicos estão lutando no norte da África e os americanos lutam junto com australianos no Pacífico. A segunda frente já existe, mas ela está apenas na África e na Ásia. Além do que, a Inglaterra não vai desembarcar no ocidente sem os americanos, de fato, quem vai decidir a segunda frente na Europa são os Estados Unidos e não a Inglaterra. Ela está enfraquecida pelos bombardeios da Wehrmacht e muito mais preocupada em segurar o exército italiano na Líbia.

Vendo a discussão, vários oficiais se aglomeraram, todos repetindo a mesma pergunta: quando americanos e ingleses iriam abrir a maldita frente na Europa Ocidental?

– Eles querem primeiro dar uma resposta e neutralizar os japoneses. – explicou o oficial do QG – A frente ocidental vai depender de quanto tempo se estenderá essa batalha no Pacífico.

Naquele meio tempo, os americanos lutavam não apenas contra os japoneses em Guadalcanal, mas também com uma epidemia de malária nas florestas da ilha.

Chegando calmamente perto da roda, Leroy chamava a atenção de todos com sua máscara teatral dourada, não satisfeito, ainda caminhava com o peito estufado, parecia desfilar com ar provocativo, como um pavão, sempre com a cabeça empinada, sem olhar nos olhos de ninguém, apenas deixando-se ser admirado. E isso era só o começo. Observou que os oficiais se acalmavam e não gostou muito disso, logo deu uma leve cutucada no ombro de Magnus, cumprimentando-o, ao passo que pedia licença para entrar na roda.

– Vocês sabiam que os Estados Unidos é o lugar com maior número de descendentes alemães em todo o mundo? Há mais descendentes de alemães lá do que de ingleses. – Leroy disse e viu renascer em uma avalanche de discussões sobre a tal segunda frente. Todos começaram a falar ao mesmo tempo:

– Aí está a segunda frente dos ocidentais. – Depois de abrirem a segunda frente vão querer invadir a Rússia.

– Estamos perdidos, absolutamente perdidos, dependentes de um ocidente colonizados por alemães.

Saindo de fininho, como um francês maroto, Leroy deu de costas, arregalando os dentes como um cavalo, com um verdadeiro prazer em ter semeado todo aquele inferno de argumentações e conspirações.

– Esse Leroy é louco! – Magnus esbravejava com Danilov – Esse homem vem aqui de máscara, faz este tumulto, simplesmente não entendo, como podem cortejá-lo?! É um fanfarrão! Apenas isso.

Balançando calmamente a cabeça, Danilov pedia calma.

– Não o leve a sério, Magnus. Para começo de conversa, Leroy de Montespan sequer existe, tudo bem?

Magnus perguntou o que era aquilo e Danilov simplesmente disse que Leroy, de fato, possuía uma demência mental, estava fora de seu juízo perfeito, não existia tal Leroy de Montespan. Era um personagem criado em um teatro popular dos subúrbios de Paris, na época da Revolução Francesa, que era conhecido como um poeta líder dos revoltosos, homem promíscuo que se dizia amante da rainha Maria Antonieta da França, a decapitada.

– Anos atrás – continuou Danilov – este mesmo homem foi visto em São Petesburgo se dizendo Alexander Suvorov e chamando a todos para a batalha contra o Império Otomano. Alguns alemães do Volga o identificaram como o louco do Baden que se dizia Frederico, O Grande, da Prússia, é por isso que todos o chamam de o Encantador de Ilusões. Em todos os relatos era o mesmo homem mascarado com longas tranças no cabelo. Todos esses homens já morreram. Você vê, não o leve a sério.

– Como você pode dizer de maneira calma uma coisa dessas! – Magnus bradou – Ah, como estamos bem, obrigado! Quer dizer que nosso espião é um encantador de ilusões, um homem que nem sequer sabe quem é, um homem que incorpora personagens. Como podemos... Meu Deus, em que situação estamos! Dá para confiar em um homem desses?

– Calma, eu já lhe disse, Armelov sabe o que faz, com certeza todas as informações serão checadas posteriormente, a grande questão, meu caro Anatoly, é que o Encantador de Ilusões fala fluentemente cinco línguas, parece ter um ótimo conhecimento de guerras, histórias, os vencedores, as estratégias de muitos generais. Ele sabe de tudo e, na mente de Armelov, este homem é muito útil no esforço de guerra. Escute, nenhum homem soviético, por melhor que seja sua fluência no alemão, nenhum dos nossos homens tem coragem de se infiltrar no front inimigo, apenas o Encantador de Ilusões. O comandante e todos riram quando ele falou seus planos de espião, mas, para nossa surpresa, há poucos dias ele mandou uma mensagem, dizendo o dia, a hora e o local onde estaria junto com doze alemães. Armelov simplesmente ficou eufórico, dizendo que só um louco mesmo poderia fazer a diferença em uma guerra como esta.

Por um instante, franziu o rosto em uma atitude de completo ridículo perante Danilov. O que diabos seria o encantador de ilusões, um homem de quem não se sabe a pátria, a religião, os costumes típicos.

Um homem com uma máscara e sem identidade que pode ser qualquer coisa. Haja loucura na cabeça desses idiotas!

Todos falavam até que Armelov apareceu.

– Silêeeeeencio! – gritou.

O comandante das tropas de Stalingrado queria mostrar ordem para Yeremenko, o qual estava sentado na cabeceira, então mandou que os homens saíssem do canto e desligassem o rádio, sentando-se todos calados na grande mesa que havia sido colocada no centro do salão, pois todos deviam ouvir o que Leroy tinha para dizer.

– Quem ousar ligar este rádio levará um tiro na testa estão ouvindo?! – fez-se um silêncio absoluto – Bom, muito bom, agora, Leroy, você disse que tinha algo bom, estamos ouvindo.

Ele se levantou, esclarecendo, primeiramente que as tropas alemãs estavam se preparando para fazer, dentro de dez dias, um ataque massivo à fábrica de aço Outubro Vermelho, de armamentos que supriam toda Stalingrado. Depois deu especial ênfase ao problema de abastecimento que afetava as tropas Panzer, as linhas estavam muito longas e as típicas chuvas de outubro tinham feito atolar alguns caminhões com armas e alimentos.

– Isso inclui as tropas do general Hoth? – indagou Danilov.

– Sim. – respondeu Leroy.

– Os alemães sabem que construímos duas pontes vinte centímetros abaixo da superfície do Volga? – emendou outra pergunta.

– Não. Eles não fazem ideia que vocês tenham essa capacidade, mas, depois de verem seus tanques T-34, já perderam a ilusão de achar que vocês são bárbaros que ainda estão conhecendo a roda.

– Prossiga. – disse Armelov de maneira impaciente.

O Encantador de Ilusões seguiu advertindo que os alemães pareciam ter encontrado uma solução para o problema do abastecimento das tropas, mas até aquele momento ele não sabia como. Sabia só que os alemães estudavam novas rotas que pudessem driblar os milicianos, que já tinham chegado a se apoderar de alguns carregamentos. Os soviéticos deviam agir com rapidez, com o inverno chegando, o chão lamacento ia endurecendo, o que facilitava o transporte dos caminhões.

– É apenas isso? – indagou Armelov com transparente decepção – soube que você tinha uma informação crucial para nosso contra ataque.

– E tenho mais... – Leroy respondeu e, quando ia continuar, parou, repentinamente embasbacado, vendo a porta abrir para a passagem de uma dezena de belas donzelas.

– Por favor, *mademoiselles*, me deem a honra de cumprimentá-las. Meu nome é Leroy de Montespan e eu não uso roupa de baixo, odeio burocracia.

– Pelo amor de Deus! – gritou Armelov – continue, depois você vai atrás disso, seu doente.

– Oh! Sim! Como ia falando, algumas esquadrilhas da Luftwaffe – seguiu-se uma pequena pausa, para Leroy enfiar rapidamente a mão direita dentro das calças – desculpem, acho que é um chato! Sim eu falava que... – outra pausa, desta vez Leroy aprofundava a mão mais embaixo da virilha, coçando com mais força – retornando ao comboio alemão... O comboio... Alemães... Ah, esta coceira! Nossa Senhora! Está ficando bom.

Sem mais nem menos, todos olhavam impacientes. O espião começava a suspirar fundo, revirava os olhos, até soltava gemidos, diante de um público paralisado, dividido entre a revolta e a curiosidade despertada por aquela criatura ridícula que gemia se coçando.

– Ah, está ficando bom, bom! Ah, meu senhor, obrigado por esta coceira magnífica! – sem muita cerimônia, Leroy movimentou a outra mão e enfiou na parte de trás da calça – Aqui também! Aqui também está bom! Oh, maravilha, maravilha. Deus abençoe esta sarna.

– Que horas vai acabar esta porra de coceira?!

O grito de Armelov, foi suficiente para fazê-la passar.

– Ah, sim! Mil perdões, meus senhores, eu não pude resistir, bem, onde eu estava, ah sim, primeiro, algumas esquadrilhas da Luftwaffe vão se retirar de Stalingrado para atacar o desembarque dos americanos no norte na África.

– Espetacular – disse Yeremenko em um grito de satisfação – e o que mais, diga mais.

– Desculpem, mas será que alguém pode dar uma coçadinha nas minhas costas... É aqui, mais embaixo, perto da zona limítrofe.

– Não! – enquanto gritava, Armelov golpeou o francês com um soco nas costas. Um soco cujo estrondo poderia facilmente ter manchado o pulmão do Encantador de Ilusões.

– Já chega! Ninguém vai coçar porra nenhuma! Depois você se trata dessa sua sarna, seu imundo. Agora, por tudo que é mais sagrado, conte o que sabe!

– Pedindo com esse carinho... Sabe que esse soco até atiçou um pouco...

– Infeliz! Se não falar agora juro pela minha mãe morta que decepo as suas mãos, os pés e depois atiro aos cães!

– Minhas mãos são tão lindas! – Armelov empunhou uma machadinha – Por isso eu digo que vou falar e tenho a grande notícia! Pelo que soube, o front de batalha alemão está muito extenso e superficial, eles sabem disso, mas acham que vão vencer antes que vocês percebam que o grande ponto fraco do norte é o flanco do 6º Exército, que é constituído de tropas romenas, húngaras e italianas, todas maltrapilhas e tão fedorentas quanto eu! Pessimamente armadas, seus blindados estão obsoletos, eles nunca lutaram na guerra, ficaram sempre na retaguarda, mas agora os alemães os deixaram em seu flanco. É ali que devem desfechar seu grande ataque.

Imediatamente Yeremenko e Armelov se retiraram para uma conversa particular em uma sala contígua, e lá ficaram a cerca de uma hora, retornando ao salão não apenas com um sorriso amistoso, mas também traziam, uma vodca de boa qualidade.

A notícia que o espião trazia era muito importante, mas ficou claro que os comandantes discordavam da melhor estratégia de contra-ataque. Então, quando ficaram a sós, ajustaram suas diferenças e puderam sair como se nada tivesse acontecido, convidando todos os oficiais para beber em comemoração a Leroy, enquanto eles comemoravam um acordo entre si.

– Sente-se conosco, Anatoly, pode vir, venha. – disse Yeremenko chamando de longe. Na mesa com ele também estava o francês.

– Gosta de Mozart? – perguntou Yeremenko, apontando para o jovem violinista que tocava para a plateia de oficias.

– Sim.

– Você sabe o que é interessante? – disse com um sorriso irônico – Mozart é germânico, puramente germânico, suas músicas são até usadas pelo III Reich, e vejam só, este rapaz toca desde a hora que cheguei e não vejo ninguém perder o juízo aqui. Ora, não deveriam todos estar tendo visões de suas amadas, de suas famílias, do paraíso, não é meus camaradas?! – terminou com ar zombeteiro.

Sabe, – continuou – os alemães chegam a me dar pena, por que nós iríamos acreditar nesta história de Madonna Capadócia! Aí está uma coisa que eu queria ver! Está claro que foi um boato infiltrado pelos alemães do Volga, apenas isso. É uma história sem pé nem cabeça de uma bruxa, vejam vocês, uma aspirante a deidade, que se tornou amaldiçoada e agora está na Rússia para a grande guerra dos tempos... Os alemães estão desesperados.

– Senhor, já estamos investigando para saber quem espalha esse boato – falou rapidamente Armelov.

– Senhor Yeremenko, nós sabemos perfeitamente que tudo não passa de uma armação dos alemães. – falou, por sua vez, Magnus.

Notando aquele sotaque diferente, Yeremenko não resistiu a perguntar.

– Hum que sotaque diferente, de que região da Rússia é o senhor?

– Eu cresci nos Montes Urais.

– Sim, tem um pouco do sotaque dos povos dos Montes Urais, mas eu não sei... Tem algo diferente, ah, mas, talvez seja apenas a vodca, hehe.

Magnus respirou fundo, deixando os olhos voltados para o chão, uma profunda vergonha arrebatou-lhe o espírito, pois talvez tivesse de dizer que tinha nascido na Ucrânia, a terra onde muitos receberam Hitler como libertador. "Que vergonha", dizia a si mesmo, mas quem sabe podia mudar de assunto, falar de Leroy, a novidade no front, sim, seria melhor. Contudo, os olhos de Yeremenko estavam vidrados nele, como se desconfiassem de alguma coisa. Olhava com o típico disparate de quem não acredita muito no que vê, ora, Magnus não tinha tanta semelhança com o povo dos Montes Urais, era ruivo, baixo, branco como um giz, tinha um furo no queixo, seu rosto era fino, assim como seu corpo, traços delicados e isso transmitia fragilidade. Em nada ele tinha a ver com a constituição forte dos homens do leste.

– Eu nasci na Ucrânia – o som de Anatoy rodopiou lentamente a mesa, mais parecido com um lânguido gemido de agonia.

Nesse instante, Leroy plantou seus olhos no siberiano, como se estivesse frente a frente com o demônio. Seguiu-se um silêncio constrangedor, fúnebre por assim dizer, em cima da mesa a vodca mantinha-se aberta e as taças continuavam vazias. Subitamente, um clima desagradável tinha tomado o ambiente e o gostoso aroma da bebida tinha dado lugar ao cheiro mórbido de vergonha misturada ao cinismo.

– Ah, que bom, a Ucrânia é excepcional. – Yeremenko nitidamente forçava suas palavras – Sabe, Nikita Kruschev também é ucraniano, é um grande homem, assim como você, assim como esses garçons. Veja, tome vodca, vamos tome. – insistia Yeremenko.

Magnus aceitou tranquilamente, olhou para o garçom ucraniano que o servia e puxou assunto.

– Amigo, este é apenas o primeiro, daqui a alguns meses, quando conquistarmos Kiev, nós dois vamos brindar em Kiev. – Anatoly falava com entusiasmo, mas o homem nada respondeu.

– Ele não fala sua língua – disse Leroy em tom irônico.

– Que língua ele fala então?

– Fala a língua do país dele, ucraniano. E você fala russo porque nasceu no leste da Ucrânia, estou certo? – indagou, por fim, o Encantador de Ilusões

– Sim! Sim! – Magnus respondeu prontamente, deixando à mostra um pouco de orgulho, ao perceber que ainda lhe cabia um restinho de nobreza russa no local de seu nascimento.

De maneira gradual, o gelo foi se derretendo, Magnus dava boas mostras de sua fidelidade soviética, expressando certo horror a Hitler e ao ocidente e Yeremenko lhe prometeu uma patente de capitão para assim que possível.

A festa seguiu a noite toda e a cada meia hora novas mulheres chegavam ao bunker do alto comando. Todas logo procuravam Anatoly com os olhos voltados para sua fama e rosto agradável, outras ou fitavam Leroy, não por sua beleza, longe disso, mas por sua já bem difundida devassidão sexual.

Sentada calmamente no colo do Encantador de Ilusões, uma bela enfermeira polaca divertia-se enquanto Leroy falava-lhe safadezas ao pé do ouvido e acariciava suas pernas.

Quando Eron Desya foi anunciado todos os homens sentiram a vergonha do adultério penetrar-lhes o orgulho, tendo em vista que suas garotas permaneciam em seus colos, mas, em pensamento, compartilhavam fantasias, instigando seus olhos em um frenesi, absolutamente impossível de disfarçar. Desya sorria e cada sorriso era tido como uma benção para as mulheres e um tapa na face dos homens.

Leroy deixou sua polaca e começou a encarar Desya com raiva.

– Agora vai começar o inferno – dizia Magnus baixinho para si mesmo.

E realmente o inferno começou não que Desya tivesse arrastado muitas mulheres consigo, nada disso, ele ignorava todas. Era um homem narcisista, gostava mesmo de ser desejado, cultuado, mantinha-se sempre com ar seguro, não falava quase nada, senão o básico. Tinha consciência do efeito da sua presença.

A grande questão é que, por precaução, o restante dos homens apressou-se nas suas investidas. Com Desya e Magnus por lá, mais mulheres chegavam, dando uma proporção de três para cada homem. Leroy, por sua vez, colaborava atraindo as prostitutas, elas o adoravam, ainda assim o importunavam para que chamasse Desya e Magnus para uma orgia. Não era de se admirar que tivesse ficado impaciente, então, bastante alcoolizado, abandonou cambaleante a roda de garotas, caindo nos braços de Anatoly.

– São homens desgraçados como o seu amigo Narciso – o bafo de Leroy fez Magnus afastar o rosto – que me fazem perder a fé na justiça, o miserável perturba a harmonia do conjunto e é até covardia andar junto dele, como tu consegues?

– Não se preocupe, ele não gosta das promíscuas.

Leroy cambaleou soltando-se dos braços de Mangnus, fitando-o com um olhar esquisito.

-Eu já entendi! – gritou com toda força, mesmo estando em cima de Anatoly – Tu não gostas de mulher, não é? – falou baixinho – Teu negócio é salsicha, como os alemães!

Transtornado, o atirador fez menção de socar-lhe a cara, mas percebeu que isso só iria gerar um escândalo desnecessário. É apenas um bêbado", pensou.

Em um dos cantos do salão com duas belas jovens, Desya chamou Magnus para se juntar ao grupo, e este logo partiu, deixando a Leroy com uma expressão de superioridade.

– Ah, mas que importa? – continuou Leroy – Também Deus há de ser justo, se fosse viado seria muito sofrimento para uma pessoa só.

Magnus interrompeu bruscamente sua caminhada, fazendo um sinal para Desya esperar.

– De que desgraça fala, pobre homem? Acaso não sabe quem eu sou, não sabe que sou Kryss Anatoly?

– Como, que desgraça?! – pediu que Anatoly se aproximasse – Acaso não sabe que hoje tu lutas ao lado dos homens que condenaram teu povo à morte? Há dez anos Stalin confiscou até as migalhas de sobras de alimentos dos camponeses ucranianos, milhões morreram, não sabias? Ora, que diabo de ucraniano és tu?

– O tipo que não dá confiança para bêbados, agora saia de perto de mim, seu retardado. – visivelmente perturbado, Magnus saiu depressa dali antes que resolvesse esmurrar aquele velhote francês.

A pequena confraternização seguia pela noite tranquila, nos céus não havia menor sinal de Stukas e na terra todas as metralhadoras pareciam hibernar. Alguém no bunker até poderia se questionar o que aconteceria se os alemães resolvessem fazer um ataque surpresa. Bem, nesse caso, o pensamento comum na cabeça de todos é que ao menos iam morrer felizes. Parecia uma atitude meio irresponsável, mas todos os postos de vigilância estavam de serviço.

De certo, alguns como Magnus e Desya seriam pegos literalmente com as calças nas mãos, em razão de que já tinham se retirado com suas garotas para um velho prédio abandonado, perto do bunker do alto comando.

Magnus até achou o prédio um pouco sujo no segundo andar, chegando a perguntar a sua parceira se a incomodava, mas ela sequer fez menção. No primeiro andar, Desya não trocou palavra com sua amante.

– Vamos voltar para o bunker? – ao fim de tudo, a amante de Desya ainda queria voltar com ele para a festa.

O belo russo sabia bem como as coisas eram, por isso sequer dava-se ao trabalho de olhar nos olhos da mulher. Ele realmente não se importava com seus sentimentos e, antes de responder qualquer coisa, foi salvo pelo grito do parceiro.

Passava de meia-noite quando, depois de transarem com suas amantes, ajeitavam suas fardas, sorridentes, com aquela velha camaradagem que só os companheiros de noitadas podiam ter. Magnus brincava, Desya mantinha-se calado, reagindo às investidas do amigo.

– E se Stalin nos visse agora? – indagava, tentando mexer com Desya.

– Stalin sabe que homens são homens, mesmo em tempos de guerra. – respondeu Desya.

Pegando uma rota camuflada por escombros, eles desceram a pé, apenas três quadras entre o bunker do alto comando e a casa de Danilov. Anatoly já estava apressado porque sabia que iria acordar cedo no dia seguinte, por isso não se deu ao trabalho de puxar muito assunto com Desya. Os dois entraram na casa, vendo o grande salão onde já estavam dormindo enfileirados muitos oficiais de regimento.

Magnus estava cansado o suficiente para não se espantar tanto com o fato de Leroy estar dormindo perto do canto onde ele dormia. Entretanto, não estava gostando nada daquilo que via. Naqueles tempos de guerra, não havia cama para todos, e, dos pedaços destroçados dos bombardeios, aproveitavam-se os de esponja cobertos por uma grossa lona. Justamente deitado na lona, absolutamente nu, estava o francês.

– Boa sorte com o fedorento. – disse Desya, ao notar o inconveniente.

Contrariado e praguejando contra o oficial de seu regimento, Magnus deitou-se, tapando o nariz para não ser inundado com o cheiro forte de álcool que rondava a atmosfera.

– Boa noite, Desya.

Ora, no pouco tempo em que Magnus recostou a cabeça, caiu para o lado naquela que parecia uma dormência arrasadora, já estava dando as últimas piscadelas, mexia um pouco os pés, até que Leroy fez um ruído.

"Esse doido não dorme", pensava.

Timidamente, o francês dava umas espécies de gemidos que depois iam afinando, afinando, afinando, de maneira que Magnus já estava ficando um pouco incomodado. O Encantador de Ilusões começou a se remexer com mais violência, já não gemia, mas se mexia bastante, parecia que ia ter um ataque dormindo.

Achando que poderia fazê-lo se calar, Magnus apelou para um chute nas costas. Funcionou. Ele parou, não gemia, nem se contorcia mais, desta vez parecia realmente ter entrado em um sono profundo.

Magnus respirou aliviado, estava morto, não para menos, a pressão sobre o resgate do espião, o constrangimento sobre a Ucrânia, além da louca ideia de Leroy sobre Stalin, isso sem contar nas mulheres. Tinha sido um longo dia e ele sentia-se esmagado pelo peso de seu próprio corpo. Já estava entregue ao balanço de sonhos, até que:

– Ohhh! Cachorra polaca, quem é o papai hein? – Leroy sonhava alto.

Magnus ignorou, sabia que uma hora ele ia parar, ou simplesmente cairia no sono em meio àquela pornografia.

– Ohhh, cachorra selvagem, quem é o papai hein? Hein, diz para mim... Ah, eu prometo tudo a ti, filha de Satã! Me leva para o inferno contigo, safada!

Magnus continuava sereno, tentando dizer a si mesmo que poderia suportar aquilo.

– Muito prazer, senhor satanás, meu nome é Leroy de Montespan...

Magnus fazia bico com os lábios para não gritar de raiva. Leroy continuava sua empreitada de devassidão e o atirador realmente não queria lhe dar outro chute ou soco, o primeiro golpe fora o que desencadeou toda aquela situação, então sabe lá Deus o que adviria de outra porrada.

“Bem, ao menos, não pode ficar pior”, imaginava. A questão é que sim, podia; podia e ficou assim que ele sentiu uma espécie de vibração na lona, achou estranho, olhou para trás e notou que Leroy estava “pinando” em uma esponja, em um vai e vem frenético. Até ai tudo bem, o problema é que a esponja afastava-se na direção de Magnus e Leroy vinha junto, grudado como um cachorro.

O rifle de Magnus passava a noite embaixo da lona, a seu lado, ele o puxou lentamente e o encaixou no orifício da máscara por onde podia se ver a boca de Leroy.

– O que é isso? – disse o francês, aturdido com o cano de aço do rifle.

– Diga à cachorra polaca que o papai está de folga hoje! Estamos entendidos?

– Sim, sim, senhor! Pode deixar! – o outro respondeu servilmente diante da arma.

Kalach, rio Don.

– Não se preocupe, senhora Catarina. – repetia a todo instante o simpático motorista para sua única companhia na cabine do caminhão. Na realidade, ele também gostaria de tornar a ouvir aquela bela voz que tão pouco dera o ar de sua graça na viagem.

– Tudo bem, senhor Ragner – respondia a jovem, tentando disfarçar o desconforto ao escutar o ranger na madeira daquela precária ponte molhada.

Por aquelas mal conservadas estradas de terra, os dias passavam com um sabor especial, não importava o que os homens faziam, a natureza simplesmente não deixava de ser bela, ainda que os russos e alemães não a achassem assim tão bela nas infinitas estepes do sul, olhar para aquelas vastas planícies transmitia para Catarina uma sensação inexplicável de paz, até porque ela já não estava tão longe de Stalingrado. Talvez seus nervos não tivessem se dado conta do peso da realidade, logo cairia dentro da guerra, entretanto, sonhava e se deixava guiar, muitas vezes chegava a alcançar altos devaneios para que a guerra não se instalasse em seu coração.

O fato é que seu comboio tinha chegado a Kalach, nas margens do Don, e essas passagens tinham o dom de puxá-la de volta, como naquele exato momento em que o comboio passava sobre o rio, por uma ponte de madeira recém feita pelos alemães, depois que os milicianos tinham destruído a antiga.

Na margem leste, uma guarnição alemã estava a postos. Logo que atravessaram, o oficial responsável aproximou-se do caminhão:

– Apresentem-se! – disse com voz firme o oficial em terra.

– Operação do General Sauller, código: Médici 1726, operação Azul.

O alemão fez sinal de passagem, não sem antes ir buscar um pequeno mapa de rotas recém descobertas. Cada vez mais os alemães se perdiam nas infinitas terras russas, era preciso mapas com maior precisão e este vinha embrulhado em um jornal velho, manchado de café.

Fazendo uma rápida parada para banho e alimentação, o comboio seguiu e desta vez a última parada seria Stalingrado, quando finalmente Catarina seria sorrateiramente infiltrada em uma das casas da cidade.

– Posso olhar o mapa? – pediu Catarina.

Como estava envolto no jornal russo, a espiã perdeu algum tempo desembrulhando, até que viu uma notícia que realmente lhe chamou a atenção. Um homem soviético segurava um rifle, na posição transversal do corpo, sob ele o título: o atirador mata mais cinco alemães.

Ela conseguia ler muito pouco, a mancha de café estava justamente sobre o quadro da foto do atirador, além de algumas rasuras e anotações, por isso o senhor Ragner, tratou de lhe explicar o que sabia:

– Seu nome é Kryss Anatoly. – começou com ar zombeteiro – Ah... Dizem que é o melhor atirador de elite soviético, imagine só, bem, parece que toda União Soviética está encantada com ele, falam que de cada dez mulheres que dão a luz, oito dão o nome de Anatoly a seus filhos. Eu tenho lido bastante sobre ele, é um herói perfeito para um povo que não tinha nenhum... Cresceu pobre nos Montes Urais, caçando veados, é bonito, jovem, corajoso... Mas eu lhe digo, em terra de cego quem tem olho é rei. – terminou com ironia.

– Acha que os soviéticos podem estar forjando um mito? Consegui ler aqui uma declaração do general Armelov de que Anatoly pode acertar uma cabeça a mais de dois mil metros de distância.

– É mentira! – Ragner bateu na direção – eles tentam desesperadamente fazer suas propagandas, não têm nenhum Erwin Rommel, nem tampouco um Guderian. A academia militar russa é tão pobre que o destaque deles é um simples soldadinho, que nem deve ser grande coisa! Aliás, você vai ver, quando estiver no lado soviético, vai ver como ele não passa de um fantoche de Armelov.

Catarina concordava, retendo, dentro de si, um pequeno choque. Mais uma vez, sentira todo o peso de sua missão, as palavras do motorista ressoavam como uma martelada em sua cabeça "Aliás você vai ver quando estiver lá". Subitamente, ela começava a dizer a si mesmo aquela frase "Oh, meu Deus! Eu estarei lá" e ficou repetindo aquilo por longos quilômetros em meios às áridas estepes russas, até se acalmar, lembrando que tudo fora escolha sua, que ela não tomava decisões sem pensar bem e que, no fim de tudo, aqueles eram tempos de guerra e ela já tinha vivido uma batalha parecida, uma batalha que envolvia sua pátria e seu coração, então mordiscou os lábios impaciente, aos poucos algumas lembranças surgiam, no fim, visualizou o rosto de Magnus diante de seus olhos.

"Onde estaria nessa guerra? Ainda estará vivo? E se tiver ido embora da Ucrânia, estudado, tornado-se um homem abastado, talvez seja um *gentleman* em Londres... Ah devo estar muito entediada, quanta loucura na cabeça!" Ela não imaginava que ele estava bem ali, em uma folha de papel sobre suas coxas. Não imaginava que um grande homem da União Soviética puxara sua memória e, a bem da verdade, mesmo que pudesse vislumbrar isso, riria de si mesma, achando-se louca, agora sua vida era muito real, não havia espaço para delírios ou arrependimentos, apenas tinha de lutar, porque tudo em que acreditava estava certo. Então nada mais além da guerra importava, imaginava isso, enquanto, pela janela do caminhão, jogava fora o recorte de jornal, vendo-o sumir em meio à poeira e agora tudo realmente tinha ficado para trás, até os delírios de grandeza.

Como Leroy de Montespan tinha previsto, nos dias seguintes da guerra na frente leste os ataques aéreos tinham diminuído consideravelmente, isso muito em razão do desembarque americano no norte da África, mas também, era a comprovação do sucesso da estratégia de "abraçar o inimigo" de Armelov, a qual consistia no fato de os soviéticos nunca ficarem a menos de cinquenta metros dos alemães, dessa maneira, com a luta corpo a corpo, a Luftwaffe não poderia mais realizar o bombardeio aéreo nas costas dos russos.

Em razão dessa circunstância, o sono dos combatentes soviéticos agora era bem mais tranquilo, o terror de serem acordados por sirenes de bombardeio já havia passado e a maioria dormia em uma espécie de cessar fogo implícito do cansaço da guerra.

Entretanto, em uma batalha daquela dimensão, todas as horas do dia eram aproveitadas no esforço de guerra e, mais especificamente, durante a madrugada eram realizados planejamentos de posicionamento tático, fortificação de barricadas, estratégias de guerrilha urbana e a formação de comissões para regular a distribuição de alimentos. Von Paulus e Armelov tinham um estoque especial de café, o qual esgotavam orientando seus oficiais madrugada a dentro.

Vindo às pressas do bunker do alto comando, com uma agitação fora do normal para as três horas da manhã, Danilov chegava à casa com uma missão para seu pupilo.

– Que maldição do inferno! – o atirador não se conformava – O que foi agora? Não tem mais de duas horas que eu me deitei. Pelo amor de Deus!

Sua indignação só aumentava quando ele viu o relógio na parede, marcando três horas da manhã e, a bem da verdade, Magnus estava realmente cansado, a cada dia, e hora, chegava uma avalanche de cartas emocionadas para ele, não à toa na noite passada, tinha ido dormir meia noite, lendo várias cartas enviadas por fãs espalhados por todos os cantos da União Soviética.

Danilov sabia disso muito bem, era ele quem o ajudava respondendo as cartas. Contudo, o jornalista sabia que a glória tem seu preço, os heróis trabalham dobrado para manter sua fama, por isso Anatoly precisava ser acordado urgentemente.

– Quem deu essa informação? É de confiança? É importante? Sim, por que para me levantar uma hora dessas é bom que seja para matar o próprio Hitler!

O semblante do mercenário mudou drasticamente quando Danilov lhe contou que um informante viera as pressas informar o esconderijo do Morte Branca.

– Um menino que engraxa suas botas. Ele viu quando o chamaram de Morte Branca. O menino o seguiu escondido, disse que esse tal homem entra no antigo orfanato por um buraco na parede nos fundos da casa e que fica do lado oposto em um bairro dominado pelos alemães...

Sem dar muito tempo para Danilov terminar, Anatoly foi até a pia, lavou o rosto, vestiu o sobretudo e pegou o rifle. O jornalista notou sua ânsia, por isso pediu calma, sabia que Magnus não admitia que houvesse outro atirador melhor do que ele em Stalingrado. No entanto, aquela era uma zona perigosa, já bem perto da praça vermelha onde ficava o quartel general do comandante Paulus, portanto, antes de Magnus seguir, Danilov fez um mapa detalhado pelos esgotos da cidade. Ele devia ir e voltar pelo mesmo caminho e sem que ninguém percebesse.

O antigo orfanato era uma grande casa com um pequeno sótão nos fundos. Ora, Anatoly sabia que para um atirador de elite era lógico o posicionamento no ponto mais alto.

O grande detalhe era que para chegar ao sótão havia uma escada principal que saía na sala, de frente para o lado mais dominado pelos soviéticos e uma pequena escada na grande suíte de cima. "Duas escadas para o sótão hum... interessante."

Danilov e outros soldados, explicaram que conheciam o orfanato e logo deduziram que o alemão descia pela escada principal e, para não sair pela frente, ia direto para a cozinha nos fundos por onde saía pelo mesmo buraco que entrava.

Meia hora depois, Magnus emergia do esgoto junto com outro soldado que o guiara até o local. Estavam a apenas uma quadra do orfanato, sem dar muito tempo para explicações, caminhava depressa, ao passo que dispensava seu guia para examinar a casa.

Circundando rapidamente a casa, notou que o buraco nos fundos da mesma era muito grande "chama muito atenção", estava desconfiado de algo. Sem perder muito tempo entrou, examinou a cozinha, viu o buraco por dentro, refez a rota do atirador subindo.

No andar de cima, foi até a grande suíte, chagando lá notou a janela, "É muito alto pra pular". Sabia que um pulo daquela altura poderia quebrar as pernas, entretanto, quando se aproximou da janela e olhou para baixo viu, chocado, rente à parede, uma montanha de escombros.

"Te peguei" num instante, conseguiu visualizar o verdadeiro caminho, aquele buraco era muito grande, chamava muita atenção, o atirador alemão até entrava pelo buraco, mas Anatoly pensava que sua fuga era um pouco diferente do que seus compatriotas tinham deduzido.

"Ele sobe para o sótão e fica esperando algum soviético querer entrar no buraco, então o mata, depois desce na escadinha até a grande suíte, pula da janela sobre a montanha de escombros e vai embora. Ele não usa a escada principal e nunca fica na frente da casa."

Confiando plenamente na precisão de seu juízo, ficou na grande suíte, procurou um bom esconderijo e não achou nada melhor do que o closet. Era um abrigo seguro e bem quente naquela fria madrugada, ali mesmo, atrás daqueles casacos, ele ficaria com seu rifle apontado para o sopé da pequena escada. Já há algum tempo havia guardado uma bala especial para o Morte Branca e ele a usaria naquele dia.

Sabia que devia dar um tiro seguro na cabeça, quanto mais alto na escada o alemão estivesse, mais ele teria de flexionar o cotovelo sem nenhum apoio e isso poderia fazê-lo errar.

"Um erro aqui neste pequeno quarto e ele me mata."

Como uma pedra, Magnus sentou-se ali calmamente em meio às roupas, à espera de qualquer ruído para empunhar a mira. Como bom atirador de elite, o alemão devia chegar bem cedo para assumir a posição e Magnus não se atrevia a um minuto sequer de sonolência.

Não tardou muito e ao longe e ele ouvia alguns cachorros latirem, pareciam correr em grupo, "Algo vem?!", então se seguiu um estampido de tiro, deixando a atmosfera subitamente silenciosa nas redondezas. "Sim, algo está vindo."

Os cachorros recomeçaram a latir e, dessa vez, ele pôde notar que o som vinha se aproximando dos fundos da casa, mais particularmente da área onde estava o buraco. Não tinha dúvidas, alguém ia entrar, e era muito burro a ponto de se deixar denunciar por cachorros.

Passaram-se alguns instantes e tudo silenciou outra vez. Magnus, fechou os olhos por alguns segundos, em sua mente podia ver o homem entrando pelos fundos, averiguando cada cômodo de baixo, com o rifle empunhado, depois ia subindo pela escada principal, ia maquinando com a cabeça, maquinando, maquinando até que surgiram imagens desconexas, a visualização transmutava-se em um sonho, invencível relaxamento se apoderava de seus olhos e ele deixou sua cabeça oscilar de um lado para outro. O som do roçar nos casacos dava o ritmo de seus sonhos em um ranger cada vez mais alto e próximo.

Subitamente, um estalo forte e Anatoly soqueou a cabeça para trás em um susto, imediatamente olhou de um lado para outro, o som continuava, só então ele se deu conta: uma tábua do sótão rangia forte e bem acima da sua cabeça. O atirador alemão já estava lá.

Magnus sorria debochadamente, percebia que o Morte Branca caminhava de um lado para o outro no sótão, "Talvez esteja procurando uma boa "posição", não sabia bem, não conseguia vê-lo, mas podia sentir e ouvir a vibração de seus passos. Mantinha sua mira no sopé do corrimão da escadinha, onde teria um ângulo maior de ataque sem ser atrapalhado pela flexão do cotovelo, sua respiração já estava praticamente nula.

"Ele logo irá descer", pensava. Realmente não fazia ideia de que já estava ali há duas horas e que tivera muita sorte por ser acordado pelo barulho do sótão.

Lentamente, um suave ruído se fez chegar aos ouvidos aguçados do siberiano, o *sniper* alemão começava a descer as escadas. Através da sua mira, Magnus o via descer, relaxadamente, exibia até um belo sorriso, instigando ainda mais o dedo de Magnus, porém ele sabia que era preciso paciência, o cotovelo flexionado ainda atrapalhava um pouco, o gatilho somente seria puxado quando o alemão chegasse ao último degrau, faltava pouco, muito pouco, tão pouco que o atirador contava mentalmente dez, nove, oito...

Morte Branca parou no oitavo degrau, deixando Magnus a beira de ataque de nervos, o siberiano quase denunciava sua posição remexendo sua cabeça em meio aos casacos. O alemão mantinha-se sentado no oitavo degrau, ao passo que puxava um pedaço de papel, olhando-o fixamente.

Os minutos passavam e a paciência de pastor de Magnus ia embora, olhava com verdadeiro ódio aquele homem a quem os soviéticos descreviam como um demônio, sua face era cova, o rosto vermelho e olhos saltados, era um demônio, é um demônio alemão. Era a única coisa que Magnus repetia naquele momento.

O soviético ia ficando cada vez mais impaciente, de repente, seus pés e costas começaram a doer pela posição incômoda, há algumas dezenas de minutos lutava contra a indecisão, poderia esperar o alemão descer e garantir seu tiro na cabeça, ou podia atirar logo no tórax, região mais fácil. “O que faço, devo esperar, mas e se... Não, não posso”.

Em um estalo, lembrou que logo poderiam chegar reforços à casa, “E se estiverem preparando uma armadilha para mim”, tinha de atirar logo e assim o fez. Com o cotovelo flexionado, puxou o gatilho, mas seu tiro não acertara a cabeça, era a primeira vez que errava desde que chegara a Stalingrado.

Emergindo dos casacos, Magnus corria para a escada a toda velocidade, sabia que o tiro não tinha sido bom, porém que tinha acertado em alguma parte do corpo, ouvira o impacto e agora precisava terminar o serviço.

O alemão ainda conseguiu rastejar-se por três degraus antes que Magnus lhe acertasse mais dois tiros nas costas. Seu corpo esmoreceu e deitou de bruços.

Correndo e pulando como um menino, Magnus absorvia com muita facilidade seu maior momento de glória, sabia que quando mostrasse o corpo para Armelov, seria promovido a capitão. Esse era seu destino, e agora, mais do que nunca, o herói da União Soviética, o homem soberano entre os combatentes de Stalingrado, que livrou seus camaradas do demônio alemão, assumiria o seu posto. Sim, era ele.

Aproximou-se daquele homem repugnante e feio, notou que ainda respirava, virou-o para pegar sua plaquinha e quando a arrancou do peito, leu as seguintes palavras:

“Andrii Shura”.

Subitamente, suas pernas não mais o obedeciam, caiu no chão tremendo de maneira avassaladora, um frio dilacerante atravessou sua espinha, e aquele pensamento aterrador lhe atravessou “*desgraçada Madonna Ca-*

padócia me atraiu até aqui, sim, foi ela! Meu Deus, não é possível!" seu coração batia tão forte que as pontas de seus dedos latejavam, o ar lhe faltava, estava sem cor, enregelado, não conseguia mexer o corpo, toda sua musculatura se contorcia em uma rigidez invencível. Tentava se levantar, mas o corpo não obedecia, tentou uma vez mais, porém não conseguiu.

Por um instante algumas lágrimas de horror saltaram de sua face, lembrava-se de Yushenko, sua serena loucura, seus olhos brilhantes, acreditou ser mais uma vítima de Madonna Capadócia. Estava louco, sim, pois não podia conceber aquela situação, tudo era tão absurdo que só a loucura faria sentido.

– Meu Deus, não é possível!

Pensou detidamente na loucura, podia ver nitidamente a insanidade diante de si, porém estava totalmente consciente. De choques vivem os loucos, dessa forma, desesperadamente estrangulavam a razão para conseguirem existir de maneira artificial, em um mundo onde os fatos podiam ser forjados por uma paixão indomável.

Ele voltou a si, recobrando as forças, olhou em volta e Andrii reclinara-se sobre um degrau, olhando-o fixamente.

– Eu vi a foto no jornal. – arquejando, Shura tentava tomar fôlego – É realmente impressionante, Magnus... Será que você imaginaria, naquele tempo... Sempre fomos amigos, mas o destino sempre nos quis inimigos, aliás quase fomos inimigos, lembra-se de Mileva! Argh! Que dor... Ah, que bobagem!.

– Por favor, agora respire, descanse, por favor! – Magnus falava com aflição.

– Magnus, ouça... Argh, não consigo.

– Não fale mais! Respire com calma, vamos! Eu posso chamar ajuda. Apenas fique aqui e me espere.

Antes que Magnus pudesse se levantar Shura o puxou pelo braço.

– Não... Você sabe muito bem que não fazemos prisioneiros aqui. Sabe tão bem quanto eu o destino dos soviéticos que colaboram com os alemães.

Em silêncio, Magnus se lembrava dos fuzilamentos contra traidores que Armelov falava, de fato, não podia chamar ajuda, tampouco gritar por socorro alemão, só lhe restava ficar ali com uma sede inextinguível de falar:

– Mas por que? Por que tudo isso? Porque está lutando ao lado de Hitler? Não tem vergonha de trair a própria pátria?

Em meio aos gemidos, Shura conseguiu soltar um sorriso irônico, questionando Magnus se lembrava daquele outono de mil novecentos e trinta e dois, quando ele e o senhor Kutuzov o carregaram nos braços até a estação ferroviária.

– Fomos nós, Magnus! Nós o salvamos! Você não sabe, mas os alimentos foram confiscados. Argh... A mando de Stalin, sim, ele mesmo! Através de sua polícia política chamada GRTK. Você não ficou, por isso não sabe, as crianças tinham a barriga inchada, em seus pés feridas que nunca saravam de tanto caminharem pedindo alimentos para toda a família, pois, diferente de seus pais, eles ainda tinham esperança. Argh... Os filhos da Ucrânia gemiam de fome, roçando a terra... Argh! Meus avós, Meus pais... Todos eles morreram guardando suas migalhas de pão para min. Argh... Magnus! Eu não sou um traidor. – tomado pela emoção e as dores lancinantes, Shura terminou balançando a cabeça.

Completamente chocado com a revelação, Magnus lembrava da "solidariedade" de Leroy, do constrangimento de seus superiores na mesa, lembrou das letras que tinha visto no uniforme dos "homens saqueadores". De repente, tudo fazia sentido.

Nitidamente comovido, o mercenário sentia toda a fusão daqueles sentimentos se transformarem apenas em vergonha, desprezo de si mesmo, de suas vanglórias de grande atirador, seu grande nome e sua ridícula audácia de matar o demônio. Agora ele era o demônio, por isso, abaixou a cabeça em silêncio, depois colocou o rifle nas mãos do amigo, mantendo-se à sua frente de cabeça baixa.

Shura estava quase morrendo, mas ainda seria perfeitamente capaz de atirar, entretanto não era mais aquilo que ele buscava, a morte se aproximava e ele já não queria mais derramar uma gota de sangue, então por que ele faria mais? "Não!" dizia em seu pensamento e realmente isso seria impossível, mesmo todos os anos passados não amorteceram a lembrança, a única boa lembrança capaz de rivalizar com aquelas metralhadoras que se ouviam ao fundo.

Ao longe, pelas ruas de Stalingrado, bombas eram lançadas, fazendo corpos tombarem em meio a gemidos de dor que pareciam eternizar-se em seus ouvidos. Ele podia ver aquilo nitidamente diante de seus olhos, sentia que o som dos gritos o arrastavam para uma morte aterrorizante, uma vala comum onde todos os desgraçados caíam. Pela primeira vez na guerra estava com medo, medo de seu destino na morte.

Seu corpo tremia e ele começou a respirar com ainda mais dificuldade, timidamente Magnus se aproximou, segurando sua mão em silêncio, em seu rosto, uma indescritível aflição. Então Shura olhou em seus olhos e pôde ver que ainda eram os mesmos olhos compassivos de antes, os olhos que brilhavam no poderoso Asset, "ah, que tempos eram aqueles, falava antes tão distantes e agora simplesmente resplandeciam no brilho do olhar", uma vez mais ele sorriu, desta vez um sorriso sereno, liberto de qualquer angústia, pois Magnus estava ali, e tudo que eles tinham vivido fora real, aquela amizade vencera o tempo e a guerra, então nada mais podia vencê-la, portanto agora ele poderia morrer em paz, morrer amado por quem amou, morrer embalado por um sonho maior do que qualquer guerra. O sonho de morrer segurando a mão de um amigo.

– Andrii! Me escute, não, não, Shura! Shura!

Já era tarde. Em um choro inconsolável, Magnus debruçou-se sobre o corpo do amigo.

Suas lágrimas escorriam naquele rosto vermelho, deixando Magnus ainda mais envergonhado, o jovem siberiano não era tão afeito à ideia de livre arbítrio, acreditava que o mal estava incrustado no seio da humanidade, porque foi dessa forma que tinham lhe ensinado, esse mal era comandado por um demônio, o demônio era o próprio amigo de infância.

Magnus chorava pela morte do amigo, assim como pedia explicação a Deus por um destino tão devastador. Chorava também de raiva por ter sido tão cego todos esses anos, daquele momento em diante, a guerra seria completamente diferente para ele.

Levantando-se com calma, cobriu o corpo de Shura com um lençol, depois pegou o fuzil e saiu sem o menor receio de um tiro, simplesmente não entrou na tubulação do esgoto pela qual tinha vindo, estava cego, atônito, ainda sem acreditar direito no que acontecera. Pela primeira vez queria andar perto da morte, vendo de perto os horrores da guerra, como tinha visto em seu primeiro dia. Assim seguiu meio aturdido, pensando na Alemanha, pensando na Ucrânia, na Rússia, na União Soviética, "para onde vou, o que faço, quem eu sou", eram perguntas que fazia para si mesmo ao vislumbrar um tanque alemão dobrando a outra esquina.

Ele recuou, sabia que estava certo que a União Soviética era o lado certo, na realidade achava mesmo que era o menos ruim, o nazismo queria dominar o mundo, não havia dúvida nenhuma nisso.

Então, lembrou-se de Shura, de sua morte injusta, de todos os amigos da infância, onde estariam eles? Pensou alguns poucos instantes até concluir por uma possibilidade terrível. "Se Aleksei também estiver com os alemães, ou pior, se eu encontrasse Maria caída em alguma rua."

Todos estão mortos, todos! Dizia a si mesmo, no entanto, não era capaz de se perceber que dentro dele algo havia morrido junto com Shura, era seu patriotismo, o amor que se confundia com a figura de Stalin, o homem outrora idolatrado.

De repente, um tiro assobiou a poucos metros dele, alguns alemães se aproximavam, e isso fez com que ele rapidamente corresse para o esgoto.

Diferente do habitual, desta vez não sentia nojo daquele esgoto fétido, nada seria capaz de lhe cortar a concentração, queria desesperadamente fazer uma parada e a fez ali mesmo.

Ele simplesmente estava congelado na parede absoluta que surge na vida de um homem quando tem de tomar uma decisão e não pode contar com o julgamento do certo e do errado, justamente porque todas as opções possuem seu certo e errado. Aquilo era óbvio para ele, mas havia algo diferente, nascia dentro dele um súbito ódio pelo próprio nacionalismo que tanto lhe confundia. Já não tinha mais aquele grande orgulho patriótico que o impulsionava na guerra e o fazia arrojar-se em meio a toda carnificina com a coragem de um leão. Era tudo bobagem, a mais pura bobagem.

Naquele momento, queria uma resposta, queria sentir de novo o fogo que lhe impelia, não queria lutar e derramar sangue por uma ilusão, agora achava que tinha o pleno direito de questionar as coisas.

A guerra se mostrava mais real nas entrelinhas, escondidos atrás das fachadas de intolerância existiam segredos estarrecedores e ele agora lutaria contra todas as mentiras, alimentado por uma sede de desconfiança, buscaria a verdade com todas as suas forças, começando por questionar a si mesmo.

Nele, como em todos os seres humanos, havia um desejo, um anseio por uma força externa que o sustentasse e o integrasse ao mundo, de maneira que pudesse sentir e fazer parte de algo. Não queria estar sozinho e era justamente esse o papel que a pátria acabara de perder. O destino parecia ter puxado seu tapete, deixando-o sem o chão firme para pisar.

Depois de percorrer todo o esgoto até a casa de Danilov, Magnus, chegou e entrou aturdido com as mãos na cabeça, tirou o rifle, pendurando-o na parede, depois sentou-se no chão, tomado pela angústia incessante de quem precisa de respostas, mas ainda não tinha sequer a pergunta certa.

Logo atrás dele surgiu um pequeno rosnar, seguindo de um mau cheiro típico do Encantador de Ilusões.

– Sabe qual seria um bom método de tortura? – Magnus começou, tapando o nariz – Deixar você quinze minutos ao lado dos alemães, até essa sua cantiga horrível impregnar os narizes deles... Por tudo que é mais sagrado nesta terra! Homem, abaixe esses braços!

Levantando a cabeça mascarada que dormia no meio das pernas de uma senhora, com os olhos baixos e os traços de um sorriso atravessado pela máscara, Leroy olhava o mercenário como que admirado. Anatoly, por sua vez. buscava ar, procurando refazer-se em sua postura segura.

– Ora, ora, então, o grande matador, o Guilherme Tell do leste, descansa em plena hora de serviço...

– Já terminei meu serviço se quer saber e, ao contrário de você, sou efetivo no esforço de guerra, agora, pelo amor de Deus, saia desta sala.

Nem dez anos de escova podem extirpar este odor com o qual você impregna as paredes. Saia daqui antes que eu esqueça que você é um velho doido e atire na sua cabeça!

Com um rápido passo para trás, Leroy rumou para a saída pulando em um pé só, enquanto tentava calçar a bota na outra perna.

Anatoly parecia muito perturbado e o francês não gostava de encontrar homens mais perturbados que ele. Anatoly se mantinha calado, já não tinha mais demônios do lado de fora para matar, agora tudo estourava em seu interior, por isso o nervosismo e a irritação o dominavam ferozmente, até que ele se deu conta do que era Leroy: apenas um louco, um personagem sem pátria, sem destino, sem nação, assim como ele.

– Leroy, espere! – começou ele, tentando disfarçar certo domínio da situação – Sente-se aqui.

Transparecendo um olhar de desconfiança, o outro sentou-se lentamente.

– Sinto que em vosso espiríto arde o calor de certa revolta? Estará Leroy correto?

– Como não poderia haver revolta em mim. Sou o único soldado da guerra que estampa jornais, que tem obrigação de matar e me regozijar por isso, sou um... – subitamente interrompeu o que ia dizer, continuou em voz baixa – Sou o grande herói desta porra não sou?! Ou serei apenas um capacho que estampa jornais carniceiros, um ucranianozinho que luta ao lado de seus carrascos.

– Xiiii, Fale baixo! Por acaso ficou louco?!... Quer morrer?! As paredes têm ouvidos! – assustado, Leroy notou que os olhos de Magnus faiscavam de ódio – Então, meu bom atirador... Eu confesso que estou curioso... E até, de certa forma confuso, realmente estou confuso, depois daquele jantar onde você esbanjou arrogância, puxando o saco dos comandantes... Diga-me, afinal de contas, qual é sua ligação com a Ucrânia. Você viveu na Ucrânia? Tem parentes lá? Conhece alguma rapariga de lá? Comeu alguém de lá? Se comeu, quantas e como?

– É sério. Falo russo, sou o grande soldado russo, mas acho que todos nós somos seres humanos, russos e ucranianos... Apesar que agora, dentro do meu coração, há lembranças, lembranças que não cessam, mas eu não sou um nazista! Não, jamais... Quer saber, que tudo vá para o inferno... Eu simplesmente não suporto essa miséria de destino... Eu não sei mais o que sou e não me importo. Vou lutar por min, por aquilo que acredito.

Levantando-se rapidamente de sua cadeira, Leroy, caminhou até sua mochila, como bom conhecedor de História que era, o Encantador de Ilusões, havia roubado livros e anotações feitos pelos alemães sobre países que poderiam não apoiar totalmente a União Soviética, entre esses países estava a Ucrânia. Chegou com todos os papéis nos braços e depois jogou-os sobre a mesa:

– Uma ilusão. – começou Leroy – Você está apenas preso no labirinto das ideias. Esta é a ilusão, você pode ser tão ucraniano quanto qualquer cossaco de Kiev, tão russo quanto Tolstoi, e tão soviético quanto o georgiano Stalin, onde estiverem suas escolhas, lá estará o mundo. Mas antes de tomar uma decisão, eu preciso que você veja estes papéis que roubei quando estava no front alemão... Você não sabe, mas não é assim tanta coincidência que você fale russo. Houve seguidas tentativas dos czares russos de extinguirem o idioma ucraniano por meio da força.

Enquanto Magnus lia, seu pensamento ficava repetindo aquela expressão “labirinto das ideias”, enquanto Leroy, explicava que alguns czares tinham perseguido e tentado acabar com a língua ucraniana. Depois lhe mostrou um documento do tempo de Catarina, a Grande, era um decreto da czarina proibindo o ensino em língua em Kiev.

– Sabe Leroy, imagino que pela minha confissão queira algo pra ficar calado, mas não sou homem de ceder a chantagens, pode me denunciar se quiser.

Leroy gargalhou.

– Não vou denunciá-lo, ora que bobagem... Anatoly, apenas olhe para esta guerra, logo nada poderá restar no mundo, nossas vidas estão esvaindo a cada morte, noticia, gemido, então, talvez seja preciso derramar as últimas gotas de sangue pelo que nos resta de liberdade! Faça como eu, mande os governos para o raio que os parta, eu só luto pela minha consciência de justiça, de resto, devo dizer que hoje fomos destinados a nos encontrar, organizei uma orgia com vinte prostitutas gostosas na sede do jornal Estrela Vermelha, seu amigo Desya confirmou presença, acredito que possa contar com a honra de vossa senhoria.

Percebendo a fragilidade de Magnus, Leroy jogou sua isca, certo de que agora tinha a proteção do grande atirador da guerra.

– Desya, Eron Desya?! O meu amigo, aquele alto de longos cabelos pretos, você não estará enganado?

– Sim. Esse mesmo. Então, tu vens ou não?

Com um pequeno copo de vodca à sua frente e um charuto em seus dedos, Armelov caminhava impaciente de um lado para o outro no bunker do alto comando. Em sua mente, faiscavam gritos de desespero ao saber que Hitler ordenara a chegada de seis batalhões de engenharia e uma divisão Panzer. Ele se perguntava até onde poderia chegar o potencial bélico dos inimigos.

Por melhor que fosse a espionagem inglesa, ninguém sabia ao certo, mas de que adiantava pensar no potencial alemão, isso só o faria mesmo ficar pessimista, ademais, havia a promessa de que Stalin enviaria mais quatro exércitos para Stalingrado. Por isso ele esperava aquela bendita ligação, enquanto esfregava as mãos com a consciência de que a cada minuto, o sangue jorrava de todos os lados. A ligação demorava bastante e Yeremenko também parecia já estar perdendo a paciência.

– Então... As tropas de Vatutin Rokossovsky chegaram? – indagou Yeremenko, tentando puxar algum assunto capaz de aliviar aquela tensão.

– Sim. Tive de suplicar por aquele safado... Mas, tudo bem.

Em seu intímo, Armelov sentia que a maré da guerra poderia virar para o lado soviético, ele lembrava que fazia apenas um ano que o trem de Stalin ficara pronto para sua partida quando os alemães tinham alcançado a estação ferroviária de Moscou, aquilo quase foi o fim, repetia a si mesmo. No entanto, como Churchill já tinha dito, aquela guerra não havia chegado nem no começo do fim, ele apenas se dera conta de que a União Soviética começava a se organizar melhor para o combate.

Seu pensamento otimista caminhava bem até ser interrompido por fortes batidas na porta, do outro lado ouviam-se pancadas e insultos ultrajantes, assustados, Armelov e Yeremenko sacaram suas pistolas.

– Quem é? – perguntou Armelov.

– Samir Kolinov. Tenho algo importante, é preciso resolver um assunto agora mesmo!

“O que os ‘novos muçulmanos’ querem comigo agora?”, – pensava Armelov

Quando ele abriu a porta, dois homens seguravam outro aparentemente espancado, atrás deles uma jovem moça chorava copiosamente com os olhos inchados e a boca ensanguentada.

– Quem é esse homem que vocês carregam espancado? Ele está com uniforme do exército vermelho! Ora, que está acontecendo aqui?

Durante todo aquele dia, Magnus permaneceu resignado, forjando seus pensamentos na casa de Danilov, sentado naquela poltrona de couro descascado. Por vezes, ouvia o sibilar das balas cortarem o céu de Stalingrado, então, de repente, queria se arrojar para a sua posição, mas aí algo nele o segurava, fazendo com que perguntasse a si mesmo pelo que estava lutando. Buscava uma razão para se levantar daquela cadeira.

"Quem terá o direito de ferir sem a outorga do ódio e da raiva? Seria a justiça, ah, isto é certo, seria nobre, muito nobre lutar apenas pelo ideal de justiça, mas isto parece tão doloroso, tão humano, seria contraditório derramar sangue humano em uma guerra de bestas?".

Na verdade, tentava a todo custo encontrar um motivo para fazer o melhor e assim eternizar seu nome naquela grande guerra dos tempos. Suas fotos nos jornais haviam mexido com o ego, entretanto, contava só e unicamente com a consciência para lutar, sabia que na certeza de estar do lado certo, de fazer o bem e ser digno poderia emergir um orgulho tão pernicioso quanto o mal que se combatia.

Quando a noite caiu, Magnus abdicou de encontrar respostas, deu pela ausência de Desya. "Mas onde estará? Talvez embriagado na farra de Leroy, melhor me apressar", pensou.

Em um passo alongado, não tardou a encontrar a sede do Jornal Estrela Vermelha, não sem antes ser apoderado de certo receio. Seu juízo parecia travar o avanço, quando notou que ali não era tão longe da praça vermelha, tinha caminhado bastante para o centro da cidade e isso não era bom, na verdade, talvez dali fosse até capaz de ouvir a respiração dos alemães.

Sem expor totalmente o corpo, olhando pela pequena brecha da porta, Magnus chocou-se com aquela cena libidinosa. Em um sofá recostado à parede, oito homens balbuciavam lorotas, espremendo-se uns contra os outros com mulheres no colo. No centro, havia três mesas, duas de bebidas com homens e mulheres jogando cartas e outra onde apenas Leroy estava sentado completamente nu, contemplando o corpo também nu de uma mulher deitada sobre a mesa.

– Boa noite. – Magnus falou, tentando emprestar um pouco de cortesia àquela selva.

Imediatamente, o Encantador de Ilusões, se levantou, fitando Anatoly com um sorriso malicioso, como se a presença dele tivesse acionado seu gatilho especial. Depois se virou em silêncio para a mulher, mandando que ela ficasse de quatro, então se virou outra vez para o centro e gritou:

— Assistam ao espetáculo!

Sem demora, Leroy virou um grande gole de vodca, depois subiu na mesa rapidamente. Cambaleando pra lá e pra cá, os bêbados se levantam para olhar e logo o francês começou a fornicar violentamente atrás dos quadris da mulher de maneira que suas carnes vibravam. Magnus assistia atônito, aqueles olhos esbugalhados de terror, junto com o ranger de dentes que estalavam, pela fenda da máscara.

Ele apenas olhava, tentando não ser tragado pelo ambiente, mas aquela cena de sexo mórbida espargia em todo ar uma espécie de calefação dos sentidos, bastava olhar para os olhos da máscara, para sentir-se participante do ato, tragado por aquele prazer avassalador que violentava todas as almas do recinto, inflamando em todos um instinto selvagem de poder e submissão. Alguns poucos minutos e ele parou e subitamente um silêncio aterrador tomou o salão, lentamente, soltou um dos braços do cabelo da mulher, gritando a plenos pulmões:

– Olhem estes corpos, bebam do prazer que só um titã como eu pode irradiar com meu ser liberto! Porque nem toda realidade do mundo suportará esta verdade, nado contra a louca correnteza sem sentido, enceno este falso sorriso despojado de razão! Sou eu mesmo, um penetra do mundo convencido, chama luminosa na escuridão!

Seguiram-se alguns aplausos, como se fosse o fim do ritual:

– Avante entre nós, acende e clareia uma luz que embaça minha dignidade, vejo a invencível cegueira das trevas se passando por insana felicidade, sussurrando através de mim, um magnífico Deus de muita humildade! Sou muitos, o mesmo de sempre, sou de novo, não mais que um esplendoroso brilho reluzente!

Muitos homens começaram a gritar, naquela que parecia uma peça de espetáculo hedonista, porém logo o semblante de torpor do Encantado de Ilusões se desfez, fazendo com que ele empurrasse a cabeça da mulher para longe da sua, então se afastou da mesa. A mulher também se levantou, saiu, cambaleando, até cair aos pés de Anatoly.

– Querem a fórmula da felicidade! – Leroy gritou.

A multidão de bêbados assentiu.

– Querem a fórmula do futuro? – o espião cambaleou, dando soluços convulsivos – Querem a fórmula do melhor governo? Pois bem, anotem aí a receita: peguem cinco quilos de lombo de rebanho, tempere com um pamonha salvador dos fracos e oprimidos! Adicione um quilo e meio de puxa saco! Coloque duas pitadinhas de molho marica, passe um tempo coçando a bunda, e então... – Leroy apontava para si – Eis a República do Cabaré do Satanás!

Entorpecida pelo álcool, a multidão, apenas aplaudia e gritava o nome do Encantador de Ilusões.

– Isso, meus amigos, gritem, se esquentem! Aplaudam! Mordam até sentir o gosto de sangue! Este é o nosso país! A nossa missão, o nosso serviço, o serviço nobre de todo governo: o cafetão da esperança!

Anatoly via Leroy caminhar na sua direção e tratou de recepcioná-lo com seu melhor sorriso.

– Ah, eu estava esperando você, *mon cher*! – Leroy começou fazendo uma reverência de bailarino, ao passo que gritava e gesticulava com todos os seus trejeitos – venha, aproxime-se, veja essas garotas lascivas, vamos, absorva o aroma delas, sinta a textura das peles! Sinta o calor que chameja sob a superfície, a mistura do sangue nesse prazer alucinante. Ah, meus amigos, queimem! Queimem até o prazer violentar seu santo espírito! Queimem até morrer, desgraçados, porque o inferno só vale a pena para os que morrem de prazer! Hahaha!

Calmamente, Magnus aproximou-se do centro, sentia que todos os olhos estavam nele e isso não o incomodava, de certo, todos os seus pudores começavam a cair e ele parecia já ter esquecido a morte de Shura, pois cedia sem resistência à vaidade que o embriagava com o efeito de sua chegada.

– Onde está Desya? – foi a única coisa sã e relevante que ele achou para dizer.

– Ah, eu não sei, deve estar chegando... Deve estar penteando o cabelo, ah, que cabelo o moleque tem hein! – subitamente Leroy afastou-se, trazendo uma mulher pelo braço e levando-a em seu rumo.

– Veja! Veja Helena! Olhe esses peitos, ahhh, ode a esses fartos seios! Pelo amor de Deus! Se Jesus tivesse visto esses seios ainda seríamos pagãos!

Como um choque de duzentos e vinte volts, Magnus afastou-se contrariado com tamanha heresia, entretanto, notou que Leroy parecia não ter dado com nada e isso o intrigou tanto, que por um momento invejou toda aquela indiferença que o frânces sentia pelos pudores alheios.

Logo depois, imaginou que o espião estava possuído, era a encarnação do mal, o demônio, a besta, por isso não ligava pra nada, "tenho de ir embora daqui", pensou, então se levantou resoluto, porém quedou-se inerte com a lembrança de Andrii. Lembrou-se de seu pré-julgamento mal feito, do fato de que diferente dele, Leroy se autointitulava um homem sem partido, sem pátria, sem religião ou moral. Era o Encantador de Ilusões, ninguém sabia seu nome, sua razão de ser e ele parecia orgulhoso disso.

Rapidamente, seus olhos fitaram Leroy e, por um instante, ficou constrangido, sentindo-se engolido por aquela figura tresloucada de gestos espalhafatosos que ali lhe parecia extremamente real e horripilantemente humana.

– Vamos, Anatoly, escolha uma vadia e pimba! Diga! É só apontar e lhe ensino a fazer o ritual! – nesse instante, Leroy encostou-se a seu ouvido para sussurrar – Eu aconselho a madame Lolla, dizem que ela é insaciável.

A muito custo, demonstrou um pouco de serenidade, riu um pouco, dizendo que estava cansado, que o melhor seria beber um pouco e conversar antes de "pimba". Estava um pouco curioso com Leroy, queria saber qual era a real intensidade de sua loucura, suas ideias, se tinha noção do tempo em que vivia e se seria capaz de se retornar ao homem original.

– Estou cansado, fisicamente não estou bem e o cansaço físico não me afeta nem um décimo da tortura psicológica que padeço todos os dias. Sabe, devia ter estudado mais, me tornado um diplomata ou comissário político, um engenheiro para trabalhar em fábricas ou um advogado em escritórios particulares.

Em um impulso para trás, o francês rasgou uma gargalhada tão alta, um reverberar tão estrondeante que nem os Stukas alemães seriam capazes de produzir.

– A ordem, o sistema, as obrigações, – Leroy argumentava – a rigidez, é tudo para nos fazer cagões etiquetados, pois a memorização tem como requisito básico o adestramento da razão. Ninguém se lembra de memorizar aquilo que naturalmente atiça o discernimento. Quem muito memoriza, pouco pensa e muito reproduz, eu, ao contrário, meus poros exalam liberdade para o bem e o mal...

Leroy conservava sua explanação calmamente, até que um jovem oficial participante da orgia trouxe um recado.

– Senhor Leroy, o comandante da 38ª companhia (sim, é aquele mesmo, o tal recém-convertido Samir) disse para terminarmos a festa em quinze minutos, ele quer o prédio.

O espião deu um soco no ar:

– Esse Samir filho de uma mensalina! Filho do Satanás, só de pensar nele meus músculos se retorcem, os olhos ardem e o pior, meu testículo esquerdo sobe! Não passa de um miserável, filho da pior rapariga deste mundo! Era cristão, depois viu o teatro cheio de muçulmanos ai se converteu. Se este maldito encontrar uma tribo para explorar, é capaz de adorar o rei sol, oferecendo o sacrifício de crianças para os deuses. A única coisa boa daquele infeliz é sua esposa, é impossível não olhar para aquela mulher... Se eu a pegasse...

Berrando com sua amante por suas calças, sorria ironicamente:

– Ah, esse ladrão do Samir Kolinov! Ele nem sabe de nada, vem aqui só para dormir, esse lazarento de merda, dizem que é um disciplinador, disciplinadores não comem ninguém! A disciplina deles é bater punheta!

– Pelo visto não gosta nada dele?

– Escute, meu caro Guilherme Tell do leste! Dizem que há uma terra abaixo do inferno, onde a raça que lá habita é constituída de seres expulsos do próprio inferno! Essa raça é conhecida na terra como puxa-saco!

Arquejando de ódio, Leroy parou sem fôlego, olhando para o chão com a órbita dos olhos descontrolada.

Enquanto o outro seguiu berrando, dizendo que dali ninguém o tiraria, o mesmo oficial que veio dar o aviso de Samir, chamou Magnus de lado, explicando-lhe que Desya corria grande perigo e naquele exato instante estava sendo julgado no bunker de Armelov. Ele podia ser condenado à morte.

– O que? O que você está dizendo? Mas o que Desya fez? Onde ele está...

– Ele pediu para se alojar na casa de um operário perto da fábrica de tratores. Desya solicitou autorização a família, lhes dizendo que precisava daquela posição de tiro, o chefe da família deu, a questão é que ao que tudo indica ele seduziu a filha do homem.

– Ah, meu Deus, – Magnus interrompeu indignado – onde estamos na Idade Média, apenas por essa besteira querem matá-lo?

– Se fosse só isso era bom, a menina é noiva de Abdul Kolinov, irmão de Samir Kolinov, e ele exige que Desya seja executado.

Nesse momento, Magnus parou sem reação, lembrava-se de Abdul Kolinov, aquele homem que estava com Danilov no seu primeiro dia "*Desya está descontrolado, louco, completamente louco*", pensava, não era de se estranhar que cada um reagia de um modo diferente na guerra. Talvez uma parte fossem os loucos abocanhados por Madonna Capadócia e o restante, aqueles que ela não conseguira capturar, mas que ainda eram deixados em um estado de semiloucura.

– Onde eles estão? Vamos, diga rápido, onde eles estão? Fale homem!

O jovem oficial repetiu que o julgamento era feito no bunker do alto comando. Sem dar nenhum aceno de despedida, Magnus abandonou a sede do Estrela Vermelha, deixando Leroy e sua trupe libidinosa para trás.

– Quem fez isso com Desya! – absolutamente perturbado e sem nenhum tipo de apresentação, Magnus foi entrando de supetão no bunker.

Foi apenas um grito em meio a uma já caótica discussão. De um lado, Armelov tentava acalmar Samir Kolinov, do outro, o noivo traído gritava com a mulher. Em um canto desmaiado sobre o sofá, bastante ferido, Desya jazia inerte, próximo a ele Yeremenko gritava a todos pedindo silêncio para folhear um código de conduta militar.

– Ele tem de ser executado, o desgraçado! – berrou Samir sem se intimidar com a presença de Anatoly. Ao seu lado, duas dezenas de empregados pareciam querer briga, entretanto vacilavam diante da figura de Armelov. Um pouco mais distante do tumulto, bem junto à janela, uma mulher alta e de belas compleições observava a cena, apenas remetendo alguns olhares agudos na direção de Samir.

"Esta deve ser a mulher de Samir, Leroy tinha razão", Magnus pensou, desviando o olhar da mulher, Arrojou-se então na direção de Samir, ambos caindo no chão agarrados um no outro, trocando socos, enquanto Armelov e Yeremenko tentavam apartar.

– Parem, parem! Meu Deus! Vocês querem se matar aqui hein?! É isso? Você, Kolinov, um oficial disciplinado e você, Anatoly, nosso melhor atirador de elite.

Nesse instante, Samir saiu de cima de Magnus, ao passo que este soltava a camisa dc seu oponente.

Em seu orgulho ferido, Abdul kolinov não se sentia bem, entretanto, assim que Anatoly adentrou no bunker sua face de indignação se transformou em em um fascínio para aquele que era o maior atirador da União Soviética. "*É ele, é Kryss Anatoly, eu não acredito é ele mesmo*".

– Anatoly, olhe, sei que você estima muito Desya, mas Abdul Kolinov foi ferido em sua honra... Sim ,toda a família Kolinov... Tudo bem, Samir, eu estou explicando! A situação é complicada, essas coisas não se fazem entre camaradas.

– Ele deve ser fuzilado, esse safado! – retrucou Samir.

Consciente da difícil situação em que o amigo estava Magnus se levantou lentamente com a mão no queixo, desdenhoso de gritar em meio a toda aquela selva de gemidos e mortes estúpidas. Se Desya não fosse seu irmão, ele simplesmente poderia dar as costas, sair tranquilamente, porém era mais que um irmão, a única pessoa no mundo em que ainda segurança para se mostrar por inteiro naquela batalha desgraçada. Era quem o conhecia profundamente e o contrário também era verdade. Então ele virou seu rosto e viu Abdul Kolinov em lágrimas pela noiva. Foi então que sentiu uma profunda compaixão por aquele jovem casal.

De repente, parou olhando nos olhos da mulher com a impressão de reconhecer aquele rosto *"ah, não importa, agora preciso de uma solução isso sim, uma solução"*, pensava nisso com absoluta lucidez, sempre presente nas conversas que tinha com ele sobre os exageros com as mulheres.

Por isso achou que Desya estava perdendo o controle, antes levara seus galanteios na brincadeira, mas agora precisava ser duro, caso conseguisse uma saída, o que parecia difícil. Entretanto, uma ideia surgiu em sua mente, logo que olhara para Yeremenko.

– Eu sei que muitos aqui são ateus, mas alguém se incomodaria se Desya procurasse a orientação de um padre ou algum mentor do tipo?

– O que? Que absurdo é este, a única menção espiritual capaz de deter esse safado é o Corão – começou Samir, pulando do sofá – ainda assim, ninguém vai barganhar a inocência do maldito com uma simples conversinha com o tal mentor espiritual, ahhh, nada disso, executemos ele e depois ela, sem perdão!

– Não, ninguém fará nada com ela, já chega! – gritou Abdul, para surpresa do irmão.

Nesse momento, os dois Kolinov trocaram um olhar tenso, porém Samir acenou com a cabeça cedendo.

"Grande imbecil!", pensava.

– Tudo bem, mas Desya deve pagar pelo seu erro! – falou Samir.

Anatoly fitou-o nos olhos, depois chamou Yeremenko em um canto e os dois sussurravam um velho acordo.

Logo que terminou a conversa, Magnus virou-se tranquilo para dizer aos Kolinov:

– Senhor Samir, senhor Abdul, como vocês viram, acabei de conversar com Yeremenko e ele concordou. Muito bem, se vocês perdoarem Desya e me deixarem levá-lo para casa, eu cedo a minha patente de capitão para Abdul Kolinov porque ele foi o mais prejudicado.

Sem perder tempo, Abdul chamou o irmão de lado, os dois pareciam não concordar com o perdão para Desya, mas Abdul sabia que seu nome já estaria manchado, ele matasse Desya ou não, contudo, com uma patente de capitão, tinha um horizonte bem mais amplo à sua frente.

– Nós concordamos, mas aproveite, senhor grande atirador, e vá ao teatro ver como vive gente civilizada. – disse visivelmente contrariado Samir.

– Tudo bem. Eu irei. Eu garanto. Não se preocupem.

Dito isso, apertaram as mãos, e de seu pequeno gabinete, Armelov, via os irmãos Kolinov saírem pela porta, enquanto Danilov chegava com uma maca para ajudar com Desya.

– Quem é esse tal Samir e por que é tão bruto? Por que me pediu para ir ao teatro ver gente civilizada? Não parece nada com o irmão. Aliás, nem fisicamente ou espiritualmente. – indagou Magnus para Danilov.

– Ah, são muçulmanos! É melhor nem se meter com eles, fique na sua, não vá. Sabe como são esses povos do Oriente Médio.

Na sua parca educação, Magnus não sabia muito sobre muçulmanos e aquela expressão de Samir lhe chamara bastante atenção "venha ver gente civilizada." De imediato, notou que o comando da frente das tropas de Stalingrado tinha segregado os muçulmanos em um teatro já bem perto da zona alemã, longe do convívio com os outros.

– Danilov, segure nas pernas, que eu pego os ombros – disse, enquanto tentava levantar o corpo.

Em meio ao esforço, Danilov comentou que estava com pena da noiva.

Com um aceno, concordou, mas, carregando aquele pesado corpo, nem escutara direito o que Danilov dizia, apenas lembrou-se da palavra noiva e, naquele exato momento, em sua mente veio o rosto redondo de cabelos negros ondulados da jovem, "é familiar, já vi esse rosto", pensava.

– Ei! Por que parou assim, está doido, vamos, caminhe, esse maldito é pesado! Anatoly, Anatoly? Está me ouvindo?

Não, ele não estava, seu torpor o tornara absolutamente ausente para quem quer que fosse, na sua mente apenas se ouvia um nome:

Sasha Ladin Lamantieva.

No dia seguinte, Magnus e Deysa, conversavam cabisbaixos, cada um tentando sacudir o outro à sua maneira, por isso era bom que alguém discutisse, elevasse o tom de voz, pois quando o silêncio entre eles surgia, ficava apenas o pequeno chiado da chuva no lado de fora, um leve sereno talvez, apenas o suficiente para adoçar os ouvidos desejosos de uma paz muito distante.

– Acho que você não devia ir. Argh, meu ombro! Vê? Nem falar posso! Não vá naquele teatro. Está chovendo, além disso, depois de tudo, devemos buscar simplesmente paz em nossas vidas. Paz, apenas paz. – contorcendo-se em cima da cama, Desya, estava intrigado, querendo saber o porquê da visita do irmão.

– Sim, está chovendo – Magnus levantou da mesa – e que bela chuva, Deus manda para lavar o sangue dos homens de Stalingrado. Quem sabe lavar nossa alma, talvez livrá-la das garras da tal Bruxa.

– Danilov me contou que cinco homens em Voroloshikov ouviram Madonna Capadócia tocar e...

Anatoly o interrompeu.

– Não quero saber, que importa?! Dizem que a cada minuto que lembramos, que falamos seu nome, sempre que lhe fazemos qualquer menção, somos sugados por ela, arrastados na sedutora dança do suicídio.

– É, você tem razão.

De costas para Desya, Magnus se virou, em um rápido movimento de cabeça.

– Mas, como era o nome da garota? – desconversou.

– Não lembro bem. Acho que era Sasha alguma coisa. Ei, você nem está levando meu conselho em consideração, não é?

Magnus fez apenas um aceno positivo com a cabeça.

Continuava a calçar as suas botas de couro, pensando que tinha conseguido ficar afastado de toda a atmosfera angustiante do conflito, mesmo que, para isso, tenha tido de cair em uma vida vulgar sem escrúpulos, a ponto de aceitar as diversões do Encantador de Ilusões.

Desya notou o companheiro absorto, então perguntou se estava tudo bem, mas Magnus ficou calado.

– Anatoly, Anatoly, acorde homem!

Com um olhar compassivo, o ucraniano pousou os olhos no amigo, como se já não tivesse mais nada a disfarçar, em silêncio, apenas levantou-se meditativo.

Da porta da casa Desya assistia Anatoly marchar rumo aos esgotos, parando em todas as esquinas, talvez para se certificar de sua segurança, mas o pior dos combates no norte de Stalingrado já tinha passado e Desya sabia disso muito bem.

Quando observava Anatoly, sem razão aparente, parar com a mão na cabeça como se já não soubesse para onde seguir, "*algumas coisas pertubam o Anatoly*, ele já não é o mesmo", pensava nisso e, de fato, tinha razão. Por isso tentou a certo esforço levantar-se do colchão para vestir-se e sair para ver o jovem padre da reaberta igreja de Stalingrado, talvez, dessa forma fizesse algo útil para si e para a guerra.

Quando as tropas alemãs do 6º Exército de Friedrich Paulus dominaram completamente o sul de Stalingrado, o comandante alemão estabeleceu em um cessar fogo temporário, até que os soldados se organizassem. Isso significava conquistar casas e prédios, certificando-se de que não havia soviéticos no sótão ou andar de cima, que eles não estavam escondidos, deitados debaixo dos entulhos e ou de cadáveres. Eles poderiam estar em qualquer lugar e essa malícia deixava os alemães em pânico, já que não estavam acostumados a lutar em uma guerra urbana, afora isso, era preciso que o abastecimento fosse regularizado.

Quando o cessar fogo ficou claro para os soviéticos, muitos aproveitaram para se deslocar e resolver suas necessidades mais imediatas, como acumular alguns cartões de ração, realizar atividades que a guerra incessante não permitia, como tomar um banho decente talvez conseguir uma cota extra de carvão no mercado negro, leite, manteiga, ou até mesmo presunto. Tudo era feito às pressas e com a finalidade de estocar mercadorias para a continuidade do conflito.

Por isso, quando Eron Desya avistou aquela fileira de prédios baixos, furados como uma peneira, rachaduras nas colunas das paredes e os corpos caídos, dizia a si mesmo que aquilo não podia ser uma igreja.

De repente, um fino ruído surgiu a poucos metros dele, assustando-o. Virando para olhar do lado de um pútrido cadáver, um enorme rato saiu de dentro de suas costelas. Diante da porta, ele se martirizava por ter tido aquela ideia idiota, não havia porque perder tempo com aquilo, era besteira, estava apenas estressado, até que, subitamente, alguns passos rangeram do outro lado.

Para sua surpresa, um jovem de batina caminhava em sua direção com um balde em uma das mãos e um esfregão na outra. "Bem, já estou aqui mesmo", pensou.

– O senhor deve ser o pároco, ah, desculpe, posso entrar? Prazer! Meu nome é Eron Desya. – disse, logo que abriu a porta.

O jovem padre já estava um pouco calvo, tinha grandes olhos que exprimiam certa vivacidade e, quando caminhou na direção de Desya, soltou um largo sorriso ao vê-lo se assustar com os gritos dos feridos e doentes que vinham dos fundos da igreja.

– Ah, que feliz visita, justo nesse dia de chuva! Pode entrar, fique à vontade, todos são bem vindos à casa de Deus. Quer um chá, ou café? Oh! Perdoe-me, nessa correria nem me apresentei. Meu nome é Gavril Aleksei, muito prazer!

"Gavril Aleksei, Gavril Aleksei, eu já ouvi esse nome em algum lugar, mas onde? Onde, meu Deus?"

– Obrigado, mas não quero comer, vim para... Para...

– Você está doente? – perguntou o jovem padre.

Por um momento, Desya vacilou na resposta, porém explicou que não era um doente físico.

– Você veio buscar a palavra de Deus, então? – com sua doce voz, o jovem, já inspirava confiança.

– Sim, é isso... Quer dizer... Eu acho que sim, talvez o melhor fosse uma confissão... – Desya confirmou constrangido, de cabeça baixa.

– Soube que o senhor – continuou – cuida de alguns doentes aqui, quem sabe eu possa ajudar.

– Então quer se voluntariar com os doentes? Se quiser, pode vir, estão no sótão, podemos ir por aquela escada...

– Na verdade, quero mesmo me confessar – interrompeu abruptamente.

Aleksei interrompeu o passo, fitando Desya com calma.

– Então vamos a ela, se estamos aqui.

– Mas assim? Direto, sem preparação?

– Ah, tem razão que cabeça a minha! O senhor se importa de me ajudar aqui na limpeza, coisa de alguns minutos. Deve ser o tempo suficiente para você pensar bem no que vai dizer, mas não se preocupe, tome isso apenas como uma simples conversa.

Desya concordou e na toada de alguns minutos, já tinha limpado uma dezena de imagens com um pano que ele considerou suspeitamente ineficaz.

– Meu jovem soldado, – ressoou uma estranha voz, vinda do batistério – limpe com este sabão – Desya tomou um susto, quando, subitamente, surgiu aquele homem já bem velho, mancando de uma perna, de caminhar era frágil, com a aparência era típica de um Circassiano, parecia ter muitos ferimentos, por isso aquela bela jovem ruiva segurava em seu braço, ajudando-o a caminhar.

– Ah, obrigado. – respondeu Desya, um pouco surpreso ao ver que o homem já tão velho conduzia a moça, cujo rosto hipnotizara seu olhar, de repente um sorriso e ele disse a si mesmo "já vi esse sorriso antes".

– Suponho que seja um oficial. Muito prazer, meu nome é Amadeu, esta é minha esposa Maria... Ah, sim! Todos me chamam de velho Circassiano.

– Sou soldado, não sou oficial. – começou um pouco constrangido – E eu acho que um bom soldado de guerra não estaria limpando imagens em uma igreja, não é?

Notando o abatimento, o velho sorria, enquanto colocava a mão no ombro de Desya.

– Nem todas as lutas são feitas com armas em punho – disse Maria.

– É... Acho que a senhora tem razão.

– Meu jovem, não desanime, tenha fé, fique com Deus... Agora temos de ir. Adeus.

O casal sorriu, fez um aceno e depois se retirou.

– Quem são aqueles? São realmente casados? – Desya não resistiu a perguntar.

– Ele costuma vir aqui com ela para me ajudar, mas eles ficam mais no teatro, com o povo deles, agora, infelizmente, ele foi ferido e já não pode ajudar tanto e, para responder sua pergunta, eles se dizem casados perante Deus, mas não o são de fato... Deus os abençoa, são dois amores de pessoas.

Desya ouvia aquilo acenando positivamente com a cabeça, tentando disfarçar a confusão que se apossava no seu raciocínio, "como assim não o são de fato, que diabos é isso? Palavrão na igreja? Assim não dá! Ah, mas esqueça! Esqueça, esqueça! Vivem no teatro."

– Vamos? – disse o sacerdote, assim que terminou o serviço.

– Sim, vamos.

Caminharam os dois tranquilamente e, sem nenhuma formalidade, sentaram-se no primeiro banco de frente para o presbítero e lá conversaram durante uma hora. Desya falava, fazia perguntas, mostrava-se triste e frustrado, enquanto Aleksei tranquilamente respondia, segurava suas mãos, sempre pronto a consolar com afinco aquele jovem soldado descrente.

– O senhor acha que o que fiz tem perdão? Aos olhos de Deus ainda sou digno?

Sorrindo, o jovem padre mantinha o olhar muito confiante, via no fundo daquela alma o intenso desejo de mudar, se regenerar, por meio das mãos da fé, então nada podia dar errado.

– Se seu coração quer falar a Deus, seu coração será tocado e Deus lhe dirá que tudo foi perdoado pela força da fé.

Desya abaixou a cabeça, depois se ajoelhou perante o presbítero com as duas mãos juntas.

Aleksei olhava-o com verdadeiro fascínio, a guerra tendia a brutalizar os homens de fina nobreza moral, simplesmente descambavam para uma espécie de sede de sangue, outros a meio caminho sucumbiam à loucura de Madonna Capadócia, mas para ele aquele belo jovem parecia fazer o caminho inverso.

Quando as orações se encerraram, Desya perguntou se poderia ficar e ajudar com os doentes, explicando que ali seria mais útil que no campo de batalha. Talvez, se cruzasse a porta de saída, poderia esquecer tudo que tinha sido dito.

– Bem, aqui na casa de Deus existe lugar para todos. Se você quer ajudar, então pode começar pegando algumas ataduras que deixei sob o altar, lá atrás há um jovem georgiano com algumas queimaduras nas pernas, se você puder...

– Pode deixar, o senhor padre não irá se arrepender, eu prometo.

Quando Desya cruzou a porta dos fundos, o jovem pároco caminhou depressa, passou pelo presbítero, chegou à capela batismal e lá imergiu a cabeça na fonte, trazendo de volta, quando já nem conseguia respirar direito.

Senhor, perdão! Perdão, Senhor! Eu sou fraco e em minha fraqueza me sinto pouco digno de ser a Tua palavra e servidão, mas se o Senhor o enviou aqui para me testar, peço que também me dê força e coragem para continuar firme, peço que segure minha mão em Tuas mãos, e assim será na Sua vontade. Em nome do Pai, do Filho e do Espírito Santo, amém. – fez o sinal da cruz, seguindo para a sala dos doentes.

– Cuidado! Argh! Ainda sinto muito dor nas costelas, acho que não tiraram todos os fragmentos da bala. – deitado em um monte sujo de esponjas, o velho Circassiano tentava reprimir os gritos de dor – Tudo bem! Já nem estou perdendo tanto sangue. Vou ficar bem, não se preocupem tanto. – terminou, intercalado em gemidos.

Em um quarto improvisado nas coxias do teatro, Maria e Sasha ajudavam o homem a se deitar na cama, enquanto fortes explosões balançavam as estruturas do prédio.

– Aquele jovem parecia um bom rapaz – começou Circassiano, já com certo desconforto silencioso. – Maria, nesses tempos, na era da consciência perdida, veja... O espírito não desiste de se elevar e até a guerra é capaz de trazer agradáveis surpresas, não acha?

– Fala do rapaz que encontramos na igreja? – ela replicou.

– Hum... cuidado com o curativo... Sim, parecia um bom coração, pouco confuso, é verdade, mas, enfim, acho que muito bem intencionado.

– Me pareceu um ser humano comum. Por todos os cantos encontramos homens buscando a virtude, a diferença é que este, por algum motivo, chamou a tua atenção.

– Ah, mas era um jovem muito belo, se você o visse, se apaixonaria por ele, era alto, cabelos negros na altura dos ombros, face encovada perfeita...

– Mas que importa! – rapidamente Maria o interrompeu nervosa – Não pode haver homem mais belo neste mundo do que o que eu amo e vou amar para todo o sempre, então não vamos mais falar disso.

Abatido, o velho Circassiano manteve-se em silêncio, ela também não falou mais nada, constrangida com a reprimenda. A grande verdade é que já fazia algum tempo que buscava um homem de verdade para Maria, tinha consciência de sua saúde frágil, de uma pessoa de mais de setenta anos.

Não era confortável para ele, nunca fora, entretanto sabia ser preciso, não podia deixar Maria sozinha no mundo e, mesmo com toda dor e ciúme no coração, observava quase diariamente vários jovens, tentando encontrar um sinal na providência divina, um homem tão trabalhador quanto iluminado e o surgimento repentino de Desya tinha lhe encantado os olhos, como se visse nele o reflexo de si mesmo, em sua juventude inconsequente.

– Maria, Maria, por favor, me escute – em sua voz havia um tom frágil de impotência – Maria, você precisa aceitar, estou gravemente ferido, talvez, meu tempo esteja acabando e...

– Não, não, por favor, não fale, eu lhe peço! Se me amas, pare! – irrompendo em um choro convulsivo, ela acorreu para abraçá-lo suplicando para que nunca mais falasse naquilo. Vencido pela emoção, ele, também chorava, por já não mais proteger sua menina, não conseguir carregá-la nos braços, porque não era mais capaz de pentear seu cabelo, ou de lavar seus pés quando ela chegava descalça do campo, não, agora não mais, tudo fazia parte de um passado longínquo e agora ele estava ali, velho, fraco, ferido e sem esperanças. Por isso teve raiva de si mesmo, fora o brilho de Maria que tinha recobrado toda a esperança de sua vida, seu amor e devoção que não lhe inspirava outra coisa, senão mais amor e devoção.

Aquele laço sustentou um longo silêncio entre eles, que era compartilhado de mãos dadas, na esperança que um milagre pudesse interromper aquela recém iniciada contagem regressiva.

14 DE OUTUBRO DE 1942, MUNIQUE, LÖWENBRÄUKELLER, CONFERÊNCIA DO PARTIDO NAZISTA, TRANSMITIDA PELA RÁDIO OFICIAL DO REICH PARA O MUNDO

Com as duas mãos para trás, Hitler espera pacientemente o comandante da Luftwaffe, Hermann Göring, terminar de falar. Em um nível mais abaixo a plateia está ávida de curiosidade com o desenrolar da guerra no leste, mais especialmente, no grande combate que é travado em Stalingrado, aquela grande cidade que carrega o nome do líder soviético.

Quando Göring encerra seu discurso, o Führer dá apenas cinco passos na direção do microfone e, antes de pronunciar qualquer palavra, vê a multidão com seus braços estendidos.

Logo ele levanta o seu e todos o saúdam:

– Heil Hitler!

O discurso começa:

– Eu queria chegar ao rio em um ponto específico, naquela determinada cidade, mas por que falar seu nome? Quis o destino que ela tivesse o nome de Stalin, porém não é por isso que eu a conquistei, poderia ter qualquer outro nome, somos modestos! Ela já é nossa, ainda faltam alguns poucos redutos de resistência, entretanto, meus caros, o importante é que nenhuma embarcação pode subir o Volga. – terminou exultante.

Hitler tinha razão, nenhuma embarcação podia subir o Volga, isso era fato. Porém a contra armada preparada do outro lado não precisava subir o rio, bastava atravessá-lo.

– Homem, onde você estava? Mandei te procurar por toda Stalingrado! – indignado, Danilov já acreditava estar no direito de requisitar, a hora que quisesse, o herói que tinha ajudado a criar.

– Eu estava indo ao teatro, mas a chuva aumentou, acho que me perdi naquelas ruas perto da fonte, achei melhor voltar.

– Temos outra missão de resgate. Há outro espião, melhor dizendo ,uma espiã.

– Outra vez isso? Hein? Agora será uma louca também? Sim, porque o Encantador de Ilusões...

– Não lhe contaram, meu caro?!... Hein?!... A guerra é a arte do engano, meu querido! Quem disse foi Sun Tzu, o mestre da guerra. Então...

– Estou fora, chame outro, há outros atiradores de elite, tão bons quanto eu. – Magnus respondeu nervoso.

– Mas o que há? – Danilov levantou os braços – O que está dizendo? Não há outros atiradores melhores que você. Ah, não faça caso, escute, não é como o resgate de Leroy, é só uma menina alemã do partido, que está na zona de transição escoltada por um solitário fuzileiro alemão, apenas isso, um soldadinho só! – com o dedo indicador, ele perseguia o rosto evasivo do atirador – além do que, já deixei a primeira capa reservada para você...

– Não quero ser capa de jornal! – gritou furiosamente.

– Tudo bem, tudo bem! – Danilov colocou timidamente as mãos para trás – Então me diga o que está acontecendo, está precisando de algo? Sua ração não está boa? Diga e nós lhe daremos mais.

– Eu não sei, eu não sei... – respondeu, passando a mão na cabeça – Talvez fosse melhor servir como um soldado comum na frente de batalha.

A face de Danilov assumiu uma expressão inconfundível de horror.

– Anatoly, Anatoly, meu amigo. – começou ele esfregando as mãos nas costas do companheiro – Você está cansado, lutou muito, foi pressionado, matou muito homens, eu te entendo... Mas você sabe o quanto nós o estimamos, sabe o quanto Armelov o respeita e quanta esperança o povo soviético deposita em você...

Subitamente aquela expressão "povo soviético" veio acompanhada da palavra "Rússia e Ucrânia" que, juntas, ricochetearam no interior de Magnus, fazendo-o tresvariar em seu raciocínio.

Suspirou, olhou para cima como que desnorteado, na busca por um horizonte, seus olhos estavam umedecidos, mas ele sequer se importava com isso, apenas mexia os lábios, falando baixinho:

– Ah, Ucrânia... – soltou sem querer.

– O que tem a Ucrânia? – perguntou Danilov, desconfiado.

– Ah, desculpe, quis dizer o povo soviético... Pobre povo soviético, tanto sofrimento, sangue e lágrimas, meu Deus, essa guerra... Meu Deus, por que? Por que tanta desgraça?

"Meu Deus, ele não está bem", – pensou Danilov.

– Temos um reforço, digamos, interessante para essa missão – Danilov conseguiu interromper a introspecção de Magnus com seu sorriso irônico.

– Para matar um mísero fuzileiro alemão?

– Não é um reforço militar, apenas um rapazinho quer ir conosco, aquele jovenzinho, como é mesmo seu nome... Abdul, isso Abdul Kolinov, é o mesmo da confusão, parece que Samir lhe contou da missão e quando ele soube que você estaria nela, simplesmente se voluntariou... Vejam vocês, ainda tenho de enviar uma resposta, mas, enfim, se você quiser, será um não bem redondo!

– Chame-o, tudo bem, é apenas um menino, não deve ter mais de dezesseis, dezessete anos, deixe-o vir.

Um pouco sismado, Danilov achava que Anatoly tinha tirado o dia para confundi-lo com seu comportamento errante. O atirador já não tinha a mesma vibração, era fato, nem o ímpeto de luta, parecia cada vez mais absorto em uma esfera de pensamento distante da guerra, como se negasse o conflito e o sofrimento da batalha, vibrando apenas em um estado meditativo pedante, mas essencialmente separado dos demais, distante a ponto de seguir por um caminho onde ninguém o encontraria.

– Então vamos!

– Vamos.

"Tanto dia para chover, foi chover logo hoje... Isso não vai dar certo...", era com esse pensamento crônico, que Catarina aguardava os soviéticos chegarem.

– Está tudo bem ai, senhor Felipe? – do segundo andar, Catarina, ela, impaciente, queria saber se, talvez, por algum lugar nas redondezas, no alto dos prédios, havia vestígios de soviéticos, um vulto, quem sabe.

– Está tudo bem, dona Catarina. – respondeu o fuzileiro alemão.

Ela estava da zona de transição da cidade, território sem dono, era o lugar combinado. Estava sentada, de frente para uma janela, no segundo andar de uma loja de departamentos, onde a chuva estalava em numa placa de ferro do lado de fora, nela estava escrito algo como Mel sorv.

"Mel sorv, mel sorv, mas o que é isso? Ah, entendi, deve ser 'o melhor sorvete', as balas derrubaram as outras letras... Hum, então aqui embaixo era uma loja de sorvetes... Ah, nós alemães também gostamos de sorvete, também temos isso em comum..."

Ela raciocinava, compartilhando semelhanças entre os dois povos, havia tanta coisa, salsicha, sorvete, música clássica, bebida alcoólica, pensava em tudo isso até se fazer aquelas perguntas que todas as almas nobres da guerra se faziam naquele tempo:

"Como podemos ter chegado a esse nível?", pensava nisso por teimosia, pois já tinha prometido a si mesma que não iria voltar a se frustrar na busca de uma resposta impossível, que já fazia muito em escolher o lado soviético. Por isso, impacientou-se para que alguém chegasse logo, alguém para dividir o tempo, para fazê-la conversar abertamente, alguém dela, do seu time, "onde estão os meus?" perguntava-se a todo momento.

Ela pensava e nisso beirando o pânico, então se lembrava das palavras de von Paulus, para que tivesse cuidado com o sotaque na frente dos russos. Recordava dos conselhos dos alemães e logo caía em um riso espontâneo, sem culpa, que no fundo, não se esticava muito, constrangido com toda a tristeza da guerra.

"Existem homens bons do lado alemão... Como o senhor Paulus, mas todos estão cegos por Hitler".

Para o general, aquele cessar fogo também tinha como missão, infiltrar a "espiã" alemã no front soviético, porém nem ele, nem ninguém no Terceiro Reich podia imaginar que Catarina era uma agente dupla e que há muito Moscou vinha preparando-a para essa grande jogada de contra-espionagem.

Na realidade, aquele plano era formidável e a cúpula de Moscou fizera de tudo para que fosse orquestrado na hora certa. E não havia momento melhor que aquele, pois a guerra no leste era dividida entre Leningrado ao norte e Stalingrado ao sul, sendo que na primeira a Wehrmacht matinha o cerco fatal à cidade, mas não a conquistava, era uma situação diferente de Stalingrado, onde houve penetração do exército nas ruas.

Na cidade do norte, as tropas alemãs mantinham posições bem delimitadas em campo aberto, assim poderiam recuar tranquilamente caso houvesse uma contra ofensiva soviética, evitando, deste modo, serem cercadas pela retaguarda, o que cortaria suas linhas de suprimentos. Em Stalingrado, acontecia o inverso e Jukov notou essa falha, percebendo que seria mais fácil cortar a linha de abastecimento no sul da Rússia.

Sozinha e sem querer pensar em muita coisa, Catarina se levantou do banquinho, deu uma volta no quarto escuro apenas para caminhar, voltou solenemente, parodiando as grandes damas, chegou bem perto da janela, esticando o braço para fora.

A chuva tinha diminuído um pouco, pensou, e mal puxara o braço de volta, surpreendeu-se com o som de um tiro.

"Serão eles?"

– Dona Catarina! Venha, venha! Corra rápido, corra, os malditos estão aqui! Há soviéticos no perímetro! Depressa, depressa, vamos voltar para a praça vermelha, vamos, vamos... – em meios a gritos de desespero, seu guarda-costas, subiu ao segundo andar, arrastando Catarina consigo, escada abaixo.

Com o coração soltando da boca, ela empalideceu, logo que chegou na frente da loja ficou sem ar, achava que o plano não daria certo, que o atirador tinha errado e que agora toda a missão estava perdida.

– Vamos, dona Catarina, para o sul, para o sul! – gritou o guarda-costas, puxando a sua mão.

Subitamente, ela refreou a carreira, deslizando suas botas na chuva. O fuzileiro alemão parou, fulminando os olhos dela com o ataque de uma súplica desesperada, aquilo a perturbou de uma maneira que não seria capaz de suportar por muito tempo. Entretanto, foi apenas uma fração de segundo, veio outro tiro, desta vez na testa. Catarina caiu no chão imóvel, com a respiração ofegante e o rosto sujo de sangue.

Mesmo baleado na cabeça, o alemão cambaleou um pouco, em seguida, outro tiro e ele então caiu definitivamente.

Este segundo o tiro viera acompanhado de passos, ela olhou com uma mistura de alívio e tensão ao ver que dois soviéticos se aproximavam.

O único do dois com um guarda-chuva, Danilov sacou a lanterna, piscando-a dezenove vezes, o número de piscadas tinha de ser preciso, correspondendo à soma dos números mil setecentos e vinte e nove, era a data do nascimento da grande czarina russa, mais conhecida como Catarina II, a Grande.

– Mil setecentos e vinte e nove, mil setecentos e vinte e nove, mil setecentos e vinte e nove... – Catarina gritava, respondendo ao sinal.

Em um rápido acesso de entusiasmo, ela, recolocou a mochila nas costas, limpando o rosto com ansiedade, como um náufrago que se inflama ao avistar a praia. Quando os dois homens se aproximaram, sentiu um princípio de terror ao notar que o primeiro tiro do sul e os dois vinham da direção norte.

– Meu nome é Karin Danilov, comissário político, este é Abdul Kolinov, soldado da frente, viemos em missão, por ordem de Armelov, a senhora deve ser Catarina?!

– Sim, sim, muito prazer, senhor Danilov, senhor Kolinov... Perdoem-me, mas não posso deixar de notar, como são jovens, eu nem deveria chamá-los de senhor. – disse ela, apressando-se em desmantelar as formalidades. Ah, mil perdões, onde estávamos... Ok, tudo bem! – começou, um pouco refeita – acho que o primeiro tiro veio do sul, e, pelo que vi, vocês vieram caminhando do norte... Então, quem deu o primeiro tiro?

– Kryss Anatoly. – respondeu Abdul com orgulho.

– Kryss Anatoly, o atirador de elite? Ele está aqui? – indagou Catarina, sem esconder o entusiasmo.

– Ah, sim. – começou Danilov com um sorriso orgulhoso – Deve ter subido em algum prédio, está apenas se certificando da segurança à nossa rota de volta. Mas, mudando de assunto, em qual batalhão a senhora permaneceu no front alemão? Falou com Paulus? Sabe de que horas saem os comboios de Voronezh?

Na verdade, Magnus tinha mesmo subido em um prédio, mas não para se certificar da rota de volta, mirava em Catarina, tentava ouvir nos arredores, para o caso de uma armadilha, por isso Danilov fazia mil perguntas sem sentido, e, quando se passassem cinco minutos, Abdul, faria um sinal e Anatoly poderia aparecer.

– Ah, mas a senhora tem um cabelo muito bonito, é bonita como as russas, logo se vê que sua mãe era russa, ou era seu pai? – continuava Danilov.

– Ah, obrigada, obrigada! Meu pai era russo, enfim, mas acho que é melhor irmos não é? – respondeu com aparente nervosismo, já estava incomodada com aquelas perguntas impertinentes em meio à chuva.

– Oh, sim! Claro, não podemos ficar na chuva, vamos não é, Kolinov?

Catarina fez menção de falar mais alguma coisa, porém teve receio de que o assunto se prolongasse, queria partir, estava cansada, desejava conversar com liberdade, ao lado das pessoas que acreditavam na guerra, entretanto, notou que os olhos de Danilov e Abdul, pareciam perscrutar por toda parte.

"Estão procurando o outro companheiro, só pode ser isso", pensou.

– Ali está ele! – disse Abdul, apontado para a figura que vinha do sul, caminhado na calçada.

Virando bruscamente, Catarina, tentava aplacar sua empolgação, enquanto fitava admirada uma figura de estatura média. Naquela forte chuva, não conseguia ver com muita nitidez, apenas observava seu caminhar calmo, seus passos pareciam seguros e a ela notou que Danilov e Abdul olhavam-no com uma admiração disfarçada.

No entanto, ela não estava admirada com o atirador, não era como uma espécie de adoração de uma fã, não, de fato, não era isso, entretanto, no momento em que ele se aproximou e seus olhos se cruzaram, por um instante, ela sentiu um leve enfraquecimento dos sentidos e , à medida que Anatoly chegava, a forte chuva parecia deslizar suavemente sobre seus longos cabelos loiros, tornou-se uma garoa, um sereno, que, aos poucos, desaparecia. O som dos tiros tornou-se distante, já não passava do tic tac de um relógio, até os prédios em ruínas eram pequenos demais.

A vinte metros do grupo, Anatoly também olhava nos olhos de Catarina, fazia apenas um reconhecimento, uma certificação, até um pouco frio, ainda assim não deixava de ser frágil e suave. Abruptamente, ele parou, a seus pés jazia o corpo do fuzileiro alemão que tinha sucumbido à sua mira.

“Nesta guerra de bestas, mais uma vez correu o sangue humano”, ele pensava.

Quando o siberiano se ajoelhou perto da cabeça do cadáver, Danilov ficou preocupado, mas nada comentou, apenas chamou seus dois acompanhantes para uma aproximação.

-Esta tudo bem, Anatoly? – perguntou, vendo seu protegido olhar fixamente o rosto do alemão.

Magnus fez um sinal positivo com a cabeça, enquanto Danilov olhava para Catarina com um ar cômico daqueles que querem dizer “é, ele é assim mesmo”.

– Você o matou Anatoly. Você o matou. – Abdul falou aquilo, como se o atirador não estivesse seguro do sucesso da execução.

Naquele momento, Magnus levantou o rosto em direção a Abdul com uma expressão de raiva desconsolada, como se também estivesse ferido e, de alguma forma, sem se sentir culpado, seu olhar se projetava nos olhos do mulçumano como se quisesse dizer que não tinha matado, era tudo culpa da guerra, a maldita guerra em que todos foram colocados.

– Prazer, meu nome é Catarina. – resolvendo se adiantar nas apresentações, ela logo esticou o braço na direção de Magnus.

Demonstrando certo constrangimento, ele permaneceu inerte.

– Perdão, minhas mãos estão sujas de sangue. – disse, mostrando as palmas, por onde o sangue rapidamente escorria com a água da chuva.

Para surpresa de Danilov, a mulher se aproximou de Anatoly, agachando-se na sua frente para falar. Logo ela notou que o atirador não era como ela pensava, um simples "gatilho mortal". Ele não se regozijava na morte, nem se orgulhava de matar. Tampouco parecia feliz com aquilo.

– Todos nós estamos lutando na guerra, cada um a seu jeito. – começou, tentando sustentar um sorriso respeitoso em meio àquela atmosfera trágica – Então, eu sei que jamais conseguiria me equiparar ao senhor, mas, de alguma forma, acho que minhas mãos também estão sujas de sangue. Enfim, acho que... Não sei, ah... Ouvi muito falar do senhor e agora, queria... De alguma forma, queria muito cumprimentá-lo, por tudo que vem fazendo. – terminou constrangida, ao perceber que começara a perder o controle do que dizia.

– Não me chame de senhor. – disse levantando o rosto – Sou mais um soldado, meu nome é Kryss Anatoly.

– Anatoly, escute, – atalhou Danilov – leve Catarina para o bunker de Armelov, Abdul e eu precisamos nos apressar, vamos averiguar algumas minas nas docas, tudo bem?

– Tudo bem, podem ir. – respondeu.

Simpaticamente, ela ofereceu a mão mais uma vez e, dessa vez, Anatoly a cumprimentou, penetrando fundo nos seus olhos azuis sem dizer palavra, apenas conservando em seu rosto um sorriso comedido, que irradiava no coração da moça, algo que os dois ainda não sabiam.

Eles não eram capazes de se reconhecer como Magnus e Mileva, por mais que tivessem se amado há dez anos, mesmo com toda a intensidade daquele tempo. A situação parecia surreal demais para sequer ser cogitada por ambos, até porque tinham se fechado quase completamente para aquela lembrança, era algo dolorido em suas almas, que dirá imaginar que depois de tanto tempo estavam frente a frente. Não havia porque pensar naquele mundo onde eram pré-adolescentes, havia agora um novo mundo, envolto na guerra, cruel e impiedoso, que cobrava esforços sobre-humanos.

Relegado, o amor parecia ridículo na cabeça dos protagonistas da guerra, entretanto, ainda com todos os muros a sua frente, Anatoly e Catarina, despertavam aos poucos uma fagulha de reconhecimento dentro de si. Aparentemente eles tinham mudado bastante, mas alguns traços dos rostos, o brilho do olhar, a forma de falar, os gestos, pareciam familiares, criando uma sintonia que não precisava de muitas explicações.

– Parece que a chuva diminuiu bastante. – Anatoly disse, depois de dez minutos de uma caminhada silenciosa, mas tranquila, bem no meio da rua, como se nada pudesse impedi-los ou bloqueá-los quando já estavam do lado soviético da cidade.

– Parece, parece mesmo que vai parar logo... Bom, eu acho que é melhor assim, não é? – ela respondeu.

Contorcendo um dos cantos da boca, ele não resistiu a uma pequena gargalhada.

– O que foi? – perguntou curiosa.

– Me perdoe seu sotaque... Seu russo é engraçado – disse rindo – mas é suave, ainda é bem suave, acredite!

– Ah... Bom, ainda bem que não sou uma espiã alemã, senão o senhor já teria me fuzilado, seria meu fim. – ela respondia dessa forma e, no meio do caminho, refreou sua ironia, Magnus soltou um sorriso tímido e aquilo mansamente penetrou dentro dela como um sopro espontâneo, cálido, que a envolvia em uma aura mística.

Seus olhos ainda pareciam dançar nos olhos de Anatoly, até que um repentino bater de botas ecoou vindo de cima da rua. Cem soldados soviéticos desciam correndo.

"Já vi essa cena antes", – foi o pensamento imediato da jovem.

– Tudo bem, – Anatoly tranquilizou-a – não se preocupe, apenas venha...

"...para perto de min", – terminou Catarina em pensamento, antes mesmo que ele fizesse isso em voz alta.

Com um dos braços, ele a enlaçou pela cintura, trazendo-a para junto do seu corpo, com o outro, levantou a insígnia dos atiradores de elite soviéticos.

Logo os soldados começaram passar em desabalada carreira. O casal mantinha-se inerte, ele a segurava em sua posição e apenas olhava o movimento, a jovem via os soldados passarem a seu lado como se tudo fosse um filme da sua imaginação. Nos braços do atirador, olhava para os homens descerem correndo, notava o ritmo das botas que salpicavam água das poças por todo o lado, depois para o rosto de Anatoly, sentindo que todos os movimentos dançavam à revelia, porém sincronizados em um só.

Tudo sintonizado com o universo, como se o céu e a terra convergissem em um brilho consagrado, explosão devastadora, catatônica, capaz de disparar a milhas do infinito, as invencíveis raias do tempo, forjando uma essência absoluta, como se nada pudesse ser tão real e vivo. Ela sentia a essência sublime do magnífico existir, a arte de ser, realmente um ponto mágico em suas existências, momento único de perfeição, onde as coisas pareciam extraordinárias, fora do controle, porém incrivelmente simplórias.

Todos os homens passaram, Magnus olhou para Catarina e, um pouco constrangido, afastou-se dela suavemente, depois olhou em seus olhos, notando que ela parecia distante, talvez confusa ou amedrontada com todo aquele movimento.

– Tudo bem, tudo bem, eles já passaram, você não precisa ter medo, acaso...

"...você não confia em mim?", – pensou ela antes dele que ele falasse.

– Catarina! Senhorita Catarina! Está me ouvindo?

– Sim, sim, me perdoe. É claro que confio. Ah, por favor, não me chame de senhorita. – ela respondeu, voltando a si com um sorriso comedido.

– Esses homens devem estar indo para a fábrica de tanques.

– É, deve ser. Quero dizer, não sei... Já tinha ouvido falar no front alemão que a fábrica era uma das prioridades.

– Hum, pois é... Então a senhorita é uma verdadeira alemã... Digo, uma espiã ao nosso lado, fingindo que é uma espiã do Reich, é isso, não é? – a pergunta veio quando eles já se aproximavam das últimas ruas rumo ao bunker de Armelov.

– Sim. É isso mesmo.

– Nossa, parece uma escolha ousada, para uma alemã... A senhorita é protestante ou católica?

– Protestante, mas não pratico muito... Bem, como alemã protestante que sou, – disse em um riso contrafeito – acho que não faz sentido perseguir grandes ideais fazendo escolhas pequenas. Se este é o preço para trazer de volta a liberdade ao povo alemão, então... Serei o que tiver de ser.

Magnus ouviu aquilo e ficou resmungando baixinho: liberdade, liberdade, liberdade.

– Devemos acreditar, – Catarina sorriu como se quisesse chamar a atenção – se tivermos fé, eu tenho certeza de que um dia não haverá ditadores no mundo e todos seremos livres. Você não acredita?

– Certeza! Você está certa. Não podemos perder a fé. – Magnus respondia, constrangido sem saber ao certo a razão do desconforto.

Balançando a cabeça positivamente, ele agora olhava a espiã com um olhar curioso, em pensamento, fazia seus olhos moldarem o belo rosto de Catarina, sem deixar de notar que ela parecia muito segura nas razões que a faziam estar ali.

– Não sei... Agora falamos em ideais em meio a uma guerra tão encarniçada como essa... De certa forma... Parece um pouco vazio, não acha?... Não sei... Se há um grande ideal por aí, eu realmente não o vejo.

– A paz, o respeito, a fraternidade entre os povos. – Catarina falava com uma leve desenvoltura – Eu sou alemã, mas não é por isso que fecharia meus olhos para o que Hitler faz e não é isso que me fará menos alemã, amo minha pátria, assim como a todos os povos... Sinceramente, eu não acho que esteja lutando contra a Alemanha, mas por uma Alemanha democrática sem Hitler, nunca serei fantoche de mein Führer.

– Então você vai lutar ao lado dos Aliados, para juntos nós virarmos o jogo contra Hitler e depois que ele cair irá voltar para Alemanha, ou o que restar dela?

– Sim, voltarei para ajudar, muitos que podiam foram para América e... Eu também poderia ter ido, mas penso em voltar para reconstruí-la com minhas próprias mãos, se isso for necessário.

Em meio à caminhada, ele parou intrigado, olhando nos olhos de Catarina sem querer acreditar na sua inocência.

– Você tem consciência que milhares de alemães irão morrer, que várias cidades são e serão bombardeadas pelos Aliados... Até o ponto em que tudo se resumirá a ruínas, que sem fábricas o povo irá padecer de fome e, quando vencermos, então todos os países aliados irão ocupar a Alemanha com suas tropas, logo, provavelmente só haverá mulheres e crianças famintas?!

Ela desviou os olhos de Anatoly, por um instante, ficou constrangida e sem palavras, pois, de fato, tudo que ele dissera era verdade e não havia nenhum outro horizonte em sua vida senão o sacrifício.

– Infelizmente, fizemos escolhas erradas... Nem é orgulhoso dizer isso, enfim... Também não sei como está em meu pensamento, mas eu ainda acredito na Alemanha e acho que podemos aprender com nossos erros, vivendo em paz com todos. Esse dia chegará, ele tem de chegar, eu tenho fé.

Tomado de admiração, o atirador deixava as palavras de Catarina fluírem por seu espírito livremente, no compasso das expectativas dela, daquela vibrante esperança que se lançava com nobreza contra todos os inevitáveis obstáculos que ela encontraria em seu destino, ali, Anatoly deitava seu espírito, sentindo, depois de muito tempo, o frescor de um coração cheio de esperança e ideais genuínos, um coração que não se orgulhava da morte ou da guerra, que não se glorificava nas tragédias, mas, acima de tudo, um coração que não renegava suas origens. Catarina não deixava de se constranger com as escolhas dos alemães, porém não os negava de todo, pelo contrário, falava em voltar, em reconstruir tudo, tinha esperança em um recomeço e era isso que, aos poucos, fazia Magnus se aproximar.

– Então você sonha com uma Alemanha reconstruída, democrática, onde as pessoas viverão em harmonia e respeito com todos? Tem mesmo este sonho, digo... É algo que está em você?

– Sim, eu sonho, – respondeu desconcertada, subitamente notou que falava bastante da Alemanha para um soldado soviético – Sabe... Eu acredito mesmo de coração e acho que esse é o sonho de todas as pessoas de bem, assim... Você não sonha com uma União Soviética reconstruída, de valores democráticos e republicanos, onde as pessoas respeitam umas às outras?

Magnus olhou para o chão tão desconcertado quanto a sua companheira.

– Sim, sim... ora, é claro que sonho com uma União Soviética reconstruída e... Grande, forte, sim, com certeza. – Catarina não precisava de muito esforço para notar o espectro de nervosismo e agitação que tomava conta da conversa.

Um nervosismo que ficava cada vez mais aparente com o contínuo movimento de Anatoly, passando as mãos na cabeça. Na verdade, ele não teria começado a falar da Alemanha se soubesse que o assunto chegaria naquele ponto. Por um momento, quis repreender a si mesmo por ter ousado sonhar com outra coisa, porque, mentalmente, um devaneio surgia em seu horizonte.

Na verdade, foi dominado por terrível sentimento de falar sobre a Ucrânia, queria compartilhar, dizer que também tinha uma terra e um povo pelo qual poderia lutar e quem sabe voltar e reconstruir.

Mas ele não podia dizer isso, tinha acabado de conhecer Catarina e não estava disposto a confiar em uma pessoa que logo estaria de frente com seus superiores, ainda mais uma alemã, realmente não seria bom, já bastava o arroubo de sinceridade, suicida, quando fez seu desabafo para o Encantador de Ilusões.

Já a alguns passos do bunker de Armelov, viu assustado o oficial que fazia a segurança da entrada arrojar-se em sua direção:

– Anatoly, depressa! As tropas de assalto de Paulus roubaram uniformes soviéticos, depois conseguiram furar o bloqueio de casamatas, nas imediações do teatro. Eles mataram o comandante Tauner e agora cercaram a casa de Kolinov, Armelov já enviou dois exércitos para lá e a divisão de atiradores de elite, mas o comandante quer que você vá e arrume o posicionamento!

– Tudo bem, acalme-se, homem! Não se preocupe. Eu irei. Agora volte a seu posto. – disse, enquanto se voltava para falar com Catarina.

– Bem, chegamos. Senhorita Catarina, eu queria, eu queria agora... agradecê-la...

– Mas pelo que? – ela interrompeu – Se alguém deve agradecer, sou eu, e realmente não sei como poderia, por me trazer até aqui em segurança, tão gentil e atencioso comigo.

– Ah, sim, obrigado... Mas, bem, eu preciso ir, tenho de ir e... Quem sabe... talvez, talvez, se eu voltar, a senhorita possa me falar mais sobre a Alemanha, mas só se puder! Enfim.

– Mas é claro! Tudo que o senhor quiser saber sobre a Alemanha pode contar comigo, se eu souber, eu lhe digo.

– Bem, tenho de ir agora. – atalhou ele, tentando criar coragem para partir.

– Oh, sim, claro, perdoe-me... Bem, Adeus.

– Adeus.

Dito isso, Anatoly deu as costas, não corria, afastava-se em passadas largas, firmes, altivas como as de um soldado marchante, de cabeça erguida para aquele céu imenso, ouvindo todos os tiros e estrondos como se nada fosse capaz de atingi-lo, ou mesmo que fosse grande ou forte o bastante para fazê-lo parar, parecia sentir, dentro de si, que havia se reencontrado, estava ali, vivo, com um sorriso que poderia abarcar com sobras tudo que acreditava ser felicidade em sua vida.

Feliz porque tanto curioso quanto encantado, afinal de contas, quem era aquela bela jovem alemã que ainda tinha orgulho da terra? Por que tinha cruzado seu caminho? Por que era capaz de encher seu peito de esperança? Eram tantas perguntas na sua cabeça, sem resposta, porém questionamentos que faziam renascer um desejo ardente de viver, de descobrir e fazer todas as buscas valerem a pena, de lutar e mostrar-se como realmente era.

Pensava nisso, correndo na direção das explosões.

Contagiado pelo entusiasmo do encontro, Magnus teve a infeliz ideia de cortar caminho para o teatro e pegou um trecho por uma rua bem íngreme, na realidade, em alguns momentos, parecia que ia cair para a frente descendo naquele "maldito morro que algum idiota fez em pé" uns duzentos, trezentos metros, nem ele sabia, só que aquela rota, de alguma forma, dava para as costas da praça central e de lá para o teatro.

Chegando perto do fim da descida, suas pernas iam freando o compasso, até que um ruído estranho pareceu vir do alto do morro. Era um grunhido, um choro, pareciam gritos humanos, que ficavam cada vez mais nítidos.

– Cuidado, idiota! Olha pra frente, imbecil! Retardado!

O atirador olhou para cima, aguardando o que vinha e, para a sua surpresa, e para horror dos soldados que seguiam rua acima, eis que surge Leroy montado em uma bicicleta, ziguezagueando entre as pedras e raspando em soldados com armas. O detalhe mais tosco estava na frente da bicicleta: em um cesto, uma ovelha berrava em absurdo desespero e era muito mais este ruído que assustava as pessoas do que a falta de habilidade do ciclista.

– Saiam da frente! Saiam! Bicicleta sem freio! Bicicleta sem freio! Saiam da frente!

– Que diabos faz com esta ovelha? – Magnus gritou.

– Não se preocupe, esta ovelha simboliza minha honra... Cale-se , infeliz! Agora seu dono sou eu, aceite isto! Eu a tomei do dono da quitanda em indenização por danos morais.

– Indenização moral?

Atrás do francês, um séquito de bêbados gritava, desviando as pessoas e avisando seu líder insistentemente que "ele já tinha despistado o miserável do porco".

– Sim, o quitandeiro patife ousou chamar-me de ladrão! – Leroy passou sobre uma pedra que fez a bicicleta saltar – Quase fui estuprado por essa cela indecente! Sim, me chamou de ladrão só porque eu peguei sua bicicleta emprestada sem avisar. Então tomei a ovelha como indenização honrosa.

E Leroy seguia descendo, aumentando a velocidade, e ele nada de conseguir frear.

– E para quê a bicicleta? – Magnus perguntou, já com receio da sua rápida aproximação.

– Eu planejava roubar uma ovelha... Mas a questão é! Eu ia devolver a bicicleta!

– Homem! Você vai bater! Pare!

Ele seguia na direção de uma montanha de escombros, a qual parecia aguardá-lo Leroy para seu derradeiro espetáculo.

E a bicicleta seguia cada vez mais rápido...

– Oh, Magnus, este será o adeus! Agora será o fim! – mais um solavanco e foi a deixa para a ovelhinha pular fora – E o mundo falará de Leroy! Vibra no coração o som dos clarins, eles me chamam, eles me esperam! Jogando bênçoes em um bater de asas, do seu altar celestial e dirão que Leroy se foi, junto a uma criatura pura que simbolizava sua honra, que foi poeta, linguista, escritor, filósofo, espião e então! Dos céus cairá uma sombra negra, vertendo as lágrimas, abençoando a ele e a esta criatura pura de honra... As lágrimas! As lágrimas... Puta que pariu cadê a porra da ovelha! Maldita trai...

Não havia dado tempo de terminar a frase. Magnus olhava aquela cena resignado e ficava ao mesmo tempo estupefato com a capacidade que aquela criatura tinha de lhe surpreender. À sua frente, um homem caía desgraçadamente, rolando e gemendo, chamando por uma ovelha.

Ainda no chão, Leroy via sua ovelhinha ir embora.

– Vai! Vai, pode ir! Traidora! Ingrata! Vou mandar tirar o seu rebanho da bíblia, está me ouvindo? Você é uma vergonha pra Jesus... E digo mais, nunca houve nada de especial entre nós, eu só queria comer você! Durma com essa!

Magnus nem se deu ao luxo de ajudar o espião, saiu pela tangente rumo à praça central.

– E tu, onde vais com tanta pressa? Até tu me abandona na hora da morte? Oh! Senhor, pai! Por que me abandonaste...

O típico soar grave e descompassado de sua voz, além da moleza do corpo, deixavam claro seu estado.

– Ta, ta, ta, Leroy, estou apressado!

– Por favor, mantenha distância! Seu cheiro misturou com o mau hálito.

– O que está acontecendo? Por que você não fala direito comigo? Ah, aposto que vai para uma missão importante não é? Ah, eu sabia! Ora , nós também podemos ir, meus homens estão dispostos ao grande sacrifício patriótico, eles também estão banhados pela honra, veja, veja... Karl... Não se esconda, patife! Venha, venha, mostre a boca! Vamos, mostre essa boca desdentada! Mostre, canalha! Isso, muito bom.

O pobre diabo abriu a boca, mostrando os parcos pedaços de dente que ainda sobravam.

– Vê, senhor Anatoly? Este é um homem honrado! Tem noção de quantos socos já deram na cara deste miserável imundo lascado! Esta aberração ordinária de Deus! Esta criatura estranha à raça humana que apimenta nossos olhos com brutal fealdade! Veja esse sorriso! Como acha que ele foi parecer com o sorriso de uma hiena retardada? Este homem lutou? Sim, meus senhores, e para que, eu vos pergunto... Ah, espere! Espere! Temos um mártir aqui! Joseph, mostre o tiro na bunda...

O homem se recusou.

– Eu vos digo, há lugar mais nobre para se levar um tiro, eu pergunto, trata-se de um herói de guerra! Vamos, mostre, mostre logo, canalha safado! Filho de uma cabrita messalina! Filho de uma cachorra...

– Ah, não precisa! Eu acredito... Não, não precisa – Magnus atalhou logo que viu a trupe maltrapilha de bêbados tentar baixar as calças do grande herói – Leroy, escute, por favor, fui informado que o conflito se intensificou na casa de Kolinov e eu realmente preciso ir, até mais.

Leroy não se deu por vencido, continuava com seu jeito habitual, balançando os braços para cima e para baixo, inclinando o tronco e falando tão alto, quanto cuspindo.

– Oh, sim! Entendo... Ei, espere, casa Kolinov? Ah, agora vejo! Aquele nanico do Samir estará lá, aquele pigmeu desgraçado, filho de satã! Filho de uma vaca sacripanta! Cruz de ferro amaldiçoada! Criatura expelida por satã para tentar a humanidade! Quer saber?! Nós vamos com você, não é, pessoal? Quem vem comigo? – todos os esfarrapados ficaram em silêncio – Eu acho que vocês não me entenderam... Lá deve haver bebida!

– Sim, sim, sim – começaram a responder.

Balançando a cabeça em tom de reprovação, Magnus tentava fazer sua pior cara para Leroy.

– Você não tem vergonha disso! Não tem vergonha, enquanto todos lutam na guerra, você fica bebendo e se refastelando em prostitutas, completamente sem lei e indecente. Crie juízo.

– E para que juízo se podemos ter coragem!

Aproximando-se devagar, Leroy, teatral como só ele sabia ser, incorporou uma simulação grosseira de choro e arrependimento:

– Oh sim, sim. – começou entre soluços ridículos – Oh, como estou sofrendo, veja, veja, ai que dor! Que dor, meu senhor! Onde estás, naquele céu tão distante! Oh! Eu tô sofrendo tanto, cara! Ai, não posso mais, não fui amamentado pela minha mãe, aquela Judas de leite! Onde está o governo? Oh! E agora, quem poderá ajudar este marica?!

Magnus já não dava atenção.

– Anatoly, espere! – Leroy gritou – Você não pode sair assim depois de ver o milagre da vida, *mon cher*. Espere por nós, nós vamos também.

– Não, nada disso... Escute, por tudo que é mais sagrado, fique. É muito perigoso. – conhecendo o desprezo mútuo entre Leroy e Samir, ele tentava tirar, de todas as formas, o francês de seu caminho.

– Oh, *mon cher*... O que é isso? Somo amigos, lembra? Ah, não seja orgulhoso, você precisa de alguém como eu para lhe dar conselhos e, no fracasso desses conselhos, prostitutas safadas, capazes de descabelar o juízo, fazendo delirar os tímpanos do prazer!

Completamente rendido, não queria arriscar uma interpretação inocente da mensagem, não era apenas o segredo da Ucrânia, mas o segredo nas mãos de um louco, por isso, não tinha outra escolha, senão deixá-lo seguir com ele.

– Tudo bem, pode vir.

Leroy e os outros bêbados começaram a bater palmas, ensaiando entoar um cântico de adoração:

– Tá, tá, tá. Calem-se, pelo amor de Deus! Vocês podem ir... Mas terão de tomar um banho e se portar com decência!

Quando Anatoly se afastou em uma distância razoável, todos sussurraram baixinho:

– Fascista safado!

Era um prédio residencial largo de três andares, cercado por arame farpado e minas terrestres, afora um corredor protegido nas bordas. Altas pilhas de entulho eram o caminho que dava para o prédio vizinho, onde estava locado o teatro, ali ficava a grande fortaleza disfarçada que, há mais de quinze dias, vinha tirando a paciência da Wehrmacht.

Nas portas da casa de Kolinov, Magnus sentiu aquele calafrio do prenúncio da morte, quando pôde sentir um tiro raspar em seu capacete.

De fato, o conflito era intenso e toda uma divisão de atiradores de elite estava mal posicionada nas janelas, os homens fortes morriam levantando entulho na frente do teatro, ao invés de estarem arremessando granadas de longa distância e, muitas vezes esses escombros acabavam por atrapalhar a visão dos atiradores.

Magnus preferia que as tropas alemãs se aproximassem mais, na curta distância a vantagem era soviética. De imediato, colocou homens para arremessar granadas, em seguida, notou que o vento estava contra os alemães e decidiu montar uma barricada de pneus queimados. A fumaça negra e tóxica ia direto para as tropas inimigas, deixando-as completamente aturdidas.

Ao cabo de quatro horas de batalha incessante, sua estratégia havia logrado êxito, os alemães foram obrigados a recuar com pesadas baixas, que poderiam aumentar ainda mais com o cair da noite.

No início da noite, Magnus se mantinha concentrado no último andar, reunindo-se com alguns oficias para repassar os trabalhos de preparação.

– Precisamos consertar o arame que se rompeu, Ivan e Fiodor, vocês podem fazer isso? Ótimo... Também é necessário substituir algumas minas terrestres... Ah, e não se esqueçam dos pneus, quero apenas metralhadoras novas nas janelas, tudo bem?!... Muito bem, muito bem, agora tenho de ir... a propósito, alguém sabe como se chega do túnel para o teatro?

Sem demora, um dos oficiais ensinou-lhe o caminho.

– Quando a senhorita pretende partir para o berço das faias? – indagou Armelov.

Sentada na cabeceira da mesa, Catarina via o general em pé, olhando fixamente para o mapa. Ela queria mostrar com exatidão o percurso dos dois comboios alemães de Voronezh, por isso se levantou para mostrar no mapa todo o trajeto que ela faria. Ainda aproveitou para explicar que tinha a ideia de fazer os milicianos atacarem o flanco norte alemão, resguardado pelos romenos, que tinham uma base de apoio, com o nome de berço das faias, sendo que eles tinham construído uma estrada para Veoronezh.

– Os romenos construíram uma estrada? – Armelov perguntou surpreso.

– Sim, e esta estrada vai até o aeroporto em Gumrak, e segue para o berço das faias e de lá para Voronezh. É uma rota alternativa para fugir dos milicianos, os alemães tiveram essa ideia de fazer o abastecimento pela estrada feita pelos romenos.

– Hum, muito interessante.

– Tenho de partir o mais rápido possível, no máximo em cinco dias, em dois chego ao berço das faias e, bem... A partir da minha chegada, acho que no máximo em dois dias chega o primeiro comboio.

– Hum, interessante, muito bom. – o comandante via no mapa a posição – Atacando o flanco norte dos alemães nós temos um dos nossos melhores oficiais: Vasilevsky... Eu mesmo já dei a ele todas as instruções.

– Então, quantos soldados vêm no primeiro comboio?

– Apenas sessenta. – respondeu Catarina.

– E no segundo?

– Não tenho certeza, mas acredito que entre seiscentos a oitocentos. Este comboio é liderado pelo general Von Sauller, ele em pessoa virá na ponta de lança.

– Muito bem. E a senhorita quer que a primeira metade dos homens parta no mais tardar em dez horas, depois se juntará a eles com a outra metade. De quantos homens estamos falando aqui?

– Trezentos homens. Cento e cinquenta partem em no máximo dez horas, para confirmarem a rota segur. A segunda metade eu gostaria que partisse comigo em no máximo dois dias.

– Hum, entendo... – Armelov passou a mão na cabeça – Sinto muito, sei que é muito bem intencionada, mas eu não tenho homens suficientes para liberar contra esse segundo comboio. Além disso, quando o inverno chegar, vocês precisarão de novas roupas, comidas, remédios, não podem deixar o gelo penetrar nas armas... Essas e muitas outras coisas e estarão na floresta! Tem ideia disso? Stalingrado ferve, aqui a expectativa de vida de um soldado é de um dia, imagine no inverno! E eu só posso dispor de oitenta atiradores civis, sinto muito, não posso desguarnecer as defesas.

Sem acreditar ao certo no que ouvia, Catarina deixou de roer a unha para se projetar na direção de Armelov.

– O que? Mas como? – por um instante, ela se constrangeu com seu próprio tom de voz – Me perdoe, mas eu achei que haveria reforços, não há como seguir desse jeito? O senhor entende? É uma oportunidade única, o flanco norte dos alemães irá abrir uma brecha por apenas seis dias, quando chegarmos ao berço das faias, iremos preparar a emboscada para o primeiro comboio que chegará logo em seguida. O problema é que, uma vez no berço das faias, não poderemos mais recuar sem enfrentar o segundo comboio!

Franzindo o cenho, Armelov fez uma cara confusa.

– Quando se passarem dois ou três dias, – recomeçou Catarina – quando todo o flanco norte perceber que o primeiro comboio não chegou, irão desconfiar e vão nos rastrear, se dirigindo para nossas posições, acredite, eu sei como eles agem! Seríamos cercados e bombardeados pelo leste e o segundo comboio viria a oeste, a única forma disso não acontecer seria um ataque rápido, forte contra o segundo comboio, em seguida, retornaríamos, fazendo um pequeno cerco contra o flanco norte, mas, para isso, precisaríamos de pelo menos trezentos homens!

Toda a explanação estratégica de Catarina serviu apenas para um bocejo de Armelov seguido de um simples "sinto muito".

Com as duas mãos na cabeça, ela caminhava de um lado a outro, olhando para o chão completamente desiludida, tomada de uma horrenda frustração, como se todo o seu esforço e sua missão fosse jogada por terra. Só então ela se viu ridiculamente inocente, impotente e derrotada por não presumir que haveriam erros no planejamento, e por acreditar que Armelov aceitaria passivamente sua estratégia.

O general tentou lhe compensar, dizendo que lhe daria dois atiradores de elite.

– Dois atiradores de elite?! Mas o senhor não entende? Está nos condenando à morte certa. – ela falou baixinho, em tom de súplica, de uma subordinação quase servil.

Ele abaixou a cabeça.

– Sabe – começou, aproximando-se dela lentamente – Olhe lá fora! É a guerra... Eu sinto muito, cada um deve estar disposto a um sacrifício na batalha... Bem, não há o que fazer, já falei com Danilov, a senhora pode escolher os homens que vai levar... Agora, se me dá licença, preciso me retirar.

Olhando fixamente no mapa, Catarina afundou na cadeira, tomada de uma intragável frustração e absolutamente vencida pela própria realidade dos fatos: aquilo era guerra, guerra e o sangue que se preserva de um lado precisa ser derramado de outro.

O pior de tudo é que não havia muito tempo para drama, o desespero só iria tirar sua lucidez de raciocínio e, naquele momento, tudo que ela precisava era de calma e frieza de espírito para pensar em uma estratégia diferente. As autoridades não estavam cientes da importância daquela missão, logo reconheceu que teria de fazê-la por conta própria, basicamente pensar em algo milagroso e colocar em curso.

A questão é que ela tinha de ser rápida, dali em diante, Danilov, chegaria e eles teriam de selecionar quarenta homens, para partir de acordo com as suas coordenadas.

– Com licença, senhorita Catarina – Danilov deu dois toques na porta e entrou calmamente – Gostaria de lhe mostrar alguns homens... Amanhã, poderemos ir ao teatro.

Ela apenas fez que sim com a cabeça.

Era conveniente para ele levá-la ao teatro, era lá que estava um grande número de soldados feridos.

Seguindo seu roteiro, Magnus caminhou rumo ao teatro, vendo que, em razão dos bombardeios, o caminho era um pouco tortuoso, sairia por uma parede lateral, um pouco mais ao fundo da casa de Kolinov, nem era uma porta, era só um buraco que dava para outro na parede.

O ponto de vantagem era que, interligando os dois prédios, havia apenas uma ruela bem estreita que era a passagem, porque os dois sentidos da rua estavam tampados por montanhas de escombros e os alemães não faziam ideia do fluxo que se dava por ali.

Ele entrou no teatro achando o ambiente até bem acolhedor. Algumas senhoras de véu estavam sentadas onde deviam ser as cadeiras da plateia, logo que viram o atirador viraram o rosto. Apenas as crianças o cercaram, sabedoras que eram das notícias sobre Kryss Anatoly.

– O senhor é o grande Anatoly? – perguntaram.

Ele sorriu, respondendo positivamente.

– Podem me ajudar? Estou procurando Sasha Lamantieva e Abdul Kolinov. Vocês podem chamá-los?

Sem perder tempo, as crianças saíram correndo e em menos de cinco minutos os dois apareceram. Eles se cumprimentaram e Magnus olhou sorridente para a antiga amiga.

– Sasha, não está me reconhecendo? Sou eu, Magnus! Lembra de mim?

Sasha não moveu um músculo da face.

– Sim. Eu sei quem você é. Eu o reconheci no bunker de Armelov. – ela respondeu friamente.

– Ah, vocês se conheciam? – Abdul perguntou.

Magnus respondeu que sim, ao passo que Sasha apenas balançou a cabeça.

Por um instante, Magnus ficou desnorteado, agora já não fazia muito sentido estar ali, já nem tinha mais o que dizer, parecia até que, para Sasha, sua presença era incômoda. Na verdade, era quase isso, depois da surra que ela levara e de todo constrangimento que lhe fora imposto.

Ela havia prometido nunca mais olhar para outro homem. Obviamente, a admiração de Abdul por Anatoly lhe dava crédito e estava um pouco curiosa sobre Magnus, mas não queria alimentar qualquer relação com alguém tão próximo a Desya, isso só iria machucá-la ainda mais.

– São amigos de infância? – Abdul perguntou.

– Sim. Crescemos na Ucrânia.

– Oh, sim, a Ucrânia. Depois do cerco de Kiev, Sasha me disse que não tiveram outra escolha, senão recuar, ao menos isto fez com que nos encontrássemos.

Abdul disse isso olhando para ela para que soltasse um sorriso, ainda que fosse forçado e artificial, ele queria ser capaz de gerar este efeito em sua mulher. Achava que ela devia vê-lo como um Deus, o grande homem que a salvou da fome, acolhendo-a no teatro.

Era um mundo de favores, que cada um pagava como podia. Ali estava ela, vendo seu grande amigo de infância ser privado de sua atenção pelo homem que comprara seu amor, onde estaria a justiça nisso, pensava. Anatoly e Abdul continuaram por alguns minutos falando de ninharias, até que Sasha se impacientou:

– Maria e o velho Circassiano estão aqui. – interrompeu abruptamente.

Transtornado, Abdul olhou para a esposa com os olhos fervendo, porém, antes mesmo de falar alguma coisa, foi atropelado pela metralhadora de perguntas que Anatoly fazia:

– Como? Maria? Oh, meu Deus! Eu não acredito, mas onde? Quando? Vamos, me diga! Ah, Sasha, você não sabe a notícia que me dá! Vamos, vamos, por favor, me diga.

Vendo a euforia estampada no rosto de Anatoly, Abdul, manteve a conveniência, não podia fazer nada além de aceitar a contragosto o protagonismo da mulher. Não era para menos, ela parecia conhecer não apenas Anatoly, mas toda uma turma de infância.

– Gavril Aleksei também está aqui! Ele é o pároco aqui da capelinha, cuida de alguns doentes. Não, espere! Vou buscar Maria! Não saia daqui! – ela disse, e rapidamente saiu correndo assustada com as próprias palavras, parou apenas por um segundo, Abdul não conhecia sua história de infância. Ela podia respirar de novo.

– Meu Deus! Meu Deus! Mas o que...

Magnus tentava respirar, colocar as ideias em ordem, de repente, em poucos minutos todos estavam ali, Sasha, Aleksei, Maria. Por um instante, achou que fosse mentira, ou que Sasha estivesse enganada, simplesmente não poderia acreditar se não fosse por seus próprios olhos e isso não demorou para acontecer.

– Magnus! Magnus! Magnus!

A voz estava um pouco mais aguda, porém ele ainda reconhecia, era sua irmã, Maria. Com o rosto banhado de lágrimas, ela vinha correndo de mãos dadas com Sasha. Com a outra mão livre, levantava o vestido.

Inutilmente, ainda tentou esconder de Abdul, mas não conseguiu, começou a chorar, copiosamente. Jogou o rifle no chão e correu na direção da irmã de uma forma tão desesperada quanto a dela.

Eles se esbarraram em um abraço sem freio, abalroaram seus corpos, porque Sasha não tinha conseguido fazer Maria frear, nem ele conseguiu parar. Eles apenas se abraçavam, chorando, rolando pelo chão, ao passo que Sasha chorava no entorno deles, olhando-os em sua felicidade, como se para eles nada tivesse mudado, haviam simplesmente ignorado a escala do tempo, em um amor fraternal que borbulhava aos olhos de quem quer que estivesse por perto.

– Você cresceu tanto, está uma moça tão bonita. – Magnus repetia, a todo instante.

– E você cortou o cabelo. Eu notei. – ela respondia, acariciando a cabeça dele.

– E o velho Circassiano, ainda está com você? – Magnus perguntou, logo que se refez da emoção.

Maria lhe explicou que agora eram casados e isto causou um desconforto imediato nele, apenas em um primeiro momento. Mas não fez qualquer comentário, não estava ali para ditar como sua irmã devia viver, passara mais de dez anos ausente e tudo que importava era que ela estava ali e bem, por isso, logo deduziu que assim fora melhor, ao menos tinha encontrado alguém responsável para cuidar dela e isso era o que importava.

– Mas Amadeus está tão doente! – com ar soturno, Maria falou referindo-se ao velho.

– Onde ele está? Posso vê-lo?

Sem demora, ela o levou para a coxia onde o marido estava deitado sobre um fino colchão. Rapidamente, Magnus notou o sangue que escorria de um ferimento a bala na barriga. Era mesmo um homem de muita nobreza por ainda combater, quando poderia ter sido evacuado com outros idosos.

– Senhor Circassiano, sou eu, Magnus, lembra-se de mim?

Virando o rosto com dificuldade, o velho olhou para Magnus, sorrindo aliviado, não porque estivesse diante de Kryss Anatoly, mas porque estava diante do irmão de Maria. Alguém que poderia cuidar dela quando ele morresse.

– Sim, me lembro, ouvi falar do senhor. É um grande orgulho para os soldados. – falava com dificuldade.

– Ah, não é nada, perto do sacrifício do senhor, se todos os homens lutassem por sua honra, já teríamos vencido esta guerra.

– Não, não, eu estou ferido – ele disse e tossiu sangue – Ah, veja! Já nem sirvo para nada! Nós precisamos de homens como você, que conseguem derramar sangue sem dó nem piedade. Esta é uma guerra de homens fortes e perspicazes, você entende?

Magnus balançou a cabeça, sorrindo constrangido.

– E como vão as coisas na frente de batalha? Nosso homens vão bem? Zhukov já organizou o contra-ataque? Diga-me quero saber. – o velho perguntou.

– Nossos homens vão bem. Stalin manda reforços, a Luftwaffe cessou os ataques e os atiradores de elite estão fazendo muitas baixas na Wehrmacht. Na realidade, talvez os soldados tenham mais medo de tal bruxa do quc do exército alemão.

Para sua surpresa, o velho, começou a rir desenfreadamente.

– Conhece a história? – Magnus perguntou.

– Sim. Sou do norte do Cáucaso. A história é de lá. Pobre Madonna Capadócia, morreu naquela região.

O tom desolado chamou a atenção.

Magnus levantou-se calmamente, foi até onde Maria estava, perguntando se o velho Circassiano estava mentalmente são, ele teria mesmo dito algo como "pobre Madonna Capadócia".

– Ele está muito bem. Lembra-se de tudo melhor do que eu. – Maria respondeu.

Voltou aproximando-se com desconfiança. Não estaria ali mais um enfeitiçado de Madonna Capadócia? Só isso explicara a expressão que ele usara.

– Por que disse "pobre Madonna Capadócia"? – perguntou.

Circassiano sorriu, balançando a cabeça, consciente de que a história já estava muito distorcida e todos tinham na cabeça que ela era uma bruxa. Na realidade, não era bem assim e ele explicou para Magnus que contaria a história da forma como que seu avô havia lhe contado.

– Bem, – começou – Madonna Capadócia não era uma bruxa do demônio, como foi dito a você Magnus, isto é apenas uma distorção da verdadeira história. Na realidade, a santa era uma cigana andarilha que por muito tempo distraiu a corte do czar com apresentações de magia e truques de adivinhações com cartas. Mas este não era o ponto forte do espetáculo, o que todos esperavam mesmo era ouvir suas composições na flauta. Ela era uma mulher, como todas as outras, que ganhava a vida tocando flauta nos teatros, dançando e... – terminou, com uma leve tosse.

– Amadeus, não está se esforçando muito? – Maria tentou reprimi-lo.

Vendo a situação ao mesmo tempo em que se contorcia de curiosidade, Magnus se viu obrigado a ser prudente e fez menção de sair. Na verdade, não seria muito difícil mantê-lo ali e, antes mesmo que desse dois passos, voltou a sentar-se, quando o velho Circassiano fez o gesto, chamando-o.

– Espero não estar abusando... – ele disse já se sentando de volta – Mas, o senhor dizia que era uma mulher da sociedade que tocava flauta e...

– Era a música. – ele continuou e depois deu um longo suspiro – A música de Madonna Capadócia era suave, melodiosa, entorpecia os sentidos. Naquele tempo, a Rússia vivia a horror sob as mãos de Napoleão, como a guerra de hoje, havia muita desesperança e os homens diziam que ela cantava um chamado do céu. Os comandantes da cavalaria ouviam ao mesmo tempo em que, encantados com a beleza da jovem, lhe juravam amor eterno, depois invocavam sua proteção na batalha, na hora da morte, na passagem. E esta adoração foi crescendo de tal forma que, em um momento de desespero, os homens já não tinham fé no imperador, enlouqueciam no campo de batalha, clamando por Madonna Capadócia. Ora, é óbvio que o czar Alexandre I não iria aceitar aquilo.

– E o que ele fez? – Magnus continuava a seu lado sem piscar o olho.

– O imperador não aceitou, então designou um jovem soldado, seu nome era Fyodor Rigalli. Diziam que era um belo rapaz e de bom coração, talvez este tenha sido erro do czar. De qualquer forma, quando o moço se dirigiu a Baku, no Cáucaso, que era onde ela passara a morar em razão da guerra, não teve coragem de executá-la. Os dois se apaixonaram.

– Pelo visto, não viveram felizes para sempre. – observou Magnus.

– Era óbvio que Rigalli não poderia sustentar a situação, sabia que seria morto acusado de traição e Madonna Capadócia tinha consciência do risco. Logo resolveram fugir, mas foram interceptados pelas tropas do czar. Ela sabia que iriam condená-lo à morte, e, de fato, foi o que aconteceu. Então, se ofereceu para morrer em seu lugar. Algumas pessoas disseram que já estava completamente louca nessa época, outros acham que foi um ato de profundo amor...

Tão excitado que estava com a história, Magnus ouviu a palavras "tropas" e lembrou que deixara seu rifle no chão da entrada do teatro.

– Oh, meu Deus, meu rifle! Eu esqueci! Espere, vou buscar... Não , Maria, você pode ir... Ah, deixe, deixe... Ah, que loucura! Perdoe-me, depois eu pego.

O velho Circassiano riu, em seguida disse que estava tudo bem, sabia que todos ali estavam curiosos com a história, portanto, prosseguiu.

– Ela morreu, mas antes pediu um privilégio ao czar, queria tirar a própria vida, pois acreditava que nenhum homem poderia tocá-la. Então, alguns dizem, que seguiu para as montanhas de Baku, acompanhada de uma comitiva do czar, quando chegou ao topo de um penhasco, jogou-se, caindo em uma região pedregosa, como é boa parte do Cáucaso. A grande questão é que... – o velho Circassiano, parou tossindo.

Magnus olhou preocupado, ele tinha ferimentos e aparentemente estava tuberculoso.

– Dizem – continuou – que onde ela caiu nasceu uma floresta e as pessoas começaram a realizar peregrinações. Por isso a chamam de Madonna Capadócia em consonância com Doroteia da Capadócia, a Santa da Primavera. Porque onde ela morreu, brotou a natureza.

– A história acabou? – Magnus perguntou.

– Oh, sim, sim! Espere, estou tentando lembrar. Ah, lembrei! Antes de morrer, dizem, não sei se é verdade, que ela advertiu que deixara sua flauta escondida em algum lugar do império, não se sabia bem onde, a única coisa que falou foi que se alguém a encontrasse e a tocasse, iria despertar em si o espírito de Madonna Capadócia e isto iria acontecer, quando houvesse outra grande guerra na Rússia. Esta era uma profecia que meu avô me contava, agora é largamente ignorada e, verdade seja dita, havia sido quase esquecida. Bem, era a situação, agora, depois dos acontecimentos em Stalingrado, a lenda ganha cada vez mais força.

Subitamente, Magnus parou a conversa, chocado com a lembrança dele e de Mileva encontrando aquela flauta enterrada há muitos anos. Se a história do velho Circassiano era verdade, então, talvez conhecesse quem tinha despertado o espírito de Madonna Capadócia e essa pessoa estava na Alemanha. Muito provavelmente, colaborando com a guerra. Mas este pensamento não se manteve com muita lógica em sua cabeça.

“Ora, muitas pessoas podem ter encontrado flautas, moedas, joias e outros objetos enterrados na União Soviética. Ao longo da história, passamos por tantas guerras, as pessoas deviam viver a vida inteira enterrando seus pertences”, pensou tranquilo.

– E não há uma forma de quebrar essa maldição? Quero dizer, deve haver uma forma de lutar, de vencer essa tal Madonna Capadócia. – indagou.

– Infelizmente. – o velho Circassiano balançou a cabeça.

Para ele, aquelas ideias sobre Madonna Capadócia eram exageradas e ela sempre tinha sido cultuada como alguém boa em sua comunidade no Cáucaso. Por isso, se surpreendeu ao notar Magnus tão apreensivo.

Obviamente, ele também estava surpreso com o tom complacente do velho Circassiano, chegou mesmo a desconfiar de algo, mas parou por aí. Magnus sabia que as duas histórias possuíam pontos em comum, havia sempre um fundo místico sobre Madonna Capadócia e sua capacidade milagrosa, correlação com Santa Doroteia também.

A diferença fundamental eram as circunstâncias da morte e do milagre. Na história de Danilov e conhecida por todos, o milagre da primavera acontecera durante o nascimento, nas imediações do Volga. Já na do velho, ele ocorrera após a morte, no Cáucaso. Na narrativa de Danilov, Dennis era um soldado de Napoleão, que foi capturado e executado; na outra, Fyodor era um enviado do czar para executar Madonna Capadócia.

Magnus pensava em todas essas nuances e logo concluiu que o grande ponto de divergência estava nos momentos que antecederam a morte.

Na história de Danilov, ela passou o resto de sua vida em uma fazenda às margens do Volga. Passou os últimos dias sofrendo desolada, mergulhada em frustração e querendo a todo custo uma vingança, então isto teria chegado a tal ponto que determinara o suicídio, jogando-se no rio, de onde chamaria os homens para a morte.

Na história do velho Circassiano, ela se ofereceu para morrer no lugar do homem que amava, no entanto, pediu o direito de tirar a própria vida, pois não acreditava que alguém pudesse tocá-la e, da sua morte por amor, brotara um suposto milagre. Teria ainda, antes de morrer, escondido sua flauta, para que quem a encontrasse despertasse seu espírito, essa última parte, de fato, causava alguns calafrios no atirador. A única coisa forte em seu pensamento era a natureza das duas realidades.

Dois milagres da primavera, um pelo nascimento, outro pela morte. Dois amantes, um inimigo, outro aliado, dois suicídios um por amor, outro pelo ódio.

Magnus deixou Maria e o velho Circassiano, estava examinando bem as duas histórias e, a bem da verdade, depois dos acontecimentos com Yuri e Shura, estava mais propenso a crer na história de Danilov. Caminhava alheio ao mundo, até chegar ao setor das cadeiras, onde sairia do teatro, lá encontrou Abdul.

– Onde vai com tanta pressa? – Abdul perguntou.

– Vou voltar para casa de Danilov. – respondeu.

– Mas, assim? Nem ficou direito, não, não, não! Não aceito, vamos, passe esta noite aqui, posso lhe arrumar ótimas acomodações.

Magnus explicou que gostava de ficar com seus amigos atiradores durante a noite e não queria causar qualquer incômodo no teatro. Abdul ouviu tudo com atenção e apenas chamou algumas moças, falou com elas uma língua estranha, em seguida, tranquilizou-lhe dizendo que havia mandado chamar seus homens e que Samir também viria, junto com alguns oficiais da GRTK que queriam conhecê-lo. Eles passariam a noite falando da guerra e bebendo vodca, porque era assim que os grandes comandantes passavam suas noites e os irmãos Kolinov queriam mostrar isso.

Magnus agradeceu o convite, mas manteve-se irredutível. Não queria ficar, tinha muito trabalho a fazer e estava ciente de que ali não era seu lugar, já estava mesmo se encaminhando para fora, porém, a meio caminho da saída, aquela voz grossa o fez brecar.

– Então soube que está acontecendo uma guerra aqui! Então é aqui que precisam de homens! – Leroy gritou na entrada, junto a outros dez homens.

– É aqui mesmo, meu amigo! – Abdul respondeu e logo foi ao seu encontro.

Eles se apresentaram e Abdul deixou a teatro à disposição, assim que viu que Leroy tinha junto de si dez homens, todos tão fedorentos quanto seu líder.

Na sua inocência, recepcionou todos de forma sorridente, desejoso que era de aumentar o número de combatentes no teatro. Ele não imaginava quem realmente era o Encantador de Ilusões e sua trupe e, para piorar, não sabia que Leroy detestava seu irmão e isso poderia elevar a tensão no ambiente.

Entretanto, Anatoly sabia muito bem de tudo isso, não é à toa, voltou, olhando sorridente para Abdul, dando um claro sinal de que havia mudado de ideia. Iria ficar sim, agora, mais do que nunca, tinha de ficar. Leroy estava ali para provocar Samir e isto poderia desencadear muita confusão.

Não é que Magnus estivesse preocupado com algum dos dois, não era isso. Mas estava preocupado com Maria e o velho Circassiano, imaginava um tiroteio e as balas ricocheteando perto deles. Isto era inadmissível, agora que tinha reencontrado sua irmã, estava disposto a fazer de tudo para protegê-la, portanto, se ele queria que a situação permanecesse estável, sabia que deveria permanecer ali, pelo menos enquanto tentava convencer o Encantador de Ilusões a sair.

– Ah, muito bem, – Abdul falou – senhores Leroy e Anatoly, pois vamos para o camarote, lá temos instalações bem confortáveis para passar a noite. Vou pedir às empregadas que nos sirvam bebida e o jantar sairá logo que Samir chegar.

– Ah, não sei se devo beber! Sou um homem muito devotado! – Leroy falou.

– Deixe de besteira. Venha conosco. Não vai fazer mal. – Abdul respondeu.

– Bem, se o senhor insiste tanto, então o que posso fazer?! Seria até uma ofensa decepcioná-lo!

Respondeu o francês e, quando Abdul virou as costas, deu uma leve piscadela para Anatoly.

Eles seguiram para os camarotes, uma vez lá, sentaram-se confortavelmente em boas mesas, eram oito no total e cada uma tinha um bom lampião, além de vários candelabros espalhados nas paredes, enquanto no térreo, só havia três lampiões para mais de trezentas pessoas.

Também na parte de cima, naquela noite vários homens trabalhavam em uma rádio, ao passo que as mulheres subiam com bandejas recheadas com panquecas, carne de porco, batatas, couves e tortas doces.

Depois de meia hora, Samir chegou junto com um grupo de oficiais da GRTK e alguns membros do comitê soviete executivo. Eles entraram e todos puderam se servir.

– Estão gostando da comida? – Samir perguntou, sorrindo ironicamente na direção de Leroy.

– Os muçulmanos parecem tão tranquilos, não é? – Magnus comentou com o francês.

– O que você esperava? Que todos aqui estivessem deserdados em um bacanal silvícola! Que à meia-noite eles se tornassem vampiros? – perguntou Leroy.

Magnus apenas olhou para o chão desconcertado com o próprio preconceito.

– Quando não conhecemos as coisas de perto, – continuou – qualquer um pode fazer nossa cabeça. Anatoly, *mon petit*. Os homens são iguais em seu desejo de se manifestarem de maneira única, não adianta tentarmos impor nossos costumes, nosso gostos a alguém. O respeito à diversidade é o pressuposto de existência na democracia. A empatia, esse é o preceito de escolha de cada um.

– Entendo. – Magnus respondeu.

Do outro lado do camarote, Samir olhava Leroy e Magnus comendo, não era demais dizer que vez por outra ele o encarava de uma maneira superior, muitas vezes até bem deselegante para um anfitrião.

– Leroy, Anatoly, – Abdul se aproximou – se me dão licença, preciso sair, meu irmão me pediu que ficasse na casa de Kolinov esta noite, já que vai passar a noite por aqui. Então, amigos, até amanhã e boa noite.

– Parece bem mais simpático que o irmão fedorento – Leroy observou – que, aliás, não para de me encarar, estará me achando bonito?

Magnus minimizou as encaradas de Samir, estava confortável junto a seus atiradores, conversando sobre o ataque à 18ª Infantaria alemã que deveria ser realizado no outro dia.

Aos poucos, o francês ia ficando cada vez mais incomodado, sabia que não poderia fazer nada ali contra Samir, e também que Magnus poderia lhe dar proteção.

– Leroy, – Samir gritou do outro lado – aprecia um bom vinho, já tomou este? Tome, é francês! Vamos! Eu posso ver na sua alma, eu sou um bom psicólogo, isso está dentro de você!

-Eu também posso ver dentro das pessoas e, dentro de todo puxa-saco, há uma enrustida prostituta de homens santos. – Leroy respondeu secamente para espanto de Magnus.

Samir lançou um olhar fulminante.

O espião se levantou rapidamente da mesa, Magnus protestou que ficasse, mas ele seguiu rumo à escadaria. Explicou que ia para a cozinha, onde tinha a esperança de poder comer sem aquela tentação coçando seu espírito.

Desceu com um prato de batatas na mão, cumprimentou alguns de seus parceiros de bebida e logo foi informando onde ficava a cozinha. Assim que chegou, notou que o cenário era bem diferente do normal. Enquanto bebidas quentes e carnes nobres subiam aos montes para o camarote, para o restante dos que combatiam era preparado um rescaldo de sopa com pedaços microscópicos de beterraba.

Dália era uma jovem muçulmana de rosto afogueado que chamou a atenção de Leroy, quando ele ouvia outras mulheres chamando em coro seu nome, deduziu logo que era ela que chefiava a cozinha. Naquele momento, a cozinheira estava amassando massa de pães com um rolo, enquanto outra moça vinha do forno com uma fornada recém-feita.

Na realidade, Leroy olhou bem eram duas massas distintas, uma branca e outra amarronzada. Durante alguns minutos, ficou observando curioso o trabalho da jovem.

– O senhor quer alguma coisa? – Dália perguntou desconfiada.

– Nada. Meu nome é Leroy de Montespan e, me perdoe, sou curioso por natureza. A propósito, a senhorita parece uma ótima padeira. – respondeu.

– Ah, obrigada.

Nesse instante, ele notou que os pães brancos, os quais subiam para os camarotes, eram maiores e mais recheados, melhores que os feitos de massa amarronzada deixada para o restante.

Intrigado, deixou a moça à vontade, disse que estava no camarote, assim ele poderia perguntar sobre os pães marrons e ela lhe diria tranquilamente.

– Bem, – ela começou constrangida – são ordens do seu Samir, como a farinha está pouca, ele disse que devíamos racionar. Por isso fazemos de dois tipo: um normal com farinha de trigo para os comandantes e outro onde usamos pouca farinha e a massa é feita de resíduos de feno e palha que encontramos nos depósitos, também usamos, às vezes fragmentos de madeira e serragem.

Leroy ouviu aquilo e ficou, para variar um pouco, louco. Samir estava alimentando aqueles trabalhadores como se fossem cachorros, fazendo-os comer restos de madeira e feno no pão, ao passo que ele e seus lacaios se regozijavam com tudo do bom e do melhor.

O Encantador de ilusões voltou para o camarote e, assim que sentou ao lado de Magnus, tratou de lhe contar sobre a corrupção na distribuição de alimentos.

– É um absurdo! – Magnus falou – Mas, infelizmente, não podemos fazer nada, Samir dá as cartas aqui. Não podemos entrar em confusão.

Leroy não estava assim tão convencido da impotência deles naquela situação, vários atiradores sob as ordens de Magnus estavam ali, talvez até em número semelhante aos aliados de Samir.

Seria tão excitante ver os homens de Magnus atirar a esta curta distância. “Ah, tantos rifles aqui, ah, como o inferno seria doce”,pensou.

– Leroy, – Samir gritou – gostou da recepção que preparei? Vai ficar para beber conosco até mais tarde?

– Gostei da recepção que as moças da cozinha prepararam, mas não sei se vou ficar para beber convosco, estou cansado. – Leroy respondeu.

Samir entendeu a indireta, mas não quis perder o jogo de cintura.

– Oh, sim! As moças cozinham bem! Escute, faça o seguinte, coma aqui por uma semana, assim você pode ficar mais fortinho e menos cansado. – Samir respondeu, arrancado risadas de alguns oficiais.

Aquilo foi a gota d'água, Leroy já não simpatizava muito com Samir e não iria deixar barato. E tudo que viu naquela noite apenas serviu para envenenar mais ainda seu humor.

– Samir, meu caro, – Leroy começou – eu não suportaria ficar uma semana aqui, porque não aguentaria roubar a comida do teu povo durante uma semana, fazendo-os comer pão feito de madeira e palha!

Samir levantou-se, fechando a cara. Ele queria uma resposta, aliás, queria uma explicação. Magnus notou que a temperatura estava subindo, por isso pediu que Leroy se acalmasse e não falasse nada, disse que eram apenas convidados e logo iriam embora, porém o francês lhe garantiu que não falaria nada demais.

O mulçumano ficou possesso, deu um soco na mesa, chutando sua cadeira para longe. Todos no teatro ouviram a quebradeira e se viraram para olhar a sacada do camarote.

– Repita o que disse! Você, você é um mentiroso, aqui todos vivem bem, você ofendeu a mim e a meu povo! Exijo que retire o que disse!

– Não retiro!

– Como você quer morrer? – Samir indagou.

Oficiais e atiradores ao redor da mesa ficaram em silêncio, ninguém mais batia as taças de vodca, de fato, era como se ninguém acreditasse naquilo que Leroy acabara de gritar. Entretanto, em poucos instantes, a ficha caiu e rapidamente Samir e seus lacaios avançaram ensandecidos na direção do Encantador de Ilusões.

– O que você disse? Repita, seu desgraçado! – berrava Samir.

– Calma, pelo amor de Deus! – Magnus pôs-se a gritar no meio dos dois.

– Vejam como grita o vassalo de Torquemada[1], pensado bem, não passa do czar da Nanicolândia! Acaso acha que não vemos quando o rato despudorado em você surrupia toda a comida das pessoas?

---

[1] Thomas de torquemada – famoso inquisidor da igreja no século 15

– O que? Você está louco? Sabe com quem está falando? Eu sou o governador do teatro, exijo respeito! – Samir batia no peito.

– Grandes bostas o governo!

– Senhor Leroy, irei comunicar sua conduta aos comissários do partido.

– Todos nós sabemos qual é seu partido. Ele é aquele que está sempre no poder e seu grande talento político é o de todo capacho, basicamente puxar o saco até rasgar o couro. Como um cão imundo, mordendo um pedaço da carniça!

Um dos lacaios de Samir, intepelou o francês.

– Senhor, não sei quem é e nem o conheço! Mas exijo respeito com o senhor Samir, de quem sou advogado, e não trabalho para ele, mas pela lei e a ordem.

Leroy escarnou em desprezo, para em seguida cair de joelhos, com os braços abertos, gritando sons ininteligíveis e entoando cânticos de veneração.

– Oh, meus irmãos, minhas irmãs! Regozijai-vos! Vamos louvar de joelhos e fazer uma oração ao deus advogado honesto! Louvem, meus irmãos! Vossa fé não foi em vão, ele regressou! Finalmente o messias está de volta!

Completamente transtornado, Samir observava tudo encolerizado e era mesmo incapaz de controlar as borbulhas de ódio que saltavam de seus olhos, até de seus poros, por isso sequer notou que havia quebrado um copo na mão. Ele continuava camuflando em palavras vazias seus instintos selvagens.

– Ora, quem é você para me dar lição de moral? – começou aos berros – Você é um bêbado de merda, homem sujo e fedorento, vejam, vejam! Um louco sem pátria, uma aberração completamente amoral! Você não tem moral para falar de mim!

– Moral? – indagou Leroy em espanto – Ora, e você? Sua moral é minúscula como o tamanho do seu pintinho!

– Leroy, pelo amor de Deus – Anatoly gritou.

– O que?! O que você disse?! Ah eu vou matar você, eu vou matar, eu vou, eu vou... – com a face tomada pelo fogo, Samir berrava, contorcendo-se para todos os lados enquanto Magnus conseguia a certo custo segurá-lo.

– Chega, vocês dois, já foi o suficiente, homens! – completamente moído dos espasmos de Samir, Magnus resolveu colocar a fila de seus atiradores de elite na frente. Os homens de Samir não tomaram seu partido e Magnus ficou no controle da situação, diante de um Leroy cada vez mais provocador e encardido.

– Leroy, acalme-se! Fique aí... não, não, não quero saber... Não me interessa que seu testículo esquerdo tenha levantado, fique quieto.

Em um minuto os atiradores os apartaram e eles ficaram em silêncio, tentando recobrar o fôlego depois de tanto se acotovelarem por espaço. Anatoly, mantinha-se pedindo calma e tudo se encaminhava para cada um seguir para sua respectiva cama.

– Tem razão, você tem razão, Anatoly! Bem, está na hora de ir, quanto a você, Leroy, – Samir colocou o dedo em riste – tem muita sorte de Anatoly estar aqui, mas você é só um pobre diabo, me dá pena, vê-lo maltrapilho, afastando a todos com esse cheiro de fazer inveja até ao gambá mais imundo!

– Não se preocupe com o cheiro, a tua esposa gosta assim, aquela vagabunda safada!

Samir se esforçava para ficar calmo, mas o leque de ofensas de Leroy beirava o absurdo da civilidade. Kolinov deu meia volta para tentar novamente triturar Leroy com as mãos.

– Ao contrário do que você pensa, eu cuido do meu povo, em mim eles têm proteção, você quer mesmo é criar uma guerra entre nós, mas nosso povo não cairá na sua provocação, ninguém aqui está maltrapilho como você, seu indecente!

– Que bonito, o papai do povo! – Leroy ria – Ouse cantar o canto da sereia e eu o invocarei. Majestade é a tua sina! Revela tua face, meu belo caos! Mostra a eles teus olhos de medusa! Enleva teu cajado e dragões do fim do mundo chegarão cuspindo trevas e trovões! Legiões de sombras humanas correrão em nosso encalço, barganhando um dia de morte por cem anos de servidão. Apenas um coração permanece batendo e um som ecoa pelos sete mares. O leão da verdade rugi alto! Palmas, por favor.

– Muito bem, agora acabou... Eu disse chega!! – sem paciência, Magnus empunhou o rifle, dando dois tiros para o alto. Tudo ficou em silêncio outra vez.

Samir levantou as mãos em sinal de calma, depois saiu caminhando para trás, sem dar as costas para Leroy, encarando-o, enquanto o Encantador de Ilusões mostrava a língua, como um menino turrão.

– Quem você acha que é... Sim, pois já tentou ser Jesus, Santo Agostinho, agora não acho que tenha aquilo roxo para ser Saladino, nem inteligência para ser Mustafa Kemal[2] ... Que tal o formiga vingador? – ironizava Leroy.

Finalmente, quando Samir saiu da sala e toda poeira baixou, Anatoly, chamou Leroy de lado, lhe explicando que daquela forma seria impossível ele ficar e que precisava se comportar de maneira mais decente.

– Que o cão leve este amaldiçoado ruim, do meio dos infernos! – disse Leroy.

– Ah, tudo bem, de toda forma, Leroy, ele é o governante aqui, precisamos dele! – Magnus repetia.

– Meu caro Anatoly, quer saber! Acho que vou te chamar de Magnus, já ouvi lhe chamarem assim... Agora que tal Carlos Magno hein? É mais pomposo, o grande imperador, o grande entre os grandes da Europa...

– Pelo amor de Deus, Leroy!

---

[2] Mustafá Kemal – pai do Estado turco moderno; Saladino – Chefe militar muçulmano que reconquistou Jerusalém dos cristãos

– Que tal e você for Carlos Magno e eu for Nicholas Burkhan? Que dupla hein, o gostoso e o matador?

De imediato, Magnus se arrependeu de ter esticado a conversa.

"Não se contraria os loucos, tampouco se questiona suas ideias", pensou.

– Tudo bem, entendo suas teorias, mas me prometa que vai se comportar!

Ele prometeu, porém, era apenas mais do mesmo. Contudo, seu semblante não escondia a euforia, resultante daquela avalanche de insultos que só a proteção do atirador o permitiria fazer.

Logo, em um gesto rápido, Leroy aproveitou uma distração de Anatoly e tascou lhe um beijo no rosto, prontamente rejeitado.

– Está proibido de fazer isso, está ouvindo? Nunca mais me beije, seu doido, tá, tá, tá... Não me abrace também! Me largue tenho que ir dormir... não toque em mim, seu fedorento! Amanhã irei cedo à igreja falar com o padre.

Assim que se desvencilhou dos afagos, Magnus caminhou a passos largos para o quarto onde Maria estava junto com o velho Circassiano. O Encantados de Ilusões permaneceu na mesa, junto com outros três bêbados de sua trupe, pegou um copo de vodca, virou e depois apontou o dedo na direção de Anatoly:

– Querem saber?! Se eu fosse mulher seria muito fácil ser a prostituta desse homem. Esse cara não é um tesão?!

Todos riam, junto com Leroy, virando copos e mais copos de vodka, porém nem ele, nem Anatoly, tampouco Samir poderiam adivinhar o que estava para acontecer, porque Samir não passava de um fantoche nas mãos dos oficiais da GRTK, que era realmente quem exigia as melhores rações e que agora estava preocupada com aquele francês. Não que ele sua trupe de bêbados fossem fortes, mas porque Magnus e os atiradores de elite davam guarita e aquilo parecia uma ameaça ao status estabelecido.

Por isso, nessa mesma noite, eles se reuniram e estabeleceram um plano: no dia seguinte, quando os atiradores saíssem junto com os outros, vestiriam máscaras, para, em uma ação rápida, invadir o teatro e estuprar e agredir várias mulheres. Como a trupe de Leroy sempre ficava dormindo até mais tarde, toda a suspeita recairia sobre ele e seus bêbados, dessa forma, não haveria nada mais a fazer, senão fuzilá-los, ali mesmo na frente de Anatoly.

Nos fundos do altar, Gavril Aleksei parou de caminhar de um lado para outro. Seus passos arrefeceram calmamente, para que sua visão se detivesse em Desya, enquanto ele limpava o sangue deixado por alguns feridos que haviam acabado de chegar.

Aleksei notou no quanto estava sujo, os cabelos desgrenhados, as unhas entupidas de sujeira. Estava realmente desgastado do incessante trabalho diário na igreja, tão resignado, que, para o padre, aquilo apenas o torturava, aumentando ainda mais o conjunto de encantos, incorporados à vistosa beleza do misterioso rapaz dos Urais.

– O senhor está bem? – Desya perguntou, estranhando o fato de Aleksei não acompanhá-lo na limpeza – Já faz tempo que me olha, tem alguma coisa... Estou fazendo algo errado? Ah, era para ter começado pelos fundos, não era?

Ele apenas sorriu, balançando a cabeça em um sinal negativo. Por um instante, uma coragem sufocada o impelia a uma aproximação simples.

"E se eu me aproximasse um pouco...", pensava a todo instante.

O jovem padre caminhou reticente na direção de Desya, aproximou-se, pegando, suavemente, em suas mãos:

– Desya, tu já me disseste que nenhuma mulher te fizera feliz... Teu coração, em algum momento... Quero dizer, já pensastes qual o motivo disso?

– Não, senhor... Nas poucas vezes que pensei nunca cheguei a uma resposta, talvez seja apenas o destino de algumas pessoas.

– É, talvez. – Aleksei retrucou, soltando suas mãos.

"E se eu perguntasse se ele gosta de mim?"

– Desya, tu gostas...

Engasgado pelo medo, ele não conseguia completar a pergunta.

– Senhor... O senhor perguntava? Pode continuar, se eu gosto de...

Aleksei já não olhava em seus olhos, seus passos começaram a ficar inquietos e as mãos suadas, até que o som de outros passos surgiram na entrada.

Aqueles cabelos já não eram de um ruivo muito claro, perto da irmã, então, pareciam bem mais escuros do que na infância, entretanto, em seus olhos ainda restavam um toque de simplicidade.

– Ah, veja! Magnus chegou! Deixe, deixe, Desya, vamos recebê-lo.– aliviado, Aleksei, caminhou até o altar, fazendo o sinal da cruz.

Para o jovem padre, aquela chegada fora providencial, sua respiração tornou-se mais descansada e o ânimo nas ideias retornara, de fato, como um privilegiado entre tantos estranhos. Aleksei estava curioso em saber se o grande Kryss Anatoly ainda tinha muito de Magnus. A única coisa que ele notou de imediato eram os ombros bem mais largos, contudo, a expressão de seu rosto era a coisa mais impressionante daquela primeira impressão.

Aquilo, imediatamente o fez sentir-se orgulhoso, pois talvez somente ele entre todos em Stalingrado seria capaz de ver a essência de Magnus naquela fantasia militar de Kryss Anatoly:

"É uma expressão de calma e mansidão que nunca poderá combinar com um protagonista de guerra. Meu Deus, como isto é estranho!", pensou.

A poucos metros de Aleksei, Magnus caminhou rapidamente, a visão do amigo fez seus movimentos um tanto nervosos e isso o irritou, sem demora fez um sinal para Desya, que logo largou o surrão e veio ao encontro de Maria.

– Desya, escute, parece que o velho Circassiano tem algo para você... Ah, eu não sei direito, está com Maria... Bem, agora espero que não se importem de ficar um pouco aqui, enquanto eu vou falar com Gavril, tudo bem?

Sem fazer nenhuma objeção, Maria e Desya sentaram na terceira fileira de cima dos bancos da igreja.

Logicamente, ele não iria falar, mas a figura de Maria ali a seu lado gerou um pequeno incômodo, de certo, algo meio absurdo, talvez ele tivesse medo por ela ser irmã de Magnus, ou fosse sua pobre deficiência que a tornava um ser tão amável. Ele pensou rapidamente em muitos motivos, mas não chegou a nenhuma conclusão certa, de toda forma, era bem provável que seu desconforto fosse por Maria ser uma mulher bonita a seus olhos, porém que não poderia admirar sua beleza, já que era cega.

Aguardando resignado no centro do altar, Gavril Aleksei manteve-se com as duas mãos para trás, queria demonstrar tranquilidade, assim apenas seus olhos se moviam, de forma alternada, entre Magnus e Desya, um movimento que denunciava a artificialidade de sua postura.

Na verdade, depois de tantas hesitações, finalmente tinha uma primeira fala bem ensaiada:

– Seja bem vindo, Magnus... Então, Desya me contou sobre os últimos acontecimentos... Como estão as coisas na casa de Kolinov?

– Estão melhorando bastante, graças a Deus. Acho que... Acho que as defesas estão muito boas agora, até onde sei Zhukov não vai demorar a desfechar o ataque, a fábrica de tanques ainda está conosco, a Luftwaffe já não pode mais fazer tantos bombardeios... – respondia rapidamente, falava em um tom seco, técnico, de quem prestava informações a alguém impertinente que não queria realmente saber.

Olhando a si mesmo sem jeito, o jovem padre não fazia ideia do que havia acabado de ouvir, aquelas palavras pareciam apropriadas, porque eram facilmente trocadas entre dois estranhos. A verdade é que nunca se interessara muito por táticas de guerra. Tudo se resumia à vitória ou derrota.

Na terceira fileira de cima dos bancos, Desya os observava e não era difícil perceber que o olhar dos antigos amigos mudava de direção freneticamente, apenas tentando fugir um do outro, como se ao redor deles, subitamente, emergisse uma espessa cortina de conveniência que, a cada segundo e a cada piscadela, mais e mais crescia e os espremia.

Eles se mantiveram ali, em um silêncio ridículo para ambos, tanto que Desya achou que iriam dar as costas um ao outro, apenas com a saudação de chegada. Tudo parecia levar a esse caminho, até que, para surpresa de todos, um oficial de regimento, atravessou correndo a igreja, chamando rapidamente Anatoly de lado para uma conversa.

– Algum problema? – indagou Aleksei.

Magnus apenas lhe lançou um olhar resignado. A notícia já estava espalhada e era péssima para os aliados.

Crimeia, Sebastopol, outubro de 1942.

Depois de quase um ano de cerco, Sebastopol finalmente caía nas mãos das tropas alemãs.

Sob a liderança do general Erich von Manstein, tinham acabado de conquistar a base militar do mar Negro.

Logo a notícia se espalhou por todas as rádio do III Reich, sendo posteriormente confirmada pela BBC de Londres.

Exatamente a uma hora da tarde, um trem partia de Kiev com o grande mago por trás da vitória, Erich Von Manstein, o general estrategista que havia comandado a campanha de Sedan. Ele também havia obtido êxito na Polônia. Era a grande carta na manga de Hitler para qualquer momento de dificuldade.

– General Manstein? – logo que o trem partiu, um de seus oficiais de confiança veio lhe dar a informação.

– Sim. Pode falar.

– General, aceite minhas congratulações. O Führer acaba de nomeá-lo Marechal de Campo e Comandante do Grupo de Exércitos Don.

“Hitler está nos levando à ruina, agora simplesmente botou na cabeça que tem que conquistar a essa tal Stalingrado... Um ataque concentrado em Moscou seria muito mais eficaz para uma rendição”, pensava Manstein.

Apesar da honraria e da euforia do tenente, manteve-se com o semblante fechado, puxando um cigarro do bolso, enquanto o jovem oficial o acendia com um isqueiro. Ele sabia que, como comandante dos exércitos de Don, teria que ajudar em um campo de batalha desconhecido. O terreno era Stalingrado e, em razão da guerra de egos, muito provavelmente seria lá que Hitler e Stalin concentrariam todos os esforços, decidindo no Volga o destino da guerra.

– Tenente Klaus – von Manstein falou, soltando a fumaça de seu cigarro para cima.

– Senhor.

– Prepare-se. A guerra será decidida nos próximos dois meses. Agora pode ir.

– Perdemos a Crimeia, perdemos toda aquela região da Ucrânia... Meu Deus!

Magnus repetia aquelas palavras incessantemente, enquanto Aleksei mantinha-se em silêncio.

– Aleksei? – a fala de Magnus cortou o rápido silêncio, como se o siberiano realmente quisesse saber se o velho amigo ficaria ali o tempo inteiro olhando-o.

– Sim.

– Você... Estava... Quero dizer, faz tempo que você veio para a Rússia? Você estava na Ucrânia? Sabe como estão as coisas por lá?

Aleksei apenas explicou que veio recuando, junto com outros ucranianos, depois que a Wehrmacht tinha feito um cerco de setecentos mil soldados ao Exército Vermelho em Kiev.

– Ah, entendo... – Magnus desviou o olhar – Ucrânia, Ucrânia... Nossa, parece um pouco distante de nós agora, não é? A propósito, só por curiosidade, você soube da situação do confisco dos alimentos?

Cabisbaixo, Aleksei confirmou que sabia com um aceno de cabeça, depois soltou um pequeno sorriso, não por ironia ou qualquer tipo de deboche, mas um pequeno sorriso torto como a confusão mental que também o abalava.

De fato, realmente parecia ofensivo demonstrar um elevado grau de entusiasmo com todas as contradições que existiam no espírito do povo da Ucrânia. Pareciam estar em uma encruzilhada. Eles entendiam que as escolhas não estavam em aclamar o melhor líder, nem no governo, mas na terrível dúvida sobre quem poderia machucá-los menos. No momento, Stalin era a escolha tolerável, não consagrada.

– Sim. Magnus... Eu acho que estamos um pouco distantes daquele tempo, de nossas perspectivas, dos nossos sonhos, aquele mundo já não existe mais.

– É... Não imaginava encontrá-lo padre, não me lembro de você religioso.

– Bem, eu era muito jovem, foi melhor assim, eu acho que foi... Bom, além disso, ainda toco, mas é... Agora me faz muito mal, começo a tocar e a música vai ficando um pouco triste dentro de mim, não é mais como antes, toco e começo a ouvir os gritos dos feridos... É um pouco desalentador... Sabe, dizem que essa tal besta pode dar paz a um coração perturbado, que os que morrem em nome dela encontram um grande céu de paz e harmonia e em troca ela nos pede um pequeno sacrifício, isto é bobagem, fosse assim, todos nós já teríamos morrido em suas mãos.

– Sim. Bobagem, bobagem... – Magnus retrucou cabisbaixo.

Na realidade, Aleksei não se dava conta que, aos poucos, ia sendo sugado na teia de Madonna Capadócia. Acreditava ser natural todos terem pensamentos suicidas na guerra e que Desya tinha sido colocado em seu caminho por uma incrível coincidência que trouxe Magnus de volta.

– Enfim, todos nós – continuou ele – tínhamos aqueles delírios e ninguém falava em Madonna Capadócia. Lembra que Andrii Shura queria ser um caixeiro viajante, minha Nossa Senhora! Ah, faz tantos anos... E não tenho notícias de Shura.

– Bem, ao menos Sasha esta aqui – Magnus desviou o assunto rapidamente – e Maria também, as duas se casaram, o senhor Circassiano é uma benção de homem, graças a Deus! Estou feliz por poder ver todos vocês bem.

Ao ouvir bem a última parte, Desya notou que Maria sorria um pouco, ela também escutara, aquela que era quase uma conversa de sussurros que cada vez mais se afastava para longe, até que uma palavra mais ácida, intensa, chegava aos ouvidos de Desya e Maria, deixando-os um pouco mais ansiosos para romperem o próprio silêncio.

– Então o velho Circassiano quer me dar um presente... Quero dizer, me perdoe! O esposo da senhora? – bem encolhido no assento do banco, Desya sublinhava cada palavra com o devido cuidado, um zelo que achava mais que nobre. Na realidade, era uma típica conduta formal, de quem usa um polido tratamento de respeito como forma de criar uma distância segura.

– Ah, por favor, não se preocupe tanto com o detalhe dos nomes, Magnus me explicou que o senhor é um grande amigo e uma pessoa em quem podemos confiar. – Maria respondeu rápido, uma típica resposta simples e desembaraçada que deu um pouco mais de tranquilidade.

– Oh sim, tudo bem... Então... A senhora sabe o que o senhor Circassiano quer me dar? – perguntou, enquanto apertava o gorro entre as suas mãos.

A resposta foi entrecortada pelo estalo das palmas de Aleksei.

– Oh Sim! Sim! Como era bom aquilo! – subitamente, Desya e Maria foram atravessados pela voz estridente do padre.

– Parecem empolgados... – observou Maria – bem, não é todo dia que se encontra um amigo que não se via há dez anos, eles devem ter muito para falar. Desculpe, me distraí um pouco, o senhor me perguntara algo...

– Sobre o senhor Circassiano, ele quer me dar algo.

Maria confirmou, para logo em seguida tirar do bolso do vestido uma bíblia de mão, cheia de anotações do velho Circassiano.

– Ah, diga que agradeço muito o presente.

– Tudo bem.

Nesse momento, a atenção de Desya se voltou para Aleksei, quando o padre apontou bruscamente na direção de Magnus com o dedo em riste.

Desya viu Magnus franzir a testa, em uma expressão que denotava confusão.

– Lembro que quando criança, você sempre gostava de brincar de herói, bem... Você conseguiu.

Magnus lhe respondeu com seu olhar mais confuso.

– Desya, Maria, vamos, vamos... – Anatoly gritou, já estava na saída da igreja, apressado, sabia que não podia deixar o teatro sozinho muito tempo.

Maria e Aleksei se aproximaram e pararam na saída da igreja, em uma última despedida.

– Então, quando você volta para outra visita? – indagou Aleksei.

– Assim que puder, Aleksei, assim que puder, para ser sincero com você... Eu realmente gostei de termos nos visto, ainda bem que nada mudou.

Aleksei respondeu que também estava feliz, ao passo que Desya corria para os fundos com o objetivo de pegar a mochila com o seu uniforme.

– E você, também vai voltar pra me ver?

– Mestre! Claro, será um gosto, o senhor é meu mentor, professor, amigo – respondia rapidamente, enquanto, de maneira apressada, virava as costas para o padre.

Aquilo era doloroso. Ele era apenas um amigo para os momentos difíceis, um canal para a sabedoria, que não tinha nada de especial, beleza, riqueza ou heroísmo. Era só um pescador de almas que no fundo era podre, infame aos olhos de Deus, uma aberração da natureza que crescia pelo pecado da carne.

Talvez a morte pudesse salvá-lo.

Conforme o planejado na reunião, quarenta homens tinham ido às docas se voluntariando para partir ao berço das faias. Danilov deixou Catarina escolher entre uma extensa fileira de civis, nenhum era militar profissional. Ele mandou espalhar a notícia nas fábricas e nos poucos bairros residenciais que se mantinham e, para falar a verdade, muitos ali eram simples operários ou moradores voluntários, que surgiam em cima da hora se oferecendo em uma missão sabe-se lá em troca do quê. De fato, não era pela importância, mas simplesmente para fugirem da carnificina de Stalingrado.

Na segunda etapa, ela e Danilov partiram no cair da noite para o teatro, era lá que deveria estar a fonte que abasteceria a segunda leva de homens maltrapilhos que partiriam para a missão.

– Tenho certeza de que no teatro encontraremos homens tão bons quanto nas docas. – Danilov disse no caminho.

– Sim, sim, com certeza – Catarina respondeu.

"Espero que ao menos saibam atirar melhor do que eu", ela pensava, com o devido cuidado para não dizer nada com notas de ironia.

Logo eles estavam nas portas do teatro.

Assim que entraram, avistaram no palco um bolo de pessoas se espremendo entre si, uns gritavam: "vagabundos, foram esses vagabundos... matem, matem", outros só gemiam, batiam, davam tapas na cara, chutes, prostitutas cuspiam, militares espetavam com a ponta do cano de seus fuzis.

Logo ficou nítido que um grande grupo, formado por homens e mulheres, cercava o menor, outros ficavam à distância com as mãos no rosto sem acreditar. A confusão generalizada despertou a atenção de Danilov, porque no meio da multidão aquele homem alto e descabelado se destacava não apenas pela altura, mas pela capacidade de argumentar, enquanto levava socos e chutes. Era o Encantador de Ilusões enrolado em um lençol e sua trupe, metidos em outra encrenca.

– Não fomos nós! – berrava enquanto usava seus homens como escudo – Não fomos nós, ora, nós dormimos de ressaca a manhã inteira! Foi aquele maldito Samir, foi o pintonildo, ele armou tudo isso. Ah, foi aquele cigano miserável...

Por maior que fosse o ódio que sentia por Leroy, o mulçumano não fazia parte do círculo de pancadas, estava distante do palco, junto com os outros atiradores de elite, tentava retirar as famílias dali de perto, sabia que os oficiais da GRTK estavam apenas esperando todos saírem para fuzilar Leroy e sua corja.

– Ora, como você ousa dizer, – Samir gritou – como insinua que eu tive participação nisso? Para você só a morte, seu doente, você me dá nojo.

As palavras de Samir pareciam carregadas de indignação, contudo em seu âmago havia uma ponta de desconfiança.

Ele pensava que não havia muita lógica em Leroy ter cometido o estupro das cozinheiras do teatro, estranhava também o fato dos oficiais terem ficado acordados até tarde na noite anterior. No entanto, não iria levantar qualquer suspeita, ora, o lado mais frágil ali era o do francês, então que fosse ele a pagar por tudo.

– O que está acontecendo? – Catarina perguntou para um dos oficiais da GRTK.

O oficial lhe explicou que naquele mesmo dia bem cedo, três mulheres tinham sido estupradas no teatro, elas foram arrancadas da cozinha, levadas para o camarote de cima e abusadas. Todos os homens que serviam no front tinham saído, os feridos não teriam como abusar das mulheres. Os únicos homens que estavam no teatro eram os homens de Leroy e o próprio.

– Mas ele foi flagrado estuprando? Foi ele mesmo? Você tem certeza? – perguntava Danilov.

– Ora, – ironizou o oficial visivelmente alterado – o sugismundo e seus lascados dormiram no camarote de cima, precisa de mais alguma prova?

Intimidado, Danilov colocou as mãos para trás em um claro sinal de quem não estava ali para se meter ou dar qualquer palpite. Ele não gostava e nem desgostava de Leroy, que já tinha cumprido seu papel. Na realidde, naquelas circunstâncias não poderia haver um maior suspeito de abusar de uma mulher do que ele. Seria impossível livrá-lo daquela.

"Nossa, nem imagino o sofrimento que deve ter sido para essas mulheres, mas ao menos poderia ter um julgamento, isto mais parece um tribunal de Hitler", Catarina pensava.

Caminhando entre os assentos arrancados, os recém-chegados observavam vários homens deitados no chão, afofando seus corpos em esponjas e cobertas imundas. Alguns deitavam usando as botas como travesseiro, outros, diante da presença de Danilov, levantavam-se com a ajuda dos fuzis e assim permaneciam escorados, fazendo da arma uma espécie de bengala. Era justamente isto, a mazela dos corpos, a razão pela qual Catarina se detinha acuradamente sobre cada um, perscrutando todo corpo, lançando perguntas aparentemente tolas sobre a experiência com armas e a capacidade de suportar uma longa caminhada. Sem dúvida, eram perguntas tolas, porque no fundo ela sabia que todos responderiam positivamente, pois queriam um pretexto para se afastar de Stalingrado.

– Vamos levar Fiodor... Isso, aquele dos dedos tortos, Aleksander, Andrey, Siegna, Smirlarovitch, Lalos e aquele de barba grande, braço enfaixado que não sei o nome e... – Catarina se deteve examinando o restante.

– Venham, você, você e você... – Danilov ia apontando com os dedos e chamando os nomes – Senhorita, estou ouvindo pode continuar.

Em alguns minutos ela escolheu mais vinte nomes, todos os chamados eram prontamente atendidos e os reforços levantavam-se com altivez e com aquilo que lhes restava de forças e entusiasmo diante de uma bela mulher.

Os últimos oito nomes chamados eram de homens que tinham acabado de chegar ao teatro, que haviam acabado de desembarcar nas docas, estavam plenamente saudáveis, além de uma aparente intimidade com o fuzil, coisa que Catarina deduziu quando tentaram impressioná-la contando quantos alemães tinham matado.

Como já não restavam muitos homens para serem escolhidos ela fez uma pausa prolongada, achou que mais desses "novos homens" poderiam chegar ao teatro e que não deveria ter pressa. Danilov percebeu a jogada e logo passou a pressioná-la:

– A senhorita não vai mais escolher? Está ficando tarde, preciso voltar ao meu posto e avisar Armelov.

Catarina ia responder, mas, de repente, a atenção de todos no teatro se voltou para o palco.

– Abram o círculo! Amarrem as mãos! Vendem os olhos, coloquem em fila e tragam os rifles aqui – esses eram os gritos de Levenin, uma figura que não passaria despercebida, pois era um homem atarracado, de barba rala e voz estridente, como a de um menino e isto não combinava em nada com o fato de ser oficial superior da GRTK.

– Vão começar a execução. – desconversou Catarina.

– É, parece que sim. Bom, a senhorita ainda tem de escolher...

– Oh, sim, aliás Armelov me disse que eu poderia escolher dois atiradores de elite.

Surpreso, Danilov soltou um sorriso desdenhoso, mas antes que pudesse responder, ouviu o som, vendo o impacto do corpo amarrado de Leroy, o qual tinha sido jogado com toda força no centro do palco.

– Primeiro ele, primeiro ele, este maldito. – gritava o oficial superior

– Por mil demônios, cambada de fascistas desgraçados. Como ousam me imputar tal barbárie, faz dois dias que estou em total abstinência!

– Cale a boca, seu imundo. Não percam tempo, executem logo! – gritava o chefe da GRTK.

Os oficiais engatilharam os rifles. Entretanto, antes que mirassem Leroy gritou, dizendo que tinha um último pedido a fazer antes da morte. Em um gesto de respeito, os homens pararam, abaixando a cabeça, por um rápido momento.

– Antes de me enterrarem, cortem meu pênis e façam um funeral em separado com honras de Estado, porque seria uma grande perda para a humanidade se...

Antes de completar o pedido, ele levou uma coronhada de lateral da cabeça, o que o fez cair no chão gemendo e rolando.

– Cale a boca, infeliz! Vocês! Resolvam logo isso. – berrou já quase sem voz Levenin.

E, naquele momento, parecia mesmo sem volta para Leroy, contudo, Levenin subitamente ficou pálido diante de seus comandados, parecia faltar o ar, seu rosto avermelhado, denunciava que algo se inflamara ainda mais dentro dele.

Na verdade, os fuzileiros estavam de frente para o palco e de costas para a entrada, ao passo que ele estava de frente para entrada, dando de cara com a chegada de Anatoly e um rápido ajuntamento de atiradores de elite em ao redor.

Sem muita demora e vendo a gravidade da situação, Magnus logo foi informado por seus subordinados do que estava acontecendo e do que estava por acontecer.

– Abdul, leve Maria até o velho Circassiano, Desya, fique aqui, ainda preciso de sua ajuda... Você, reúna os atiradores lá em cima... Sim, em posição de tiro!

"Leroy tem toda a cara disso, mas a questão é que isto não faz sentido para quem tem um séquito de prostituas ao redor. Isso não está certo", pensava, enquanto corria para o palco.

Anatoly gritou asperamente, ordenando que parassem imediatamente a execução, Levenin ainda tentou rapidamente argumentar, mas já era tarde, os atiradores estavam posicionados nos camarotes de cima e Anatoly tinha mandado Desya ir até Armelov para relatar que o comandante da GRTK estava executando dez homens do front soviético, entre eles o poliglota Encantador de Ilusões.

Em segundos, a execução fora paralisada, Catarina apenas assistia a tudo, sob o efeito hipnótico que a presença do atirador operava nela.

Sob as ordens de Anatoly, os atiradores de elite desamarraram todos os condenados e depois levaram-nos rapidamente para fora do teatro.

– O que está fazendo senhor Anatoly, acaso aprova esse tipo de abuso covarde contra o pobre povo cristão e muçulmano, acaso aprova o comportamento desse doente, este homem não pode viver entre nós, está ouvindo? – Levenin fez questão de deixar bem claro sua indignação no questionamento.

– Não se trata de quem serve para viver conosco, trata-se de fazer um julgamento por quem tem moral para fazê-lo. Neste caso, apenas Armelov pode decidir, além do que há de se pensar bem no esforço de guerra antes de se executar alguém.

– Esforço de guerra?! – Levenin jogou os braços para cima em tom zombeteiro – Estes infelizes, estes lascados que só sabem beber vodca? Pelo amor de Deus!

Magnus deu as costas, estava cansado e impaciente demais para discutir com Levenin, sabia da posição de prestígio que alcançara, por isso apenas respondeu que o próprio comandante era quem poderia decidir e como o próprio comandante já tinha lhe respondido diretamente uma vez, era preciso homens loucos na guerra, como o francês Leroy, capazes de se infiltrar no front alemão sem medo.

Sem alternativa e vendo que seu plano não lograra êxito, Levenin saiu bufando em direção à casa de Kolinov.

Naquele pequeno intervalo entre a saída de Levenin e o esvaziamento do teatro, Magnus se viu sozinho em cima do palco. Com a chegada da noite, um vento gélido o penetrou, fazendo com que se encolhesse. A cada dia o frio aumentava, o inverno estava chegando com força, isto seria bom ou ruim, pensava nisso enquanto olhava a maioria das pessoas se retirar, deviam ter achado por bem mais seguro recolherem-se para as coxias.

Entretanto, não demorou muito e os poucos lampiões que iluminavam perto do palco começaram a falhar e em meio a toda aquela escuridão, só conseguia distinguir o som de duas vozes na beirada do palco.

"É Danilov e aquela moça espiã", pensou.

No calor da discussão sobre Leroy, ambos pareciam ter esquecido inteiramente de completar o quadro de homens para a missão. No entanto, depois que a situação se normalizou, Magnus pôde ouvir Danilov pressionando Catarina para que terminasse logo sua lista de nomes.

– Tudo bem, Danilov, – Anatoly se aproximou – sei que está cansado, pode ir, eu vou dormir aqui e amanhã eu mesma levo a lista para Armelov, não se preocupe, pode ir tranquilo.

Anatoly chegou bem perto dos dois, olhou para Danilov e soltou um sorriso fresco, bem mais amável que nos últimos dias. Na realidade, tão limpa e segura era sua expressão que o outro não tentou levantar qualquer argumento. Apenas se retirou.

Catarina sorriu constrangida, realmente era um pouco abrupta aquela intervenção. Sentou-se na beirada do palco, como se não soubesse mais o que fazer, ou para onde ir, apenas sentou e começou a balançar as pernas, ao passo que evitava olhar Anatoly nos olhos, no fundo já acreditava que ele era um homem atraente e nobre, a quem encontrara em um período triste de sua vida. Por agora, o via como uma fraqueza de si mesma, reflexo da dubiedade que confundia os sentimentos em tempos de guerra.

– A senhora está bem? – Magnus perguntou.

– Sim, apenas um pouco cansada e agora estou com um pouco de frio. – disse sorrindo – Tenho de admitir que o inverno russo faz a Alemanha parecer um país tropical.

– Nós devemos usar isto a nosso favor, mas tome. Coloque esse gorro... Não, tudo bem, posso aguentar. Então me diga, como estão os seus planos?

– Bem. Estão caminhando. Hoje foi um dia de trabalho intenso, acho que nem me alimentei direito, mas tudo bem. – ela respondeu.

Magnus olhou de relance para o seu rosto e notou que, de fato, estava um pouco pálida e sem ânimo.

– Posso me sentar também? – perguntou

– Sim. Claro.

– Desculpe, mas não pude deixar de ouvir... Está juntando homens para uma missão?

Ela confirmou e, de maneira superficial, explicou em que consistia a missão.

– Berço das faias. Pelo nome parece um lugar tão bonito, como se fosse um grande castelo com um belo jardim, deve ser... – Magnus começou a falar aquilo e simplesmente se calou, notou que estava sonhando alto.

Catarina apenas sorriu, balançando a cabeça e rindo positivamente, como se também sonhasse exatamente com aquilo.

– Pois é! Espero que seja. Bem, de toda forma, temos a vantagem dessa estrada recém-construída pelos romenos no flanco norte. É apenas para suprimentos e, com relação às tropas alemãs, apenas os comboios de Voronezh sabem dela. Do lado soviético ninguém sabia, até eu mostrar os mapas ao senhor Armelov.

– Isso é muito importante. Teremos uma base forte no flanco norte.

Acanhado em seu canto, Magnus deixou sua mão esquerda deslizar sobre a madeira do palco, deslizou-a até notar que estava perto demais da de Catarina, recolheu-se, sem perceber que ela havia notado e que por isso mesmo retirara sua mão e agora seu corpo estava inclinado um pouco mais, quase dando a ele a suas costas.

Ele notou o gesto, ao passo que agora olhava com mais segurança para os fios louros que entrecortavam a nuca da jovem alemã.

– Eu vi que o senhor deu ordens aos atiradores de elite, o senhor é o chefe deles? – ela perguntou, tentando retomar as razões que a faziam estar ali.

– Ah, não me chame mais de senhor, acho que temos a mesma idade. – ele falou aquilo, desviando o olhar – Sim, mas eu não sou bem o capitão, é algo meio simbólico. Armelov apenas me deu este comando, são bons homens, disciplinados e muito corajosos.

Catarina tentou se retrair um pouco, tentando convencer a si mesma que não precisaria de dois atiradores de elite, não fariam diferença na missão, já que em campo aberto o que importava mesmo era a quantidade, logicamente, não gostaria de reconhecer aquela ideia que a deixava tão desconfortável, de tomar dois homens do comando de Anatoly.

– Mas por que você me perguntou? – Magnus questinou, acentuando bem a palavra você.

– Oh, sim, não é nada, é que Armelov tinha me sugerido levar dois atiradores de elite, mas foi só uma sugestão. Eu não vou levar nenhum homem do seu comando.

Sorrindo, agora olhava nos olhos de Catarina, com a certeza de ter encontrado a razão pela qual ela permanecia tão fechada.

– Ora, é isso?! Que ótimo, tenho excelentes homens, Lius atira muito bem, Rhodia é rápido e frio... Eu teria grande prazer em lhe oferecer dois deles.

– Não precisa, não precisa, já temos o suficiente. Muito obrigado.

– Por favor, aceite. Eu sei que essa missão é importante, me deixe ajudar.

Vendo a insistência, Catarina cedeu, também muito em razão daquele olhar carinhoso que Magnus lhe dirigia, que parecia ter vida própria dentro dela, como se reivindicasse um espaço que ninguém sequer chegaria, onde estava segura, como no dia em que se conheceram e ele a abraçou.

Por mais incrível que parecesse, agora ali no teatro, sentia como se ainda estivesse abraçada, enlaçada em um escudo indestrutível onde seu espírito poderia repousar pela eternidade, não haveria guerra nem tristeza e tudo se desmancharia naquela simples troca de sorrisos. Por um instante se deixou levar, até o ponto em que teve medo por não saber ao certo como aquilo acontecia e era capaz de deixá-la tão vulnerável em um momento que exigia tanta lucidez de raciocínio como aquele em sua vida.

– Tudo bem. – respondeu.

– Ótimo. Eu mesmo vou indicar os melhores nomes, talvez Lius e Rhodia, sim, devem ser eles, ah, mas Yanov também é bom... Enfim, acho que se não estivesse tão ocupado aqui, eu mesmo... Eu mesmo iria com você.

Disse isso e, de repente, virou-se para ela aflito, como se não quisesse que fosse sozinha e agora talvez devesse chamá-lo, porque nenhum atirador era melhor que ele, ou porque ninguém era capaz de fazer uma estratégia como ele faria, de fato, nada nem ninguém estava disposto a protegê-la como ele estava.

– Imagine, o senhor... Digo, perdão, você é muito importante aqui. As tropas o adoram.

Levantando da beirada do palco, ele olhou Catarina nos olhos, deu três passos em sua direção, então, suavemente, tomou uma das mãos.

– Sabe, agradeço muito por... Naquele dia em que nos conhecemos a senhora disse. Apenas, prometa-me que voltará bem, porque eu estarei aqui esperando. Naquele dia a senhora, disse. Perdão, não sei o que dizer... Um dia disse que ia me mostrar a Alemanha sem Hitler e eu também quero mostrar a minha terra. Um dia, quem sabe.

Naquele momento, Anatoly se aproximou um pouco mais, falando justamente daquilo que os tinha embalado no primeiro encontro, os sonhos do pós-guerra, a reconstrução e a volta para casa. Tudo isto tinha acendido uma esperança renovada no atirador e o que ele queria era compartilhar esse sonho com alguém, no entanto, depois do encontro com Armelov, Catarina já não sonhava tanto.

– Eu, eu, – Catarina abaixou a cabeça – eu não sei. Infelizmente, não posso prometê-lo.

Ela olhou nos olhos de Magnus e nada pôde fazer, apenas foi sobrepujada por uma tristeza profunda, logo notou, pela primeira vez, a que preço tinha sido forjado aquele herói de guerra, já que agora nem disfarçava tanto aquelas dores arraigadas pela profunda frustração em seu espírito. Contudo, ela também não podia esconder sua angústia, pois não poderia prometer que voltaria bem, com vida, sabia que não podia fazê-lo. Por isso aquela troca de olhares penetrou fundo na alma de cada um, abduzindo-os lentamente em uma espiral de emoções confusas, e foi chegando para nunca mais partir, como da primeira vez, quando se conheceram, envoltos pelo ar recoberto da mesma comoção reprimida. A diferença era que agora se podia notar um apelo, um desejo de esperança, de sonhos, um coração desejoso por um novo amanhã, construído por sonhadores como ela e ele, pessoas que viveriam para o ideal de reconstruir e plantar as sementes de um novo belo mundo.

Um pouco sufocados pelos próprios sentimentos, Anatoly e Catarina ficaram um instante em silêncio, que pareceu muito longo até ser cortado pelo som das passadas. Sasha soubera da missão e agora estava cogitando a possibilidade de ir.

– Sasha? É você? – Magnus pronunciou aquelas rápidas palavras que logo ecoaram em Catarina.

"Sasha, ele a chamou de Sasha, e se fosse ela? A Sasha, minha amiga da Ucrânia, ah não bobagem minha! Não pode ser", ela pensou.

Mas quando Sasha se aproximou, Catarina olhou bem as feições arredondadas de seu rosto, o cabelo castanho ondulado e aquilo subitamente a impeliu em uma euforia meteórica, porque já não havia mais dúvidas, era Sasha de Luhansk.

– Boa noite. – Sasha apenas disse isso quando chegou, não queria ser inconveniente e interromper uma conversa particular.

– Você quer falar comigo? Sente aqui, quero te apresentar, a senhorita Catarina.

– A senhorita é da Ucrânia? – indagou Catarina.

Sasha riu, olhando de soslaio para o companheiro.

– A senhorita é vidente. – respondeu rindo – Nós somos, não é meu amigo Magnus?

Magnus e Sasha ficaram rindo, mas não se deram conta da palidez do rosto de Catarina.

"Magnus? Magnus, meu Deus não pode ser, não é possível, não, não, não! Isto não está acontecendo, estou delirando, isto é um sonho! Ah, meu Deus, como não vi, meu Deus, é ele! Sim! esses cabelos ruivos, o sorriso, ninguém mais poderia ser, ah, minha nossa, como fui cega, completamente cega, como não pude vê-lo? Não, espere, isto está errado! Será verdade?". A primeira reação dela, foi recusar, depois aceitou, terminando por cair em uma confusão silenciosa entre aquilo que os seus sentimentos lhe ditavam e a lembrança das feições de Magnus.

Por dentro, Mileva se debatia na casca de Catarina, inflamada pela recusa de toda aquela realidade, distante, impossível, absurda, ficava imaginando quais eram as chances daquilo acontecer e era impossível. Não havia outros adjetivos em sua cabeça que pudessem externar de uma maneira melhor.

– Muito prazer, Sasha. – a amiga alegre de infância agora estava ali bem na sua frente, estendendo a mão.

Catarina sequer se mexeu, sua boca estava seca, a pulsação deixou a respiração ofegante, sua tez perdia coloração, estava cada vez mais pálida, como se já não houvesse sangue nenhum em seu rosto.

– Está tudo bem? – Magnus indagou.

Ela fez um sinal positivo com a cabeça, mas continuou sem falar nada, na verdade, gostaria de sair dali o mais rápido possível, queria gritar por uma resposta, o significado daquelas coincidências, entender o que acontecia ao seu redor e porque não conseguia se manifestar, mesmo fazendo força para isto.

No entanto, aquele não era o melhor momento para que ela pudesse assimilar toda a situação que se construía no entorno, de fato, estava especialmente frágil, como já tinha dito antes, passara o dia preparando a missão, havia conversado com várias pessoas, caminhado de um lado para o outro. Sem contar a grave perturbação de momento, ela também não tinha se alimentado bem, nem tomado muito líquido, estava cansada física e psicologicamente.

– Você quer alguma coisa? – ele perguntou assustado, ao ver os olhos de Catarina rodopiarem.

"Magnus, Magnus, Magnus", na mente de Catarina, apenas aquela palavra pulsava em um ritmo cadenciado, empurrando-a para uma espécie de sonolência, de maneira que, quanto mais ela tentava falar e se expressar, mais e mais aquela embriaguez ia ficando irresistível.

Catarina apenas olhou para ele, deixou o braço direito sobre a perna, então levantou o rosto meio cambaleante, olhou para cima, baixo, como se quisesse voltar à lucidez, porém era tarde.

– Sasha, depressa! Chame um médico, eu fico com ela.

Antes que Catarina caísse de costas no palco, Magnus conseguiu segurá-la, tomou seu pulso, estava muito baixo, tentou chamá-la, mas foi inútil, estava desacordada, não havia muito o que fazer, agora só um médico poderia ajudar.

– Senhor Anatoly, tenho um bilhete para o senhor, foi o padre da igrejinha quem me mandou, tome, senhor Anatoly, senhor Anatoly, está me ouvindo?

Em meio ao tumulto sobre Catarina, um desconhecido soldado esfarrapado e sujo de sangue no peito tentava incessantemente chamar a atenção de Magnus.

– O que? Estou ocupado – ele gritou – E quem é o senhor? Eu nem o conheço.

O soldado desconhecido aproximou-se em passadas largas, pegou a mão de Anatoly, abriu-a à força e colocou o bilhete.

Abrindo o pequeno bilhete, Magnus logo reconheceu que apenas Aleksei poderia ter escrito aquilo:

Sua visita me inspirou, grande amigo, hoje é um grande dia, maravilhoso, por favor, eu lhe peço como amigo que venha com urgência me ver tocar.

Gavril Aleksei.

"Mas o que é isso? Ele disse que não tocava mais...", pensou desconfiado.

– Amigo, acaso sabe o que Aleksei quer comigo, estou ocupado e... – Magnus disse aquilo e, no rápido momento em que tirou os olhos de Catarina, o entregador do bilhete, já não estava mais no teatro.

– Não é nada grave, apenas passou mal por não se alimentar, está fraca... Tragam a sopa. Deixe conosco. – o médico deixou Magnus à vontade para ir. Na realidade, queria ficar ali apenas com seus ajudantes.

– Vocês viram o homem que veio deixar este bilhete, vocês o viram? Sim, neste instante, ele saiu... Ah, obrigado.... Então já foi, saiu pela frente, tudo bem.

Magnus corria o mais rápido que podia pelo mesmo trajeto em que haviam lhe dito que o homem tinha saído. Estranhamente tinha saído pelos fundos do teatro, ondera ele agora corria e a toda hora esbarrava nas pessoas, perguntado se haviam visto um homem sujo de sangue no peito e que acabara de passar por ali.

Depois de sair do teatro, parou no meio da rua, olhou para a esquerda, depois para a direita, estava muito escuro, de repente, teve a impressão de escutar passos apressados entre os escombros.

"Três homens vem vindo, talvez quatro", pensou.

Ele saiu rapidamente dos fundos do teatro para o meio da rua, não tinha uma boa idea de onde estava, então correu para trás de um poste e lá se acocorou, apontando o rifle na direção de onde vinha o som dos passos.

Pela visão que tinha, os passos cessaram atrás de um tanque de guerra implodido. Ele se manteve na sua posição esperando alguém emergir.

Depois de minutos, nada aconteceu, ruiu, estalou ou pisou. Magnus ouvia apenas a própria respiração. Tudo era silêncio.

– Quem vem? – gritou em russo, achando que talvez fosse um de seus atiradores a quem ele tinha treinando para se manterem pacientes em suas posições.

Ninguém respondeu e ninguém atirou quando ele empinou seu gorro com um pedaço de madeira. De fato, não havia ninguém.

Magnus se levantou, foi até o tanque, olhou de todos os lados, mas não havia sequer o rastro de botas. Caminhava para trás com o rifle apontado pra frente, as ruas eram muito compridas e ele ainda seria capaz de distinguir um mísero corpo caminhando, a questão é que não havia nada. Um pouco mais atrás estava uma montanha de entulho que nenhum homem no mundo poderia escalar, no horizonte à frente o teatro estava em algum lugar.

Não havia sinal sequer de tiros vindos do lado alemão, nem de movimento do outro lado do Volga, nem bêbados nas ruas, apenas o céu negro e sem estrelas deixava as ruas ainda mais escuras, como se uma atmosfera anestesiante pairasse sobre as cabeças de todos os homens que resolvessem sair de seus abrigos naquele dia.

"Algo está estranho. Preciso ir ver Aleksei", pensou por fim.

– Que bom que veio. – no semblante de Aleksei, Magnus se impressionou vivamente com a serenidade que o padre exibia, depois de ter feito aquele chamado urgente àquela hora da noite.

Dito isso, antes mesmo que o amigo entrasse, ele caminhou até as escadarias da frente da igreja com o violino na mão.

– Recebi o bilhete, fiquei preocupado, está tudo bem? – Magnus perguntou, permanecendo nos degraus do lado de fora.

Aleksei desceu, aproximando-se dele até seus rostos ficarem frente a frente, em seguida, com as duas mãos pegou seu rosto, beijou-o na face e disse sorrindo:

– Mas é óbvio que está tudo bem! Acaso não confia em mim, não quer me ouvir tocar?

– Me perdoe, eu acho que estou um pouco cansado, e você tinha dito que...

– Oh, sim você está cansado, eu imagino. – Aleksei atalhou – Porque você é um homem que carrega a guerra nas costas, está lutando tanto e com honra, eu posso ver em seus olhos o quanto a guerra o feriu. Pobre homem, é mesmo uma desgraça tudo isto, você se sacrificou tanto!

De cabeça baixa, Magnus não se mexia, ficou desconcertado com aquela solidariedade inconveniente do amigo.

– Eu agradeço, mas acho que todos os homens carregam esta guerra nas costas, eu sou apenas mais um, entre tantos que lutam.

Aleksei arregalou os olhos, como em tom de ironia, desceu mais um degrau e começou a tocar, em uma melodia suave.

– Ah, eu imagino, muitos lutam no esforço de guerra... Então me diga, Magnus, pelo que você luta? Pela União Soviética, pela Ucrânia, por justiça? Ou por si mesmo?

Magnus perguntou qual era a razão daquela pergunta naquele momento, mas o padre se fez de rogado, contra-argumentando com outra questão:

– Você tem medo da resposta? Ou você não sabe? Vamos debater um pouco.

Sem entender ao certo o que se passava ele fechou o semblante e respondeu secamente:

– Luto pelo o que acho certo e acredito.

Aleksei virou-se subitamente com um largo sorriso, o som do violino pareceu ficar mais forte e rápido.

– Então acha certo todos os homens que tiveram a cabeça atravessada por uma bala do seu rifle?

– Não, não é isso, você não está entendendo, eu apenas...

– Magnus, Magnus, meu grande amigo, Deus pode ver tudo! – Aleksei o interrompeu – Me diga quantos esposas viúvas, estão, nesse momento, esperando seus maridos na porta de suas casas, mas eles nunca voltarão, porque você os matou? Quantos pais estão esperando o abraço dos filhos que você matou? Quantos órfãos rezam diante dos retratos daqueles homens que fizeram toda sua fama? Quantos amigos estão separados para sempre? Então, quantos?

Completamente chocado, Magnus se sentia terrivelmente desorientado por aquelas palavras do amigo, não entendia de onde vinha o sermão e como aquilo o estava afetando. No fundo não parecia crível que Aleksei soubesse de seus conflitos íntimos, ainda assim havia verdade naquelas palavras e elas martelavam no ar, sentenciando-o a se submeter a um silêncio vergonhoso, arrasado na humilhação de se ver forçado a admitir que existia dentro dele uma espécie de orgulho do sangue que derramava.

– Aleksei, eu peço, por favor, peço perdão, peço perdão a Deus, peço perdão a todos as vidas que se foram, mas, por favor, apenas entenda que...

– Eu o perdoo, Magnus, Deus é misericordioso.

Subitamente, Aleksei parou de tocar e se aproximou fitando-o nos olhos.

– Sabe o que me angustia? Você se lembra do jeito que costumávamos ser, correndo pelos campos, nossa amizade e de Shura. – os olhos de Aleksei caíram com toda força sobre Magnus – E se alguém, tentando fazer o certo, o tiver matado, um maldito assassino covarde tiver tirado a vida dele? Me diga, Magnus, você nunca mais teve notícias dele?

No limite do estresse, Magnus abaixou a cabeça, tentando disfarçar a todo custo o latente nervosismo que a cada minuto o sufocava.

De imediato, uma voz estridente irrompeu em sua cabeça, gritando com toda a força aquela culpa abafada, extravasando uma torrente de acusações que cada vez mais flagelava seu espírito e tudo estava ali, dentro dele, com vida própria, estrangulando sua mente. À medida que o enforcamento apertava, mais sua cabeça o convencia da insignificância da própria existência.

"Você o matou por vaidade, egoísmo, matou o próprio amigo por fama. Agora tudo que você pode aceitar é o martelo do destino", disse a si mesmo.

Magnus tomou uma respiração, começou a ficar um pouco sem ar, estava suado e com o corpo tremendo, diante de Aleksei que continuava a tocar serenamente a bela melodia de seu violino.

"Meu Deus, o que está acontecendo aqui, a presença de Aleksei está tomando meu ar, olhos me fuzilam impiedosamente, suas palavras me ferem como um chicote, não posso ficar mais nem um segundo!".

– Não, Aleksei, eu não, nunca – Magnus hesitava – Digo, faz muito tempo que não sei... Ah, já está ficando tarde. Eu preciso voltar, adeus.

Magnus desceu os degraus rapidamente, dando as costas para Aleksei. Não tinha dado sequer quatro passos quando Aleksei disse a verdade:

– Você já pensou, Magnus, se Shura estivesse na Ucrânia e se juntasse ao exército de Hitler? Então viria para cá, para Stalingrado e você, o grande atirador da nação, o mataria. Você concorda comigo? Não seria esta uma grande história?

Magnus parou no meio do caminho, um calafrio engessou suas pernas, fazendo-o entender que não podia mais ir embora, já não estava nervoso, tampouco ofegante, sentia que Aleksei estava ali, fugando atrás de seu pescoço, lendo seus pensamentos, como se agora pudesse persegui-lo pelo mundo inteiro montado em sua sombra de herói.

– Aleksei, eu... – mas não conseguiu completar, as palavras começavam a faltar e sentia sua mente ferver em confusão, como que presa em um infindável labirinto de culpa e remorso.

Ele ainda se matinha de costas, pelo som do violino, deduzia não estar a mais de dez passos, porém não tinha coragem de se virar. A melodia triste parecia abraçar a alma frágil do herói.

Ele sequer conseguia seguir em frente e, mesmo que alguém aparecesse e, não gostaria de gritar. A música estava tão bonita, nobre, sublime, que sentiu vergonha de existir, horror por toda uma vida de pecados, enquanto imaginava o quão livre seria se um dia tocasse a face de Deus.

Sentindo-se fraco e sonolento, já não tinha sequer forças nas pernas para se sustentar em pé e logo caiu de joelhos com as duas mãos no chão. Seus olhos se fecharam e uma suave voz começou a acompanhar a canção, atravessando sua alma com uma ternura que nunca sentira em toda vida.

A doce noite traz a luz de um anjo, a luz que brilha em meu conto de ninar, durma nos meus braços, meu príncipe, logo estaremos nas estrelas...

"Conheço essa voz, parece a de... Mileva... Sim...", ele se viu sentado na relva, estava de volta ao campo de centeio, era primavera outra vez e todos estavam lá, debaixo do carvalho, no meio do campo, ela, seu pai, Shura, Maria e Sasha o esperavam.

Asset chegou perto dele, estava ali bem perto, selado, apenas aguardando a montaria. E todos o chamavam, gesticulavam incessantemente para que ele viesse.

Magnus começou a se debater no chão, gritando:

– Sim, eu vou, eu vou, por favor, me esperem! Não posso ficar aqui, eu vou...

Quando ele chegou perto do carvalho, Mileva se aproximou, olhou em seus olhos e disse:

– Venha conosco, para a eternidade, onde não há dor ou guerras. Vamos embora, Magnus, este não é o nosso mundo. Por favor, apenas segure a minha mão.

Ele olhou para Mileva, viu que seus olhos mantinham-se distantes, como se algo ainda faltasse, sentiu que era realmente ela quem estava ali, não estava louco, nem era um sonho ou milagre, sentia-se completamente sobrepujado pela emoção. Tanto que, de início, ficou paralisado, mas depois não entendia por que ela não estava com ele, pulando e gritando de alegria. Na realidade, no rosto de dela, expressava-se uma indefectível tristeza.

– Mas, por que você está tão triste, se nos encontramos? – Magnus perguntou.

Ela abaixou a cabeça, depois suspendeu, falando sem olhar nos olhos.

– Porque um pedaço de mim se perderá para sempre.

Subitamente, Magnus entendeu e, em um instante, sentiu seu corpo ser arrastado de volta, estava outra vez em Stalingrado, a voz começou a ficar entrecortada, a musculatura dava espasmos como se estivesse levando choques, só então ele se deu conta:

"Meu deus, Madonna Capadócia!"

Tentou mexer o corpo, mas parecia amarrado, debateu-se ainda mais, porém nada conseguia destravar seus movimentos, caindo profundamente na armadilha de Madonna Capadócia, o atirador começou a sufocar quando sua língua embolou, deixando-o sem ar.

Em um impulso com o corpo, bateu com o rosto no chão, sentiu dor novamente e isto pareceu afrouxar seus movimentos, em um ímpeto de desespero, o atirador acordou, respirando ofegante e olhando para todos os lados.

– Aleksei! – Magnus gritou assim que o viu – O que está fazendo? Pare! É Madonna Capadócia! É ela, Aleksei! Está aqui!

O jovem padre estava nu, de joelhos, com os braços abertos, enquanto rezava em latim. Diante dos gritos do amigo, apenas virou o rosto para ele, expondo sua expressão, absolutamente impassível.

– Ah, Magnus, meu amigo! Deixe, sentir o coração pulsar e viver a eternidade de um instante, porque um amante da vida nunca teme a morte, afinal de contas, em que momento há de haver tamanha pureza virginal, senão no doce espairecer da morte?

Magnus correu em sua direção, tentou agarrá-lo, porém a posição de Aleksei, sequer balançava, mantinha-se inerte como uma pesada rocha.

– Aleksei, pare, pare! É Madonna Capadócia, está me ouvindo? Você está sendo controlado pela besta!

Era inútil, Gavril Aleksei já estava completamente tomado. Na realidade, desde a chegada de Desya, seu desejo pela morte era o grande sentido da vida.

Em vão Magnus tentava removê-lo. Poderia empurrar, bater, gritar, nada serviria, mesmo chamando por socorro, ninguém surgiria. O destino do amigo parecia selado. Em sua calma diante da morte, vendo os apelos desesperados de Magnus, ele se virou, olhando-o carinhosamente, e então disse:

– Nós nos encontramos e morremos no berço das faias. Adeus, meu amigo. – em seguida, com apenas um braço, Aleksei, deu um empurrão em Magnus, arremessando-o para longe.

Magnus caiu sem acreditar naquela força e nem conseguiu parar para pensar na importância daquilo que Aleksei havia acabado dizer, estava chocado e com medo, porém, antes mesmo que pensasse em ajudá-lo, uma violenta ventania chacoalhou a rua inteira e ele foi arrastado para longe, junto com escombros e poeira.

"Ela está chegando para buscá-lo", lembrando-se de Yushenko.

O corpo do atirador parou, barrado em um grande bloco de concreto. Neste momento, ele pôde ver que algo estava vindo, muito provavelmente de cima.

Aleksei mantinha-se de joelhos, rezando, enquanto Magnus se desfazia em gritos, até que sentiu aquele vulto meteórico passar sobre ele. Acreditou até ter ouvido o resfolegar do cavalo.

Madonna Capadócia vinha a toda velocidade, espalhando todos os obstáculos do caminho. Quando Magnus tentou olhar para Aleksei, a poeira cobriu-o completamente.

O vulto passou e, como um furacão, deixou seu rastro de caos e sujeira. Magnus abriu os olhos lentamente. Aleksei ainda estava de joelhos, parecia que nada tinha acontecido. Magnus se levantou apressado, mas, antes que pudesse dar dois passos, viu o corpo do amigo tombar para frente sem esforço.

Ele correu, tentando enganar a si mesmo, imaginando que talvez ela o poupasse. No entanto, quando se aproximou e o virou, viu que Madonna Capadócia tinha feito exatamente o seu trabalho.

"Está sem pulso", concluiu, ao passo que tentava apertar os pulsos do amigo.

Ele viu o traço característico das mortes por trás de Madonna Capadócia.

Seu rosto está lívido, quase, quase sorrindo. "Ele parece mesmo dormir em paz", pensava, enquanto deixava algumas lágrimas correrem livremente em seu rosto.

Ele já estava consciente, ela voltara e desta vez tentara matá-lo diretamente, isso, de certa forma, o confundia. Afinal de contas, por que ela o atacara daquele jeito? O que, de fato, havia entre ele e Madonna Capadócia?

"Se for mesmo verdade a segunda história, então eu a despertei e agora ela está atrás de mim", pensou.

– Madonna Capadócia, Madonna Capadócia... – Magnus falava, olhando para o rosto sereno do amigo.

Só então conseguiu lembrar bem das últimas palavras de Aleksei.

"Nós nos encontramos e morremos no berço das faias". Lembrou daquilo e por um momento ficou confuso. Pela lógica, se realmente quisesse saber a verdade sobre a besta, então deveria ir para o berço. No entanto, isso parecia nitidamente uma armadilha, deduzia que ela tentaria matá-lo novamente e isto na sua cabeça era a coisa mais óbvia do mundo na sua cabeça.

Magnus entrou a igreja, o corpo de Aleksei estava em seus braços. Seguiu caminhando com o amigo até bem perto do altar, parou, deixou-o rente ao púlpito, em seguida, com um lençol o cobriu, imaginando o que teria de fazer dali para frente.

"Um assassino não anuncia às vítimas o local da tocaia, isto está muito estranho. É fácil para ela me atacar aqui mesmo, em Stalingrado. Nesta pocilga de sangue, a morte está sempre ao lado, muito mais do que em um casarão no meio das estepes, então por quê?"

Impressionado com a demonstração de poder de Madonna Capadócia, decidiu não contar nada para Desya, diferente, dele, seu amigo poderia se abalar bastante com aquilo e cair em suas teias. Com toda certeza, ela estaria feita e a próxima vítima seria Desya.

De repente, Magnus levantou os olhos assombrado, lembrava que Catarina não fora capaz de prometer que voltaria sã e salva do berço das faias e era justamente ela quem liderava a missão. Ora para ele estava mais que óbvio o próximo alvo da besta não era Desya, mas Catarina.

"Meu Deus, Catarina... Madonna Capadócia irá atacá-la!", pensou nisso e então teve certeza: seu ciclo em Stalingrado acabara e também deveria partir nesta missão.

– Preciso falar urgentemente com Armelov.

– Pelo diabo! – a voz grave do comandante das tropas ressoou – Quem pode bater na porta uma hora dessas! – já pronto para dormir, ele dava mostras de quem não apreciava visitas àquela hora da noite. Um de seus subordinados sabia bem disso e foi direto abrir a porta.

– É o capitão Kryss Anatoly, senhor – respondeu.

– Ah, é ele? Pois não fique olhando pra mim com essa cara de idiota! Mande-o entrar!

Anatoly entrou na sala, apertou a mão de Armelov, sentou-se e foi direto ao ponto:

– Eu gostaria de acompanhar a senhorita Catarina em sua missão ao berço das faias.

Armelov agitou-se na cadeira.

– O que? Como? Mas você é importante aqui, não pode ir! Nós precisamos de você exatamente aqui. É nestas ruas que você é útil. Por acaso está fugindo?

Foi a vez de Magnus dar um pulo na cadeira.

– O que? Como fugindo? – deu soco no braço da cadeira – Eu sou um homem de honra! Quantas missões o senhor me chamou e eu estive lá? Muito me decepciona o senhor, que tantas vezes me recrutou, agora me acusa de covarde.

Armelov tentou acalmá-lo, dizendo para não interpretá-lo mal e, de toda forma, se desculpava, porém deixou claro que aquela não era uma missão para ele.

– Como não? – ele argumentava vivamente – Esta é uma missão importante, vai interceptar dois comboios alemães, um de comida e outro de armas. Ora, se tivermos sucesso vamos matá-los sem dar um tiro.

Demonstrando bastante calma, o comandante sacudia a cabeça negativamente, ao passo que massageava a ponta do queixo.

– Anatoly, na realidade, esta é uma "meia missão", por falta de expressão melhor. Nesta empreitada, não há nenhuma garantia que você volte vivo. Além do que, depois do ataque aos comboios você não poderá voltar, ficará nas estepes, aguardando o cerco planejado por Zhukov.

Magnus bateu o pé, explicando que, se estivesse a par de toda a situação, poderia traçar uma estratégia, trazendo o grupo de volta, ainda que só voltasse com meia dúzia de homens.

Nitidamente impaciente, o comandante se levantou.

– Anatoly escute. Vou lhe falar a verdade, agora há pouco Danilov esteve aqui e eu lhe pedi para seguir nesta missão. Você sabe por que eu colocaria um homem meu de confiança em uma missão comandada por uma mulher alemã?

Magnus apenas balançou a cabeça, em uma expressão de atenção bem concentrada, pela entonação de Armelov sentia que ele iria falar algo sobre Catarina.

– Para matá-la, nós vamos fazer isso por...

– Como? Mas nós precisamos dela! O que está acontecendo de que lado ela está? Por que isso agora? – Magnus saltou atônito da cadeira, depois se sentou novamente, constrangido com o próprio alvoroço.

Caminhando até a mesinha de centro, o comandante acendeu um cigarro, depois soprou a fumaça para cima, enquanto se dirigia calmamente para a sua companhia.

– Primeiro, o comboio de armas não nos interessa, temos muitas armas! Armas contra armas, somos melhores que os alemães, principalmente com o inverno batendo à porta. Além do que, este segundo comboio estará em muito maior número do que esta patrulha, assim atacaremos apenas o primeiro, o de alimentos, tudo bem? Não precisamos ficar com a base do berço das faias nem com a estrada dos romenos como rota de ataque, os milicianos se viram em cavernas mesmo, além disso, Zhukov não precisará de apoio em sua contra-ofensiva! Você está me entendendo?

– Sim. Eu sei que estamos a poucos dias do inverno e é justamente por isso que...

– Segundo, Anatoly, diga-me. – Armelov o interrompeu, inclinando-se – Se você combinasse com seu parceiro uma missão e depois descobrisse que ele não te ajudaria, o que faria? É como dizem, seguro morreu de velho.

Magnus ficou em silêncio, não podia contra argumentar, Armelov tinha muitas frases favoritas e nenhuma ilustrava melhor a situação de que "seguro morreu de velho". Aquela era a guerra e a alemã estava lá no front, passeou pelas barricadas de Stalingrado, sabia as posições de ataque das tropas do outro lado do Volga, como funcionava a artilharia antiaérea, ora, estava mais do que óbvio, a grande questão é que conhecia muito para uma pessoa que tinha nascido no lado inimigo.

Ele ficou enterrado na cadeira, imaginando que não seria capaz de seguir nessa missão e ter de ver Danilov matar Catarina. Ficou ali, diante de Armelov, querendo dizer algo a favor da alemã, porém, ao mesmo tempo sabia problema que aquilo poderia causar, por isso pensava em uma via alternativa, de Catarina não seguir na missão, ou mesmo de Danilov não matá-la.

O atirador olhou, notou que o cigarro tinha terminado, o comandante aparentava estar no limite da paciência e logo se levantou e deu-lhe as costas. Entretanto, que ele chegasse à porta do quarto, Magnus gritou:

– Eu vou no lugar de Danilov!

Armelov parou incrédulo, deu meia volta, caminhando a passos rápidos, chegou bem perto de Magnus e perguntou com ainda mais calma:

– Você tem certeza que pode fazer isso?

Magnus soltou um sorriso irônico, deu tapinha nas costas do comandante dizendo por fim:

– Por tudo que você me disse, eu tenho de fazê-lo, sim, eu! Talvez Danilov não tenha sangue frio o suficiente para isto. Deixe comigo e espere...

– Anatoly, ela é uma moça...

– Que tem seus encantos e é uma mulher, sim, eu sei muito bem disso! Mas ela é uma alemã, não é um ser humano. Eu o farei. – terminou, olhando nos olhos de Armelov com incrível convicção.

– Muito bem! Convenceu-me, eu mandarei avisar Danilov para não ir mais, agora vá e se prepare, lembre-se de levar um bom sobretudo, o chão já está duro, logo ficará ainda mais frio.

– Sim. Já percebi, os ventos frios do leste começaram. Precisamos tomar cuidado.

– Muito bem! Está certo, está certo. Pode ir, vá logo, eles irão sair ainda nesta madrugada. Eu avisarei Danilov.

Dito isso, acompanhou Anatoly até a porta. Olhou o atirador sair com passos ligeiros, em direção ao teatro e, naquele momento específico, o censurava secretamente por deixar Stalingrado, perdendo a chance de se consagrar mais e mais na história da guerra. Porém, no fundo, o admirava e o invejava pelo sangue frio e a forma como fazia da morte um simples expediente de guerra.

Magnus, por sua vez, seguia tomado por aquela que era sua sina na guerra: a confusão entre suas atitudes e seus sentimentos. Não estava seguro da sua coragem de matar Catarina, chegou mesmo a imaginar que fez aquilo unicamente para ficar perto dela, achando que talvez poderia ter se tornado uma figura de esperança, mas foi justamente aí que seu raciocínio parou.

Ele se lembrou de como ela falava da Alemanha, de seu entusiasmo, das muitas vidas que poderia salvar deixando de enfrentar o segundo comboio e também de todas as informações que Catarina tinha sobre o Exército Vermelho.

"Quais são as escolhas certas?", perguntou a si mesmo, consciente de que só o tempo traria a resposta.

No fundo, buscava desesperadamente uma causa maior que a guerra entre nações, entre povos, algo capaz de transcender aquela realidade de sangue e terror, de fazer com que ele acreditasse valer a pena, ainda que morresse por isso, não se importava, sua vida tinha de ter um sentido, já estava cansado de lutar contra as dúvidas.

Era verdade, sentia a cada dia aumentar a tentação de dar um tiro na cabeça, ou de sair de peito aberto diante das tropas alemãs, experimentava essa vontade ora achando que estava sendo perseguido pela bruxa, ora que era apenas mais um covarde sem nervos. Observava com atenção esses conflitos de hipóteses, consciente das muitas versões da história de Madonna Capadócia e de como ela poderia germinar dentro dele uma confusão mental incontrolável, pois, na sua cabeça, não poderia ser um covarde, um monstro assassino, não depois de tudo que tinha feito. Mas, então, porque estava tão vulnerável? A única explicação seria o cerco à besta.

"Talvez eu nunca encontre a resposta, pra isso. Nunca, nunca...", pensou.

Rapidamente retornou ao teatro, chamou alguns atiradores e avisou Catarina, ela apenas ouviu em silêncio, não era uma decisão que dependesse dela, mas de Armelov.

NOROESTE DE STALINGRADO, BERÇO DAS FAIAS.

COMO O ESPERADO, O FLANCO NORTE ALEMÃO estava desguarnecido, as tropas romenas tinham atendido ao chamado de apoio aos Panzers do general Hotz no centro, deixando apenas algumas baterias antiaéreas comandadas por um pequeno destacamento de tropas húngaras e romenas. Alvo fácil para os milicianos das estepes.

Conforme as coordenadas dadas por Catarina, os guerrilheiros atacaram por trás, de maneira rápida e letal, sabiam homens e quantos canhões havia e suas posições de defesa para o flanco norte. No momento do ataque, a maioria foi pega de surpresa nas imediações do casarão. Agora o caminho estava aberto para a missão da espiã e eles não teriam, talvez, mais que dez dias de alívio. Tudo ia depender do desenrolar das tropas de Hotz, além do inverno. Se a neve caísse com força, poderia retardar a chegada do segundo comboio, no entanto, ela sabia que o grande problema seria quando o grosso das tropas romenas e alemãs voltassem.

"Eles irão notar", pensava.

Com o sucesso inicial da operação, ela chegava ao berço das faias junto com outros trinta soldados. Todos escoltados por um miliciano que os guiou por uma trilha recém-feita, ao norte de Stalingrado.

"É mesmo um belo lugar", pensava consigo mesma ao ver os homens limpando folhas na entrada do imponente casarão. Ali perto, pequenas casinhas de madeira estavam repletas de armas e carne enlatada, cigarros e salsichas de fabricação alemã. Para os milicianos aquela recepção estava saindo melhor que a encomenda.

Depois de um dia inteiro de caminhada, cerca de setenta milicianos recepcionaram os recém-chegados e Catarina pôde ver aquela bela fazenda bem preservada, um casarão de estilo bizantino, com um grande gramado retangular na frente e as ruínas de uma fonte de água no centro. Ao longe apenas a paisagem levemente acidentada.

O berço das faias era uma antiga residência de verão de uma família aristocrata dos tempos do czarismo. A propriedade estava em um platô, situado a quinhentos metros de altitude, que ia diminuindo gradualmente conforme se caminhava pela estrada dos romenos no sentido do oeste, por onde chegariam os comboios. Catarina confiava na vantagem estratégica de ter observadores no ponto mais alto.

Logo atrás, Magnus também vinha admirando a paisagem, ele e Desya junto com alguns atiradores, além de Maria. Há apenas cinco minutos deles, um pequeno caminhão com a insígnia nazista vinha com mantimentos e o velho Circassiano.

– Catarina! Catarina! – Magnus gritou, ao vê-la de longe.

Em um primeiro momento, ela virou o rosto, fingiu não ouvir, porém um dos homens apontou para Magnus e ela virou sorrindo em sua direção.

Ele se aproximou, com um sorriso, como se tivesse algo alegre em seu ar que ele só poderia compartilhar com ela, por isso se aproximou, tentando extrair de si uma frase perfeita, qualquer observação interessante, contudo, quando já estava de frente para a espiã, lembrou-se da frase de Armelov e de sua verdadeira missão ali. Não pensou mais, parou em frente a ela apenas sorrindo com a força de uma conveniência social pouco familiar na sua vida.

"Por que ainda estou fazendo isso?", pensou.

– É um belo lugar, não é? – ela se antecipou, na mais óbvia das falas que eles poderiam dar.

– Pois é! Nem parece que há uma guerra a poucos quilômetros daqui.

Ele respondeu e suspirou aliviado, como se realmente todos já estivessem a salvo. Porém no fundo, tanto ela quanto ele sabiam que aquele era o ponto crucial da guerra para ambos e mantinham-se a uma distância segura. Sentiam estar colaborando para a morte do outro, por isso aquele constrangimento de uma maior proximidade, já colocando um ao outro em risco, não havia necessidade de ridicularizar os sentimentos, seria cinismo fingir que amanhã as coisas seriam exatamente como eram naquele momento.

Logo o crepitar de algumas folhas chamou a atenção de Anatoly, alguns pombos saíram em revoada, anunciando que algo chegava. Era o caminhão de mantimentos.

– Eu preciso ir, vou receber os mantimentos, também definir os homens de observação que ficarão naquelas colinas e organizar o abastecimento. – ele disse, distanciando-se rapidamente.

Catarina olhava seus passos com a certeza que não seria capaz de ser responsável pela morte dele, afinal de contas, na cabeça dela, era óbvio que seu amado não sabia que o segundo comboio era maior, se soubesse não estaria ali. Ela imaginava muitas hipóteses e todas as respostas pareciam sem sentido. Logo se cansava, quebrando um juramento que tinha feito no trajeto, a única medida radical capaz de preservar a lucidez de seus nervos.

Prometeu a si mesma não pensar nele na forma como o conhecera, não queria, de forma alguma, perder o controle da situação, nem que para isso fosse preciso negar eternamente suas lembranças, tentando vencer a si mesma pelo cansaço.

No entanto, aquilo só aumentava, pensava nele, na forma como o tinha deixado na Ucrânia dez anos atrás, quando seus pais a tinham proibido de escrever qualquer carta ou mesmo de fazer qualquer menção de voltar àquele país. Lembrou-se que foi um momento difícil em sua vida, sem sentido, que em um determinado ponto achou exagerado, bobo, dizia a si mesma que, por conta da sua idade na época, era ingenuidade. Porém estava ali de novo diante de seus olhos aquele sentimento avassalador, agora misturado em um rescaldo de viva culpa e remorso, ora, o que de mais extraordinário poderia acontecer em sua vida?

Apenas isto, Magnus voltara para se voluntariar naquela missão. Se ela já não se sentia bem em ter de enganar todos ali, condenar todas aquelas pessoas à morte, enganá-lo, enganar um homem importante no front e daquela forma, sendo que ele viera livremente para ajudá-la, não aquilo era demais até para ela, por isso olhava com tristeza, remoendo em si a própria fraqueza, consciente que só aumentava aquele desejo latente de se revelar.

– Senhorita Catarina? – um miliciano se aproximou.

– Sim.

– A senhora gostaria de ir ver suas dependências no casarão?

Ela apenas fez um gesto positivo, depois acenou que ele poderia ir na frente, logo o acompanharia, por enquanto queria ficar ali sozinha no gramado, pensando sobre como suportar aquele terrível desejo.

"Quando gostamos de alguém", pensou, "parece que somos colocados na frente de um espelho, acabamos refletindo mais sobre nosso ser. De uma maneira geral, na verdade, é a razão que me dói tanto nesse momento, quero me revelar! Me libertar! E expressar minha verdadeira natureza. Não faz sentido dissimular aparências quando se está tão vivo.

– Bem vindo, senhor Cicarssiano, foi boa a viagem... Espere, deixe que lhe ajudo a descer... Lia, venha aqui... Isto, ajude. – em um pequeno galpão de madeira recém-construído, Magnus falava, do sopé da porta do caminhão.

– Tudo bem, foi uma ótima viagem... Ah, meu filho, obrigado. – respondeu o velho.

– Senhor Anatoly. Tem algo errado aqui! – gritou um dos homens que desembrulhava a lona do caminhão.

Demorou um pouco, mas Magnus se aproximou, já um pouco desacostumado em ser chamado de senhor Anatoly.

– O que é?

– Parece que algo se mexe, espere, vou tirar esse saco de cima... Meu Deus, é uma perna! Tem um homem aqui!

Sem que o soldado terminasse de tirar os outros sacos, Leroy levantou-se, todo branco, sujo de farinha.

– Meu Deus! Que frio infernal, agora tenho até de andar bem vestido! Ah, até que enfim chegamos! Esse motorista parece que vinha de ré... Ei, meu filho, você ai! É, você mesmo! Sabe para que serve o acelerador?

Com as duas mãos na cabeça, Magnus olhava para Leroy em tom reprovador.

– Leroy, eu não acredito! – gritou rente à carroceria – Vamos, desça, desça, rápido, que diabos de perseguição, parece uma doença que não vai embora, pelo amor de Cristo!

– Chefe, eu juro que me comporto, eu juro, estou dizendo. Me dê uma chance e eu mostrarei. Não podia ficar em Stalingrado, armaram para mim, foi tudo armado, acredite!

Na verdade, o atirador não tinha o que fazer, não iria mandá-lo de volta, só restava aceitá-lo, mas deixando ressalvas bem claras sobre seu comportamento.

Ele foi aceito, contanto que dormisse sozinho no celeiro. Ele não poderia andar nu e ao menor sinal de gracinha com alguma mulher seria fuzilado, sem mais nem menos. Resolvida a estadia de Leroy, Magnus passou a organizar o abastecimento e a procurar pontos altos nas redondezas para posicionar os atiradores.

Os milicianos advertiram que era preciso economizar madeira, tinham que se organizar, por isso especulavam como seria aquele inverno. Se a nevasca viesse do leste, seria um inverno rigorosíssimo. Outro miliciano oriundo do Cáucaso levantou a hipótese de que os ventos vindo do sul poderiam afastar a neve do leste.

Magnus simplesmente ignorou e continuou posicionando:

– Quero um naquele carvalho da frente, vinte e quatro horas por dia sem descanso e dois em cada casamata construída! Ao todo vamos construir doze, os homens mais fortes ficam com as granadas nas duas estradas principais, avisem a todos, vamos colocar cem minas anti tanques e fossos antitanques. – apontou com o dedo – Lembrem-se, o comboio, deve chegar amanhã! Prestem atenção, nós....

– Tenho uma pergunta tática. – Leroy interrompeu.

– Sim.

– Alguém está pegando a gostosinha alemã? – perguntou.

Transtornado, Magnus girou o corpo e, com os olhos revirados, apontou o dedo na cara de Leroy, pronto para chutá-lo de volta para Stalingrado.

– Oh, é tática! – Leroy se esquivou – Você sabe, mulheres bonitas nos distraem, elas estão sempre com seu ar adocicado, aquele jeitinho de donzelas em perigo, e...

Magnus começou a engatilhar o fuzil.

– Obviamente! – Leroy gritou – Também uma bela mulher motiva os homens à glória! Quem não lembra de Tristão e Isolda? Romeu e Julieta? O príncipe do Taj Mahal? Todos homens grandes que tinham uma grande mulher por trás! Sim, meus amigos! O que seríamos sem as mulheres, seres de pureza angelical que tanto inflamam as chagas de nosso espírito desbravador! Viva as mulheres!

Magnus desengatilhou.

– É bom mesmo. Não quero ver gracinhas suas aqui, viu. Tomara que não cometa erros. O que é, por que está rindo?

A poucos metros do galpão, um cavalo resfolegava, nitidamente cansado.

– Senhor Magnus, um homem de uniforme acabou de chegar a cavalo, diz que é de Stalingrado.

Ele olhou por uma fresta na madeira e viu Samir Kolinov descendo do cavalo. Já batia no casaco para tirar a poeira. Magnus percebeu que ele viria para o galpão.

– Tudo bem, – Magnus disse rapidamente – diga que se aloje no casarão... Não precisa! Não quero vê-lo, quanto mais homens melhor! – Magnus rapidamente dispensou o soldado, queria evitar a algazarra que seria o encontro entre Leroy e Samir.

– Quem era? – Leroy perguntou.

– Ah, Leroy, – Magnus fez menção de outro assunto – lembra naquele dia, você falava sobre o governo, pelo que vi, tenho de admitir que você é mesmo um revolucionário.

– Ah, *mon cher* – sorriu, acreditava ter encontrado a pedra de toque em Magnus – não falei nada mais que a verdade, ora, afinal de contas, governos enchem minha paciência!

Magnus agora olhava para o francês em tom de reprovação, não queria motins subversivos ali no berço das faias, pensava nisso, até subitamente, dar-se conta que agora raciocinava como um governante e Leroy tinha ideias demais para quem era governado. Por isso Magnus o incumbiu de ficar alojado ali mesmo no galpão, junto com outros soldados que regulavam o abastecimento.

– Muito bem! Quero que todos tomem suas posições, os alemães viram amanhã pela estrada feita pelos romenos, a sudoeste, então quero todos nas posições em no máximo quatro horas. Quando o primeiro caminhão explodir na mina, eles vão tentar recuar, mas nós já estaremos do outro lado, quero todos cavando trincheiras nas bordas da estrada. – Magnus terminou e se retirou, rumo à estrada.

No dia seguinte, como esperado, os operadores do rádio haviam interceptado a mensagem de que um comboio de alimentos estaria nas imediações. Os observadores também avisaram de cima das colinas que ele estava vindo. Três caminhões traziam comida, além de trinta e seis soldados, enquanto outros vinte e quatro vinham a cavalo. Catarina estava surpresa, era menor que o esperado. Os alemães deviam estar com problemas para repor homens.

Escondido em uma trincheira, Magnus coordenava os movimentos, à medida que o som das rodas dos veículos ficava mais próximo.

De fato, a operação não pareceu tão complicada. Logo que o primeiro caminhão explodiu na mina, toda a tropa a cavalo saiu da formação, de imediato, Magnus ordenou o lançamento de granadas dentro das cabines dos outros dois. O fogo começou e os cavaleiros alemães ainda tentaram esboçar um sinal, um gesto de rendição, mas ninguém parecia disposto a parar de atirar. Ali, como em Stalingrado, ninguém faria prisioneiros. Magnus dava a ordem para atirar, ao passo que refletia, vendo os milicianos saqueando jaquetas alemãs.

"Agora é fazer um milagre contra o segundo comboio", pensava

Aparentemente, a operação se desenhara como um sucesso, todos os alemães haviam morrido e boa parte da carga de alimentos foi aproveitada. Não havia baixas no lado soviético, apenas alguns soldados que estavam na borda estrada tinham se ferido na confusão, quando alguns cavalos caíram.

Só havia dois médicos, ainda assim, como não havia muitos feridos, Magnus acreditou que não teria problemas no atendimento. Ele só não contava que um dos médicos já não podia ajudar ninguém, na verdade, era este médico quem precisava ser socorrido. Era o velho Circassiano.

No dia seguinte, Magnus se levantou antes do amanhecer. No quarto de cima em que estava no casarão, pôde sentir um cheiro forte, o qual não distinguia ao certo, mas sabia ser de alguma erva. Na verdade, já bem cedinho os milicianos acordavam com chá nas canecas. Vestido com um cachecol sobre o uniforme, desceu as escadas encolhido, com a certeza de que poderia esperar mais alguns minutos dentro de casa enquanto o frio diminuía.

– Chá? – surpreendentemente Desya surgiu, já acordado aquela hora, levantando a caneca na direção de Magnus.

– Ah, obrigado!

Ele respondeu e logo o novo ajudante da cozinha fez chegar uma caneca às suas mãos. Magnus pegou e agradeceu mais uma vez, deixando Desya confuso com aquela excessiva gratidão. Depois, sem perder tempo, perguntou pelos ocupantes da casa, tendo apenas a resposta que todos dormiam.

– E a senhorita Catarina também está dormindo? Sabe que horas ela acorda?– Magnus perguntou.

– Não sei não. Talvez daqui a meia hora no máximo.

Diante dos olhos de Desya, Magnus rodou o salão inteiro com a caneca na mão, sem sequer, por nenhum momento, levar um gole na boca, como se recusasse a cortesia da companhia. Em um determinado momento, Desya se sentu invisível aos olhos do velho amigo. O atirador simplesmente passava por ele como se fosse um objeto qualquer da casa e não pudesse ser tratado de igual para igual.

De alguma forma, Desya já tinha consciência de que o espírito de Magnus estava possuído por um mistério que ninguém poderia alcançar, seus olhos teimavam em vagar na terra, mas seu verdadeiro mundo, que o arrastava e o sustentava como herói, estava ali, em sua própria solidão reflexiva que cada vez mais o isolava de todos os outros.

– Anatoly! Está tudo bem?– perguntou.

Magnus não esboçara qualquer expressão mais contundente, o semblante parecia imaculável a qualquer estímulo externo, permanecia apenas fazendo sinais positivos com a cabeça, depois se dirigiu rapidamente para a janela. Aproximou-se, limpou o vidro embaçado, então olhou para fora. Ao longe viu os espasmos da claridade do raiar, pensando obstinadamente, com toda a força do mundo, uma força que talvez nunca lhe tivesse sido exigida em toda a guerra. Pensava no que ia fazer dali em diante. As instruções de Armelov eram mais do que claras e o pior é que eram também coerentes com a lógica de guerra, afinal, ele poderia seguir a ordem e salvar centenas de homens, ou descumpri-la, tentando salvar Catarina, porém arriscando seriamente sacrificar a vida de todos, inclusive a dele e a dela.

– Desya, nesta guerra, você morreria por mim? – Magnus, perguntou, enquanto ainda se mantinha olhando pela janela.

– Mas é claro, que pergunta! Claro que sim, estamos juntos nisso!

– E você acha que os homens aqui morreriam por mim?

Desya coçou a cabeça, ainda mais preocupado com rumo que aquela conversa estava tomando.

– Os milicianos te adoram e, talvez sim, todos morreriam, não sei, mas o que está havendo, por que isso agora? – perguntou e logo viu Anatoly fazer um rápido sinal negativo com a cabeça, como quem diz que não havia necessidade de muitas explicações.

Nem um dos dois foi capaz de encontrar uma única palavra para cortar aquele silêncio que ambos sabiam estar tomado de gravidade. Desya pressentia que algo ruim estava por acontecer, Magnus debatia dentro de si mesmo se centenas de vidas eram mais importantes do que uma, chegando à conclusão que uma vida não poderia ser julgada melhor que outra, mas que, naquela guerra, centenas eram mais úteis para vencer que nenhuma. Então tudo parecia desbocar em uma escolha onde ele poderia garantir a vitória ou agir pela honra, vencer deixando alguém para trás ou morrer de cabeça erguida.

Ele pensava no amor à pátria, à justiça, nos homens, por que ninguém lutava por eles, pois agora achava sem sentido uma vitória que não pudesse ser dedicada a quem se ama. Onde estaria a glória de um herói que deixava alguém para trás? Então se lembrava da morte, o que ele poderia fazer morto? De fato, não era uma escolha fácil, e cada opção tinha um pouco de certo e errado. Como todas as escolhas que estão acima do bem e do mal.

– Magnus! Magnus, depressa! – subitamente aquele grito feminino, cortou o silêncio do salão, alarmando os dois.

– É Maria, é ela quem está gritando! – Desya falou.

Eles saíram correndo, os gritos vinham do quarto onde ela e o velho Circassiano dormiam.

Quando eles chegaram muitas pessoas já tinham se alocado na porta, por isso precisaram abrir caminho rapidamente. Logo que viram a cena, perceberam que a situação era grave. Maria estava sentada na ponta da cama, chorando com as mãos no rosto, o médico na cabeceira da cama, segurava o pulso do velho Circassiano, ao mesmo tempo em que se inclinava para perto de sua boca ouvindo o que aquele pobre doente tentava dizer.

– Dói o peito, estou sem ar. – foi o sussurro ouvido.

O médico se virou e chamou Magnus de lado. A situação era incontornável, o pulso estava muito fraco, os ferimentos vazavam um líquido claro amarelado. Por causa da idade e pela gravidade dos ferimentos, o corpo já não respondia a nenhuma medicação que estivesse ali disponível.

Chorando copiosamente, Maria segurava a mão de Desya e a toda hora gesticulava para que falasse algo, contasse o que realmente estava acontecendo, por que o velho Circassiano tinha se despedido dela e o que todos estavam fazendo ali? Havia alguma esperança ou tudo já estava perdido? Achava que deveria ser a primeira a saber das coisas e que ninguém poderia lhe tirar esse direito.

O velho apontou para Magnus e ele se aproximou.

– Por favor, cuide da sua irmã. – ele falou com dificuldade.

Nesse instante, Catarina chegou à porta do quarto, mas não entrou, consternada que estava. Apenas olhava Magnus e todos os outros, compartilhando aquele semblante vazio, sem cor, onde todos os olhos perdiam o brilho, se mantinham, conformados, desolados, à espera de um destino que colocava os homens em pé de igualdade com o mais ínfimo grão de terra.

– Senhor Circassiano, nós cuidaremos, o senhor... O senhor vai ficar bem, não se preocupe. – Magnus disse.

– Ah não, – ele balançou a cabeça – eu bem queria que isto fosse verdade, mas os tempos são chegados, fiz tudo que podia, agora estou tranquilo porque você está aqui e sei que viverá bastante para deixá-la em segurança.

Sua voz foi ficando entrecortada, a respiração começava a ficar curta, o ar continuava faltando. Não demorou muito e trouxeram uma vela, colocariam sobre ele, mas ainda teve forças para, em um gesto negativo, chamar Magnus mais uma vez.

– Me leve para fora, não quero morrer neste quarto, me leve pro campo, por favor, quero dormir no campo.

Magnus olhou para o médico, que respondeu com o olhar que nada mais poderia ser feito.

– Desya, leve Maria para fora – Magnus cochichou em seu ouvido.

– O que, como assim? Eu, eu... Não posso simplesmente...

– Desya, Desya, por favor! Ouça, eu sei que este é um momento difícil e que Maria está sofrendo, mas sei que você gosta dela, posso ver isto e acho que não estou pedindo nada demais, confio em você.

Com muito custo, Maria cedeu, acompanhando Desya. Ele disse que o doutor queria ficar sozinho e todos deviam sair. Na realidade, Magnus o incumbira de dar uma volta com ela e então lhe contar. Na saída, Desya chamou Magnus de lado.

– Eu não... Eu acho que não vou conseguir, por que eu...

Magnus balançou a cabeça sem dar tempo para que o amigo terminasse.

– Vá, o velho Circassiano não quer que seja feito aqui, por favor, estou te pedindo. Faça isto, por favor.

Desya consentiu e logo que saiu com Maria viu entrar alguns homens, eles ajudariam Magnus a levar o corpo o velho para fora.

No meio do jardim, logo na entrada do casarão, ele foi colocado com o rosto virado para o céu. Morrer olhando para a abóbada celeste, de fato, era tudo o que ele queria naquele momento. Não demorou muito uma senhora chegou, abriu uma bíblia, leu alguns versículos, enquanto outro grupo mantinha-se sussurrando em uma roda de orações.

O médico se aproximou outra vez, e tomou-lhe o pulso, apenas para constatar. Estava morto.

– Ele faleceu, senhor Anatoly – disse.

Diante do corpo imóvel, Magnus pediu a alguns homens que trouxessem pás e que todos no casarão fossem avisados para não fazerem barulho. Catarina caminhou acompanhando as mulheres, depois, de longe, viu Magnus surgir do casarão, caminhava com um terço na mão, era de Maria e sabia que ela gostaria que fosse deixado com o velho Circassiano.

Ele colocou o terço sobre o peito do velho, ao lado alguns homens cavavam.

Em seguida, conversou com os observadores que ficavam em colinas afastadas, alguns haviam acabado de chegar e Magnus lhes pediu para manterem uma atenção redobrada, pois o segundo comboio vinha com o triplo do tamanho do primeiro. Em um primeiro momento, os observadores, não levaram a sério, para eles, Magnus blefava para que fossem disciplinados em seu serviço, fosse o segundo comboio como ele haviam dito, ninguém estaria ali.

Depois, o atirador caminhou para trás da roda de pessoas mais próxima de onde estava Catarina.

– Meus pêsames. – ela falou baixinho.

– É triste, eu sei, mas é ainda mais para Maria... Agora ela só terá a mim neste mundo. Peço a Deus que me dê forças para cuidar dela.

Magnus pensou na irmã e em como, dali em diante, seria responsável por ela. Subitamente aquela velha dúvida porque, ao se dar conta de sua responsabilidade, olhou ao seu redor e viu famílias inteiras de milicianos ali, reunidas, orando e trabalhando de acordo com as suas ordens, não porque ele fosse superior, mas aquelas pessoas confiavam nele, acreditavam que sairiam dali vivas e que poderiam criar suas famílias da melhor maneira possível no pós-guerra.

Magnus se dava conta de sua responsabilidade com aquelas pessoas, ao mesmo tempo em que olhava calorosamente os olhos de Catarina, no fundo, era lá que ele via a paz, tudo o que queria era estar em seus braços, que tanto poderiam adoçar a morte.

– Se eu puder ajudar em algo, eu estou à disposição. – ela respondeu.

– Obrigado.

Ele respondeu, abaixando a cabeça sem saber ao certo como deveria se portar diante dela, se deveria ser frio, caloroso ou se deveria chamá-la para uma última caminhada pelo campo e fazer o que tinha de ser feito.

Ela olhava para Magnus com ainda mais compaixão e também não se sentia confortável. Sabia que não tinha direito de ter pena dele ou mesmo de se aproximar. Não fazia sentido oferecer palavras amigas para o homem que ela amara, depois deixara e de quem colocava a vida em risco. Ainda o amava em segredo, sem, no entanto poder viver uma gota daquele amor. Ainda assim, mesmo alheia ao fato de Magnus saber sobre o segundo comboio, Catarina notava a forte perturbação que se agitava dentro dele, seu olhar fraco, sua voz apequenada, suave, doce como a de um menino.

– Está tudo bem? – ela perguntou.

Magnus não respondeu de imediato, ficou ali, tentando encontrar uma frase para simbolizar o que sentia pela morte do velho Circassiano, quando na verdade o que queria era apenas usar aquela situação como um pano de fundo para dizer como realmente se sentia.

– Magnus? – ela chamou mais uma vez.

– Ah, me perdoe, já não sou dono dos meus pensamentos. – respondeu cabisbaixo.

– Ouça, – Magnus retomou – se incomodaria de darmos uma caminhada?

– Tudo bem.

Quando Catarina aceitou o convite, Magnus tocou em seu braço, sem saber ao certo se estava forçando em si mesmo uma postura agressiva ou se realmente queria tocá-la de alguma forma. Tinha no rosto um olhar enternecido, na cintura uma pistola. Logo nos primeiros passos, distanciou-se dela, caminhando sem olhar para o lado, apenas sonhando em tê-la nos braços e rolar com ela sobre o chão até que toda felicidade do mundo não pudesse se conter dentro deles, até que os anjos ficassem com inveja e viessem buscá-los para alegrar o céu.

Eles desceram a pequena colina onde ficava o casarão, olhavam toda a manhã, aquele céu acinzentado, com ventos frios. Nem bem o outono morria e todos já pareciam encarnar aquele espírito de nostalgia inerente a todas as despedidas.

– Você falava... – Catarina puxou assunto – Falava que já não era dono dos seus pensamentos... Também me sinto assim, às vezes. Talvez, todos tenham perdido a propriedade de si quando começaram esta guerra.

– Você está certa, essa é também uma luta pela fé em nossos corações, contra a total desesperança da realidade. Agora eu vejo algo que talvez nunca tenha visto, como o velho Circassiano lutou contra a morte, suportou tanto tempo, ao lado da minha irmã e só agora que eu cheguei se foi em paz. Sabe, todos vencem a morte, quando encontram no amor, o sentido da vida.

– Sim. E todos amam com mais força perto da morte. – ela respondeu vivamente.

A ponto de extravasar suas emoções, finalmente ambos tomavam coragem para falar um pouco mais sobre seus sentimentos.

– E você tem, digo você... Espere – Magnus tentou retomar, mas não tinha as palavras corretas – Ah, me perdoe... Sei que não é da minha conta, mas a senhorita tem alguém esperando, quando a guerra acabar? – mantinha-se de cabeça baixa, falava em um tom formal, tentando de todas as formas evitar falar algo que fosse ofensivo.

– Não. Não tive a honra de viver um grande amor. – ela respondeu.

– Agora só entre nós, – Magnus balançou a cabeça positivamente – eu sinto que talvez você saiba tudo que está dentro de mim, que eu sonhei e não seja capaz de expressar em palavras... Talvez você me entenda melhor do que eu mesmo.

Visivelmente constrangida, ela agradeceu.

Nesse instante, ele parou olhando detidamente nos olhos de Catarina, enquanto ela apenas sorria, sem saber ao certo como se portar, ou puxar outro assunto, na realidade. Tudo que ela queria era que o tempo parasse um pouquinho, as estratégias cessassem e os canhões se afastassem, assim poderiam ficar ali mais tempo, conversando e sonhando com aquele jeito de ser que só conseguiam quando estavam juntos.

De repente, gritos estridentes e risos eclodiram atrás deles. Correndo na relva rasteira, já bem perto do casal, cinco crianças, umas atrás das outras, brincavam de pegar.

Rapidamente, logo que avistaram Magnus e Catarina, correram ao redor deles, fazendo uma ciranda, para que o jovem casal entrasse na brincadeira.

Eles simplesmente olhavam risonhos, sem entender ao certo de onde elas tinham saído, já que estavam bem distantes do casarão e, não pareciam com nenhuma das crianças que os milicianos hospedavam no berço das faias e que eles sempre viam. Não eram muitas e poderiam ser facilmente reconhecidas.

– Olá, fofinhos! De que estão brincando? – Catarina perguntou.

– Agora está com vocês! Está com vocês! Vamos, vamos! – as crianças continuavam correndo e gritando ao redor dos dois.

– Olá. Vocês vieram do casarão, lá de cima? – Magnus perguntou.

– Está com você! Está com você! – as crianças nem ligavam, simplesmente fecharam a roda ao redor de Magnus e Catarina, pegaram nas pernas e depois saíram correndo, incitando-os a virem junto na brincadeira.

Magnus e Catarina se olharam confusos, depois riram da cara um do outro, como se seus olhares dissessem que não estavam tão velhos para isso, então caíram no riso estrondoso. Logo partiram correndo, sem direção certa, apenas ouvindo os gritos provocativos, corriam em campo aberto de mãos dadas e cada vez mais se aproximavam das crianças que iam em linha reta, sem desvios, como em um roteiro predeterminado.

Em um determinado ponto, as crianças pararam de frente para uma rocha imensa que ficava no sopé de uma grande colina lateralmente ao berço das faias, então levantaram uns arbustos, depois arrastaram-se por uma pequena fenda lateral e, aparentemente, entraram dentro da colina.

– Pegamos vocês! Não vão escapar! – Magnus e Catarina gritavam, enquanto se aproximavam da rocha.

Para espanto dos dois, não havia mais ninguém, ele se entreolharam assustados, atrás da rocha havia apenas um monte misturado de capim seco e alguns arbustos retorcidos.

Desconfiado, Magnus tirou o monte de cima e então percebeu a fenda.

– Talvez seja uma caverna. – Catarina observou.

Com certo esforço, ele se arrastou pela fenda, parando logo em seguida assustado com os gritos incessantes das crianças.

– Ah não, eles nos acharam, depressa, depressa, temos que correr! – gritavam em polvorosa.

– Meu Deus, que interessante. Você tem razão é uma espécie de caverna, não sei! – Magnus falava empolgado. Mas o que é isso? Veja, é claro lá dentro! – observou, notando as sombras das crianças envergarem, no reflexo daquilo que parecia um pequeno lampião de mãos. Então vamos? – perguntou, ciente de que Catarina, assim como ele, estava desconfiada, porém viam ali apenas crianças se divertindo e, se elas poderiam ir lá, eles também poderiam.

Consumidos por uma boa dose de curiosidade, entraram na rocha e logo viram uma escada feita de paus embutida na crosta. Não era muito profundo enquanto desciam, Magnus calculou que eram apenas três ou quatro metros, mas era o suficiente para um homem de porte médio se locomover. Tinha na borda das paredes um sistema intercalado por pedras, toras e, na parte de cima, um teto arredondado, em formato de cúpula.

Catarina logo entendeu quando viu um carrinho de ferro e os trilhos no chão. Eles estavam no meio da rota de uma mina.

– Homens podem ter enriquecido aqui. – ela constatou.

– Bem, – Magnus pegou o lampião – será que podemos encontrar ouro?

– Não sejam preguiçosos, venham logo, vamos mostrar a saída! – as crianças gritavam.

– Calma. Vão devagar, senão não vamos acompanhar. – Magnus gritava.

Os dois caminhavam sem saber ao certo onde iam chegar, eles apenas notavam uma suave curva que agora a rota da mina os impelia a fazer.

Continuaram caminhando por mais alguns minutos, imbuídos não mais pelos gritos incessantes, mas por uma espécie de curiosidade que os impulsionava, naquela que era para eles apenas uma pequena aventura irresponsável que todos os seres humanos tinham o direito de viver, ainda que estivessem chefiando uma missão de guerra.

– Está vendo uma luz? – Catarina perguntou.

– Sim, parece que é saída. – ele respondeu.

Ainda um pouco distante, podiam ver um foco de luz e não tardaria muito que eles conseguissem alcançar o ponto sem saída. Bastaria mais alguns minutos de caminhada e poderiam ver onde aquela mina iria dar. Por isso se apressaram ainda mais, inconscientes da excitação que toda aquela jornada inflamava em seus espíritos.

– Bom, parece que aqui é o fim da linha. – Magnus observou, olhando para uma nova escada embutida que seguia diretamente para a superfície.

– Sim, parece que sim. Ei, está ouvindo? – Catarina perguntou encantada com o som que vinha da superfície.

– Canto bonito, deve ser uma região onde os pássaros demoram a migrar. Não vi pássaros em nenhum outro lugar do berço das faias.

Vinda da superfície, a luz parecia mais forte do que quando eles haviam entrado. Enquanto Catarina subia, Magnus sentia uma sensação doce dentro de si, como se fosse descobrir um tesouro, ou como se pela primeira vez em anos ele estivesse se divertindo de verdade. Na realidade, pela primeira vez em dois anos sua cabeça se ocupava há mais de vinte minutos com algo que não era guerra ou frustração.

– Magnus! Depressa é lindo aqui em cima! – ela chamou, sem ainda se dar conta por completo do que seus olhos viam.

Assim que a espiã passou a metade do corpo, deu a mão para ele subir.

De início, acharam que estavam no meio de um bosque, mas não demorou muito para constatarem que estavam no interior de uma belíssima floresta de faias no auge do outono, com todas as folhas amareladas ainda por cair.

– Veja, ali tem uma estradinha. – ele apontou para a esquerda, onde uma estrada de barro era cercada pelas fileiras de faias.

Caminharam por aquela trilha no miolo da floresta e logo pararam impressionados.

Aquela paisagem contrastava bastante com os galhos nus do restante das árvores naquela época do ano. Contrariando as expectativas, toda a floresta se mantinha no auge do outono, com todas as folhas amareladas nos galhos e mesmo algumas árvores diferentes com flores.

Eles viam aquilo e se olhavam sem entender ao certo, faziam isso batendo o queixo de frio, contudo ali parecia que o inverno ainda estava realmente muito longe de chegar.

– Não é lindo tudo isto? – Catarina perguntou.

– O mais incrível é que estamos praticamente no inverno e estas folhas permanecem nos galhos. – respondeu.

– É inexplicável! – ela falou.

Magnus balançou a cabeça positivamente, porém, por um momento, estancou seus olhos em uma pequena florzinha seca que acabara de morrer sob a raiz de uma faia, depois olhou em redor, vendo as montanhas que cercavam o bosque, só então ele se lembrou da história do velho Circassiano, a segunda história sobre Madonna Capadócia e a tal floresta inexplicável nascida de sua morte.

Em meio ao fascínio de Catarina, permanecia pensativo, perguntando a si mesma se não seria aquela a tal floresta.

– Meu Deus, e as crianças? – subitamente Catarina lembrou.

Ambos haviam se esquecido delas em meio a toda a aquela ansiedade do trecho da mina e a surpresa por aquela floresta.

Catarina começou a gritar e a correr de um lado para outro, procurando, ao passo que Magnus se mantinha inerte.

– Não se preocupe, fomos lentos. Eles já devem ter ido embora. – respondeu.

Na verdade, já entendia muito bem quem eram aquelas crianças e porque tinham surgido no meio do nada, no momento triste em que o velho Circassiano havia morrido. Aquelas cincos crianças não eram coincidências, brincaram com eles e os levaram para uma linda floresta. Na sua cabeça, estava óbvio nada daquilo existia, era uma ilusão obra de Madonna Capadócia.

"O que está vindo?", pensou, tentando tomar as rédeas do pensamento.

Enquanto Catarina corria de um lado para o outro procurando as crianças, Magnus experimentou, levemente, encostar a mão na pistola, foi mais que o suficiente para sua imaginação criar a imagem dele sacando e atirando em Catarina, então depois voltava para os milicianos, anunciando que a missão tinha acabado e que todos voltariam em segurança para suas casas, era uma notícia com euforia.

Tentou dar alguns passos cegos, rumando na direção em que a luz dos olhos de Catarina refletiam. Ele se aproximou-se e tocou suavemente as mãos da jovem, deixando seus dedos correrem sobre a palma. Ela apenas franziu o cenho em tom de interrogação.

– Às vezes... – sua voz vacilou – Às vezes é como se negasse a sua existência, por isso tenho de tocar, por isso meus joelhos tocam esta terra, preciso desta terra, de um lugar para chamar de meu, de uma amor que me faça humano outra vez... Mas é o meu destino ser uma insígnia da morte e herói da vida.

Durante alguns minutos, uma cena de morte se repetia em sua cabeça, intercalada com os gritos de Armelov chamando-o de covarde, cada vez mais nítido, mais real e alucinante. Ele não suportou muito tempo.

– Paz! Por favor, paz! – Magnus falou com veemência.

Catarina perguntou o que estava acontecendo.

Nervoso e já sem controle das emoções, ele olhava ao redor.

– Toda esta beleza, tudo que há no seu olhar, por onde eu sonho acordado, tudo, absolutamente tudo não merece de mim mais que isto.

Ajoelhou-se pedindo a Deus perdão pelas mortes de guerra e a libertação de seus pensamentos do calabouço de horrores que havia se tornado.

– Magnus Por favor! Diga o que está acontecendo? Você está bem... Me fale... diga algo.

– Logo estará, quando encontrar a paz.

Sem entender ao certo o que acontecia, ela sorriu pensando mesmo se tratar de uma brincadeira, depois deu alguns passos para trás, notando que Magnus se mantinha irredutível em sua expressão contemplativa e isto foi aos poucos, aterrorizando-a, na medida em que percebia uma natureza completamente estranha na forma como ele se expressava diante dela.

No fundo, imaginava que ele sabia sobre o segundo comboio e agora ironizava a traição dela, ajoelhando-se em sacrifício, para que ela fizesse logo aquilo que seus compatriotas alemães fariam em poucos dias.

– Magnus! O que está acontecendo? Alguém fez algo com você? Vamos fale comigo! – disse, dando passadas para trás.

Ele não respondeu, apenas fechou os olhos, então se afastou um pouco de Catarina, colocou as mãos no rosto, sacudindo a cabeça com força, tentava retomar a consciência do que realmente estava acontecendo a seu redor. Se estava sendo manipulado, estava ali para morrer e acabar com a maldição ou, se tudo não passava de uma invenção da sua cabeça, era apenas um covarde por não conseguir fazer aquilo que tinha de ser feito.

Caminhou na direção dela rapidamente, a abraçou e depois olhou em seus olhos, chorando.

– Desculpe dizer isso, mas eu te amo, ainda assim preciso ficar sozinho. Tenho de ir. – disse e rapidamente se afastou, correndo no rumo de onde a mina vinha.

Catarina ficou estática sozinha na floresta, por um lado estava eufórica por Magnus ter lhe confessado seu amor, de outro odiava si mesma, sentia que, assim como ela, ele também sabia que não poderiam viver ou sonhar com isso e tudo que podiam era manterem-se longe um do outro, para que as feridas não crescessem dentro deles.

"Senhor, meu senhor, nos ajude", pensou.

Magnus saiu correndo sem olhar para trás, tentando não pensar em nada, apenas corria desesperadamente, esfregando os olhos, enquanto as lágrimas desciam pelo peito. Havia uma guerra que não o matava, em que ele simplesmente parecia sangrar eternamente. Não era apenas a guerra entre nações, mas era uma guerra pela vida, fé em si, nos homens e no destino de serem livres, de amarem e serem amados, sem sucumbirem à loucura ou à desesperança. Era justamente por isso que chorava, porque seu espírito queria paz, esperança e sonhos. Finalmente ele havia descoberto a vida, a questão era se tudo não teria chegado tarde demais.

Magnus e Catarina voltaram para o casarão e lá almoçaram sem se atreverem a trocar um olhar. Ele estava constrangido demais por sua fraqueza, ao passo que ela também estava sem graça, achando que ele a condenava por ter levado todos para a morte.

De fato, aquele clima de luto era conveniente para eles e apenas Maria tencionava falar alguma coisa com Desya, muitas vezes ninharias como um corte recente no dedo, o vento frio que soprava durante aquela tarde nebulosa, ou gentilezas sobre a boa habilidade dos cozinheiros com tão poucas batatas. Ele respondia aqueles assuntos superficiais e simples com atenção.

– A propósito, Desya, aquelas tosses que vinham te acometendo, estais melhor?

Sem entender a jogada de Magnus, Desya olhou com ar interrogativo.

– Senhor Desya, está doente? Ah, foi por causa da caminhada na frieza, sinto muito!

– Maria, não é nada, acredite, isso é...

– Ah, Maria, – Magnus interrompeu – fique sempre com Desya, ajude-o com qualquer coisa.

– Tudo bem. – ela respondeu.

– Laros, venha aqui! – Magnus gritou, ao notar o soldado na porta.

Caindo de sono e com os olhos semicerrados, ele era o melhor operador de rádio que interceptava mensagens alemãs, em tese, avisaria quando o segundo comboio chegaria e por onde.

– Algum sinal de movimentação? – Magnus indagou.

– Não, senhor, por enquanto nada, mas o rapaz que estou ensinado a operar o rádio disse que interceptaram uma mensagem esta manhã, avisando que um grupo de Panzers rondava esta região. Agora, pode ser só uma loucura da cabeça dele, ele nem fala bem alemão!

Catarina arregalou os olhos.

– Mas estão vindo para cá? – Magnus perguntou.

– Senhor Anatoly, fique tranquilo. Temos cinco pontos de observação na estrada. Em nosso último posto, a trinta quilômetros daqui, não soube de nenhum sinal até a minha saída.

– Tudo bem. – Magnus respondeu.

– Com licença, senhor Anatoly, – um miliciano entrou, parando perto da mesa – mas um homem chamado Leroy de Monstespan, ah... – fez uma pausa – também conhecido como "o magnífico", pede para falar com o senhor, ele diz que é urgente.

Preocupado, Magnus pôs a mão na cabeça, já sabia do que se tratava e por isso resolveu, antes de ir, ter uma conversa com Samir Kolinov.

– Eu não acredito que o pigmeu dos infernos está aqui! – no galpão, Leroy esbravejava para todos ouvirem – Você podia ter me dito... Adivinhemos onde o nanico está? Ora, no casarão! E eu aqui preso neste galpão medíocre! Essa vaca velha fez a sua cabeça contra mim, não foi? Diga, pode falar, estou preparado, se tiver de morrer, morrerei com dignidade. Queimado o mártir, como Joana D'arc! Como Paulo de Tarso preso em um calabouço úmido! Apunhalado pelas costas como Júlio Cesar! Oh, até tu, Brutus, meu filho! – ele simplesmente dava seus gritos enquanto martelava a junção de duas tábuas, fazia tudo de forma que a explanação crescesse junto com os golpes na madeira.

Magnus tentou acalmar a situação, estava satisfeito com Leroy, ele nunca imaginaria ver escorrer suor por sua cicatriz no pescoço.

– Traído como um bezerro desmamado, – o francês continuou – sem pasto, humilhado, berrando louco nas estradas da vida! Violado por um pênis de fogo! Como a pior vadia deste mundo, desgraçado nas entranhas do abismo da dignidade de um homem amante da liberdade...

– Leroy, você me chamou aqui para isso? – interrompeu impaciente.

Leroy fechou a cara.

Subitamente, Samir surgiu na entrada do galpão com um indefectível sorriso de paz no rosto, se aproximou de Magnus e conversou algumas trivialidades. Perguntou para o atirador sobre a detonação das minas na encosta, falava que já tinha sentido um pouco da brisa gelada, tentava chamar a atenção dele, falando que a nevasca do leste iria começar logo.

No correr das aparências, Magnus simplesmente chamou o Encantador de Ilusões pedindo-lhe que cumprimentasse Samir, mesmo que fosse só por aquele dia. Leroy se manteve reticente, enquanto o mulçumano fingia que não via nada. Até que resolveu se aproximar e, como se quisesse fazer uma brincadeira, jogou um pano branco na direção de Leroy, acertando na cabeça do martelo.

– Jogue a sua mãe com as pernas bem abertas!

– Leroy, por favor! – Magnus gritou – Samir está aqui para cooperar, por favor. Esse serviço de carpintaria é muito pesado e quanto mais braços nos tivermos melhor.

– E eu quero dizer, – Samir interrompeu – senhor Anatoly, que estou à sua disposição e para mim é um orgulho servir a um herói como você.

Leroy jogou todas as ferramentas no chão, arregalando os olhos para o céu como se estivesse tendo um ataque.

– Senhor Anatoly? Agora você o chama de senhor? Pois eu chamo também. Oh, senhor! Eis-me aqui, teu filho regenerado! Aceita-me na terra, onde dizem que não há puxa sacos!

– Leroy, quero avisar que vim em paz.

– E eu vou logo avisando que meu testículo esquerdo está levantado!

Samir fez um gesto calmo, mostrando que estava tudo bem, queria mostrar que era superior a Leroy e que Magnus deveria confiar nele para ficar ali, principalmente agora, que estavam estocando alguns suprimentos.

Logo que terminou de bater os pregos nas duas toras, Leroy sabia que precisava levá-las para fora, porque seriam utilizadas em uma casamata.

Naquele momento, só havia no galpão os três e o francês tinha consciência de que não poderia fazer aquilo sozinho.

– Espere, nós vamos ajudá-lo. – disse Magnus.

– Não preciso da ajuda de ninguém! – Leroy respondeu asperamente.

No entanto, passou alguns minutos esperneando, tentando levantá-las pelo meio, sem conseguir nem sequer cinco centímetros. Era preciso duas pessoas, uma em cada ponta.

Vendo aquela situação patética, Magnus ordenou, sob protestos de Leroy, que Samir ajudasse.

Samir pegou de um lado, o espião de outro e Magnus no meio. Juntos, conseguiram levar a tora.

Quando chegaram ao lado de fora, Samir olhou para Leroy, um olhar reprovador e, acima de tudo, de superioridade física.

– Você está muito cansado! Como você faz quando não estou aqui?

– O que me cansa mesmo são as punhetas que bato para arrombada da tua esposa!

– Repita, vagabundo!

Como previsto por Magnus e antes que ele pudesse intervir, os dois inimigos já estavam agarrados, se esmurrando e rolando no chão.

Bastou um grito do novo “senhor” de Samir, para que ele se desenrolasse de Leroy e se levantasse.

– Senhor Anatoly, não tive culpa, ele me provocou... Veja, veja, sinta o cheiro! O senhor disse que ele não estava bebendo, está sentindo o cheiro?

– Está bebendo no horário de trabalho Leroy? – Magnus perguntou.

– Aqui, eu só bebo à noite, antes de dormir, que é justamente para não beber durante o trabalho e isso não é da sua conta, pigmeu!

– Ora, senhor Anatoly, ele está mentindo! Lembra como era em Stalingrado, lá ficava embriagado umas cinco vezes por dia. Se o senhor for conivente, este traste ficará bêbado dez vezes durante um único dia!

O olhar de Magnus para Leroy era interrogativo, esperando uma satisfação, mas também provocativo, de quem gostaria de ver uma estocada violenta.

– Bobagem, Bobagem! O número de vezes que me embriago em um dia? Nem os romanos inventaram algarismos suficientes!

Mais uma vez, novo engalfinhamento, junto com gritos, cuspidas e até mordidas. Magnus ficou observando por alguns segundos. Não faria mal deixar os dois se machucarem um pouco.

O atirador apartou, assim que Leroy começou a cuspir catarro na cara de Samir, depois dispensou o algoz dele de volta ao casarão.

Mais uma vez, reprovava a provocação de Leroy, porém sabia que nada poderia fazer para mudar a situação, no fundo era consciente de que Samir não o suportava e só tinha se comprometido a ajudar ali para ficar perto das rações. Isso legitimava um pouco a revolta de Leroy, além do fato de Samir ter vindo do casarão, ao passo que ele estava ali em quarentena, enciumado por uma típica medida que o isolava do convívio com o restante.

– Você sabe que Samir só está querendo ficar por aqui para roubar comida. – Leroy argumentou.

Magnus fez um gesto positivo com cabeça

– E você sabe que aqui fui rebaixado ao status de uma mula que carrega toras, enquanto o aproveitador está lá com vocês. – completou, olhando para Magnus.

O atirador lhe respondeu que ele poderia visitar o casarão, desde que não fizesse escândalo.

Leroy olhou desconfiado, como se não quisesse saber de alguma oferta, porém, em seu íntimo, pensava em uma forma de chegar ao casarão e ficar definitivamente por lá.

Para isso, deveria impressionar a todos, chamar a atenção com algo, porque nunca poderia ser um simples visitante, sempre deveria estar roubando todas as cenas.

– Soube que no casarão há uma pequena sala de teatro, então pensei, por que não visitá-la? Ou melhor, que tal agradar a pseudo-aristocracia do casarão com uma peça hoje à noite? – Leroy jogou sua isca.

– Que tipo de peça você irá apresentar? – Magnus indagou.

– Vou fazer uma peça de ridicularização dos reis, para isso vou encarnar Nicholas Burkhan, o bibliotecário de Frederico da Prússia, e o grande farol da liberdade.

Magnus não entendeu direito, nem queria, nunca tinha ouvido falar em Nicholas Burkhan, mas quem ouviria, ele era um simples bibliotecário, não deveria ser nada demais.

– Tudo bem. Pode fazer. – disse.

– Então preciso partir para lá imediatamente, ver as instalações do palco, me preparar e arrumar alguns atores. – Leroy falou.

Querendo cessar aquela conversa imediatamente, Magnus aceitou, apenas pedindo que Leroy fosse comedido nas palavras e evitasse Samir. Qualquer um poderia supor que, pela etiqueta e fineza do francês, aquela tinha tudo para ser uma longa noite.

Dentro do casarão, de fato, havia uma pequena salinha na ala esquerda dos fundos, onde se organizavam peças. Leroy chegou, reuniu meia dúzia de jovens interessados, escrevendo um óbvio roteiro, onde tinha mais falas que todos os outros atores juntos.

A peça tinha como título: "O grande rei na terra de ninguém" e estava programada para o começo da noite, logo após o jantar e, nos planos de Leroy, se estenderia, enquanto o público aplaudisse. Não seria nada demais, nem teria uma grande comoção artística, havia apenas vinte cadeiras, para um público desconfiado. Contudo, era o momento do francês mostrar sua arte e fazer todos se ajoelharem diante dele bajulando-o e, quando menos se esperasse, todos os convidariam para viver ali.

Logo a maioria dos convidados chegou, deixando apenas a última fileira desocupada para Magnus e Catarina. Mesmo, não estando em seus planos sentarem-se lado a lado, foram obrigados a fazer isso, quando, ao chegarem atrasados, viram todos os outros lugares ocupados.

– Boa noite. – chegando por último, Magnus falou constrangido.

– Boa noite. – ela respondeu.

Sem conseguir disfarçar, ele olhava de soslaio para Catarina, que estava especialmente graciosa naquela noite, com um vestido simples, cor de creme, em seu pescoço ostentava um fino colar com uma pedra azul na ponta.

Subitamente, a voz de Leroy por trás da cortina anunciava o começo do espetáculo. De início um doce cântico foi entoado por vozes femininas, aparentemente cantavam em coro uma canção que falava de jovens bruxas andarilhas do deserto, enquanto um violino tocava ao fundo.

Como tudo que o francês fazia, isto foi acompanhando de impacto, logo que o cântico terminou, o som de chicotes começou a estalar sobre o palco, mesmo antes das cortinas serem abertas.

"Pelo visto vai começar com algo bem cruel", Magnus pensou.

Quando as cortinas se abriram, três jovens moças vestindo farrapos estavam ajoelhadas, ao passo que o um homem com várias túnicas de um alaranjado exótico levantava o chicote.

O homem gordo, desceu o chicote mais uma vez, ele não as acertou, ainda assim, elas caíram no chão, contracenando, de forma conveniente, gemidos e lamúrias.

– Eu! – o homem exclamou pasmo – Como ousam não me reconhecer? Sou do partido do rei governante, o Deus das crenças, eu sou o homem da nação e a única direção possível das esperanças de um homem, eu sou a substância absoluta das ideias!

– Senhor, se és tudo que diz ser, então, meu senhor, por que nos aflige, por que nos ataca desta forma? – as jovens perguntaram.

– Porque vocês cometeram o pior pecado da terra, ousaram me desobedecer, ousaram pensar, sonhando em serem livres e diferentes, como se pudessem criar um caminho único, uma rota que não passasse por mim e, dessa forma, desobedeceram toda forma possível de vida.

– Seu amigo excêntrico parece ser um bom dramaturgo. – Catarina observou da última fila.

– Nem é preciso falar dos defeitos dele, estão à vista de todos, mas ao menos tem um pouco de arte em si. – Magnus respondeu.

Nesse instante, um som de cordas esticando criou o suspense no palco, do alto, um homem vestido de azul descia do céu, com uma espada de madeira e um lenço branco nas mãos. Era Leroy, com as tranças do cabelo devidamente penteadas e a barba um pouco aparada, no entanto, ainda mantinha seu típico cheiro.

– Quem sois vós? E como ousa chegar sem ser pedir a minha licença? – perguntou o homem gordo da túnica.

– Como posso eu pedir uma licença?– Leroy gesticulou e gritou tão alto, que chegou a assustar a plateia – Eu sou Nicholas Burkhan, o bibliotecário de Brandenburgo! Vige em mim a semente que liga todos os homens num sonho de união, eu sou a razão de ser, o chamado de grandeza, um desejo ensandecido de poder, uma liberdade sedenta pelo sangue do destino, um coração selvagem, devastando tudo pela ambição de vencer!

Encenando como Nicholas Burkhan, o francês parecia, aos olhos de Magnus, mais alinhado e higienicamente tratado, o que de fato não era de todo realidade. Na primeira aproximação da plateia, quando abriu os braços, acabou forçando a fileira da frente a recuar as cadeiras e muitas chegaram a colocar a mão no nariz.

– Você já ouviu falar de algum bibliotecário famoso em Brandemburgo que tinha o nome de Nicholas Burkhan? O homem do tal labirinto das ideias? – Magnus perguntou, tentando puxar conversa com Catarina.

– Achei bem curioso, quando Leroy apresentou o personagem, mas não. Nunca ouvir falar desse homem.

– Ah, deve ser algum dos personagens de Leroy.

– Pelo visto, um personagem que não tomava banho. – Catarina falou.

Ambos riram, aliviados por estarem na última fileira.

– Então... – Magnus não completou a frase, deixando Catarina lhe fitar com um olhar curioso. – Gostaria de me desculpar por hoje de manhã.

Catarina engoliu em seco, mas não tirou o rosto do palco, aquelas primeiras palavras desde o ocorrido a deixaram tensa. Em um primeiro momento, não sabia o que responder, porém notou que para Magnus nada daquilo devia estar sendo fácil e, de alguma forma, se sentia responsável, era justamente por isso que não queria demonstrar indiferença, tinha convicção de sua influência na conduta do atirador.

– Você está melhor agora? Fiquei aliviada quando o encontrei aqui. –respondeu.

– Sim, estou, obrigado.

– Como ousas dizer que és um chamado de grandeza, senhor Nicholas Burkhan? – indagou o homem de laranja, desembainhando sua espada de madeira.

Neste instante, Leroy jogou o lençol sobre o homem para em seguida lhe dar uma rasteira que, aos olhos de todos, pareceu mal ensaiada, já que o homem gordo caiu violentamente de costas. Ainda mais fictício pareceu o momento em que o rei começou a gritar desesperadamente, alegando que uma costela sua havia quebrado.

Sempre fiel ao espetáculo, o Encantador de Ilusões, mostrou suas habilidades, caindo com o cotovelo sobre as costas do rei, golpeando-o com real força na região machucada, o que gerou mais gritos. Em seguida, foi para os fundos do palco, retornando com aquilo que parecia ser uma roupa de baixo, que, pelo cheiro, há muito não era lavada. Ele a esfregou na cara do rei, enquanto isso, as jovens ajoelhadas gesticulavam desesperadas para Leroy pegar leve.

– Vós sois livres agora, não pela minha força, mas pela vossa força, pois eu sou apenas o reflexo do vosso sonho de liberdade. – falou.

– Sim, senhor. Nós o conhecemos, nós sonhamos com o senhor e agora conhecemos a força e dignidade de nossa natureza humana. – responderam.

– Ode ao homem e à terra em que vivemos!– Leroy gritava, ao mesmo tempo cuspia na primeira fileira da plateia – Ao inferno todas as migalhas de poder! Agora somos os homens, reinando pela vontade, sintam isto, esfreguem sua carne na alma! Celebrem o momento! Tirem a roupa, deixem a liberdade gozar sem remorso! Vamos, tirem, tirem depressa! Antes que elas vos enforquem! Mostrem esses seios fartos e gostosos, onde cada mão se enche de glória e cada boca chupa e saboreia o néctar supremo do prazer! Mostrem a essência do belo no meio de suas pernas! Queremos carne, oh, meu Deus, queremos carne!

As atrizes se entreolharam confusas. Aquilo não estava combinado e Magnus percebeu o que estava acontecendo, ao notar o olhar ensandecido que se apossava do francês.

– Leroy! – Magnus gritou.

– Oh! Oh! *Pardon mon cher, pardon, pardon...* Não foi minha intenção, o personagem se apossou de mim... Bem vamos continuar. Ei, homem gordo! Como ousas ser tão egoísta a ponto de ocupar tanto espaço? Ainda não escapou do castigo. Tome isto!

Leroy fingiu que não era com ele, na realidade, se todos caíssem, continuaria, aquilo era apenas um teste ao pudor alheio e, para sua decepção, havia muito ali. Por isso resolveu desviar o foco, batendo ainda mais no pobre rei, que, àquela altura, já estava bem ansioso para a peça acabar.

– Seu amigo parece um pouco exagerado. Ainda bem que você está aqui. – Catarina observou.

– Pois é.

– Algumas pessoas – Catarina retomou – são assim, têm habilidade, mas precisam de outras que lhes ajudem a usar esse talento, para impor limites. Algumas pessoas se completam em outras.

Nesse instante, Magnus se sentiu especialmente tocado por aquelas palavras. Olhou-a e segurou a sua mão, como se fosse exatamente aquilo que ela fosse capaz de fazer para ele.

– Quero que saiba algo. – falou.

Catarina apenas o olhou e, antes que pudesse perguntar, ele respondeu.

– Quando disse a você que já não era dono dos meus pensamentos, não falei figurativamente, porque estou enfrentando uma batalha por minha própria lucidez. Não quero assustá-la, nem quero que pense mal de mim, mas, em meio a toda esta guerra, meus nervos foram exigidos de uma forma que nunca poderia lhe explicar, que nem eu sei ao certo, apenas... Foi por isso que tudo aquilo aconteceu.

Catarina abaixou a cabeça, não sabia se estava feliz ou triste, por um lado Magnus se abria e falava de si, de que não tinha culpa e que talvez estivesse ficando doente. Por outro lado, isso também significava que a declaração de amor dele poderia não ser sincera, ser fruto daquele momento de grave perturbação.

Em um pulo, Leroy se levantou ofegante, depois de espancar o ator. A plateia parou, ansiosa pela próxima fala.

– Cresce em nós o desejo, o sonho dourado, o amanhã de esperanças, petrificado na fé dos corajosos, então, coração de fogo, faça a grande escolha! Rasgando por nossos poros, alucinando a covardia, sinta, sinta, ossos ferventes, eu mesmo vejo uma nova natureza maquiada de sonhos incandescentes.

– Tudo que você me disse hoje de manhã... Então, naquele momento, tudo que me disse era uma mentira? – Catarina perguntou.

– Era tudo mentira, menos o fato de te amar.– ele respondeu, olhando em seus olhos.

Sem esperar o espetáculo acabar, ela pediu licença e se levantou rapidamente, queria ir para longe, um lugar que pudesse ficar só e talvez fosse melhor ir para o galpão, que, naquele instante, estava vazio, apenas com ferros retorcidos, toras de madeira e sacos de aveia.

– Onde você vai? – Magnus perguntou.

– Apenas dar uma volta em casa. – respondeu, saindo apressada.

Com essa desculpa, chegou ao galpão, sentou em um dos sacos e, por uma parte ainda destelhada, ficou olhando as estrelas. Estava escuro, mas não se importava nem um pouco.

Se eles se amavam nada deveria impedi-los de ficarem juntos, ela pensava, porém, em seu interior ainda havia muita culpa, remorso e desesperança por tudo que eles viveram e iriam viver. Poderiam esquecer tudo e simplesmente se tocarem sem medo, ou olhar um para o outro como o símbolo de um destino irremediável, onde o amor seria machucado de muitas formas, até sua rendição, a morte. Mas, ainda assim, morreria e ressuscitaria com enorme força, pronto a fazê-los sonhar e lutar com toda a força de um milagre.

Era um dos momentos mais contraditórios em suas vidas e, por um pequeno instante, eles só queriam que tudo cessasse para que não tivesse que pensar na responsabilidade que tinham pelo destino um do outro. Queriam apenas a simples felicidade de ficarem juntos.

Enquanto Catarina permanecia no galpão, Magnus saiu a sua procura pelo casarão, caminhando apressado de um lado para outro, até que chegou ao salão da entrada. Ia sair, mas Samir o encontrou.

– Então não está na peça? Não gostou? Leroy fez besteira? – Samir perguntava.

Impaciente, respondeu tudo com um simples gesto de cabeça, enquanto tentava olhar nos arredores, em busca de algum sinal de Catarina.

– Vou sair para tomar um ar. – respondeu.

Ele caminhava com toda pressa, batendo de quarto em quarto, imaginava que ela só poderia estar lá, não teria saído no meio da noite. Além disso, tinha dito que iria ficar no casarão.

– Senhor Anatoly. Senhor Anatoly! Tenho notícias! – berrou um miliciano, ao encontrar Magnus no salão da entrada.

Ele parou bufando, aborrecido que estava com mais uma interrupção.

– Senhor, o operador do rádio disse que uma mensagem foi interceptada e um batalhão de engenharia vem vindo com blindados para o norte de Stalingrado. Talvez venham pela estrada feita pelos romenos!

– Tudo bem. Daremos um jeito. Adeus!

Incrivelmente, dispensou o miliciano sem sequer dar novas instruções de posicionamento. Naquela noite sua cabeça só conseguia pensar em Catarina e tudo mais seria supérfluo diante daquela força que o impelia em sua direção.

Seguiu rápido para os fundos do casarão, onde os cozinheiros estavam.

– Vocês viram a senhorita Catarina por aqui? – perguntou.

Ninguém tinha visto.

Sem encontrá-la em parte alguma, Magnus subiu rumo à sacada de seu quarto, tentando dizer a si mesmo que ela devia ter voltado para o espetáculo ou que estava em algum lugar do casarão e não a tinha visto, talvez Madonna Capadócia tivesse feito isto. Sim, para ele, era bem provável que o tivesse confundido, era melhor do que pensar que ela tinha feito algo ruim com Catarina.

Tinha calafrios só de pensar nessa possibilidade, contudo, vencido e tomado pela tristeza, chegou à sacada do quarto, olhando para aquele céu claro, perto dele um galho de abeto arranhava a janela, fazendo um som irritante, fora isso, tudo parecia tão calmo e pacífico que não pensou em outra coisa.

– Foi você! Você a pegou, foi você, não foi? – repetia em voz alta.

Aborrecido, virou de costas, caminhando na direção da cômoda, porém logo que cruzou a divisória da sacada, ouviu um som muito alto acima de sua cabeça.

Era uma coruja, voando baixo e rasgando os céus com um grito horrendo. Magnus voltou correndo para sacada e viu-a se erguer, distanciando-se do casarão, indo em direção ao galpão, onde pousou tranquilamente no telhado.

Anatoly havia acabado de pensar em Madonna Capadócia e aquilo poderia muito bem ser uma armadilha, mas não estava disposto a ficar ali parado. Sentia que algo estava acontecendo e simplesmente saiu correndo.

Em meio à desabalada carreira, os milicianos que faziam a guarda na frente do casarão ainda tiveram tempo de interpelar o atirador, tentando saber o que estava acontecendo. Ele passou reto e sequer deu uma resposta. Se ao menos soubesse que os guardas iriam lhe perguntar por que Catarina tinha ido ao galpão...

O ranger de uma tora, chamou a atenção de Catarina para a entrada e ela pôde distinguir bem o som de duas passadas.

Magnus chegou e estancou seus olhos naquele ser que, a seu ver, não poderia ser menos que angelical. Catarina estava sentada sobre um saco de aveia, olhando para ele como se não acreditasse na presença que seus olhos identificavam ali. Entrecortado pelos filamentos de luz da lua, o rosto dela estava soberbo, a pequena pedra azul em seu pescoço era coadjuvante de seus grandes olhos azulados. Ela os levantou lacrimosos na direção de Magnus, enlaçando-o em uma torrente de emoções que, a cada segundo, mais e mais exauria seu pensamento, saturando sua mente com a imagem absoluta daquele ser diante dele.

Ele então se aproximou lentamente, agora apenas um pequeno espaço os separava e nenhum dos dois se movia ou falava qualquer coisa. De repente seus corações batiam com explosão dentro deles uma força suave enfeitiça seus olhos, cegando-os para toda a realidade iminente, pois, em um primeiro momento, não podiam acreditar que a luz que viam no outro fosse algo dos homens da terra. Percebiam existir nos seres humanos sentimentos tão nobres, que seriam mesmo capazes de gerar dentro deles toda uma nova história de vida e novos sonhos, ressuscitando esperanças pela paz, e pela fraternidade. E tudo era apenas fruto do amor que sentiam, era isto que tinham, que seus corações já não podiam mais segurar. E assim Magnus ficou a dois passos de Catarina, ela olhou profundamente em seus olhos, ele se curvou, beijando-lhe os lábios.

De tudo que era possível, de fato o tempo certo deles havia chegado em uma confusa ocasião. Logo aquele vento frio saiu de cena para o calor cintilar o brilho de uma noite reluzente, magnífica. Imerso nos afagos do toque de seda dos cabelos de Catarina, Magnus imaginava que o céu e a terra pairavam à mercê dos lampejos de um amor forte porque fora forjado na fé das incertezas.

– Catarina.

– Magnus.

Eram apenas aquelas duas palavras no universo.

Nos três dias seguinte os dois foram discretos, combinaram de não revelar nada a ninguém exceto Desya e Maria. Eles se encontravam sempre após o almoço na floresta das faias, como eles a chamavam, e tarde da noite no primeiro andar da sacada do casarão.

Nesses dias, conversaram bastante sobre seus sentimentos, e aos poucos foram se revelando, falando de suas vidas, destrinchavam os momentos mais simples, o que viveram e deixaram de viver, seus relacionamentos, suas idas e vindas por um mundo aberto para o que havia de melhor na simplicidade de cada um.

Porém, na maior parte do tempo, apenas se olhavam, contemplando a dança dos olhos, se inebriando com o balé das sutilezas, o toque de mãos que já estavam moldadas por uma única marca, um sorriso sem graça com toda graça do mundo. Tudo valia a pena, até mesmo ouvir as lamúrias de um sonho que não pode ser, os devaneios de uma vida romântica e o amor que, por sua natureza mágica, tratava de ressuscitar os ideais de um coração contraditório.

Não tardou e Magnus aproveitou para contar de suas experiências com pessoas assoladas por Madonna Capadócia e da forma como ela o perseguia, mas não chegou a contar a história do velho Circassiano e sua suposta ligação direta. Nenhum dos dois teve coragem de falar sobre o segundo comboio.

Ainda assim, tudo aquilo era muito chocante para Catarina, porque, em seu íntimo, achava que ela sim era quem iria chocá-lo, quando dissesse quem era realmente e toda a história da guerra que os uniu outra vez, ali em Stalingrado. Ela não imaginava que houvesse uma Madonna Capadócia entre eles e nem tinha real noção do verdadeiro poder da lenda sobre Magnus.

Entretanto, à exceção dos momentos de conversa franca, passavam a maior parte do tempo juntos na sacada, durante a madrugada, ele sentado em uma cadeira de balanço e ela em seu colo, balançando-se, ouvindo apenas o estalo da lareira ao fundo.

Três dias depois do primeiro encontro, à meia-noite no berço das faias tudo era silêncio e o único som eram os sussurros vindo da sacada do quarto de Magnus, onde o casal estava se balançando sob a proteção de dois grossos sobretudos. Catarina explicava a forma como Hitler alcançara o poder.

– Depois da Primeira Guerra, a Alemanha teve de pagar indenizações à França e à Inglaterra, mas isso não justifica o que Hitler faz, nada justifica. Ele usou isto e fez o povo alemão odiar a Europa e vice- versa.

– Magnus, Hitler cresceu dividindo o povo alemão em fortes e fracos, nacionalistas e estrangeiros, superiores e inferiores, agora percebo que a base de um governo autoritário é uma sociedade dividida. Ninguém liga para o fato de ele ter dissolvido o Parlamento. Uma nação dividida não pode lutar unida por liberdade. – ela disse.

Escutando com atenção, ele ouvia cada palavra de Catarina, e, por um instante, notou que ela já o tratava inequivocamente apenas de Magnus e não de Anatoly.

Catarina ouviu a observação tomada de certo saudosismo, em seu íntimo, era bem provável que também quisesse ser chamada de Mileva e assim eles seriam outra vez Magnus e Mileva. Ele o menino tímido amante de cavalos e ela a espevitada que nunca se calava e não mais apenas o herói Anatoly, a espiã Catarina. Estes eram os nomes fictícios, feitos para a encenação, o espetáculo onde os personagens eram filhos do tempo e da guerra.

– Sabe, gosto mais de Magnus. – ela disse e então se calou, levantando-se do colo dele, afastando-se rumo à sacada, onde permaneceu com o olhar nas estrelas – Mas você já pensou se fôssemos personagens! Apenas imagine que somos grandes personagens de livros e filmes e neste exato momento, milhares de pessoas estão nos vendo, especulando nossos sonhos, medos, sonhando com a história.

Magnus fechou os olhos imaginando, então sorriu e perguntou:

– E se eles achassem que existiam e que nós é que fôssemos mentira.

Catarina subiu na bancada da sacada, ficando perigosamente de pé, ao passo que caminhava sorrindo. Chegando mesmo a zombar do risco com ares equilibrista.

– Esqueça tudo! Vamos sequestrar a vida, nos disfarçando de ilusão! Guiar a vida pela trilha do novo mundo, fazendo com que acredite nas mais sublimes belezas, nos mais fascinantes encantos do percurso e, finalmente, no fim da viagem, olharemos para trás e veremos o magnífico rastro de beleza que a vida deixou. Encantada com nosso feitiço, a vida espargiu-se em pedaços, vencendo o nada, o impossível, dando tudo de si pela fé dos nossos sonhos. Não importa se é mais ou menos real e vivo. Eu pergunto, qual máscara é mais bela, aquela que está sobre nossa face, ou a que vemos diante do espelho? A que podemos tocar com as mãos, ou com a visão? Você vê, é a mesma máscara tocada por dois sentidos diferentes.

Magnus subiu na bancada, ficando de pé ao lado de Catarina segurando em sua mão com firmeza enquanto olhava para o céu junto dela.

– Eles nos assistem nesse momento, – Catarina continuou – sentindo toda a honra que tivemos quando nos voluntariamos na batalha, a compaixão de lágrimas e o sonho de unir as nações. No fundo, já deixamos nossa marca dentro deles, há um pedaço de nós inspirando tudo em que acreditam, há um pedaço deles iluminando todo o caminho da nossa história, então devemos elevar a chama da fé acima de todo o caos e assim alcançaremos mais alto, daremos tudo de nós, acreditaremos neste mundo até o fim e até o fim ficaremos de braços abertos para que o nosso sol brilhe. Quando a morte bater na porta de nossas vidas e tudo parecer injusto, haverá um chamado por nossa presença e uma grande escolha renascerá. Simplesmente, escolhemos a vida. O brilho do sol nunca se cansa de renascer.

O jovem casal pulou de volta à varanda e, em um movimento imediato ao tocarem ao chão, se abraçaram e ficaram assim durante alguns minutos, balançando o corpo levemente, como se quisessem ninar um ao outro.

– Houve um tempo que, talvez, eu tenha...

Ainda abraçado a Catarina, ele não conseguia terminar a frase.

Entregue nos braços do atirador, ela apenas sorria, lhe dizendo que não queria ter segredos com ele, dizia isso, disposta a uma hora contar toda a verdade e Magnus também queria contar a sua verdade, uma verdade menor, por enquanto, mas já conhecida. Iria lhe falar que já tinha amado uma menina alemã antes.

Catarina virou o rosto, desconcertada. Depois olhou-o de novo, de maneira interrogativa, Magnus carregava no bolso a carta para onde quer que fosse e isto o fez recuar em um primeiro momento.

– Era como você, educada, bonita. Eu lembro daquilo, foi algo especial, mas não durou, não foi eterno como as pessoas dizem, às vezes me pergunto e penso como seria horrível se o amor fosse como estações passageiras em nossas vidas. Nada faria sentido. Eu não me vejo mais sem você... Veja, – Magnus pôs a mão no bolso – eu guardava esta carta dela, se você quiser pode rasgar.

Catarina sorriu, pegou a carta, dobrando-a, dizendo que iria ler depois, nunca havia escrito carta nenhuma e isto não chamou sua atenção, deduzia que qualquer pessoa de seu círculo íntimo poderia ter escrito em seu nome, apenas para brincar com a cara de Magnus, ou para ofendê-lo. Para ela não importava, o amava e estava ciente de que já tinha vivido e conhecidos alguns outros homens, mas que no fundo, o único amor em sua vida era o mesmo menino de dez anos atrás que agora estava a sua frente.

– Magnus, há tanta coisa boa dentro de nós e é por isso que um verdadeiro amor nunca morre, talvez, apenas se transforme conforme as fases de nossa vida. O amor de uma vida. Todo amor, não importa se por um homem ou por uma pequena flor, se eterniza pela capacidade de colaborar durante a vida na construção da nossa essência.

Catarina falava com propriedade, estava ciente de toda a jornada que eles tinham percorrido, sabia que, de um determinado ponto de vista, seria tentador imaginar que aquilo era o destino e que uma força maior os guiava.

De fato, ela sentia esta força maior, mas sabia que ela provinha de dentro de si, dele, que eles lutaram por aquilo e o destino havia sido escrito por suas próprias mãos, quando se voluntariaram na guerra, se destacaram em suas funções e tentaram alcançar mais alto. Por isso estavam ali, pela coragem e ousadia.

– Então acha que a história toda sobre o amor de Madonna Capadócia por Dennis, isto seria uma coisa eterna? Este amor viveria ainda hoje? – Magnus perguntou, remetendo-se à primeira história, a que Danilov tinha lhe contado.

– Sim! Por que não?

O atirador ficou pensativo.

– Sabe, – ele começou – eu tenho que te contar a segunda história que o velho Circassiano me contou e logo você entenderá, que, talvez, estou dizendo talvez! Isto tem algo a ver comigo e com essa menina que conheci na infância.

A espiã arregalou os olhos.

– Catarina, não tenho certeza, mas talvez essa menina e eu tenhamos despertado Madonna Capadócia. Mas não posso ter certeza. É tudo uma grande suposição sem sentido.

– Pois me conte! Vamos, conte! Quero saber, quero saber tudo! – ela olhava avidamente para Magnus.

Obviamente, Magnus não fazia ideia do impacto que aquela história teria em Catarina e ela não tinha consciência de como também poderia estar envolvida em toda a história por trás de Madonna Capadócia.

Logo que ele terminou de contar a história, Catarina se levantou, foi até a cômoda, tomou um copo d'água e se despediu. Entrou em seu quarto, na ponta dos pés, deitando-se rapidamente na cama, imaginando se a história do velho Circassiano era verdade. Em seu íntimo, estava impressionada com a ideia do sacrifício por amor feito por Madonna Capadócia, pensou nisso apenas por um rápido instante, antes que uma profunda tristeza invadisse seu espírito, lembrando-lhe de que tinha acabado de conhecer a felicidade.

Em um impulso, levantou-se, pegou a carta que deixara sobre a cômoda e a leu rapidamente. Ficou impressionada com a beleza e a pureza daquelas palavras, mas também chocada, ao constatar que a carta falava de um lugar com o nome de Madonna Capadócia, então, se não tinha sido ela que tinha escrito aquilo e aquela carta chegara às mãos de Magnus há dez anos, como alguém poderia ter previsto toda aquela situação de guerra? Ora, alguma coisa de miraculosa estava acontecendo.

"Por que esta história chegou às minhas mãos justo neste momento decisivo da minha vida?", martelava na cabeça uma interrogação capaz de lhe mostrar o inevitável caminho do sacrifício.

Madonna Capadócia tinha escrito a carta para Magnus em seu nome. A santa existia e agora estava enviando um sinal para ela e foi exatamente isto que a despertou.

"Não seria um suicídio, mas por amor! Seria? Ah, mas o que estou pensando? Isto é loucura! Sauller é quem comanda o segundo comboio, sim, eu poderia interceptá-lo, fazer algo, ele ainda me ama, mas não iria me perdoar e eu ainda nem falei com Magnus, o que garante que podemos não sair daqui com vida."

Catarina estabeleceu para si que o melhor naquele momento era dormir e deixar para a manhã seguinte, quando tudo estaria mais calmo e ela de cabeça fria para conversar com Magnus. Seus olhos já estavam fechados há algum tempo, e ela pôde sentir a leve sonolência chegando cada vez mais perto, suas pernas já não estavam mais inquietas e os braços pareciam pesados, sentia seu corpo afundar, até que, de repente, viu a imagem de von Sauller diante de si, ele estava em pé no quarto, caminhando em sua direção, com uma pistola.

Um tiro, um estalo, e Catarina acordou ofegante, olhando de um lado para outro, tentando realmente se certificar de que estava sozinha em seu quarto. Aquele sonho parecia real demais e, a julgar pelas batidas de seu coração, poderia-se dizer que iria morrer ali mesmo, não por um tiro, mas por um ataque.

De maneira rápida e nervosa, levantou-se, colocou um sobretudo e saiu descendo as escadarias do casarão rumo aos oficiais que faziam a guarda do lado de fora. Antes que eles a percebessem, ela pôde notar que estavam tendo uma discussão acalorada.

Falavam de uma localidade chamada Vodstroy, onde supostamente estariam mais bem estabelecidos, havia cinquenta casamatas e bastante comida estocada.

– Sim. Mas você notou que estava ficando previsível. – argumentava um dos companheiros da vigília – Se os Stukas da Luftwaffe descobrissem nossa posição, seríamos aniquilados em um único bombardeio. Nós, milicianos, precisamos entender que não temos terreno certo de guerra. Para atacar na surdina, devemos estar sempre nos mexendo, além de tudo, nada impede de voltarmos para Vodstroy!

Deixando-se ser notada, ela deu boa noite, soltando alguns sorrisos para tentar dobrar a incredulidade dos guardas ao vê-la ali de pé naquele horário.

– Sem sono, senhorita Catarina?

– Um pouco. Talvez preocupada com a tal neve ao leste. – respondeu sorrindo.

Catarina perguntou sobre Vodstroy e os guardas rapidamente explicaram que era um vilarejo fortificado que ficava mais ao nordeste do berço das faias. Muitos milicianos que estavam ali tinham vindo de lá e queriam voltar, mas eram conscientes da posição nômade que todos eles deveriam ter na guerra.

Os guardas disseram que o vilarejo tinha cavernas naturais, o que dificultava o trabalho dos alemães, e que o flanco norte estava muito esticado. Quanto mais distante do centro, maiores eram as posições defensivas. Em um primeiro momento, ela ficou animada com a ideia, antes se via encurralada, porque tinha vindo do centro de Stalingrado e sempre havia pensado no recuo como um movimento do norte para o centro, não imaginava que ainda havia milicianos mais ao norte e que este movimento agora, imaginava, poderia ser feito para além-norte.

Catarina começou a pensar em uma possibilidade, aquela poderia ser uma saída, o milagre que tanto esperou, mas ainda precisava saber da rota, como sairiam sem cruzar com as tropas de Paulus, já que ele mandaria, com toda certeza, reforços depois do que soubesse o que tinha acontecido com o pequeno destacamento romeno.

– Voltaríamos pela mesma rota que viemos, – disseram os guardas – uma trilha clandestina pelas colinas baixas que nos permitem sempre ter uma visão panorâmica do movimento inimigo. Há muitas dessas colinas aqui na bacia do Volga, essa estratégia foi usada há muito tempo pelos mongóis em suas invasões e os pelos turcos também. Os alemães nunca iriam saber onde estaríamos.

Vodstroy, de repente, aquele nome parecia música nos ouvidos de Catarina, imediatamente sua imaginação passou a sonhar com ele e seu coração se encheu de esperança. Não era como o Eldorado do novo mundo, ou Shangri-la, mais que isso, onde poderia renascer em seus sonhos do pós-guerra, junto com Magnus, quem sabe com filhos em seus braços. Via em Vodstroy uma chance de viver e recomeçar a luta de uma forma nova.

Caminhando pelo jardim da frente, tinha a doce companhia das trevas da noite e de um vento frio, que logo espantou os guardas para dentro do casarão. Ao longe nada se ouvia ou se mexia, para a espiã, aquela noite sem vida estava se saindo uma ótima companhia para acalmar a euforia de seus pensamentos e voltar a dormir, era seu plano imediato. Do jardim da frente, olhou para a sacada do quarto de Magnus, notou que ele poderia vê-la ali e não queria isso, então seguiu para os fundos, iria dar a volta e entrar pela cozinha.

Passou pelo lado do casarão, cruzando por alguns pinheiros recém-podados para lenha, estava próxima da cozinha até que ouviu um chiado perto de onde passava, olhou para trás, mas não viu nada, achou que tinha pisado em algo, porém o chiado persistia e só então percebeu que era uma casamata, camuflada com capins e arbustos, que estava construída bem ao lado do casarão.

– Quem é? – Laros, o rádio operador perguntou, ao notar os passos.

– Sou eu, Catarina.

Em um primeiro momento, ele estranhou que ela estivesse ali naquela hora da noite. Mas nada teria a falar, ela era uma das pessoas que comandavam a missão.

Sem cerimônia, Catarina pediu para ficar ali um pouco, nunca tinha visto a central de rádios e também a forma como funcionavam, assim, chegou e sentou-se ao lado de Laros, que parecia não lhe dar muita atenção, entretido que estava tentando decifrar uma palavra que só conseguira ouvir uma parte e não fazia ideia do significado.

– Não é minha culpa, – Laros tentava se justificar – ouvi dizer que eles estão falando um alemão antigo, era a forma falada pelas tribos nórdicas do século quinze, é quase impossível traduzir!

– Pelas duas primeiras sílabas, deve significar apoio, reforço, algo do tipo. – Catarina disse, olhando o papel com metade da palavra escrita.

Em um estalo, ele se lembrou que ela era alemã. Ora, poderia traduzir qualquer coisa ali bem melhor que ele que não dormia direito há dias e já não entendia palavra nenhuma daquele idioma bisonho.

Naquele momento, ele estava tão cansado que já não conseguia sequer traduzir o alemão convencional, a única ideia que lhe passou pela cabeça foi pedir um favor a Catarina de que ela escutasse por meia hora, enquanto ele tirava um cochilo.

– Se a senhora puder, eu ficaria muito agradecido.

Catarina concordou, estava sem sono mesmo. Então para ela, meia hora naquele tédio seria ótimo.

Em meia hora, nada se ouvia, era apenas o chiado de costume, Catarina olhou o relógio, ia dar duas e meia da manhã e ainda estava sem sono, um pouco mais atrás Laros roncava alto e nada nem ninguém no mundo poderia supor que algo de relevante fosse acontecer naquela noite.

Por isso, ela resolveu mexer na sintonia, tentando buscar outro canal alemão, mas não entendia nada daquilo, resolveu voltar para a sintonia que Laros havia deixado.

Quando Catarina realocou a sintonia o chiado cessou, ela pôde ouvir bem o som como de um ambiente onde as pessoas estavam se movendo naquele instante. Uma voz começou, no mesmo alemão alto antigo reclamado por Laros, mas que Catarina entendia muito bem:

"Atenção! Atenção! 6º Exército de Stalingrado, chegada do comboio do general von Sauller e da 86ª Brigada de Assalto. A chegada na base dos romenos está programada para amanhã à noite. Ataque pelo flanco norte. Mensagem encerrada."

Desesperada, Catarina tirou os fones do ouvido tentando digerir aquela informação e suas implicações. Por um momento, achou que tinha ouvido errado, que as tropas de Sauller não poderiam estar tão perto e chegariam no dia seguinte. Mas era exatamente isso e ela não iria fingir que não ouvira, agora só tinha um dia para fazer algo capaz de mudar o rumo daquela tragédia, de levar todos ali para Vodstroy o mais rápido possível, porém não conseguiria isto sem atrasar um pouco as tropas alemãs. Não queria contar a Magnus que elas chegariam amanhã, sabia que iria querer ficar para lutar, tentaria buscar uma estratégia, por isso tinha de inventar alguma justificativa que os fizesse sair amanhã.

– Então, alguma coisa? – Laros perguntou.

– Sim. – Catarina suspirou – Interceptei uma mensagem no alto alemão antigo. Precisamos abandonar o berço das faias o mais rápido possível!

No dia seguinte, logo cedo, Catarina e Magnus estavam no salão sentados com outros milicianos líderes. Catarina havia convocado todos.

– Interceptei uma mensagem ontem. – ela começou – Como muitos de vocês sabem, um segundo comboio de armas, sob o comando do general Sauller, está programado para vir para cá. Bem, houve uma mudanças. Eles não vêm mais.

Magnus e os milicianos se entreolharam interrogativos. Aparentando calma, ela continuou a farsa.

– Bem, – Catarina retomou – na mensagem de ontem o general von Maiinstein foi promovido a Chefe dos Exércitos Don, ele vai se unir com o 9° Exército de Panzers estacionado em Baku e desfechar um ataque em forte escala ao sul de Stalingrado. Acreditem! esta é uma grande operação! Von Maisntein é o general de Hitler para operações de grande envergadura.

Magnus e os milicianos ficaram surpresos, já tinham preparado seus espíritos para enfrentarem o segundo comboio de Sauller. O que, a bem da verdade, para os milicianos não era uma notícia de muito impacto, estavam acostumados a se moverem conforme a guerra, além disso, não sabiam do potencial ofensivo do segundo comboio, mas Magnus sabia e para ele foi uma das melhores notícias que ele já tinha recebido, subitamente já não existia mais o segredo, não havia necessidade de matar Catarina ou ser fuzilado por Armelov, o nó em sua garganta tinha se afrouxado.

– Bem, então, já não temos muito o que fazer aqui, quando a forte nevasca do leste vier, a situação vai ficar bem pior, temos de voltar para nossas bases e quem quiser pode ir para Stalingrado. – disseram os milicianos.

– Sim, tem razão, ficar aqui já não faz mais sentido, mas já não podemos voltar para Stalingrado pelo o caminho que viemos, não podemos sair de norte ao centro, Paulus já deve ter enviado reforços para as primeiras posições perdidas pelos romenos. Temos de buscar um novo caminho.

Catarina disse aquilo certa de que os milicianos seriam uníssonos em aconselhar Vodstroy, a rota mais ao norte, onde poderiam seguir pela trilha de colinas baixas, onde os restos do exército romeno e húngaro se mantinham apenas em posições defensivas.

– Devemos ir para Vodstroy! Mas tem um porém, as trilhas são muito sinuosas e o não dá para ir a cavalo, nem de caminhão. Algumas coisas terão de ficar. – disseram a maioria dos milicianos.

– Tudo bem. – Ela respondeu.

Sem entender ao certo o que se passava, Magnus manteve-se em silêncio e apenas concordou com o que os milicianos decidissem, conheciam melhor que ele e, no fundo, estava feliz demais para se opor a qualquer rota de saída, mesmo ali na reunião, já imaginava recomeçar tudo em Stalingrado com Catarina, em uma posição bem mais confortável do que a atual.

– Mas é preciso pressa! Não podemos perder tempo. Vamos dar uma grande volta por Stalingrado. Quanto mais cedo sairmos, mais cedo chegamos. – repetia Catarina.

Os milicianos concordavam, mas não tinham o senso de urgência de Catarina, não imaginavam que àquela altura as tropas de von Sauller já tinha passado da embocadura do rio Don e que em questão de horas estariam no berço das faias.

– Magnus, chame os observadores e também Laros. Precisamos recolher todo o pessoal logo.

– Tudo bem... Ah, depois gostaria de conversar em particular.

Magnus falou e aquelas palavras pareceram entrar por um ouvido de Catarina e sair pelo outro, ele notou seu olhar tenso, impaciente com a saída, queria dizer o quanto estava bonita naquela manhã, tocar em sua mão e beijá-la, mas ela se mostrava estranha, inquieta e ele não quis ser indelicado, apenas fez o que ela pediu, reunindo os observadores, desmontado as barracas e casamatas ao redor.

Magnus foi a seu quarto, depois falou com Desya e Maria, pedindo que espalhassem a notícia e, de imediato, começou a arrumar uma pequena mochila onde colocava seus poucos pertences, fazia tudo no automático e, em um determinado ponto, chegou a colocar dentro da bolsa os restos de uma maçã que comia.

Percebeu-se fora de sintonia, vagando errante na terra, sem conseguir terminar as tarefas que começava, demorava muito tempo em coisas simples, como amarrar o cadarço das botas, abotoar o casaco, estava tão avoado que decidiu ir na cozinha pedir às mulheres que o juntassem nas sobras para a viagem. Mas, ao chegar à escada, parou perdido, já sem saber o que ia fazer e para onde ir.

Voltou par o quarto, queria colocar os pensamentos em ordem. Sua imaginação fervilhava, porque tinha pedido para conversar com Catarina, sabia que aquela notícia mudava tudo para eles e nada mais se passava em sua cabeça que não fosse pedi-la em casamento e ser feliz com ela no pós-guerra.

Isto o faria caminhar mil léguas se fosse preciso, matar mil homens e sobrepujar nações e nações. Nada no mundo poderia brecar o destino que seu coração havia encontrado em Catarina. Nem mesmo Madonna Capadócia fora capaz de fazer algo, pelo contrário, fora a santa que o tinha induzido a estar lá e imaginava isso como algo positivo, mesmo lembrando-se da visão que teve na floresta das faias, com ordens expressas de Armelov para executar a espiã. Ele tinha vencido todos esses obstáculos e, no fundo, sentia que ao lado dela era mais forte para enfrentar qualquer coisa.

– Anatoly?

Já perto do meio-dia Desya bateu na porta de Magnus, ia avisá-lo que alguns milicianos já tinham partido e outros estavam lá embaixo esperando-o para se despedirem.

– Sim, pode entrar. – Magnus respondeu.

Desya entrou e viu Magnus, vestido de maneira impecável em seu uniforme, pela primeira vez ostentava a estrela de herói de guerra que Armelov tinha lhe dado. Ele estava bem penteado e seu semblante sorridente era saliente aos olhos de quem quer que chegasse por perto.

– Isto tem nome! – Desya falou.

– Isto existe! – Magnus respondeu.

– Vamos lá embaixo, alguns milicianos querem se despedir de vossa senhoria.

Magnus acompanhou Desya até o salão, onde dezenas de milicianos esperavam para apertar a mão do herói de Stalingrado. Para eles era um ato de gratidão, para Magnus, àquela altura, era um ato de conveniência, pois, uma vez no salão, seus olhos perscrutavam de um lado para o outro em busca de Catarina.

– Você viu Catarina por aqui? – Magnus perguntou para Samir.

– Não. Não vi.

– Desya, você a viu?

– Também não.

Como se escutasse seus pensamentos, ela surgiu, vinha da casamata onde funcionava o rádio operador, estava levantando uma mecha de seu cabelo que caía sobre a face, não vestia um uniforme militar, ainda estava de vestido. Nitidamente ansiosa, seus olhos não se moviam como o habitual, pareciam avermelhados, o rosto estava claramente abatido, sem a tonalidade típica, toda sua expressão estava cabisbaixa e isto fez Magnus perguntar o que estava acontecendo, por que ela parecia tão nervosa. Ela apenas justificou, dizendo que não era nada demais, não tinha dormido bem na noite passada.

– Então pode viajar? Digo isso porque os milicianos falaram que era uma longa caminhada. – Magnus disse.

– Estou bem! Não se preocupe, minhas coisas já estão arrumadas. – respondeu.

– Eu vou subir agora, apenas para ajeitar os desvios de rota e abastecimento, algo de meia hora, então partiremos. Você vem comigo?

– Não. Vá com os atiradores, tem alguns homens doentes que eu selecionei e eles já querem ir. Eu vou agora, nos encontraremos no caminho.

Para surpresa de Magnus, ela tinha feito planos diferentes, decidido ir na frente sem ele e isso o deixou surpreso.

– Onde estão esses homens? Podemos ir todos juntos, eu posso acelerar com meus homens aqui, não vai demorar.

Magnus se virou no rumo de Desya, mas Catarina o segurou.

– Não. Tudo bem! Descanse, não tenha pressa por mim. Eu estou indo agora, mas iremos devagar e vocês poderão nos acompanhar. Não se preocupe!

Mesmo a contragosto, ele cedeu e se afastou, não sem antes ela beijá-lo, sorrir e fazer um esforço enorme, olhando em seus olhos. No fundo, sabia que aquela poderia ser a última vez que o veria.

Tinha acabado de voltar da casamata do rádio, ouvira outra mensagem que apontava a localização das de Sauller a menos de vinte quilômetros. Para a sorte de Catarina, os observadores de Magnus já tinham partido, caso contrário teriam avistado as tropas alemãs e feito todo o alvoroço.

Como as tropas eram motorizadas, o avanço ficava mais rápido e tudo era uma questão de, no máximo, vinte ou trinta minutos na velocidade média dos Panzers, se seus cálculos estavam corretos. O grande problema era que Magnus e seus atiradores ainda não tinham partido, além dele Maria, Desya e Leroy estavam lá.

Não restava alternativa a não ser interpelar Sauller, fazê-lo perder tempo de alguma forma, nem que isso lhe custasse a vida. Catarina sabia que muito provavelmente o general já tinha conhecimento de que era espiã, mas também se lembrava de seu amor.

Ela acreditava que deveria tentar em nome de todo o amor que sentia por Magnus. Por isso o abandonara e mentira sobre toda a missão, acreditava piamente que devia esse sacrifício a ele e, mesmo que morresse, morreria em paz, sabendo que ele já estaria em um local distante e seguro.

Em sua cabeça, não poderia conceber a cena de ver Magnus executado pelo exército alemão. Seria demais para ela, seria pior que a morte. Então, sem pensar muito, logo que ele subiu e todos saíram da frente da casa, Catarina seguiu não para leste, mas para o oeste, pela estrada dos romenos. Ia de cabeça erguida ao encontro das tropas de Sauller. Mesmo caminhando na direção da morte, sentia seu espírito altivo, nobre, corajoso, porque, fosse o que fosse o resultado daquilo, ela se amparava em uma certeza: tinha salvado muitas pessoas, inclusive o grande amor da sua vida. Agora, já não tinha mais volta. A sorte estava lançada.

– Maria, tudo bem, está preparada? Sabe que há um logo trecho em que teremos que ir a pé. – disse Magnus, enquanto preparava seu cavalo.

– Tudo bem, eu posso aguentar. – ela respondeu.

Já não havia mais nenhum preparativo, todos estavam com suas mochilas empanturradas de utensílios e principalmente alimentos e seguiram a leste pela estrada feita pelos romenos.

À frente de todos, Magnus apressava, ansioso que estava por encontrar Catarina, sem saber que ela ia na direção oposta.

Era um grupo de quinze pessoas, todos a cavalo pela estrada, como se estivessem apenas fazendo o trajeto inverso da rota de vinda. Mas, depois de quarenta minutos, na estrada encontrariam uma trilha quando passassem por um desfiladeiro, ela os levaria à nascente de um pequeno riacho que desaguava no alto Volga, ao norte, sempre em uma distância segura do rio e em trechos sinuosos de montanhas.

Passados os quarenta minutos, um dos milicianos ao lado de Magnus apontou.

– É ali que entramos.

Ele acenou positivamente, em seguida olhou para trás, galopando rumo ao grupo que vinha um pouco depois, avisando onde todos deveriam entrar.

– Desya, Leroy, prestem atenção, é ali! – Magnus apontava para a estreita trilha lateral na estrada.

Em seguida, o atirador correu para frente, ciente de que Catarina tinha lhe dito que o esperaria na saída da estrada dos romenos e isto o fez atiçar seu cavalo, acelerando na frente de todos.

– Agora Magnus parece estar testando se seu cavalo pode voar. – Desya ironizou ao vê-lo levantar um pouco de poeira.

Abraçada na garupa, Maria contou que, quando pequeno, o irmão era apaixonado por cavalos e considerado excelente cavaleiro e isto não deveria surpreendê-lo, já que eram grandes amigos.

Desya apressou um pouco seu galope, fazendo rapidamente uma curva, para ver onde Magnus estava na estrada ou se já tinha entrado, mas, para a sua surpresa, o amigo estava parado, olhando fixamente para a frente.

Desya encostou e Magnus notou que o companheiro não estava vendo, não estava cego como Maria, mas estava vendo o que apenas Magnus via, percebeu isso quando o restante do grupo se aproximou tranquilamente.

– O que foi, Anatoly, seu cavalo cansou?– Desya perguntou.

Magnus fez um gesto com uma mão que não era nada, mantinha-se de cabeça baixa, olhando pra frente discretamente, de soslaio, não queria que as pessoas o achassem louco, sabia do que aquilo se tratava.

O que Magnus via e ninguém mais era uma mulher montada em um cavalo, logo na entrada da trilha, ela vestia uma capa azul escura que subia até a cabeça, escondendo sua face, com o pano enrolado à altura do nariz.

Porém, a mulher não deixava de fitar Magnus diretamente, como se tivesse algo a ser resolvido imediatamente com ele.

De inicio, ele ficara petrificado com a aparição, mas já tinha percebido o que era e de quem se tratava, não havia mais dúvidas, era

Madonna Capadócia. Estava ali para tentá-lo na loucura, fazê-lo se jogar com o cavalo em um desfiladeiro ou dar um tiro na própria cabeça. Madonna Capadócia não queria deixá-lo atravessar para se encontrar com Catarina, já que nenhum de seus truques tinha dado certo no berço das faias. Ele entendeu aquilo como o momento do desafio, por isso não queria demonstrar medo ou desespero, estava certo que poderia lidar com a besta, por isso permaneceu em seu cavalo em absoluto silêncio, não falou nada a ninguém nem tencionou sacar sua pistola.

– Anatoly, vamos homem! O que está esperando? – Desya perguntou.

Neste instante, a mulher misteriosa sobre o cavalo arregaçou a manga direita de sua blusa por baixo da veste, seu braço agora estava nu e ela o esticou para longe do corpo, então colocou o braço esquerdo dentro da capa e trouxe um punhal, ela o levou até o outro braço e fez um corte no pulso.

O sangue não gotejava, jorrava com força e logo uma poça se fez no chão. Ela permanecia com o braço esticado para longe do corpo, mesmo quando seu cavalo rodopiou em círculos, então, subitamente, avançou na direção de Magnus, passando a toda velocidade bem a seu lado, deixando um grosso rastro de sangue para trás.

– Anatoly, onde você vai?

Desya ainda gritou, mas já era tarde, Magnus estava disposto a acabar com aquela batalha de uma vez por todas. Deu meia volta em seu cavalo, tentando acompanhar o passo de Madonna Capadócia.

Ele passou com seu cavalo a toda velocidade no meio do grupo retardatário que o via às pressas, sem entender ao certo o que estava acontecendo. Na realidade, ninguém entendia, Desya retornou, perguntou a todos se sabiam de algo que tinha acontecido, se alguém tinha esquecido algo, ou se ouve algum sinal de avanço alemão, mas todos foram uníssonos em refutarem todas aquelas hipóteses.

– Não sejam tolos, algo aflige o garoto! Deixem comigo, eu vou atrás dele! – Leroy gritou.

O francês avançou com seu cavalo e ninguém teve coragem de barrá-lo ou de acalmar a situação, naquele momento, todos achavam que ele fosse o único que pudesse entender Magnus, pois aquela velha impressão de que o atirador não estava bem começava a ganhar mais forma e havia ainda as mortes às quais ele estava associado, tudo isso fazia com que ninguém tivesse muita coragem de interpelá-lo. Já era notório a seu comportamento errático, muitos já desconfiavam que Magnus estava com distúrbios mentais.

À toda velocidade, o cavalo de Magnus resfolegava atrás do vulto de Madonna Capadócia. Ele ainda mantinha-se em sua perseguição pela estrada dos romenos. Em um primeiro momento achou que estava voltado para a base do berço das faias e sabia que seu cavalo não conseguiria aguentar aquele ritmo veloz até lá, calculava estar a mais de trinta quilômetros de distância.

"Ela está indo depressa demais, não vou poder alcançá-la desse jeito, este cavalo não vai aguentar", pensou, vendo o vulto ganhar cada vez mais distância.

Agora ele a seguia apenas pelo rastro de sangue. Não tardou muito e notou o sangue seguindo por uma pequena trilha lateral à estrada, ele seguiu e logo o solo ficou mais rochoso e acidentado, mesmo assim seu cavalo continuava incansável, contornando com incrível habilidade toda sorte de buracos e pedras.

A trilha desembocou em outra estrada mais larga, agora, em seus cálculos, corria paralelamente à estrada dos romenos, estava mais ao sul, e não demorou muito para surgir uma bifurcação mais adiante. Magnus olhava para o chão, via o rastro de sangue ficar cada vez mais fino, começando a falhar, deixando quase impossível ver para onde seguia, por sorte, ainda conseguiu vê-lo descendo para o sul na bifurcação e o seguiu.

Sentia que se continuasse naquela direção por muito tempo iria parar na embocadura do rio Don com o Volga em Kalach, onde tropas alemãs estavam estacionadas. Ele nem bem havia olhado com atenção a nova estrada, e logo teve de se preocupar com uma trifurcação a poucos quilômetros à frente. Para piorar as coisas, o rastro de sangue já não existia, logo notou desesperado que poderia se perder, então decidiu brecar e recuar. A questão era que, para a sua surpresa, quando puxou as rédeas o cavalo simplesmente aumentou a velocidade. Só então se deu conta de que não estava no comando.

Seguindo rasante na direção da trifurcação, agarrou o pescoço do cavalo e fechou os olhos, pedindo a Deus que algo o fizesse parar. Nesse instante, sentiu o animal fazendo a curva em direção ao norte, em seguida, foi brecando, descendo uma pequena ladeira para logo cair em meio a um pinheiral.

Durante dez minutos, Magnus assistiu impotente àquele cavalo correr obstinadamente no meio da pequena floresta de pinheiros que logo foram dando lugar às faias, bordos e carvalhos. Em um festival de cores que não era muito estranho para o atirador. Isso ficaria ainda mais evidente, quando, subitamente, avistou cinco crianças na borda da estrada. Ele conhecia aqueles rostos.

"São aquelas crianças. Eu estou na floresta das faias, na estrada dos romenos, apenas contornei o planalto pela base, dei a volta e agora chego pelo leste", deduziu de maneira óbvia.

Gradualmente, o cavalo ia diminuindo a velocidade e deu tempo para contemplar a floresta e toda sua beleza de cores, era meio-dia e o céu estava azul, naquela eterna primavera que só a mágica floresta podia presentear aos homens. Em meio a tanta beleza, mesmo a brisa fria que sobrava ali parecia mais quente, cheia de vida, repousando e assobiando nos galhos coloridos, como se viessem anunciar para a natureza a chegada do grande destino.

Ele pensava nisso e logo sonhou com Catarina, lembrou-se da visão que tivera com ela na floresta, pensou nisso com o coração apertado e instantaneamente retornou para a realidade.

Por todo ar, sentia-se inundado naquele milagre da natureza, onde a terra parecia tirar o chapéu para sua passagem. Ainda assim, lembrava quem o trouxera até ali e estava claro que não era para um desafio, uma luta, tudo parecia um cortejo, um desfile de gracejos diante dele, como um cortejo fúnebre, um consolo, uma redenção, mas qual era a razão? Logo ele entenderia porque seu coração ficara apertado.

Ao longe, no meio da estrada, Madonna Capadócia segurava um corpo em seus braços. Estava enrolado em um pano branco, o branco. O cavalo de Magnus havia parado, ele ainda não sabia por que, mas seus olhos se encheram de lágrimas e suas pernas cada vez mais se recusavam a seguir em frente.

Com muito custo ele seguiu lentamente com os olhos arregalados e o coração palpitante. Magnus foi dando um passo de cada vez, a pouco mais de cem metros de Madonna Capadócia, ele apontou a pistola e mirou. Por um instante seus olhos se encontraram com os dela e ele pôde notar aquela mesma candura, a mesma compaixão transbordante que havia nos olhos de Catarina, era como se Madonna Capadócia rogasse uma última benção no olhar, a entrega inflamada naqueles olhos imersos na mais pura redenção.

O gatilho foi puxado e o tiro acertou o ombro da besta. O sangue escorreu, não pelo ombro, mas pelos olhos, e ele pôde ver as machas vermelhas emergirem sob o pano branco que cobria o rosto.

Madonna Capadócia colocou o corpo no chão, deus as costas para Magnus, caminhou alguns passos então caiu de joelhos.

O atirador correu e a dois passos do corpo também caiu de joelhos. Com sangue jorrando no peito, Catarina agonizava no meio da estrada.

Ele simplesmente não suportou, caiu em um choro caótico, depois olhou nos olhos dela derramando todas as lágrimas que poderia ter nos seus. Ela estava em seus braços, olhando-o fixamente, com as mesmas lágrimas no rosto.

– Catarina! Catarina! Como... Como...

– Magnus, eu menti para você, por favor, me perdoe! Porque não queria que morresse, então eu fiz por nós... – Catarina falava com dificuldade.

Magnus alvoroçou-se, perguntando onde estava, mas Catarina pediu que ficasse ali com ela.

– Magnus, você se lembra de como éramos em Luhansk, da forma que nos conhecemos e nos apaixonamos e prometemos que nos reencontraríamos?

Chocado e sem saber ao certo o que responder olhou para Catarina sem acreditar no que ela tinha acabado de falar, ela e Mileva eram a mesma pessoa, só então entendeu tudo.

– Mas, Catarina, por que?

– Não importa, deixe, agora tudo está acabando, mas eu fiquei muito feliz em te reencontrar, Deus nos quis juntos de novo e um milagre aconteceu.

– Mas você havia me prometido que ficaríamos juntos quando a guerra acabasse, viveríamos juntos em paz, você tinha me prometido.

– Eu sinto muito, Magnus, me perdoe por não poder cumprir minha promessa, mas eu tenho certeza de que você viverá nesse mundo que nós sonhamos. Eu tenho certeza disso, infelizmente as coisas não foram como planejamos, mas estarei te esperando, eu estarei, mais uma vez. Estou cansada de batalhas, quero dormir. – Catarina disse e deixou a cabeça cair.

Em absoluto desespero, Magnus sacudiu Catarina, chamando-a pelo nome, mas era em vão, ela já tinha partido, deixando uma ferida profunda uma dor que só aumentava.

Ele fechou os olhos e respirou profundamente, como se estivesse tentando preencher seu corpo com uma última imagem de Catarina, sentia-se completamente sem capacidade de assimilar o fato. Suas esperanças se desmanchavam em lágrimas, a confiança, a habilidade e a perspicácia, eram insignificantes quando ele não fora sequer capaz de reconhecer Mileva. E essa era a maior dor que sentia, não tê-la reconhecido, embriagado que estava com o protagonismo na guerra. Não, ele nunca poderia ver ninguém diante de si, no entanto sabia e estava convicto de seu amor, sabia dos planos que havia, pensava em casamento, lembrava-se disso e de tudo o que aquilo representava na sua nova forma de ver a vida, de repente, tudo tinha acabado diante de seus olhos e estava ali impotente, sem poder fazer nada, além de chorar, como já tinha feito pela morte de vários amigos.

Talvez agora fosse diferente, porque Mileva o amava e morreu sacrificando-se por ele, morreu lúcida e por amor, não fora vítima das ilusões de Madonna Capadócia, mas nem isto foi capaz de consolá-lo. Chegou mesmo a pensar que poderia tudo ser sua culpa, lembrava-se da segunda história do velho Circassiano, do sacrifício de Madonna Capadócia, lembrou-se da forma como Catarina tinha ficado impressionada e que, talvez, se tivesse tomado a iniciativa e conversado com ela sobre o segundo comboio, nada daquilo teria acontecido.

“Já não adianta mais chorar”, pensou.

O jovem colocou Catarina nos braços e saiu caminhando pela estrada, subitamente a música de Madonna Capadócia ecoou alto em seus ouvidos, era uma melodia triste, bela, mas triste e Magnus não fez menção de olhar para trás, deu apenas alguns passos pela estrada e notou que algumas folhas começavam a cair sobre ele e Catarina.

De repente, folhas vermelhas, amarelas e laranjas aparentemente de todos os lugares, de todas as árvores, de bordos, faias e bétulas, como era a magia dos anjos, as folhas começavam a cair em grande proporção, como uma chuva de cores. Com Catarina nos braços, no meio da estrada, olhou para cima, embalado pela canção, contemplando aquele belo "espetáculo de cores onde vida e morte se beijam loucamente" chorando ainda mais forte, ao notar que a natureza também o fazia com ele.

Como na carta, o casamento estava se realizando com as pessoas jogando folhas coloridas sobre os noivos, agora a natureza cintilava no céu o brilho de suas lágrimas em uma última homenagem e ele apenas fechou os olhos, inclinou a cabeça para frente e notou, da sua pálpebra, uma pequena lágrima cair sobre o peito de Catarina. Ele se lembrava do dia em que a conhecera no celeiro, um tempo de paz, de promessas e lá estavam eles outra vez, diante do olhar de Magnus, corriam velozes e sem destino pela floresta das faias, jorrando suas vidas por toda a natureza, peregrinos que eram, duas estrelas viajantes dando a volta ao mundo, rasgando pelo ar, perseguindo, na eternidade, centelhas de luz que iriam renascer em uma nova aurora de esperanças. Talvez amanhã, cem anos, mil séculos, não importava, podia sentir em seu coração, Catarina estava em paz e, quem sabe, um dia, ele ficaria também.

– Adeus, adeus...

Magnus continuou caminhando com o corpo de Catarina nos braços, saiu da estrada dos romenos, seguindo até perto da entrada do túnel da mina para onde as crianças os tinham levado. Logo que chegou colocou Catarina no chão, fez o sinal da cruz na testa dela, respirou profundamente, procurando apenas respirar, tinha de se recompor, então olhou de lado e saiu em busca de algo que o ajudasse a enterrar o corpo.

Quando ia chegando de volta na estrada, ouviu um ruído forte, como o de um cavalo brecando, imaginou ser o seu e isto o fez correr, no sentido contrário de sua chegada.

Quando chegou à estrada, viu que, ao longe, mais ao leste, Madonna Capadócia estava em pé de costas, nem seus pulsos nem seus olhos sangravam mais.

Magnus se aproximou lentamente, notou que havia alguém na frente da besta. Um homem que no seu entender, não poderia ser vítima de Madonna Capadócia, pois já era louco por natureza. Era Leroy de Montespan.

O Encantador de Ilusões estava de frente para ela e era inacreditável, também podia vê-la e permanecia olhando embasbacado, com os olhos vidrados nos da besta, como se todo seu ser estivesse sugado pelo encanto mágico daquela criatura mística.

– Leroy, saia dai! Vamos, saia agora! – Magnus gritou.

Leroy não esboçou reação, Magnus estava convicto que seus gritos estavam surdos aos ouvidos do Encantador de Ilusões.

Leroy se aproximou de Madonna Capadócia, tocou o pano que escondia o rosto da besta.

Magnus assistia a tudo impassível e viu o francês se inclinar para em seguida beijar a bruxa, naquilo que parecia o espetáculo estarrecedor do caos absoluto em que duas máscaras se beijavam.

– Leroy, não faça isso. Ela vai te atacar, saia dai! –Magnus gritou.

Antes que Magnus fizesse algo, uma forte tontura abateu, turvando sua visão, fazendo-o cambalear para trás, em seguida, uma ventania fez surgir um redemoinho em torno do seu corpo.

Durante alguns minutos, manteve-se ajoelhado, com as mãos nos olhos e, logo que a ventania acabou, abriu-os para ver Leroy correr gritando desesperado em sua direção:

– Preso! Estou preso, amordaçado como um porco, algemado pelas pernas, meu senhor, piedade!

– Leroy, esta é a arte de Madonna Capadócia! Se acalme! Não caia na armadilha!

– Senhor Anatoly, a arte que agrada é como a neve do leste, morre quando o vento faz a curva! A arte que inspira é como as folhas de outono que se eternizam pela beleza de sua morte! Nós já estamos mortos como as folhas de outono! Nós nos encontramos e morremos no berço das faias.

O atirador se afastou abruptamente com a mão na cintura, Leroy tinha repetido a fala de Aleksei.

"A besta já está dentro dele!"

Leroy começou a correr em círculos em volta de Magnus.

– Leroy, tudo bem? Eu estou aqui, acalme-se! É Madonna Capadócia.– ele tentava acalmar o espião, mas não tirava a mão de dentro do sobretudo, onde estava sua pistola.

– Ah, meu herói, você não entende, vê este espetáculo?! Agora o que sou, senão um ser pequeno e insignificante. Que alucinante contradição tentar ser aquilo que sou naturalmente! Pois distante de mim berrou um amor que só eu posso ouvir e perdido, agora, me encontro neste horrendo labirinto de ideias!

Leroy gritava e chorava em tal intensidade que as lágrimas escorriam por todos os orifícios da máscara, sempre falava com energia, mas naquele momento conseguia mesmo se superar, todo o seu corpo tremia, os olhos permaneciam frêmitos e arregalados, sua cabeça girava para todos os lados, como se estivesse buscando uma resposta no meio do nada. Magnus olhava sem conseguir entender ao certo aquele surto, de repente, Leroy começou a escrever no ar, falar em alemão, depois francês, voltou a falar russo, então caiu desesperado no chão.

– Eu não sou Leroy de Montespan! – falou ofegante.

– Leroy, me ouça, vamos embora daqui! Vamos depressa Leroy!

– Não posso! – ele respondeu em alemão.

– O que? Não estou entendendo? Fale na minha língua!

Leroy olhou para Magnus assustado, apontando para a boca e fazendo um sinal negativo, então com os dedos, riscou no chão uma resposta, misturada em russo e alemão:

"Agora, minha existência está insignificante demais, pequena demais, eu estou preso no labirinto das ideias, preso pra sempre, apenas Nicholas Burkhan pode me salvar! Procure Nicholas Burkhan! Só ele pode nos salvar!"

Tudo que Magnus pode entender era que Leroy estava preso em tal labirinto de ideias e Nicholas Burkhan tinha algo a ver com isso.

– O que está dizendo, pare! É Madonna Capadócia! Tudo isto é ela!

Tremendo dos pés a cabeça, tornou a riscar no chão desesperado, desta vez, em bom e claro russo.

"Magnus, amigo maior deste vale de almas! Fogo do meu fogo, chama incandescente, pairando imponente na pira das glórias. Grandeza é teu nome criatura humana! Eis o que és, já que não sou, nem ambiciono ser. Não se iluda, enquanto estou no inferno, me encanto por uma miragem e a morte perde toda sua virgindade, que bela morte promíscua! Nada me faria mais feliz do que morrer nesta bela floresta, eu lhe peço atire em mim!"

De imediato Magnus deu dois passos para trás, lembrando o mesmo efeito que já tinha sofrido outrora na floresta das faias. Dentro do sobretudo, sentia a pistola, sem saber como, nem por que, sentiu uma vontade insana de atirar em Leroy.

– Não! Não! Não! Entenda, é ela quem está fazendo isso com você! – Magnus gritou, se afastando.

Leroy parou, seus tremelicos amainaram, ele olhou Magnus nos olhos, em seguida, caminhou em sua direção, beijou-lhe na face, tornando a escrever:

"Por favor, me perdoe, meu bom amigo, sinto muito, mas eu o farei, morrerei enforcado naquela bela faia, sim, morrerei! Então Madonna Capadócia e eu reinaremos nos céus!"

Magnus começou a sacudir Leroy pelo colarinho, dando-lhe tapas. O Encantador de Ilusões, seguia apanhando envolto nos soluços de seu choro.

– Isso, isso mesmo, me espanque, bata até matar! – essa expressão rodopiou de maneira clara na cabeça de Magnus, como se ele estivesse lendo a mente de Leroy.

Magnus parou ofegante, olhou nos olhos de Leroy, caminhando lentamente para trás, se afastando, já não tinha mais esperanças de salvá-lo. De repente, ouviu um estampido, depois outro, e não havia mais tempo para ninguém.

Magnus caiu de joelhos, havia levado dois tiros nas costas, não suportou a dor. Caiu de frente, com o peito no chão.

Botas alemãs se aproximavam lentamente, o atirador olhou pra cima e viu dois soldados alemães ao seu lado, um se inclinou em sua direção, puxando sua plaqueta de identificação:

– Você é Kryss Anatoly? – indagou o alemão numa pronuncia horrível.

Magnus fez que sim com a cabeça, ao passo que o soldado fez um gesto para o outro companheiro para que fosse chamar o comandante.

Sem forças, Magnus ia perdendo a consciência, enquanto rapidamente suas vestes eram rasgadas e seus ferimentos tratados.

O grande Kryss Anatoly agora estava sob o poder germânico, inerte, derrotado, impotente sem seu fuzil, capturado e examinado com um animal dopado. Numa pose que nada combinava com aquela aura de imponência que todos viam na foto e o pior, com vida suficiente para ser torturado e usado pelos alemães da forma que eles bem entendessem.

O julgamento de Burkhan

"Nunca imaginei que o céu fosse tão frio.", Magnus pensou, esfregando os olhos. "Tenho a sensação que dormi por dias! Quem poderá me oferecer um cobertor?"

Quanto tempo teria se passado? Ele estaria morto? Em um primeiro momento, tencionou suas perguntas, mas, de fato, nem precisou esperar muito pelas respostas, estava ali, bem a seu lado. Pelas frestas de madeira pôde ver que a neve já caía com força e, logo que recobrou completamente a consciência, percebeu que estava dolorido demais para ter morrido. E, de fato, aquele galpão era bem familiar. Estava de volta ao berço das faias.

Na verdade, não sabia se estava feliz ou decepcionado por estar vivo, lembrava-se de Catarina, estava vivo por causa dela e isto era profundamente arrasador. Não seria a dor causada por aquelas feridas nas costas bem piores que o inferno? Os gritos de seus companheiros, ora em russo, ora em alemão, em comum só o fato de estarem padecendo pela fome e pelo frio.

Havia muitos homens presos com ele, mas perguntava a si mesmo o que lhe importava aquilo tudo, o sofrimento daquelas pessoas. A pior dor era saber que o amor tinha se esvaído por seus dedos, se aqueles homens eram prisioneiros soviéticos, alemães? Simplesmente, já não dava a mínima, melhor seria que fossem companheiros em um pequeno estágio para a morte. A bendita morte que teimava raspar nele, como uma bala perdida em seu destino.

Magnus levantou-se, olhando ao redor, junto com outros prisioneiros dividia um cobertor cheirando a cela de cavalo, além de uma grande corrente em seu tornozelo que o ligava a todos os demais. Seu tórax estava enfaixado, e isto o fez gritar de dor ao tentar girar o tronco.

– Olhem só, a bela adormecida acordou. – ironizou um velho homem de longa barba, deitado com a cabeça ainda apoiada em seus pés.

Magnus perguntou e logo ficou sabendo que dormira por quatro dias inteiros, sempre em meio a delírios, chamando uma tal Madonna Capadócia, que ninguém ali conhecia.

Alguns passos cansados e rapidamente ele ajeitou o corpo para olhar por uma pequena fresta na madeira. Magnus olhava aquela nevasca forte e isto turvou um pouco sua vista, no entanto, pôde ver muito bem homens de roupas brancas cavando, logo deduziu que aquele seria o trabalho dos prisioneiros soviéticos. Basicamente, cavar na neve impedindo o acúmulo, além de carregar madeira de um lado para o outro como mulas a serviço dos "barões alemães", como ele bem relembrou no pronunciamento do Stalin.

Dando meia volta, viu um homem corpulento que estava trocando a bandagem de um dos feridos. Quando terminou, voltou e se sentou diante de um pneu, onde um se debruçou sobre um caderninho.

Este senhor era bem familiar, parecia calmo escrevendo. Apenas parecia, mas de fato, não estava, logo começava a folhear as páginas abaixo, coçava a cabeça, olhava de um lado para o outro, escrevia algumas linhas, depois amassava o papel e jogava fora, fez isso uma, duas, três vezes e o ciclo se repetia.

Magnus demorou a constatar a imagem diante de si, por isso aproximou-se lentamente, olhando detidamente com calma para tentar confirmar se os seus olhos não estavam enganados. Em uma curta distância de dois metros, o atirador reconheceu Leroy. Não era que estivesse com problemas na vista, sua indecisão ocorria apenas porque o francês estava, por mais incrível que pareça, sem a máscara pela primeira vez desde sua chegada, por isso só foi reconhecido pela altura, o corpo largo, desengonçado, e principalmente pela enorme cicatriz no pescoço.

Ainda ostentava as inconfundíveis longas tranças e a grossa barba, no entanto seu olhar para os enfermos era calmo e sereno, parecia ter desistido de escrever e apenas caminhava de um lado para o outro, sempre sorrindo e falando algo para animar os seus "queridos". Seu cheiro era ótimo, a tonalidade da voz, baixa e suave. A seu lado, seguindo-o para onde quer que fosse, estava um grande gato persa, de pelagem branca amarelada.

– Leroy? – Magnus chamou, olhando fundo em seus olhos negros, o atirador buscava olhar acuradamente cada detalhe de seu rosto e como era sereno e meigo, como suas feições eram diferentes de tudo o que poderia imaginar.

O Encantador de Ilusões não esboçou reação, simplesmente olhou Magnus como se não o conhecesse, pegou o gato persa nos braços, acariciando suavemente a cabeça do felino.

– Leroy, está me ouvindo? Sou eu, Anatoly... Digo, Magnus.

– Desculpe, amigo, – o francês foi em sua direção – você procura alguém? Quer falar com alguém chamado Leroy?

Desconfiado, o atirador confirmou.

– Amigos, este rapaz quer saber se tem alguém aqui com o nome de Leroy, alguém sabe dizer? – o gritou, buscando resposta.

Só então Magnus, se deu conta do que se passava, Leroy devia ter sofrido uma grave perturbação na floresta das faias, lembrava que ele tinha beijado Madonna Capadócia e que, antes disso, já era tido como alguém louco, um homem que ficava obcecado por personagens e depois os encarnava.

– Prazer, meu nome é Magnus Rossel, capitão dos atiradores de elite e, infelizmente, – Magnus suspirou baixando a vista – um ex-herói de Stalingrado.

Burkhan arregalou os olhos para Magnus, olhando-o detidamente, embasbacado, como se tivesse visto a própria encarnação de Deus.

"O mago de Creta, a chama de Creta!"

– Oh, um herói! Mas é um prazer conhecê-lo. Espere, deixe eu me ajeitar com meu gato... Eu sou Nicholas Burkhan, atualmente trabalho, ou trabalhava – se corrigiu – como escritor e bibliotecário em Brandenburgo... Mas minha grande paixão é... A medicina, sim, a medicina!

"Como imaginava... Simplesmente doido!", Magnus pensou.

– Trata de feridos de guerra?

– Não. – Burkhan se deteve, como se estivesse buscando o argumento certo para dar – Minha especialidade é tratar de loucos, esquizofrênicos, com problemas de memória, os com todo tipo de transtorno mental me fascinam, verdadeiramente.

– Ah, certo.

"Agora sim ficou engraçado!"

Sem dar muita atenção, o atirador se afastou, saindo da órbita de "Nicholas Burkhan", aconchegando o corpo dolorido, sentava-se com dificuldade sobre um saco de batatas podres encostado na parede. Já não tinha mais tempo para aquilo, a figura excêntrica do Encantador de Ilusões já não era apenas ridícula, mas patética, assim como aquele mundo desgraçado em que vivia, em que homens empunhavam cheios de orgulho rifles e bandeiras manchados do mais puro sangue humano.

Burkhan o olhava detidamente, pensando bem naquelas palavras "capitão dos atiradores de elite de Stalingrado, um herói, um herói".

Quando dissera seu nome e posição havia mesmo tanto vigor em sua voz, um homem brioso, como o próprio Sólon, o personagem que era o protagonista de seu livro e por isso mesmo se chocava a notar aquele olhar desconsolado, com as pálpebras encolhidas, igualzinho ao que imaginava. Pensava que era realmente aterrador. Aquele encontro entre criador e criatura, incrivelmente seu protagonista estava ali, do mesmo jeito que ele escrevera em seu livro, ruivo, estatura média, sem barba, herói de guerra, o mesmo olhar puro, a ousadia dos fortes, mas, acima de tudo, aquele olhar fora de foco, atormentado pela loucura. Era ele, o seu personagem que incrivelmente tinha se materializado diante de seu olhos.

Burkhan não sabia bem onde aquilo ia parar, ele tinha sofrido um bloqueio criativo e parado de escrever a história depois que seu protagonista via o sofrimento do amor da sua vida. E era isso que iniciava sua loucura. Ele simplesmente não conseguia dar um fim à história.

Sem dar muita atenção ao olhar adorador de Burkhan, Magnus tentava em vão olhar na direção da floresta das faias, flexionando com os lábios palavras. Ouvia Mileva, falava com ela, lhe perdia perdão pela cegueira, dizia que a amava e que logo estariam juntos. Quem sabe tudo acabasse logo, não fosse uma loucura, um pesadelo, e acordasse com Mileva ao lado. Então tocou a fresta, aproximou o rosto, deixando uma pequena lágrima rolar.

– Sinto muito pela sua perda. – Burkhan respondeu, jogando um verde, na esperança de vê-lo confirmar.

– Não importa. É a guerra e eu sempre penso nas pessoas que se foram. Não importa mais, na guerra não há vencedores ou heróis. Tudo é apenas sacrifício. Eu só estava pensando nos olhos, aqueles olhos...

– Azuladamente cândidos. – Burkhan respondeu antes.

– Exatamente!

Os olhos de Burkhan faiscavam de excitação, estava convencido que por algum milagre do universo o homem que estava à sua frente era o seu personagem à procura de ajuda e era justamente por isso que não conseguia terminar a história.

No meio da conversa, alguns homens da Wehrmacht parara ao lado do escritor. Magnus assistia chocado ao francês desfilar seu alemão perfeito, gesticulando e falando com os soldados como se fosse um deles.

Em um primeiro momento, achou que Leroy estava apenas fazendo um jogo de cena, valendo-se de seu perfeito alemão para se passar por um deles. Não era bem assim, depois de alguns minutos, já estava vendo um dos soldados cutucando a barriga do Encantador de Ilusões com o cano do rifle, enquanto cuspiu em seu rosto. Um terceiro chegou por trás lhe empurrando, derrubando-o no chão, todos começaram a chutá-lo, até as pernas cansarem, chamando-o "judeu imundo" depois saíram do galpão em gargalhadas, enquanto Burkhan se levantava, sorrindo canhestramente com a boca ensanguentada.

– Se não for incômodo, você poderia... Ah, perdão... Conte-me um pouco mais sobre esse seu amor. Em meio a tanto sangue, faz bem ouvir uma história de amor. – Burkhan queria ouvir do próprio Magnus os detalhes.

– Não, só nos encontramos duas vezes na vida, com um intervalo de dez anos entre elas e, se formos somar, talvez não tenhamos passado nem vinte dias juntos, ainda assim não houve amor maior na vida. É uma pena.

Brukhan sorriu, como se fosse insensível à dor de Magnus, ou como se visse algo de positivo naquilo que o atirador acabava de dizer.

– Parece um amor de muita honra.

Por um instante, quis seguir com a conversa, mas realmente não pretendia mais mexer naquilo, ainda estava vivo e Madonna Capadócia pairava por aí à espreita.

Não à toa, puxou alguns assuntos triviais com o escritor, na vã esperança de conseguir arrancar Leroy de seu interior.

Burkhan correspondia, na esperança de trazer seu personagem de volta, por isso dizia que tinha cento e cinco anos, (uma óbvia ilusão pelo corpo ainda ágil e forte) depois contou que havia sido secretário de Bismarck[3] na unificação do império alemão, sendo um forte opositor do kaiser Guilherme II e agora de Hitler.

– Então o senhor conhece a ascensão de Hitler e Stalin? – Magnus indagou.

– Perfeitamente.

– E como veio parar aqui?

Assim que ia responder, Burkhan teve o raciocínio cortado pelas passadas que chegavam perto do galpão, desta vez eram guardas da SS Nazista e, sempre que vinham, era para buscar homens que não voltavam.

Eles vinham pelo grande Kryss Anatoly, que tanto humilhara os alemães com suas mortes estampadas nas primeiras páginas.

Já indiferente a seu destino e até mesmo aliviado, Magnus, levantou o braço e logo alguns guardas o levaram para fora.

O frio era insuportável para quem ainda estava vestido com o velho uniforme soviético. O atirador tremia em pé no centro do jardim que dava para a frente da casa sede, ali um homem batia fotos, pedia ironicamente que sorrisse, mas o atirador não lhe deu esse prazer. Bem ao lado do fotógrafo três guardas alemães engatilhavam seus rifles.

---

[3] Otto Von Bismarck – unificador do Estado alemão

Todos engatilharam, apontaram para Magnus e então puxaram os gatilhos. O prisioneiro fechou os olhos, apertando a boca com toda força, seus dentes continuaram rangendo um pouco mais, até que percebeu estar em pé, inacreditavelmente vivo.

Os rifles tinham falhado e agora atrás dos guardas surgia um homem de estatura média, sobrancelhas ralas e óculos redondos de grandes lentes onde os olhos se perdiam. Magnus o reconhecera, já tinha visto fotos nos jornais. Era simplesmente o chefe da SS Nazista, o homem responsável pelo massacre judeu nos campos de concentração, Heinrich Himmler.

Antes que pudessem tentar atirar outra vez, Himmler gritou para cessarem a execução. Naquele momento, teve aquela percepção imediata, sentia que algo acontecia, pois os rifles falhavam na neve e alguém parava sua execução, a impressão instantânea que tinha era a de que Madonna Capadócia estava agindo sobre a cabeça de todos.

De fato, a atuação dela era o mais próximo da intervenção, mas e aquele tiro? O que teria acontecido com Madonna Capadócia, por que o tiro que acertara nela fez cair por sua máscara lágrimas de sangue? Eram questionamentos que poderiam ser bem mais filosóficos em sua cabeça, o fato é que já não tinham tanta importância. Naquele exato momento, Himmler andava em sua direção e a seu lado estava o Encantador de Ilusões cochichando ao pé do ouvido.

Burkhan se aproximou, perguntando a Magnus porque ele o tinha chamado de Leroy.

– Ora, porque você é Leroy. – respondeu.

– Tem certeza que sou Leroy?

– Absoluta!

Burkhan soltou um olhar intrigado para Himmler, como se estivesse confirmando uma teoria antes refutada.

O comandante aceitou a alegação do escritor, mas ainda desconfiava, aliás estava com sede em Magnus, então simplesmente mandou parar a execução, ordenando a seus homens que apenas dessem uma pequena surra nele.

– Você tem meia hora. – Himmler falou para Burkhan.

Os soldados ainda deram alguns socos no atirador, mas ele, incrivelmente, se manteve consciente. Burkhan o carregou nas costas, pedindo que não fizesse muito esforço e Magnus respondia com um aceno de cabeça. Eles chegaram à entrada do galpão e se sentaram com as costas recostadas na parede do lado de fora. No centro, perto da fonte quebrada, dois soldados mantinham-se na vigília.

– A loucura te salvou. – o escritor falou.

Antes que Magnus perguntasse, Burkhan explicou que conseguira convencer Himmler de que seu prisioneiro estava louco.

Como Burkhan era um estudioso das teorias de Freud e Jung, poderia tratar do atirador e mesmo manipulá-lo, de uma forma que passasse informações, como o posicionamento das tropas soviéticas vindas da Sibéria a mando de Zhukov. Ele poderia delatar o dia e as coordenadas em que seria proferido o contra-ataque.

Burkhan havia fingido negociar sua liberdade, a preço de arrancar de Magnus a informação. Se, dentro de meia hora, não conseguisse as informações, então seria humilhado e julgado no lugar de Magnus, na frente de todos.

– Eles não possuem nenhum falante do russo melhor que eu. – o escritor complementou.

Magnus queria saber por que Burkhan estava fazendo aquilo, qual era o sentido, uma vez que, quando os alemães descobrissem tudo, iriam executá-los.

– Nós temos meia hora, meu grande Sólon! – Burkhan respondeu.

Agora o atirador olhava em uma mescla de interrogação e desprezo ridículo, como se o velho realmente fosse começar algum tipo de cântico de roda.

Burkhan falou e continuou sorrindo, notou que Magnus zombava, ainda assim contou que não imaginava estar prestes a compreender o real significado daquele encontro.

Pediu um minuto a, e foi até o galpão, avisando que traria um livro de autoria própria. Magnus pegou o livro, estava escrito "*O nascimento da eternidade*".

– E o que eu tenho a ver com isto? – perguntou impaciente.

Burkhan tratou de dizer que não havia terminado de escrever e que parara justamente, no momento em que seu protagonista Sólon via a morte de seu amor, sua outra parte.

Ou seja, não queria falar diretamente, mas apenas ver a dança da história, contagiar Magnus, para que ele entendesse por si mesmo que ele era o protagonista que vinha ajudá-lo a terminar o livro.

Magnus simplesmente ridicularizou tudo, via aquela situação em um misto de revolta e completa desesperança, para ele não já não havia saída, era só o alongamento do sofrimento com aquela utopia idiota de mais meia hora. Ora, que Burkhan fosse para o inferno com sua história e obsessão pelo tal Sólon. Ele não tinha conseguido nada com Himmler, era mais manso, porém ainda mais retardado que Leroy, ou seja, provavelmente, bem menos astuto que seu personagem antecessor.

O atirador tentou argumentar, mas percebeu que era inútil, àquela altura eles estavam à beira da morte. Burkhan era um personagem do Encantador de Ilusões que, ilusoriamente, acreditava estar diante de outro personagem.

De inicio era exatamente isso que ele achava, só que, depois de alguns minutos, passou a pensar bastante no contato de Leroy com Madonna Capadócia. Talvez houvesse um personagem totalmente novo no jogo e isso imediatamente instigou o seu interesse por Burkhan, o escritor poderia ser, simplesmente, o enviado da besta, na tentativa de convencê-lo a se assumir como louco.

– Como o senhor veio parar aqui? Digo, como chegou aqui, de onde veio? Pelo que vi é um prisioneiro judeu, mas me diga...

Burkhan explicou que havia sido capturado há seis anos em Bonn. O atirador obviamente engoliu em seco, sabedor que era que nem a guerra e nem a perseguição judaica de Hitler tinham seis anos. Era uma óbvia ilusão.

Ele seguiu lhe dizendo que estava escondido no porão de uma igreja luterana, mas foi poupado pelos alemães quando estes notaram sua perfeita fluência em russo e seu vasto conhecimento sobre a União Soviética.

Para Magnus era mais que óbvio que o homem mentia descaradamente e grosseiramente, aquilo não poderia ser engano, então veio um estalo em sua mente. Ele ainda era Leroy! Só estava fingindo ali porque suspeitava que algum alemão estaria ouvindo a conversa. Era claro que tudo se tratava de um plano. Com certa dificuldade, ele se levantou, dizendo que daria uma volta. Durante cinco minutos caminhou em círculos, ao redor do galpão, vasculhando cada buraco, procurando alguém escondido que pudesse ouvir a conversa.

Assim que se viu seguro, Magnus retornou ao lado de Burkhan, cochichando baixinho no ouvido, chamando-o por Leroy, ao passo que Burkhan apenas ria.

– Do que está rindo? – perguntou bem nervoso

– Ora, de você insistindo em me chamar de Leroy. Eu conheço a história de Leroy de Montespan. De que foi poeta e amante pervertido de Maria Antonieta. A propósito, Magnus, você se importar se eu fizer algumas perguntas?

Na realidade, no fundo, o escritor acreditava piamente que Magnus não tinha culpa, que ele era sua criação, seu mago de Creta, o filho dileto do sol, Sólon, o personagem que havia enlouquecido ao ver a imagem da amada morta.

Por isso ele indagou Magnus sobre em que ano e país estavam, tentando testar a sanidade de seu personagem. O atirador respondeu, acreditando que Burkhan começava a dar o braço a torcer, reconhecendo a própria loucura.

Mas quando Burkhan perguntou seu nome completo, entendeu que era um dos seus pacientes loucos.

– Como ousar dizer que estou louco, seu doente miserável! Hein? Se não fosse por sua maldita aparição na floresta das faias eu não teria sido capturado!

Burkhan via a agressividade como um sintoma perigoso, todo mundo sabia que o caos que forjava os loucos era um risco, por isso pegou um pouco de neve na mão e colocou na boca de seu "paciente/personagem" lhe dizendo que era para amenizar a dor, de fato era, mas também a oportunidade para silenciá-lo, enquanto explicava a sua tese.

Como estudioso da loucura, não queria de forma alguma praticar qualquer ação que fosse vista como provocativa, conhecia a natureza rebelde de seu próprio personagem, sabia que ele tinha nascido do fogo, por isso, apenas explicou que Magnus não era exatamente louco, só vivia na ilusão com aquela obsessão por Leroy. Por outro lado, o atirador respondeu que quem vivia na ilusão era Burkhan e que para um louco seria muito conveniente achar outra pessoa louca, quando contrariado por ela.

– Então achas que estou louco? – Burkhan indagou, rindo.

– Não acho, tenho certeza! Mas não é bem louco propriamente dito, isto é seu personagem, você vive da ilusão de seus personagens apartando-se completamente da realidade.

Um dos atributos de Sólon era o poder da ilusão, da fantasia.Burkhan tinha estudado bastante para dotá-lo seu personagem com aquele dom, sabia que, de alguma forma, Magnus também o possuía, então indagou como o atirador via a realidade.

Magnus deu de ombros.

– Você disse que eu era um personagem, – Burkhan começou – mas isto você também é! O problema não é ser um, mas não ter consciência disso. Os homens não devem simplesmente se limitar a ver a realidade, deixando-a passar diante de seus olhos. Deveriam interpretar aquilo que costumam ver como realidade. Você se limita a simplesmente julgar as coisas com base em duas sentenças, realidade e ilusão, vida e morte.

– Sim, eu julgo exatamente a realidade. Eu me lembro bem de Leroy de Montespan. Ele tinha a sua voz, cor de cabelo, corpo, forma de andar, esta cicatriz...

Magnus seguia listando as semelhanças de Leroy, ao que Burkhan respondeu que ele reduzia a realidade ao conhecimento de seus cinco sentidos, mais particularmente ao da visão.

Ele sabia que não iria vencer Magnus pelo grito, então pegou um tijolo e colocou a poucos centímetros de seus olhos, queria dizer ao prisioneiro que mesmo vendo apenas o objeto tinha consciência da parede e da casa onde ao redor, por meio da imaginação.

– Magnus o conhecimento dos cinco sentidos isola um pedaço da realidade, congela, através do foco, ao passo que o presente na consciência e na imaginação deixa tudo ao redor em movimento.

Burkhan seguiu explicando que, sob a ameaça externa ilusória, uma pessoa criaria uma ilusão para atacar outra ilusão e que Magnus, teoricamente, teria criado a ilusão grosseira de Leroy, porque queria atacar uma grave ilusão que o ameaçava.

– Esta é sua interpretação. – Burkhan seguiu – Eu acho, Magnus, que esta é sua vontade de poder, você quer este Leroy. Veja, ninguém pode conseguir o que não falta a si, mas você pode desejar algo capaz de fazer-lhe lembrar o que tem dentro de si. Enquanto você tenta conhecer a realidade pela superfície, a ideia de realidade, eu a reconheço a pela profundeza, por aquilo que me inspira.

Magnus apenas ria por Burkhan ousar associar Leroy com algo poderoso que o tivesse inspirado qualquer confusão. O escritor simplesmente o corrigiu, respondendo que a inspiração não era dele, Magnus, mas de Burkhan, que tinha visto na loucura dele um reflexo de seu próprio poder.

Ele falava disso, fazendo questão de lembrar que fora Magnus quem o chamara primeiro no galpão, que nunca daria pela presença dele.

– O que nos reflete, Magnus? O que nos cativa? Ora, aquilo que nos toca. De fato, você não entende o reflexo, a sintonia, a sincronia, apenas o toque e não precisa, necessariamente, entendê-lo, porque ele te faz existir independente da própria ideia de existência. É por isso que queremos tanto um beijo, um abraço, um toque de carinho. Nesse toque nos sentimos vivos, independentemente da ideia de vida em que estejamos. Basicamente o calor, o sentir te faz existir antes da sua ideia de si mesmo. Nós, de maneira errônea, fomos levados a crer que existíamos pela ideia, perdemos a possibilidade de descobrir o próprio reflexo, porque já nascemos com uma imagem perfeitamente delineada por alguém, perceba que cedo na vida somos padronizados pelas circunstâncias, seja pela família, raça, país, crenças, riqueza, somos encurralados como um rebanho que o dono tange aos gritos.

Só Deus sabia onde realmente Burkhan o queria levar naquele dialogo. Provavelmente o objetivo era mostrar a loucura presente em Sólon ou enlouquecê-lo, em uma forma de obsessão descontrolada por seu personagem.

Seria possível um paciente louco conscientizar-se de sua loucura, sem ter enlouquecido? Magnus não tinha essa resposta, mas Burkhan parecia ter e seguia, desgraçadamente, explicando que havia perdido a capacidade de interpretar a realidade, distorcendo-a, sufocando seus sonhos mais profundos, para que ela não caísse de forma implacável sobre sua cabeça, fazendo-o finalmente perceber que havia perdido o sentido, o norte de sua vida.

– Magnus, como você sabe, não é uma escolha tão fácil matar um homem na guerra. – Magnus assentiu com a cabeça – Algumas vezes na vida precisamos fazer grandes escolhas, que, por melhor que você raciocine, sempre terão um pouco de certo e um pouco de errado, por isso você já não pode mais decidir orientado, unicamente, com base nesses polos. Consequentemente, percebe-se que algumas respostas não podem ser ensinadas por esse julgamento, e nem mensuradas em palavras ou teorias, elas são tão únicas que precisam nos tocar para sentirmos que são reais, estão na direção certa, é disso que falo! A inspiração te dá o norte, a direção, o sentido. A ideia lhe dá o ponto de partida e repartida. Ela nasce de um reflexo sutil, de nossa imagem na realidade, como você! Preste atenção, não é o reflexo de uma imagem perfeita como de um espelho, é uma imagem deformada para que tenhamos a liberdade de moldar de acordo com nossa vontade. Perceba que esta visão precária é chamada de imaginação, vislumbre, fantasia, devaneio, mas é também a margem de modelação, de interpretação, onde podemos atuar de maneira única no mundo.

– Você não entende, Leroy era um homem sem modos, completamente devasso e alheio a qualquer moral.

– Talvez, não sei, – Burkhan pôs a mão no queixo, levantando a face – houvesse algo em Leroy que os unisse, os conectasse, no único e profundo. Ainda que fosse um homem questionável, você pode ter visto algo nele que poderia compartilhar, infelizmente, não posso dizer ao certo. Veja, Magnus, eu já lhe disse, nada se cria sem o desejo de unir. Ao contrário do que as pessoas pensam, a criação não nasce da tensão entre opostos, mas daquilo que os conecta. Para que algo seja criado, é preciso o desejo de unir, compartilhar, trocar, pois é esta conexão que dá o sentido, o sentimento, que é de onde surge a inspiração. Havia algo poderoso em Leroy a ser compartilhado.

Desconfiado e à espreita de cada palavra, Magnus quis saber do escritor porque ele usara tanto aquelas expressões vontade de poder, reflexo de poder, havia sempre, em cada sentença, “poder”. Todas as vezes que pensava naquela palavra lembrava-se da besta, era algo sintomático que, de imediato, lhe deu um claro nervosismo. O escritor achava que, pela loucura de seu personagem Sólon havia perdido completamente o poder da ilusão que tão bem manipulava, e agora Burkhan deveria ensinar-lhe outra vez e então a história acabaria.

Burkhan procurou explicar que a vontade de poder era um complemento da teoria do filósofo alemão Nietzsche, sendo Magnus um reflexo de poder de Burkhan e vice-versa.

– Magnus, – Burkhan continuou – a realidade é, em geral, um momento em que podemos fazer escolhas conscientes. Estas escolhas refletem nossa vontade, ainda que indiretamente, e se dirigem genericamente à felicidade, ao conforto material, aos bons relacionamentos, coisas que incitam o sentir, o calor, o poder. Regra geral, a vontade dos homens é, simplesmente, a de poder. Ela é uma força vital que não conhece o bem e o mal, mas é inerente à existência de qualquer pessoa na Terra. Nós vivemos estes momentos com aquela constatação excitante em que dizemos a nós “Isto me faz sentir vivo”.

– Agora que você mencionou, fico pensando, não seria esta a razão da guerra? – Magnus interrompeu – Vontade de poder, desmedida de poder! Vontade de dominar o mundo!

Burkhan deixou bem claro que não iria questionar que a guerra era em decorrência de vontade de poder. A questão era o que os homens entendiam como poder. O conceito, certamente, estava distorcido.

– Espere, estamos falando de poder, mas o que isto tem a ver com a realidade?

– A realidade é moldada por tudo que, a seus olhos, interpreta-se, assemelha-se com poder. Ora, o que é o sentido da vida, senão as perspectivas daquilo que podemos sentir! Nada no mundo pode ser mais real do que aquilo que se sente. Quando algo chama sua atenção, cria-se uma realidade potencial, por meio do choque de expansão ou retração das suas perspectivas de sentir. Onde você vê o poder? Na guerra? Em um ditador? Na morte? Em um rifle? Onde está a sua vontade de poder?

Magnus fazia questão de esclarecer que, pela sua vontade, ainda continuaria nos Urais, casado com uma moça de respeito e feliz, mas as coisas não eram assim tão fáceis, Hitler quis a guerra e a União Soviética convocou seus jovens, o mundo inteiro estava em guerra, então o que importava a vontade dele, ou de qualquer outro?

De maneira absolutamente calma, o escritor se levantou, colocou as mãos para trás e começou a caminhar sem se distanciar de seu personagem.

– Você concorda comigo que uma guerra dessa dimensão não nasce da noite para o dia, certo? É sempre fruto de uma sucessão de desentendimentos que se estendem no tempo e geram um profundo rancor.

– Concordo.

– Magnus, me diga, onde nós estávamos, quando Hitler escreveu o segundo volume de Mein Kampf, expondo seus planos de raça superior e ameaçando colonizar o mundo? Onde nós estávamos quando ele anexou a Sudetolândia, a Áustria? Onde estava o governo inglês e o francês, onde estavam as pessoas para pressionar seus governos em uma moção negativa a Hitler? Onde estavam as pessoas da Inglaterra, da Alemanha, da França, os povos da Europa, as pessoas do mundo todo? Ninguém se importou! Então onde estava nosso amor à democracia, à liberdade e à paz?

Magnus encolheu os ombros, como se não tivesse nada a ver com o que Burkhan acabava de falar.

– Pode parecer loucura, mas esta guerra nasceu do pacifismo, mais precisamente do nosso "pacifismo passivo" encarnado em Chamberlain e Deladier. A ameaça, o terror autoritário de um chefe de governo, é responsabilidade de cada um que lhe deu o poder, assim como é a covardia dos governos vizinhos. Entenda, o homem público que detém mandato eletivo é responsabilidade de cada um de nós, é diferente do civil. Logo, não é a paz passiva que cria a paz, mas a vigilante, a qual poderia muito bem ter evitado a tomada da "pequena Sudetolândia", todo o sangue derramado é proporcional à velocidade de nossa união em cercar o agressor. Hitler se aproveitou de nossa desunião, invadindo mais de dez países, adquirindo espólio de guerra, além de usufruir de todos os recursos econômicos dessas nações.

– Nossa união não negaria o direito de Hitler existir!

– Hitler existiria, você está certo, mas, se tivéssemos nos unido no começo, seria insignificante contra todos nós, agora esse ditador parece poderoso, mas foi nossa covardia que lhe deu poder. Então, eu lhe pergunto, onde nós estávamos no começo da ascensão de Hitler?

Magnus não disse palavra, abaixou a cabeça e encolheu os ombros como se estivesse surpreso.

– Você pergunta a mim! Eu não sei onde estávamos! Ninguém tem resposta para isso.

– Eu tenho a resposta Magnus, estávamos esperando uns pelos outros. Não há liberdade sem responsabilidade individual, ela não se confunde com inércia. Sim! Eu e você somos responsáveis por esta guerra, se todos tivessem assumido e se unido contra Hitler no começo, nada disso teria acontecido, cada um de nós precisa assumir a sua parcela de responsabilidade! O homem pode discernir entre o certo e o errado, o Estado, o governo faz apenas uma interpretação próxima disso. Não podemos mais ficar esperando que alguém faça por nós! Que o governo fizesse por nós, os chanceleres dos governos esperaram por sua base, o Vaticano esperou por Deus, a Liga das Nações esperou pelo diálogo, a base governista esperou pelos partidos, os partidos esperaram pelo povo, o povo esperou pelo governo e todo o ciclo de renúncia de responsabilidade recomeça, ninguém teve coragem de enfrentar! Hitler não esperou por ninguém! Pagamos um preço por esse vício de renunciar nossa responsabilidade aos outros, por não assumirmos a nossa responsabilidade individual pelos atos e omissões. O preço que pagamos é viver sob a iniciativa dos outros, mesmo que essa sufoque a liberdade, a democracia e a paz. Então me diga, você sabe por que todos nós ficamos esperando, por que todos nós renunciamos a nossa responsabilidade individual?

Imediatamente, Magnus quis saber se Burkhan estava apontando o dedo para ele e se aquilo era um julgamento. O escritor explicou não se tratar de culpa, mas de assumir a responsabilidade individual pela liberdade e pela paz. Para que aquela aberração de guerra não se repetisse, as pessoas precisavam parar de esperar, conscientizando-se através do uso do próprio poder.

– Ficamos esperando – Burkhan continuou – porque, predominantemente, nossa ideia de poder é externa, vem de fora, basicamente vemos o poder como um aspecto antinatural dos homens, algo fora do normal, espetacular, fora do nosso alcance. Ou então, nós não temos vontade de poder, mas de um milagre, de uma exceção. A grande ilusão que permeia a humanidade está aqui, pois toda ideia de poder externo é falsa, governos não têm poder, nações não têm poder, religiões não têm poder, resoluções e leis não têm poder, raças não têm poder, nem partidos políticos, somente os homens têm poder! Vemos poder nessas palavras, porque fomos ensinados a ver o poder no efeito, na realidade e não na causa, no homem, mas o poder não se separa dos homens, ele apenas se desdobra na realidade, se estende com os seus reflexos. – Magnus, – Burkhan continuou – fomos ensinados de forma errada a colocar nosso foco na superfície, no efeito, distante e externo, porque temos a ilusão de que o poder nos separa dos outros e, se focarmos em nós mesmos e formos poderosos, seremos julgados como egoístas e acabaremos na solidão. Olhe ao redor, perceba que a sensação de egoísmo não existe, mas criamos essa ideia, pelo nosso medo da solidão. Logo, se podemos imaginar e sentir a solidão, não precisamos da ideia de egoísmo para nos guiar, já temos o sentimento para nos inspirar a refletir.

Magnus havia notado que os guardas da vigília, de forma absolutamente inexplicável, tinham começado a fumar, vez ou outra dando as costas. Inesperadamente, todo o movimento no galpão havia cessado. Não se ouviam reclamações, ou qualquer tipo de lamúrias, a neve dera uma trégua e toda a realidade ao seu redor parecia morta.

Em teoria, seria o terreno preparado para a aparição de Madonna Capadócia, a questão era quando e como. No caminhar da conversa, o atirador apostava cada vez mais que, se conseguisse pressionar o Encantador de Ilusões a ter ciência da loucura outra vez, então poderia ver surgir o mesmo cataclismo ensandecido da floresta das faias, o que levaria, inevitavelmente, à aparição da besta.

Mas tudo isso era apenas uma hipótese, no meio de milhares, a cada minuto especulava uma nova teoria, mas não se mantinha em nenhuma.

– Senhor Burkhan, isto seria maravilhoso, pensarmos que os homens detêm o poder e são criatura feitas para criar, mas também parece muito utópico, romântico, já que o ser humano é tão soberano na natureza? Veja na prática, mesmo nos países, que não são governados por ditadores, ainda lá se vive em obediência à lei.

– Amigo, isto faz parte da ilusão, como um show de mágica em que nos recusamos a ver os truques ocultos. Alguns governantes e partidos políticos inseriram em nossas cabeças que o poder é vertical, de cima para baixo. São mestres em venderem a ilusão de que mudam nossas vidas e que nunca chegaremos a lugar algum sem eles. Pense em Thomas Edison que inventou a luz elétrica, Graham Bell o telefone, Louis Pasteur salvando milhões de vidas de crianças com sua pasteurização, Henry Ford com a escala industrial, todos esses "milagres" foram feitos pelo homem em seu trabalho. Isso não foi feito do dia para a noite pelos governos ou partidos políticos. É verdade que o homem criou o governo, o Estado para ordenar e harmonizar a si mesmo, mas também que o impulso natural é a liberdade. Na democracia somos livre para criar nossas próprias obrigações.

– Me perdoe, mas sempre que falam democracia penso em voto, em partidos, discursos...

O escritor balançou a cabeça serenamente, estava tranquilo, sabia que Magnus não sabia o que era democracia, nem seu fundamento, a liberdade de escolha.

– A democracia é o sistema em que escolhemos representantes para estabelecerem regras de convívio comum, isso é feito através do exercício de nossa liberdade de escolha, quando manifestamos nossos anseios coletivos.

O atirador balançou a cabeça rindo, naquele instante, percebia que Burkhan tinha a mesma essência de Leroy, o desejo por libertação e manifestação plena. A questão era que Leroy sonhava com fanfarronice e Burkhan parecia desejar o impossível.

– Pela forma que fala, parece que está tudo em nossas mãos e nem há sobra de governo, também é anarquista como Leroy? – o atirador perguntou.

– Não falo da extinção do governo, – esta foi a resposta imediata que fez Magnus arregalar os olhos – falo de uma atitude pela livre escolha, não a que posa de indiferente, mas a que lhe honra, por meio da demonstração de confiança na sua capacidade de escolher. A liberdade de escolha não faz sentido na cabeça daqueles que não confiam em seu poder de escolha, eles presumem sua incapacidade e fraqueza para lhe tutelar, ordenando respostas, como se ti servisse a libertação das perguntas. O que estou falando já acontece no mundo e ninguém percebe. E isto irá crescer apenas com respeito, cooperação e confiança mútua. – Burkhan suspirou – É chegada a hora de tomar uma decisão. Não é o fim do governo, mas o Estado não pode mais ser utilizado para nos protegermos de nós mesmo, nem como referência para as expectativas. Chegou o momento na evolução humana em que cada um pode ser o estadista da confiança.

– Você não é apenas doido, é lunático! – Magnus rosnou em desprezo – Em que mundo vive, senhor Burkhan? Acaso não vê os milhares de problemas do mundo, o mar de desonestidade! Olhe esta guerra! A terra não é, definitivamente, o paraíso de suas ideias. Se com a lei e a ordem estamos nessa guerra, imagine sem lei! Sem ordem!

– Então desbrave o paraíso! Magnus, você pode criar leis obrigando as pessoas a não beberem álcool, a serem educadas em casa, a abraçarem seus inimigos e sorrirem, porém, ao fazer isso, também tira a oportunidade delas escolherem por conta própria, de crescerem. Toda lei que instiga forte obrigação tem, na causa raiz, a desconfiança em relação à liberdade de escolha do homem, mas perceba que a lei que obriga tem um limite, a simples desobediência, a ilegalidade. Já a liberdade de escolha não tem limite, pois sempre deixa a decisão em nossas mãos. O verdadeiro poder que ordena e lidera a sociedade não se origina dos líderes políticos, muito menos de suas leis, mas é o exemplo de cada um. Cada homem é um líder nas ações e imagens que projeta em sua sociedade. Esta é a verdadeira liderança do mundo, pois é a que inspira, não a que obriga.

– Sinceramente, eu até compreendo seus sonhos de paz e confiança, mas sua democracia fundada em liberdade de escolha é frágil num mundo onde o caos parece prosperar justamente pelo excesso de liberdade.

– Este excesso de liberdade também nos permitiu criar o carro, o rádio, o avião e mesmo os limites que criamos foram feito para momentos de exceções. Veja, eu não obedeço à lei de não roubar e matar, não me sinto obrigado a obedecer esta lei, viver em paz e honestamente é meu comportamento natural, a liberdade que não inspira vida é a mais cruel das prisões. Lembre-se disso, Magnus: governos não criam riqueza, paz ou liberdade. Eles não podem criar nada, apenas responder aos anseios de criação.

Naquele exato momento, vislumbrou a hipótese de renegar os argumentos de Burkhan, uma vez que poderia dar a entender existir um anseio de criação coletivo por uma guerra e foi justamente disso que o herói lançou mão na discussão.

– Sim. Infelizmente, nós preferimos a obrigação de lutar nesta guerra, a nos manifestarmos em favor de paz e liberdade. Não é assim? Há uma tendência, o homem se sente mais forte fazendo algo obrigado do que fazendo por sua liberdade. A ideia de força esta associada à capacidade de resistir à dor e não à ideia de ser independente da dor.

– Por isso precisamos das leis, – Magnus interrompeu – do governo, para que nos ensinem, ou que nos obriguem. Você já pensou se vivêssemos cada um pela própria lei?

– As leis nos refletem, são um desdobramento de poder do homem. Nós vemos como um poder externo e separado, porque, como você acabou de dizer, temos a presunção de que a raça humana é baixa, selvagem e incapaz de se autogovernar. Só tomamos atitudes quando a tragédia se aproxima. Mas você não pode ser livre pela simples reação, porque ela é dependente de algo externo. Liberdade é escolher o que se acredita, não é obrigar a si mesmo a ser diferente, do contra pelo contra, por isso, é impossível impor à força, na cabeça de um homem a consciência e a responsabilidade. Seria contraditório obrigar alguém a ser livre, um estado que só pode ser alcançado pelas próprias escolhas do indivíduo.

Em alguns momentos, Magnus simplesmente quis correr dali, ou pelo menos colocar o dedo na cara de Burkhan e dizer que não tinha responsabilidade pela guerra. Mas percebeu que isso era bobagem, não valia a pena, o escritor era apenas um personagem no cabedal de ilusões do Encantador ou um devaneio de Madonna Capadócia.

No fim, todos eram vítimas da mesma loucura: sonhavam com um mundo diferente.

SUDESTE DA RUSSIA, KALACH, RIO DON

– Marechal Erich von Manstein! Cabo Albert do 3º Batalhão de Engenharia! Que bom que veio. Estávamos esperando, a propósito o senhor Himmler e o senhor Sauller mandaram lhe dizer que...

– Ta, ta, tá! Não quero saber o que Himmler ou Sauller mandaram me dizer, não devo satisfação a nenhum dos dois. Agora saia e trate arranjar uma acomodação para minha divisão. Rápido!

Dando mostras de não estar nem aí para Himmler ou Sauller, von Manstein caminhou sobre a frágil ponte de madeira, rumo ao posto avançado onde alguns guardas estavam no rádio recebendo mensagens das tropas romenas.

Lá, acabou confirmando o que já tinha ouvido falar, mas se recusava a crer. Era verdade, os últimos voos de reconhecimento tinham constatado um acumulo de tropas soviéticas posicionadas de frente para o flanco norte de Stalingrado. Não havia apenas a possibilidade de um contra-ataque ser desfechado, mas toda uma estrutura projetada para isso.

"Então é mesmo verdade, Zhukov está a ponto de contra-atacar... Vai furar o flanco norte e nos cercar pela retarguarda, cortando nossa linha de abastecimento. Meu Deus, usando nossa própria estratégia!"

– Senhor Manstein? Senhor Manstein? – o cabo Albert tentava trazer o marechal de volta á Terra – Temos outra grande novidade, antes de ontem capturamos Kryss Anatoly... Sim, aquele mesmo, parece que ele foi encontrado no berço das faias depois do ataque dos milicianos, estava junto com uma espiã nossa que se bandeou para o outro lado, safada!

O marechal arregalou os olhos, olhando para o nada, não fazia sentido, Kryss Anatoly, o herói soviético, ter sido pego sozinho na base dos romenos tão perto do inverno. O velho inverno, o melhor campo de batalha russo. Algo não se encaixava. Ele caminhou rumo à ponte, se ajoelhou, esticando o corpo na direção do rio para lavar o rosto, só então entendeu:

" Ele não foi sozinho para a base dos romenos, Armelov não deixaria seu melhor homem fazer isso, ele foi contando com uma retaguarda! A espiã traidora os guiou até lá. Feito o serviço, Anatoly a mataria depois, mas foram capturados antes... Mas isso não importa, eles cortaram toda a linha de comunicação e suprimento do norte, deixando os comandos cegos. Zhukov vai atacar a qualquer momento! "

Manstein voltava para a cabine do rádio e sua mensagem não podia ser mais clara.

– Cabo Albert! Depressa! Mande Himmler e Sauller recuarem, pegue seu batalhão de engenharia e evacue Kalach. Temos que sair depressa!

– Mas, senhor Manstein, tenho ordens de Himmler e Sauller...

– Escute bem se quiser viver, Zhukov vai atacar agora enquanto os comandos do norte estão cegos. As tropas romenas e húngaras não estão preparadas. A Luftwaffe está na Tunísia, combatendo o desembarque americano...

– Espere, senhor, vou contata o berço das faias e perguntar aqui... Senhor? Senhor Manstein? Mas onde...

Ele ouviu apenas uma porta de caminhão se fechar e o rápido bater de botas coletivo, instigado por gritos de "evacuar!"

Algo de avassalador estava para acontecer e ia mudar para sempre o destino da guerra.

Durante alguns minutos, Magnus e Burkhan ficaram em silêncio, distantes, inexplicavelmente estranhos um para o outro, como se a loucura de um refletisse no outro. O próprio Burkhan estava assustado com a reação de Magnus, porque finalmente notava que seu Sólon tinha medo da possibilidade de ser real e isso não mudava em nada sua mente. De repente, eles estavam ali, lutando contra a existência um do outro e a impressão era que, mesmo que travassem várias batalhas, nunca haveria um vencedor. Eles guerreavam contra a própria sombra.

Conformado e já cansado de especular uma teoria para a existência de Burkhan, o atirador deu um suspiro, já estava consciente de sua fragilidade psicológica, só imaginava até onde ia a barreira entre a fraqueza e a inconsciência. Em meio à sua confusão, perguntou como toda a humanidade tinha chegado àquele ponto que talvez ele estivesse.

– Então, se o poder é algo natural ao homem como você diz, por que chegamos nesse nível? – perguntou.

– Reafirmo o que disse, o poder é natural... Porém, – Burkhan vacilou – vou lhe contar isso com calma. Magnus... De fato, existe um sistema de manipulação coletiva que abarca grande parte da humanidade, mas, entenda, isto não tem poder próprio, este sistema foi criado e se alimenta de cada um de nós. Apenas criei o conceito sintetizado para uma melhor compreensão, portanto, não dê poder ao conceito. Este sistema invisível foi desenvolvido para aniquilar a vontade e, consequentemente, a fé do homem em si mesmo. Ele é conhecido como o labirinto das ideias. Onde o homem não se define por quem é, mas pela ideia que o domina.

Nesse instante, Magnus arregalou os olhos, pois Burkhan começava a falar daquela expressão que Leroy já tinha repetido várias vezes e agora ele explicava que havia sim um sistema de manipulação feito para enfraquecer a vontade de poder.

– Magnus, o labirinto das ideias é, basicamente, a renúncia de poder dos homens para as ideias, por meio da negação generalizada da natureza humana, mas este é apenas o primeiro ciclo. Primeiro, a presunção de baixeza e incapacidade humana é a base de tudo para a manipulação. No total, o labirinto das ideias é composto de três ciclos: negação da natureza humana, proteção e determinação do destino, sendo que cada ciclo possui três correntes.

As palavras corriam pelos lábios de Burkhan com incrível segurança e mesmo isso não era capaz de afastar de Magnus uma primeira impressão cômica daquela expressão "labirinto das ideias". Toda a situação se parecia com um jogo de esconder, sem que ele soubesse ao certo o sentido de "labirinto", que era o objetivo do jogo.

– É um labirinto inconsciente – Burkhan explicou – na medida em que as ideias constroem muralhas invisíveis diante dos homens e eles não conseguem se ver como realmente são, buscam uma saída, negando a própria essência, mas isso é apenas algo simbólico, então, não dê poder ao conceito.

Magnus olhou atravessado, não entendia o conceito de negação, tampouco acreditava que isto fosse tão nocivo a ponto de ter criado uma prisão mental.

– Magnus, o labirinto das ideias cria dentro do homem um instinto de rebanho, veja isso através da generalização vulgar, uma forma sutil de negar a natureza humana, isto ocorre quando alguém é pego em flagrante fazendo algo errado, então se justifica dizendo "fiz mas todos fazem, sou desonesto, mas todos são, faço errado, mas o outro também faz". Esta é a generalização vulgar e existem muitas formas de negar a natureza humana, ela e formas mais sutis, tem o efeito de igualar todos em um padrão baixo, deixando cada um de nós conformados com a baixeza e a mediocridade. Isto é muito nocivo, porque as pessoas que usam a generalização vulgar não reconhecem seu direito de ter fé no homem, acreditar em mudanças e diferenças. Este discurso é conveniente para quem está no poder. Você quer dominar uma coletividade? Faça todos acreditarem que são desonestos e ninguém questionará a sua desonestidade. Você cria esse padrão e dissemina na sociedade uma desconfiança generalizada, sendo que, a partir dela, o operador do padrão pode estabelecer medidas extremas.

Magnus olhou para Burkhan sem entender, quase ardendo em ceticismo, pois eram, como ele argumentava, apenas ideias.

– Então acha que não devemos ter ideias? Apagamos todos os pensamentos da cabeça para ter poder? É isso que está falando?

– Não falo de todas as ideias – Burkhan tomou um tom sereno – não falo da ideia de criar a lâmpada ou o telefone, o labirinto das ideias é constituído pelas que nascem da desilusão com a natureza humana, da falta de fé e da liberdade de escolha. Falo apenas daquelas que negam e incapacitam a natureza humana, elas colocam o poder dos homens como algo secundário, de exceção, diante de algo externo. Talvez você possa achar que eu estou exagerando no poder das ideias, mas elas podem ser muito sedutoras. Parece muito mais fácil incorporar, tornar-se uma ideia abstrata, do que ser você mesmo. Uma ideia não padece de angústias, não sente fome, nem sede, ela não tem forma, não é feia nem bela, nem tem consciência da morte. Enquanto é abstrato e metafísico, pode-se manter perfeito e esta "perfeição" abstrata é o que nos seduz.

Magnus quis saber mais sobre a presunção de incapacidade da natureza humana, como aquilo tinha começado e poderia ter se estabelecido como verdade.

– Negar a natureza humana é um processo histórico muito antigo. – Burkhan respondeu – Quantas teorias e previsões nós tivemos sobre o fim do mundo? Desastres naturais? Guerras e conflitos de toda ordem?

E quantas teorias e previsões nós tivemos sobre o surgimento do avião, do rádio? Quando prevemos o que o homem é capaz de fazer com sua liberdade de escolha, é notória a ênfase negativa.

– Então acha errado que uma pessoa nos avise quando algo ruim se aproxima de nós?

– Não. É preciso aceitar uma margem de caos, eu apenas falei da ênfase negativa e da forma como ela é conveniente para alguns. Algumas pessoas fazem isso para condicionar sua atenção a determinadas circunstâncias em que podem nos usar como confirmação de suas teorias.

– Não é isso que o senhor está fazendo, me usando como confirmação de sua teoria?

– Magnus, para que eu confirme algo preciso de uma realidade externa igual ou semelhante. Ao invés de tentar me confirmar em você, posso me conectar, a conexão presume uma troca, um reconhecimento mútuo de individualidades, eu sou um escritor à beira da morte, você um jovem com todo vigor, além disso, o sentido instintivo pelo igual e semelhante é um controle unilateral. Veja como conceito de verdade é corrompido, pois depende de uma variável igual ou semelhante. Se diz " Só pode ser verdade, isto é, igual ou semelhante a algo que conheço" ou " É diferente de tudo que conheço, não pode ser real". A realidade tem de ser seu espelho. No fim, essa é a busca de si para si, tentando moldar o mundo à sua imagem e semelhança. Agora, chegamos na porta de entrada para o labirinto das ideias. Reside justamente na sua dificuldade em lidar com o diferente e o contraditório, você vê isso em pessoas com dificuldade para dialogar de forma bilateral e isto vai gerar uma perspectiva por confirmação, bajulação, controle unilateral.

– Isso é o labirinto das ideias? A simples confirmação? – o atirador perguntou.

– Não é algo simples! É a confirmação de que você está vivo, de que existe! Isso essa é a primeira corrente do ciclo! Veja, Magnus, os homens se movem pela razão e o raciocínio lógico funciona por associação, em que as coisas têm uma causa determinada de ser, um porquê, um fundamento e, na medida que não se encontra razão suficiente, isso gera uma carência por determinação. Nós insistimos em buscar uma causa pra viver e nos esquecemos de descobrir a vida. Então, amigo, você busca na realidade externa algo capaz de associar à sua identidade, uma pessoa, uma ideia, um fato capaz de dar fundamento à sua existência e logo surge a causa de ser que gera a construção de uma ideia de si, mas você não vai buscar materializar esta ideia de si, você quer que o mundo a reconheça, e então criará uma realidade de permanente confirmação, que vai se traduzir numa imagem determinada de si.

– Todos os seres humano têm mais ou menos uma imagem de si, eu não vejo como isso pode ser perigoso.

– Você falou bem, todos cada um tem uma imagem de si, o problema é se esta imagem for capaz de distorcer a realidade por uma confirmação. No labirinto das ideias, sua imagem irá atuar como um intermediário, ela vai interpretar a realidade, sendo que será real aquilo que for saliente o suficiente para ser julgado como igual ou diferente.

– Espere, você disse que temos um sentido instintivo pelo igual e semelhante e que isto resultaria numa perspectiva por confirmação... Eu não entendo, então como posso me confirmar vendo algo diferente ou contraditório? Isso não faz sentido.

– Pelo contrário, aquilo que você tem de mais diferente, de si mesmo é aquilo que mais define sua identidade, porque é também aquilo que o torna único, individual e separado. Você não acha estranho como damos atenção a noticias ruins? Ora lendo notícias ruins no jornal você confirma suas virtudes, afirmando sua diferença daquelas notícias negativas. Ainda assim permanece o instinto pelo igual e semelhante, você não nega a contradição, mas se confirma nela, uniformizando-a, dando-lhe unidade. Eu sou diferente disso e isso é diferente de mim, se ambos somos diferentes, a diferença se torna o padrão que nos igualiza e confirma nossas individualidades, vocês precisam dessa diferença. Ou seja, quem você é passa a depender de quem não é.

Cético, minimizou.

– Se eu tenho uma imagem forte de mim, isso só pode fazer mal a mim mesmo, sei porque passei na pele!

– Isso afeta sua forma de se conectar com o mundo, logo, afeta também outras pessoas. Sua imagem de si filtra a realidade e você interpretada o que vê a partir da interpretação que faz de si mesmo, então será mais ou menos real aquilo que mais ou menos você se confirma. Quando você olha uma situação e ela parece perversa, pode ser que as coisas não sejam assim tão más quanto parecem, é apenas você se julgando muito bom, ou vice-versa. Alguém é tido como arrogante, mas é apenas você se sentindo inferior, ou o contrário.

– Senhor Burkhan, – Magnus apontou o dedo – em determinadas situações temos que separar o joio do trigo, ser quem somos e seguir em frente.

– Pois use sua liberdade de escolha e não espere ser escolhido! Não espere o mundo reconhecer suas virtudes para só então acreditar nelas. É impossível querer que o mundo confirme sua existência antes de você mesmo afirma a vida. Quer ser escolhido antes de fazer qualquer escolha? É como desejar o cavalo que está montado em cima. O que você dá para receber? Você é pelo menos capaz de pedir da maneira correta? Colombo não descobriu a América, tendo diante de si um espelho, ele manejou seu barco à vela no vento para o oeste. Magnus, você só confirma aquilo que precisa de confirmação, sua imagem de si tem uma carência por determinação, por isso ela não aceita quaisquer dúvidas ou questionamentos da realidade externa e, a cada questionamento, ela precisa de nova confirmação, numa sede que se torna eterna pela força elástica da confirmação, mas isso eu só posso lhe explicar no final. Bem... Esta é a primeira corrente deste ciclo. A perspectiva determinada por confirmação é a base de tudo, pois cria uma cisão do ser e a sua imagem.

– E alguém poderia passar a vida inteira assim? Vivendo eternamente em devaneios autoengradecedores com a perspectiva de confirmação? Ora, chega o momento em que todos cansam!

– Exato. Mas o cansaço não é seu, é de sua imagem e a rendição dela para as circunstâncias externas vai ter um efeito oposto, mas ainda tão nocivo quanto a primeira corrente.

– Como assim?

– Entramos na segunda corrente e a expressão chave é justificação para as circunstâncias externas, você não consegue a confirmação, mas vai buscar uma explicação que lhe confirme. Agora no labirinto das ideias, seus erros e negações são frutos de circunstâncias externas que estão fora de controle, eventos maiores que a vontade. Logo sua vida estará fadada ao destino das circunstâncias, significa apenas impotência, derrota. Basicamente se torna uma vítima e está desesperado para qualquer coisa parecida com proteção.

– Espere, meu mundo girava em torno da minha imagem e de repente me tornei uma vítima? Como? E agora realmente eu quero saber como uma pessoa frágil e abatida pode fazer mal a alguém?

– Lembre-se, sua imagem de si nasceu de uma carência por determinação, fruto da nossa tentativa de dar lógica à natureza humana, agora vou lhe dar um exemplo do que falo: nada nos instiga maior cobrança da vida do que o sofrimento. As pessoas não entendem como um homem pode matar uma pessoa e tornar a repetir este ato brutal, mesmo havendo punição. Na realidade, o criminoso reincidente se acha tão vítima quanto a vítima de seu ato. Quando ele é preso, alguém ou ele mesmo pode criar uma justificativa para sua atitude. Ele pode dizer que matou porque não estava bem financeiramente, os pais não o educaram, o governo não deu atenção e etc., pois a vida lhe deve um "crédito especial". Quando esse criminoso for condenado, vai ficar revoltado porque acha que existe justificativa para dar crédito ao seu ato. Quando voltar à liberdade, poderá se achar no direito de errar outra vez, pois se acha, no fundo, uma vítima das circunstâncias. Este ciclo pode motivar tanto um ato criminoso, como uma pequena desavença familiar. Entenda, você não pode ter o desejo de se regenerar se não assume seus erros. De fato, existem pessoas assim no mundo, você as reconhece em qualquer lugar, elas estão sempre se remoendo, cheias de justificativas externas para os seus erros. Uma das características dessas pessoas é que elas dificilmente assumem seus erros de forma madura e assim perdem a grande oportunidade de evoluírem. Este é o fim do primeiro ciclo e aqui estão as três correntes: perspectiva determinada por confirmação, status de vítima e a busca pelo crédito.

Magnus apenas balançava confuso a cabeça.

– É incrível você diz e desdiz as coisas! Por tudo que eu já sofri, Seria mesmo um milagre eu acreditar no senhor.

– Veja o que acabou de dizer: "milagre". Quando nos deparamos com algo inacreditável e nossa fé nega a possibilidade, dizemos ironicamente "Só um milagre". Magnus, o conceito de milagre nasce da ausência de poder, da perspectiva de incapacidade, não é comum nos pegarmos torcendo pelo mais fraco? O amor dependente de uma confirmação de fraqueza, necessitado de um carente que rasteje, de certo, um amor medroso, que teme ficar sozinho se falar a verdade. Por isso mente, distorce, omite, porque não há compromisso com a verdade. Então não é amor, é perspectiva por confirmação. Torcemos por um milagre. É fácil vislumbrar um milagre, simplesmente rendendo-se à fraqueza, ao sofrimento e à desesperança. Talvez você me diga que é assim mesmo, o sofrimento nos faz pensar e nos ensina lições valiosas, mas você só pode perceber o quão importantes são estas lições a partir do momento em que elas lhe servem e o apoiam, ou seja, num momento de gratidão. E a gratidão é o momento de agradecer por algo que nos dá algum poder, veja, você sente que recebe algo, em troca agradece, então, não importa o quanto sofra, não irá aprender nada enquanto não for capaz de trocar agradecimentos com a vida que tanto lhe ensina.

– Isso não diminui meu sofrimento, senhor Burkhan, nem minha desconfiança...

– Você é livre para se retirar. – o atirador balançou as mãos num gesto de desculpas – O mestre aprenderá com o aluno aquilo que quer aprender e o aluno ensinará ao mestre o que deve ser ensinado. Este é o meu princípio.

Desconfiado, Magnus se calou, colocou a mão na testa, mantendo-se artificialmente desinteressado, não queria deixar transparecer ao escritor que estava sentindo-se perdido, então levantou a cabeça, observando o tenso olhar de Burkhan para o casarão. Ele não tinha nenhum motivo para estar ali no frio, ajudando-o em meio àquele grande risco, mas ainda assim estava.

– Tudo bem, tudo bem. – o atirador interrompeu o silêncio – Pelo que entendi a sensação de vítima vai fazer a pessoa buscar proteção. Por que você fala em proteção como se fosse algo negativo?

– Magnus, a proteção daqueles que usam o labirinto das ideias é diferente da de seus pais e amigos que reconhecem sua essência. Vou ilustrar o que digo. No começo dos tempos, as fronteiras foram idealizadas para protegerem os reinos. Assim como as muralhas dos castelos, a armadura o corpo e a máscara protegia o rosto do soldado. Toda proteção tem como base a criação de uma zona limítrofe ao redor do ser protegido, ou seja, a proteção de que falo exige a criação de um limite. Ainda assim, Júlio César não expandiu o Império Romano construindo defesas, você expande terras construindo pontes e estradas, e não muralhas! De repente, ficamos viciados nisso, alguém passa uma risca no chão e diz "a partir de agora, desta linha para cá, se chama Alemanha, Rússia, Itália, do outro lado da risca são os outros" ou algo mais sutil como "quem é liberal pensa assim, quem é conservador pensa assado" ou " as pessoas que ganham determinada quantia de dinheiro serão chamados pobres, acima disso chamaremos de ricos" ou ainda "quem tem uma mancha no cotovelo é da raça do fulano, quem não tem é outra raça". Melhor explicando, subitamente ficamos viciados em massificar semelhanças, perceba que a proteção começa instigando a criação de ambientes sugestionáveis, espaços fechados onde o poder de influência é maior, circunstâncias que você já conhece e sabe dos efeitos, mas ainda assim eles se repetem como novidade diante de seu olhar.

– Achei que tivesse dito que a vontade fosse mais poderosa que as circunstâncias externas. Você acaba de falar em espaços fechados de maior poder de influência, continua se contradizendo.

– Reafirmo o que disse, a vontade é uma chama que não se apaga, um instinto natural no homem, porém, como também já disse, o conceito de poder pode ser distorcido, ao invés de vontade de poder, uma vontade sugestionada. O ambiente é criado e consolidade quando o indivíduo, instigado pela ideia de vítima, tem a impressão de que foi salvo, sustentado por uma causa, resgatado por um herói, isso gera um sentimento de dívida, culpa, débito, que é camuflado por uma espécie de culto ou idolatria desmedida, você sobrevive, graças a alguma força externa, homem, partido político, ideal ou credo abstrato. Depois que você se sente em débito com seu salvador, vem o último golpe da proteção: o levantamento da muralha! Isso é feito por meio da correspondência, do reconhecimento de outras pessoas, mais especificamente da massificação das semelhanças. Não há nada que inspire mais segurança em um homem do que aquilo que ele identifica como seu igual ou semelhante.

– Eu realmente não entendo quando você fala de correspondência pela semelhança.

– Você não entende porque neste ponto o processo requer certo tempo. Reúna pessoas de uma cultura parecida, com algum tipo de semelhança, pode ser o cabelo parecido, uma mancha no braço, o jeito de falar, então lhes dê um rótulo feito para se opor levantando um muro divisório ao redor delas e tudo estará feito! Você nem precisa falar sobre quem está do outro lado, apenas deixe subtendido que as protege. Um muro divisório só é construído quando se tem medo ou pudor, ninguém o faz no paraíso entenda quem cria rótulos limitantes teme. Após isso e uma vez dentro delas, tudo só vai girar naquilo que for para aumentar a proteção. Daqui se desenvolverá um senso de identidade massificado, ou rotulado, na medida em que o discernimento dos integrantes é paralisado pelo vício de concordarem uns com os outros. Coletivamente eu poderia lhe mostrar o rótulo em razão da nacionalidade, profissão, forma de comportamento, status de relacionamento, enfim, qualquer conceito estável sobre como você se classifica. Perceba que este processo se cria de forma suave e camuflada, não há influência direta, mas uma tangência contagiosa, a mensagem gira de forma autônoma. Lembre-se, há três correntes neste ciclo, ambiente sugestionável, sensação de débito e senso de identidade massificado.

Magnus escutou tudo em silêncio, depois simplesmente olhou de lado, sorrindo e balançando a cabeça, como se nada mais pudesse ser absurdo ou chocante em sua vida. Era como se toda aquela história louca de escritor e personagem fosse a coisa mais sã à qual ele poderia se agarrar naquele momento.

– Ao que parece, – Magnus afirmou melancólico – chegamos ao último ciclo, neste você diz que ocorre um direcionamento, o controle do destino, é, portanto, o mais escrachado, claro de manipulação. Ele é a interferência direta na vida, nas escolhas das pessoas, então, das duas uma, ou as pessoas se conscientizam da manipulação ou brecam e saem disso.

– Não se iluda, meu amigo! Este é um ciclo desafiador e também o mais grave. Agora você tem proteção, mas não é estranho? Sua proteção ainda alimenta uma sensação de vazio, tem-se a ideia de que possui algo, mas sente como se nada tivesse, há uma clara tensão entre aquilo que se pensa e o que se sente. Isso ocorre em razão de a proteção se alimentar ainda do primeiro ciclo, da negação humana, da frustração e falta de fé generalizada, então me diga, o que acontece quando pensamos uma coisa e nosso coração sente outra?

– Você sabe que não faço a mínima ideia. Não sei por que pergunta.

– O que acontece quando a ideia do que você possui está em uma direção diferente da dos seus sentimentos? Ora isto gera confusão! Há uma divisão em você que barra o fluxo natural de sua vontade de poder. Esta vontade de poder tudo sabe, tudo conhece, é uma essência que está acima do tempo e do espaço, no entanto, mesmo eles fincaram firmes fronteiras quando se aceita a proteção. Lembra-se do que eu falei sobre a proteção e a construção de muralhas?

– Você tinha dito que a proteção exige a criação de uma zona limítrofe ao redor do protegido – Magnus arregalou os olhos – Fronteiras! Limites! Só existe a proteção do labirinto das ideias se houverem fronteiras! Um limite, um fim.

– Exatamente, meu amigo, a proteção exige a criação da ideia de um fim, um término! Explicado isto vamos entrar na essência do terceiro ciclo. Você tem proteção, algo, aparentemente, seguro e estável, mas a sua verdadeira vontade, seus verdadeiros sentimentos podem querer o fim disto! Sim, o fim! O temível fim! A reforma! A difícil mudança! Aqui está! O controle do destino se inicia com a promessa de fim da proteção, a perspectiva de que um dia vai acabar e isto gera o medo. Tudo acontece na proporção em que a proteção é falsa, nasce da negação humana, não é amor ou companheirismo é anestesia para dor! Olhe o mundo! Você pode ver este medo da mudança, do fim, nas pessoas que têm apegos obsessivos. A proteção lhe deu uma ideia de fim separado da sua essência, em que você não vê o renascimento. Isso vai gerar a primeira das três características deste ciclo. A paralisação pelo medo do fim.

– Então, senhor Burkhan, desta vez não me engana, viveremos a vida inteira com medo do fim? Hein? Diga logo onde ele se camufla.

Burkhan nem deu um sorriso muito largo, apenas tocou no ombro do amigo, deixando a sua mão deslizar suavemente pelo braço.

– Magnus, qual é o grande sonho de todo homem? De que ele é faminto? Qual é a grande busca? A resposta é amor, perfeição, em termos gerais, felicidade! Aqui está, de forma mais clara, a manipulação e a ação que você esperava. Para nos consolarmos do medo do fim, criamos uma ideia de felicidade distante, que, para não ser perdida, nunca poderá ser alcançada, para não ser finalizada, nunca será iniciada. Esse sentimento é comparativo e muitas vezes imposto por uma fórmula externa. Você vê isto no mundo quando desejamos o "impossível", sendo que nada é realmente impossível para um sonhador, mas, no fundo, ele se sente mais confortável desejando este "impossível", pois é mais conveniente, já que nunca cobrará de si a responsabilidade de realizá-lo. Como você se decepciona ou se frustra, quando, no fundo, não acredita naquilo que busca? Você nunca irá perder a busca pelo sonho de felicidade, desde que nunca o viva. Isto gera uma eterna insastisfação uma busca irrefletida.

– Pelo que entendi, a ideia de felicidade é um consolo para a ideia de fim, é isto? Não devemos ter a ideia de felicidade?

– A questão não é a ideia de felicidade, mas quando ela é mais um consolo do que propriamente uma escolha. No labirinto das ideias, você não escolhe a felicidade, ela é sua única saída, seu único refúgio, sua única opção, como todos sabem. Para se fazer uma escolha é preciso conhecer pelo menos duas opções, e aqui não se escolhe, mas sente-se empurrado pelas circunstâncias a fazer a escolha. Não escolhe afirmando o que se quer, mas negando o que não se deseja, caminhando para frente e olhando para trás ao mesmo tempo. Magnus, você acaba não escolhendo a busca, mas a fuga. Um dos efeitos desse distanciamento da felicidade é que perdemos a capacidade de ver o amor nas coisas simples. Ficamos tão obcecados com ideia de felicidade, que fanatizamos a sua distância de tudo o que é humano e próximo, agora demos à felicidade uma natureza extraordinária, anormal, incrível, então ela se torna mais rara, difícil, impossível, assim esse sonho nunca morre, mas também nunca se realiza plenamente.

Magnus interrompeu Burkhan, pois não via nenhum traço de manipulação no que ele estava dizendo. Como sempre fazia, o escritor deixou claro que o labirinto das ideias não tinha poder autônomo, mas era alimentado por cada homem na terra, ainda assim teria uma última observação sobre o poder utilizado na terra.

Burkhan caminhou de lado, estacionando o olhar no casarão, olhava o vento sacudir a grossa pelagem do cão siberiano de um dos guardas. Então apontou o dedo para o animal:

– Vá em direção a um animal carnívoro faminto, amarre um pedaço de carne na ponta de uma corda, mova-se e você poderá traçar a rota deste animal, pelo instinto de sobrevivência. O cão correrá atrás da isca, mal perceberá as curvas do caminho, os desvios, as bifurcações, ele concentra-se, unicamente, em sua isca de carne, no resultado, o próximo passo, o horizonte, o futuro. Ele não vê por quais portas está entrando, o chão que pisa, apenas vê o além.

– E qual o problema disso? É apenas um animal com fome. É o instinto de sobrevivência como você diz, além disso, o animal está faminto e sequer possui raciocínio crítico!

– O problema é que você pode atraí-lo para uma jaula, fazê-lo caminhar por terrenos espinhosos, pegar um desvio e se perder para sempre. Falei de um animal faminto, mas de quê o homem é faminto?

– O sonho de felicidade!

– Exato! Como você disse, o homem tem raciocínio crítico, mas, às vezes, pode anestesiá-lo e uma boa forma de fazer isso é por meio do tempo. A outra característica deste ciclo é o deslocamento temporal, por meio de um instrumento usado em larga escala no mundo: a eterna promessa de felicidade ideal. Ela é utilizada por partidos, religiões e tantos líderes e organizações de poder que eu não daria conta de falar. Nos momentos controvertidos e polêmicos, esta é uma forma fácil de paralisar o raciocínio crítico e criativo. Em contrapartida, existe uma negação, mais especificamente, uma instrumentalização do momento presente, você não vive nele, usa-o para alcançar o seu objetivo. Nesse caso o presente não tem valor, não interessa tanto o que você faz agora, desde que sirva ao intento futuro. Você está tão fascinado com sua capacidade de desejar, que acaba perdendo o foco no objeto desejado, perde a concentração em tudo mais, seu foco é disperso. Alguém lhe deu a fórmula da felicidade, a vida ideal, algo, talvez grande, capaz de mudar a sua vida, o mundo. Suas intenções são nobres demais, muito justas. Então não faz sentido que alguém pense diferente disso, tampouco a sua oposição.

– E neste ponto – Magnus observou – morre o apreço à liberdade de escolha dos outros.

– Exato! De repente, há uma razão acima do razoável, você pode sentir-se autorizado a mentir por esta busca, agredir, roubar, até mesmo matar, ou aceitar que seus aliados façam todas essas coisas. Na verdade, não importa tanto o momento presente, você está deslocado no tempo, como um cachorro, que passa a vida inteira correndo em círculos atrás do próprio rabo. Você permanece insatisfeito, sua felicidade está sempre distante, nem vai demorar e logo será esmagado, correndo atrás de uma ideia de felicidade que não é a sua. O desejo não é por felicidade, mas a distância, pois a proximidade pode matar o "amor"! E quanto mais você caminha, mais se distancia, não importa o quanto se esforce, nunca será bom o suficiente, e, à medida que seu sonho de felicidade morre, surge uma perspectiva dispersa por negação. Aqui está o retorno, lembra do começo? Quando lhe falei da força elástica da perspectiva por confirmação?

Magnus fez um sinal positivo.

– A perspectiva determinada por confirmação gera um homem soberbo, ativo, controlador, que acha que sabe mais que todo mundo e centraliza tudo em sua mãos, ainda assim, um homem cheio de vitalidade, anseios e buscas, ao passo que a perspectiva dispersa por negação gera uma pessoa passiva, uma pessoa insuportável, cheia de críticas, resultante de suas frustrações latentes, em que nada está bom e o mundo só regride, pois todos só pensam em si e são desonestos. Não há sequer vitalidade aqui, nem sonhos. Percebe? É o princípio e o fim da força elástica, a energia que você lança por confirmação, retorna como negação do mundo ao seu redor. As duas perspectivas não se fundem na liberdade de escolha, ou na conexão, mas na renúncia de poder.

– Isto é como um carma?

– Não, Magnus, a força elástica da confirmação pode retornar contra você em poucos anos. Isso não é uma força de justiça superior, estabelecida de uma vida para outra. É uma ilusão criada por sua mente de que você pode viver puramente dela.

– Então, – Burkhan suspirou – quero lhe apresentar as últimas três correntes em ordem: paralisação pelo medo do fim, eterna promessa de felicidade ideal e perspectiva dispersa por negação.

– Agora você conhece a ilusão. Tem o poder. – Burkhan falou com um sorriso tímido, desconsolado, parecia ao mesmo tempo sereno e derrotado. Como se naquele momento pudesse realmente morrer feliz. Tinha feito o que precisava fazer e agora tudo estava nas mãos de seu Sólon, aliás, nas de quem ele devia chamar de Magnus.

Ao longe, os guardas começavam a se inquietar, mais uma vez havia movimento na casa sede, estava na hora. Antes mesmo que os guardas viessem, Magnus perguntou ao escritor sobre o tal Sólon.

Em sinal de gratidão, este era o último presente de Magnus para Burkhan, queria mesmo que lhe contasse a história do livro.

De forma resumida, o escritor lhe contou que a história se passava antes da era cristã, em um tempo em que não existia a morte e os deuses caíam das estrelas. Esse era também o tempo do caos, onde o mundo vivia entre guerras catatônicas criadas por seres celestiais. Então, temendo pelo destino da Terra, o Sol fez cair uma estrela pura sua que daria início a uma nova raça. A nação do fogo, os filhos do Sol.

A estrela caiu dentro de um vulcão no mar Egeu, na ilha de Creta, que era guardado pelo centauro Quiron, a divindade que havia sido mestre de Aquiles e outros tantos heróis da mitologia. Quiron percebeu aquela erupção fora do normal e viu quando a lavas do vulcão se misturou ao mar e dessa mistura nasceu Sólon.

Conforme a história de Burkhan, o homem ficou conhecido como "o mago de Creta" e cresceu tendo Quiron como mestre.

Ele lhe deu o nome de Sólon e o menino cresceu fascinado pelo fogo. Em pouquíssimo tempo, o mago aprendeu a manipular o fogo em si.

E não apenas o fogo em si, mas o que residia dentro das pessoas, deuses, animais, através da manipulação do calor na alma. Ele também se tornou um mestre da ilusão, da fantasia e da loucura.

Como o mundo vivia em guerra e Sólon tinha o poder do fogo e da ilusão, veio destinado a separar, destruir e se afirmar. Não conhecia o desejo ou o medo, pois era o centro de tudo. Tudo que ele fazia era criar através da cisão. Tudo que fazia era tornar individual.

– Magnus, olhe a natureza livre e independente do fogo, você pode poluir a água, o ar, a terra. O fogo é diferente dos outros elementos, que não se corrompem em sua essência. Você não pode manipulá-lo, tentar mudar a sua cor ou seu efeito, mesmo a água pode ser quente, mas o fogo não pode ser frio, sua chama apenas se apaga ou se alimenta, por isso simboliza a honra dos que acreditam, mas também a plena liberdade, pelo seu poder e independência. Durante a história, o fogo foi usado para fins destrutivos ou pacíficos, ele não julga, apenas queima ou alimenta e este é o equilíbrio entre o calor que aquece e o que queima. Seja como o fogo, livre e independente e somente outra chama assim tocará você. Seja como o fogo e você vai inspirar coragem e sabedoria para que outros possam chegar a você.

Magnus entendeu o recado, mas estava mais interessado no final, em como o mago de Creta enlouquecia ao ver a morte de sua outra parte.

Sólon seguiu seu destino e por meio do poder da ilusão ia desfazendo as grandes guerras, separando os aliados, criando pequenas guerras, pois tudo o que ele tocava se separava e tomava consciência individual.

A grande virada da história se dava quando Sólon estava passeando perto da praia e, na embocadura do rio Aqueloo com o mar, viu, uma uma ninfa seguindo pela corrente do rio, ela se chamava Nyx, que significava a deusa do mar.

Quando a viu, ficou desnorteado, não apenas por sua beleza, mas porque não conhecia o desejo, a união. Então, confuso, passou a também conhecer o medo, que nunca experimentara antes.

O mago tencionou usar seu poder ilusório sobre a mente da ninfa, mas a divindade era feita de água, simplesmente se adaptava a tudo, não reagia, então Sólon caiu na própria ilusão de achar que era alvo de uma ilusão da ninfa. Não demorou muito e logo perdeu completamente o controle sobre seus poderes. Seu corpo começou a queimar e ele correu para cima de um penhasco e de lá se atirou ao mar.

O corpo de Sólon caía lentamente até o fundo do mar, onde vivia a ninfa, na completa escuridão das entranhas do oceano, no submundo do nada, no insconsciente. Nesse local só existia o frio e as trevas escuras. Por isso, quando a ninfa viu aquela bola de fogo pôde sentir o calor e a chama do mago iluminando tudo.

O que Sólon tocava se separava, Nyx agora conhecia o calor, e, teve consciência de seu eu, pois via os outros peixes, as ninfas. Ela teve consciência da própria individualidade separada do mar, então correu na direção dele para salvá-lo, levando-o até a superfície.

Mas quando chegou com Sólon à superfície, o sol refletiu no corpo dele, queimando gravemente a sensível ninfa do mar.

O mago acordou diante da horrível cena.

– E então, o que acontece depois? – Magnus queria saber.

Burkhan não deu resposta, disse que era daquele ponto em diante que surgira seu bloqueio criativo e que não poderia fazer nada para terminar a história. Explicou que a única pessoa capaz disso era Magnus.

E mesmo que Burkhan soubesse, já não havia tempo para mais nada, da casa sede, novamente, surgiam passadas.

Aliás, pelos dentes trincados dos guardas alemães, estava terminando o tempo, nem tinham se passado dez minutos direito, desta vez o escritor não seria capaz de enrolar uma segunda vez. Já ia começar o suposto "julgamento" de Burkhan.

Ele pegou o livro, colocando-o no colo do atirador.

– Agora você está livre para escrever. Faça a sua história!

– Você, idiota, entre agora no galpão! – foi o grito do militar alemão que tirou Magnus de seu transe e a certeza de que desta vez, não haveria um "milagre".

Logo depois que Magnus entrou, seis homens da Wehrmacht invadiram o galpão com Burkhan. Três eram promotores de acusação, um representava o governo, outro a igreja e o último era Himmler, o homem que iria confrontar Burkhan, comprovando sua teoria de superioridade.

Todos se sentaram atrás de uma longa mesa, enquanto outros três guardas seguravam rifles apontados para o escritor.

Como réu e advogando em causa própria, ele ficou em uma cadeira no centro da cúpula, todos os outros prisioneiros ficavam sentados à distância, nos fundos.

Era um julgamento simples e sem formalidades, que deveria ser feito bem rápido e com o devido resultado. Magnus assistia a tudo com o livro escondido debaixo do uniforme.

– Senhor Burkhan, pelas suas ideias, é acusado de sublevação da ordem pública, além de instigar e viciar as pessoas em um niilismo destrutivo presente na podridão do judaísmo. Você que defende a sua classe, a elite judaica usurpadora da Europa, diga-nos, o que tem a alegar em sua defesa? – perguntou Himmler.

– Eu não preciso me defender de nada. Entenda, não estou aqui para demonizá-lo, ou mesmo me proteger, não sou vítima. Apenas falarei do que acredito. Primeiro, não viciei ninguém a nada, na verdade, nenhum homem se vicia em seus erros, os homens se viciam em justificativas, como esta que você usa do “judaísmo sujo”. Segundo, este termo que você usa “elite” é uma forma sutil de chamar seus protegidos de medíocres. Se você admite a existência de um conceito de elite, então pressupõe o oposto, o do “medíocre”, eu lhe pergunto, quem são eles? Entenda, ninguém pode, simplesmente, dividir a dignidade das pessoas de acordo com quanto dinheiro possuem, nem por nenhum outro critério, a dignidade é absoluta! Todos os seres humanos nascem com dignidade, não importa a quantidade de moedas que tenham em seus bolsos. Afinal, não é o dinheiro que arbitra mais ou menos honra ao ser humano. O que você faz é apenas uma forma de liderar, apostando no complexo de inferioridade das pessoas.

– Muito bem, como todos podem ver, os judeus estão sempre arrogantes.

– O judaísmo é algo simbólico para mim. Sou mais humano do que judeu, mais humano do que germânico, mais humano do que humanista. O homem é um ser belo e soberano!

– Esta mesma soberania dos judeus não é aquela invocada pelos banqueiros que surrupiaram toda a riqueza da Europa, deixando milhares de miseráveis? Só nós libertamos a Europa do julgo judeu! – Himmler provocou.

– Oh, sim vem desde as religiões, foi uma questão controvertida, – Burkhan começou – criaram o pudor ao dinheiro, mas na Idade Média só o clero e os reis tinham recursos. Depois foi a vez dos partidos políticos fazerem sua caridade com chicote de rebanho, se passando por protetores, em sua "compaixão condicionada" para com fracos e oprimidos. Entenda, você não irá levantar um homem do chão tendo fé na ideia de levantá-lo. Muitas vezes as pessoas confundem amor com a compaixão condicionada à fraqueza, pois no verdadeiro sentimento há um risco maior, em razão do reconhecimento. Ama-se muito mais a ideia moral de "estar fazendo o bem", do que a pessoa em si e quando alguém já não serve mais a esse intuito é descartada e, algumas vezes, você lhe dá o rótulo de separação.

– E quem teve compaixão do povo germânico, depois da crise dos anos trinta ?

– Olhe o mundo, Himmler, o que tendemos a amar? Facilmente nos derretemos em amor diante de crianças, ou mesmo animais, enfermos, mortos, carentes, é tão fácil amar quem já não tem tanta liberdade para nos recusar, e eu não generalizo isto, sei que há pessoas realmente sinceras no mundo, mas vejo sua manipulação e ela não prevalecerá neste debate. Você não ama o homem, ama a sua própria imagem de amoroso e bem intencionado, sustentada na dependência alheia, ama sob a condição de ser confirmado, bajulado, reconhecido, obedecido. Compaixão condicionada à fraqueza não é compaixão, é apenas uma busca por aprovação moral. Esta é a diferença entre o meu amor e o seu, o meu é humano e o seu puramente circunstancial.

Dois promotores se entreolharam e se retiraram, a fraca argumentação de Himmler tinha deixado um cheiro de desmoralização no ar, então eles deixavam todo o ritual nas mãos do chefe. Ele ficava o tempo inteiro com um livro de anotações na mão.

– Burkhan, o senhor comentou antes deste tal labirinto das ideias que, segundo a sua teoria, estaria enraizado em alguns conceitos centrais. O senhor confirma isso?

– Confirmo. Mas o grande sistema de que falei não surgiu com força autônoma, não é superior ao dos homens, foi a sociedade que renunciou seu poder. Não há nenhuma teoria da conspiração aqui, poder superior ou ameaça real! Foi a própria sociedade que renunciou seu poder, quando aceitou a crença de que a natureza humana é, generalizadamente, pecadora, incapaz e vulgar, necessitando de viver em prol de um poder superior.

– O senhor disse que as religiões estavam no topo do labirinto das ideias, confirma isso, senhor Burkhan?

– Sim. Todas as grandes religiões populares surgiram negando e renunciando a natureza humana, ainda assim reconheço que muito disso já veio do paganismo. Religiões e partidos políticos apenas criam ideias centrais de natureza sobre-humana. Essas duas organizações partem basicamente da mesma premissa: salvar o homem de si mesmo, presumindo um homem baixo, vulgar e opressor, ou seja, negando a natureza humana. Para encontrar um consolo para a morte, as religiões tiveram que rebaixar a humanidade, um rebaixamento da vida física, da terra e da matéria, por assim dizer, de maneira que muitas vezes condenamos, inconscientemente, nossa natureza. Punimos o nosso mundo, as vezes até parece que já nascemos com o desejo de nada desejar e partir.

– Então o senhor nega a Deus e acaba de cair em blasfêmia! – Himmler retrucou.

– Pelo contrário, eu acredito em Deus como força vital e cada um tem o seu próprio a descobrir. Ele me vê livre. Acredito no Deus que crê em mim. Seria contraditório a ideia de um homem livre que está o tempo inteiro submetido à vontade de Deus. Jesus Cristo, Buda, Maomé e Krishna, todos esses seres iluminados têm algo em comum, seus ensinamentos eram direcionados ao homem da Terra, a fé deles estava aqui, não amavam apenas o céu e o espírito, mas esta vida terrena.

– Oh, por favor, senhor Burkhan, não finja alguma altivez espiritual aqui. O senhor não ama a Deus e ainda caçoa dos preceitos de Cristo!

– Não se trata disso! A questão, Himmler, é que durante todos esses séculos acreditamos que para amar a Deus seria mais fácil nos diminuirmos, assim nosso amor não faria muitas exigências. Nos ensinaram a amar apequenados! De joelhos, porque é mais fácil se tornar amável quando se olha de baixo.

Burkhan parecia bem em sua exposição, falava não apenas com segurança, mas com dignidade em seu olhar, que impressionava até mesmo Magnus e só recobria o escritor de uma espécie de aura intransponível de princípios. Essa barreira crescia mais, elevando a tensão. Os guardas, começavam a engatilhar armas, os promotores cochichavam, os prisioneiros secavam as mãos suadas nas calças. Aos olhos de Magnus, tudo parecia se mover para uma colisão de consciências, de sentimentos, em que homem e realidade iriam se estrangular até vomitarem o que tinham roubado um do outro.

– Senhor Burkhan, – retomou Himmler – o senhor fala desse tal labirinto das ideias de maneira muito libertadora, mas, na realidade, não engana ninguém, está apenas tentado uma morte digna, fazendo piruetas abstratas para manipular a cabeça destes homens a seu favor. O senhor é apenas um agitador, como houve tantos na história. Não se preocupe, apesar da morte, vai ter seu séquito de seguidores, serão pequenos, mas existirão, infelizmente.

– Himmler, não subestime nossa inteligência, não estou querendo doutrinar ninguém. Devemos aprender a amar a liberdade, a discernir sem demonizar, vemos os pensadores, os doutrinadores, os primeiros vão falar de seres humanos, reconhecendo o poder dos homens. Os doutrinadores são guardiões, estarão sempre protegendo e lutando contra algo, se encontram no ciclo do negar, proteger e determinar o destino. Olhe bem para o nosso mundo, guardiões da política vão falar em esquerda *versus* direita, os das raças, de negros contra brancos, os das nações, de estrangeiros *versus* nativos, os da igualdade, de pobres contra ricos e, sempre que esses "protetores" o fizerem, estarão tentando nos controlar pelo medo, criando dentro de nós uma divisão em que não nos veremos como seres humanos, mas como uma síntese de um fruto de raciocínio. Já é chegado o tempo em que devemos acordar deste sono profundo, falo agora do homem civil que julgam como pecador, racista, desonesto, xenófobo, antissemita. Estas são ideias rotulantes que nascem da desilusão com a natureza humana, da intolerância, mas como o homem é majoritariamente digno e tolerante, então estas ideias, sim, representam a exceção! No entanto, alguns as usam de forma repetida e genérica e elas vão ganhando um poder independente e a presunção de baixeza começa a cair na conta de todos nós. De repente, a ideia se consolida e toda uma sociedade é rotulada como racista ou antissemita, pecadora e baixa. Não devemos aceitar o desrespeito, a intolerância, mas não podemos fazer disso um traço humano, pois, com o passar do tempo, as pessoas começariam a aceitar que são baixas e desonestas, eis a negação da natureza humana. Construída pelos guardiões, pelos heróis protetores.

Himmler levantou-se, apontando o dedo na direção de Burkhan.

– Como ousa, cínico! Se existe alguém aqui que quer ser herói, é você, com suas teorias mirabolantes, tentando se passar por um gênio pensador!

– Eu nunca disse que era gênio! Você levantou isto! Por que está preso no labirinto das ideias, digam-me todos, não é assim? Basta que alguém faça algo "prodigioso" e então todos vão apontá-lo, "este não é humano! Gênio! Fenômeno! Ele não é desse planeta! É um santo!" Nunca dizemos para alguém que se destaca "tu és um ser humano." No grande momento de glória da natureza humana, nós a negamos profundamente e quando alguém comete um erro, a primeira coisa que dizemos é isto "tu és um ser humano", como se esse termo fosse sinônimo de fraqueza.

Burkhan terminou a explanação em meio aos aplausos dos prisioneiros. Magnus apenas apertava o livro contra o peito, como se aquele fosse o elo que os ligaria para sempre.

Impavidamente, os dois promotores fora do debate ficaram calados, eles já estavam cansados e impacientes de ver Burkhan expor suas ideias no julgamento. Estava mais que na hora de acabar com aquilo, antes mesmo que todos fossem assoberbados pelas loucas teorias dele.

Porém, para Himmler aquilo ainda não tinha acabado, não suportaria simplesmente executar o escritor sem ter o último argumento.

– Senhor Burkhan, – ele recomeçou, para espanto do restante da promotoria – o senhor declarou que o governo alemão é controlador e antidemocrático e que em boa parte das democracias do mundo também e que havia um grande nível de controle e prisão pelo labirinto das ideias, afinal de contas, onde o senhor quer chegar com esse tipo de contradição? O senhor acredita na democracia, nos reis, ou quem sabe na mais pérfida anarquia?

– Mais uma vez, digo que isto não é uma teoria de conspiração e a democracia do Partido Nazista é absolutamente risível, nem irei falar disso, sei que ao longo do tempo a sociedade foi sendo convencida de sua pequenez e renunciou ao seu poder. Eu quero dizer que acredito na democracia, não nestas que são feitas pelo mundo, dividindo e diminuindo as pessoas. Porque hoje os políticos não fazem democracia com a maioria, mas com o maior grupo de minorias. Ninguém quer servir a nação, não é interessante, a maioria não tem rosto, mas os grupos sim.

– O grupo minoritário de ricos como os judeus, imagino.

– É o que você está fazendo agora, Himmler, é isto que os políticos fazem, mais uma vez, colocam a característica acima da natureza humana. Não há governo mais manipulador do que aquele que incita a divisão de sua sociedade, é um raciocínio simples, distraia o homem, fazendo-o defender-se de si mesmo, para que não queira se proteger de seu governo! Por isso alguns partidos políticos farão de tudo para que você se sinta vulnerável, dividindo a sociedade em grupos ditos "radicais opostos" em que um é vítima do outro. Neste tipo de democracia todos são pequenos, ninguém irá desenvolver um país, brigando apenas pelo seu pedaço de poder. Entenda que todos os homens possuem características que os diferenciam, mas este termo minoria é, muitas vezes, usado de forma distorcida para diminuir e enfraquecer a dignidade dos homens. Nós determinamos o nosso destino, quando escolhemos os representantes do parlamento para fazerem as leis. O governo é apenas um serviçal da consciência do homem civil.

Nesse instante, Magnus notou uma movimentação estranha perto dos guardas, um dos soldados estava com o rifle baixo, enquanto outros cochichavam ao pé do ouvido. O atirador deduzia um motim ou algo parecido. Mesmo os prisioneiros se acotovelavam cochichando, então, de repente, um maltrapilho com uma estrala de Davi no peito, se levantou gritando:

– Himmler, seu nazista ladrão! Falam da riqueza de nós, os judeus, mas roubaram todos os nossos bens! Não passam de um bando de corruptos!

A bofetada do comandante foi tão forte que o velho caiu arrastando pela corrente seu parceiro.

– Nós, nazistas, não toleramos corrupção! Seu ataque é vergonhoso, para não dizer mentiroso. Quando algo surge, nós investigamos, temos várias sindicâncias e instâncias judiciais! Corrupção! Vocês nos atacam, porque os judeus sabem que os nazistas libertaram a Europa de sua dominação. Vocês sim são os corruptos da Europa, por isso nos acusam! Querem ver corrupção, devem ir ao parlamento inglês!

Burkhan sorriu ironicamente.

– Diante da acusação, a primeira defesa de um homem honesto é invocar honra própria. Sem honra, a primeira defesa de um corrupto é acusar a acusação. Não há nada mais corrupto do que vosso parlamento. Não passam de macacos amestrados esses deputados e senadores que hipotecam a república em troca de verbas e cargos públicos. São esses macacos a quem ensinam a bater palmas em troca de bananas podres. Eles alimentam a corrupção que operam no labirinto das ideias achando que nunca atacam, porque realmente não acreditam que estejam fazendo algo. Na cabeça deles, estão se defendendo e a maneira de fazer isso é atacar. Os operadores do labirinto das ideias lutam mais pelo status de vítima, do que por alguma justiça. É assim que homens sem honra lutam, como você, Himmler. Você chega por trás, dá um golpe, depois sai correndo gritando por ajuda. Bem, fique à vontade! Pode posar de injustiçado, como o Cristo na cruz, na esperança de que as pessoas percebam que não faz sentido levar a julgamento um homem já crucificado.

– Seu escritorzinho de merda, maldito manipulador! Não escapará, será feita a justiça, está ouvindo?

– Será feita a sua justiça, pois julgam com os juízes que vocês mesmos nomeiam, simpatizantes do partido! Não satisfeitos, criam empresas públicas para fomentar um populismo nacionalista, quando na verdade vocês as querem para enriquecerem a "corte", usam-nas também para patrocinarem artistas e jornalistas, que nada mais fazem do que prostituir a arte e a verdade. Esse é o seu espetáculo bajulatório e descarado. Por acaso acha que somos todos idiotas? Esta piada perde a graça à medida em que fica previsível, Himmler. Vocês são tão corruptos que usam a técnica da generalização vulgar, pois já não podem sequer invocar honra própria, só lhes resta acusar outros, para assim gerarem a ideia de que todos são iguais em sua desonestidade, isso ensejaria um estado de desconfiança na sociedade. A corrupção, Himmler, é uma das formas mais agressivas de negar a natureza humana. Ela pode criar uma sensação coletiva de vítima, tirando de uma população a sua maior riqueza: o sonho de crescer realmente de maneira civilizada. É capaz de multiplicar ambientes sugestionáveis dentro do serviço público como um rastilho. É um crime que gera uma corrente de outros, as pessoas veem um grande político corrupto, daí um policial cobra para prender um ladrão, o fiscal cobra propina para não multar, o médico público ganha para atender alguém, uma mãe morre esperando atendimento, um filho se revolta, frustrado, cai em vícios, rouba, mata e outras revoltas e frustrações. É uma corrente!

– Hipócrita! Não foi você quem disse que a vontade do homem era mais forte que as influências negativas? Agora que a corrupção política influencia em toda liberdade?

– Porque os próprios políticos só admitem sua corrupção generalizando-a, não assumem seus erros, se justificam num tal sistema inerente a todos. Eles dizem que isto faz parte de algo invencível que suga a todos e nunca será mudado, assim se cria uma sensação de impotência no homem, de derrota latente, o clássico sistema opressor que gera a vítima. Então surge o ambiente sugestionável que gera a revolta e, finalmente, cansado da revolta, impotente, vem a entrega, "se todos são corruptos mesmo, então melhor eu ser também, pois o corrupto é o esperto e o honesto o otário!" Entenda, Himmler, a raiz da corrupção não é nenhum sistema, lei, ou qualquer força abstrata, a raiz da corrupção está no vício de aceitar essas justificativas. Ser honesto não é tão difícil.

– Senhor Burkhan, – Himmler insistiu – vejo que faz acusações sem base nos fatos. Desde a crise de vinte e nove, o povo alemão, sob a liderança de Hitler, prosperou e ganhou força. Enquanto toda Europa padecia, construímos grandes industrias, demos dignidade ao nosso povo transformando vidas, criamos leis justas. Por que isto? Porque este é o destino da Alemanha, e o da Europa, aprender com a raça ariana superior.

– Governos não criam leis, somos nós que decidimos concordar uns com os outros, você não obedece aquilo que escolhe. Além de tudo, senhor Himmler, saiba que governos ou partidos políticos não dão nada a ninguém, inclusive, quem dá tira do próprio bolso e o governo tira do dos outros. Ele é hoje a força externa que mais deseduca a sociedade, é a única que toma com obrigações de impostos e depois gasta como se estivesse fazendo alguma caridade. Promete mais do que pode cumprir e no fim chama para si todos os seus feitos e méritos do homem livre, pondo na conta de toda a sociedade seus atos de incompetência e corrupção. Deixe-me perguntar de novo, acaso acha que somos todos idiotas? Que pode nos enganar para sempre? Quanto maior o Estado, maior o governo, menor é a liberdade de escolha, tornando maior a negação da natureza humana e desta negação germina a desconfiança generalizada, a falta de fé e cooperação voluntária do homem. Tudo isso em prol de um homem tutelado, adestrado na expectativa de uma lei, de uma ordem superior, um imperativo abstrato, qualquer coisa que diminua sua liberdade de escolha. Simplesmente, ordene e este homem não precisará tomar decisões difíceis, no fim, se nada der certo, responsabilize a lei, a ordem abstrata a quem ele aceitou servir cegamente. Este foi o pacto secreto que fizemos com o labirinto das ideias, demos subserviência e renúncia, em troca, recebemos uma máscara com passe livre para a mediocridade.

– Mentiroso! A Alemanha não era nada antes de nós!

– Para aquele que parece se fazer de doido, eu gostaria de saber se o senhor conhece a conceito de cinismo? Pois eu insisto, acha mesmo que somos todos idiotas? Que enganaria o povo eternamente? A Alemanha é milenar e sempre existiu. Governos não criam indústrias ou empregos, tampouco tiram pessoas da dificuldade. Na realidade, o que as tira da carência é o suor do rosto, a criatividade, a fé na vida, no trabalho e a vontade de crescer e ser livre para determinar o próprio destino. Vocês estão ganhando, eu admito, porém o jogo ainda não acabou e, eu já disse uma vez, os homens podem conhecer as influências durante um tempo, mas o que dá sentido à vida é a vontade, são os sonhos, por isso não há influência maior sobre a humanidade do que a sua própria vontade. Então, Himmler, já falei tudo que tinha a dizer. É o fim desse teatrinho nacionalista, o qual você chama de julgamento. A brincadeira acabou, meu caro, a seus homens amestrados, diga o que quiser. Homens livres vêm de leste a oeste pedindo passagem.

– Agora já chega, isto foi longe demais. Guardas! Guardas! – gritaram os outros dois promotores.

Himmler ainda tentou contra-argumentar, mas a paciência da promotoria tinha acabado de vez. Acalmado pela força das pistolas, Magnus voltou a se sentar roendo as unhas, assistindo sem piscar, pronto para gritar forte em nome de Burkhan se fosse necessário.

Os três atiradores ficaram de frente para o prisioneiro, levantaram seus rifles e miraram. A primeira saraivada fez o sangue do escritor espirrar no rosto de Himmler.

Da mesma forma como estava sentando, com as mãos para trás, Burkhan apenas abaixou a cabeça e fechou os olhos. Rapidamente, os tiros atravessaram o corpo do Encantador de Ilusões, deixando em todos a sensação de que agora a morte era o de menos, em um mundo onde os homens tinham sido cegados por uma fome de controle, incapazes de reconhecer outros seres humanos.

Arrasado, Magnus começou a gritar e a se debater nas correntes, insultava os guardas e os promotores, até que foi pego e arrastado pela gola da blusa até o centro do galpão perto do cadáver do amigo.

Neste momento, todos os presos se revoltaram e começaram a gritar. Em pouco tempo os soldados do lado de fora chegaram e começaram a atiram nos prisioneiros, que iam caindo um a um. Magnus permanecia no centro sob escolta, olhando o sangue de Burkhan escorrer pela cadeira.

Subitamente, um estrondo fez tremer todo o chão da base do berço das faias. Os alemães se entreolharam confusos, logo em seguida, ao longe, rajadas de metralhadoras e tiros incessantes de canhão desabavam nos arredores.

– Os soviéticos estão atacando! Os soviéticos estão atacando! Rápido, rápido, nas posições! – gritaram os guardas do lado de fora.

Magnus entendeu de imediato, sabia que aqueles assobios aterradores eram os foguetes Katyusha, os soviéticos estavam perto. A tão aguardada contra-ofensiva de Zhukov começara e já estava espalhando o fogo por todo o impotente flanco norte de alemães e romenos.

Naquele momento, três mil canhões disparavam, quarenta bombardeiros aéreos soviéticos despejavam bombas e duzentos mil homens estavam a poucos quilômetros, concentrando artilharia na base dos berços das faias.

Uma potente bomba desabou sobre o galpão, derrubando parte do telhado. Dois soldados alemães que faziam a guarda e vários prisioneiros ficaram feridos. Antes que Himmler conseguisse sair, vários o atacaram, enquanto Magnus e os demais caminhavam com dificuldade. A vista estava turva por causa da poeira e o estrondo das explosões atiçava a gritaria e o desespero.

Naquele exato momento, todos corriam arrastando seus acorrentados, alguns homens caíram e foram pisoteados em meio aos gritos de horror, outros, como o atirador, tentavam se aproximar dos guardas, na esperança de encontrar as chaves das correntes.

Arrastando seu doente acorrentado, Magnus conseguiu chegar perto de um dos guardas feridos. Vasculhou em cada bolso da camisa, das calças e nada, mas ele não deixaria passar aquela oportunidade. Decidido a fugir, tirou toda a roupa de um dos soldados e, em uma pequena bolsa presa por debaixo da farda, que conseguiu encontrar o molho de chaves.

Assim que conseguiu se libertar,roubou o sobretudo do soldado, correndo para fora do galpão. A sua primeira visão foi o casarão em chamas, homens correndo e gritando para todos os lados, bombas aéreas sacudindo o chão e pedaços de corpos voando. Era um cenário tão aterrador quanto o de seu primeiro dia em Stalingrado. Como se estivesse mesmo voltando na linha do tempo, pensou: "preciso de um abrigo seguro".

Sem perder tempo, o ex-herói de Stalingrado desceu a colina, caminhando com dificuldade na neve, e só conseguiu se abrigar atrás de uma bétula na encosta. Queria se posicionar na retaguarda alemã para atirar, mas se lembrou que estava sem rifle, tinha o livro preso nas vestes, além de ter levado tiros nas costas, que o impossibilitavam de mover-se rápido.

Não havia muita escolha, não poderia colaborar no ataque, por isso pensava em um jeito de recuar em segurança, foi então que se lembrou da mina que ele e Catarina encontraram na floresta das faias.

"Meu Deus, é tão longe, não aguento. Mas preciso!"

Magnus seguiu descendo as colinas no sentido do túnel. Tentava correr, mas as costas doíam, ainda assim fazia um esforço, teria de percorrer alguma distância, tirar forças de algum lugar, mesmo que naquele momento estivesse quase esgotado.

Conseguiu chegar até a mina quase se arrastando. Depois de cambalear bastante, teve forças para se abrigar. Uma vez em segurança pôde se acalmar, pensar com lucidez, notou que as bombas ainda estavam próximas, mas que o som ia se distanciando à medida em se aproximava da floresta das faias, por isso seguiu, caminhando e fazendo pausas para descansar. Imaginava que encontraria alguém especial lá e que talvez aquele fosse o fim de tudo.

Abrindo a tampa que dava para a superfície, chegou à floresta e sem demora começou a caminhar pela estrada dos romenos, olhando as árvores com seus galhos nus. Os ouvidos ainda podiam notar a neve estalando, mas sua visão ficava cada vez mais escura e aquelas palavras voltavam em seu pensamento. Eram as palavras de Burkhan e Catarina.

Estava tonto, fraco, suas feridas nas costas sangravam e as passadas começaram a se cruzar. Magnus cambaleou, caindo completamente exausto e ferido sobre a neve.

Acordou com a cara enterrada na neve. Apalpando com a mão a ponta do nariz, notou a insensibilidade, dando-se conta de que estava congelado. Aparentemente a ponta de suas orelhas também estava insensível, pior do que isso era apenas o fato de que a parte direita do seu rosto parecia imóvel e todas as suas articulações permaneciam endurecidas.

Em suas costas, grandes crostas de feridas ardiam e sangravam a cada movimento. Sentia que seu corpo estava perdendo muito sangue, tanto que já não tinha mais forças para se mover rápido, estava consciente de que, se não fosse atendido logo, morreria.

"Onde estão os homens? Ah, acho que não há mais tempo! Os soviéticos terão vencido o bloqueio alemão? Por que não ouço mais nenhum barulho de explosão? Mas que droga de ataque lento!"

Esquecendo-se temporariamente do ferimento nas costas, levantou-se depressa e logo caiu de joelhos, gemendo. Tornou a levantar-se, agora com mais dificuldade, seguia lentamente pela estrada, dava um passo de cada vez, afundando suas botas na neve.

Sem paciência para muita coisa, arrancou o livro do interior do sobretudo e jogou-o de lado, em seguida, escorou o corpo em uma faia e viu aquele vento frio e uivante começar a folheá-lo, arrancado várias páginas e levando-as para longe, espalhando-as no céu, naquele grande horizonte do fim da tarde.

Aquele mesmo vento frio e uivante passou pelo seu corpo e logo a seu lado, assim pôde ouvir o ranger de uma corda. Grogue e sem forças, olhou e, mais uma vez, simplesmente se recusou a acreditar no que seus olhos viam, caiu de joelhos, desta vez não pelo peso da realidade.

Balançando de um lado para outro, o corpo de Leroy congelado, pendurado pelo pescoço por uma corda amarrada ao galho.

Agora estava comprovado. Estava louco.

Completamente em choque, Magnus se lembrou das últimas palavras desesperadas do francês, falando sobre um grande espetáculo, em que iria se enforcar em um carvalho ali mesmo, no berço das faias. Em seguida, lembrou-se da insistência de Burkhan em lhe curar da loucura.

"Eu... Simplesmente estou louco, louco. Não, não, não, não é possível, meu Deus, por que?", inconformado, ele ainda esmurrava a neve.

Em um primeiro momento, não havia outra explicação, Magnus tocou os pés de Leroy, eram de carne. Olhou com atenção para cada floco que caía em sua mão, tocava as árvores, arrancando a casca dos troncos, pegava a neve, esfregava, sentia o frio, a dor, caminhava em círculos, sacudia os braços, gritava de dor, fazia de tudo para sentir-se vivo, real. Mas não havia outra explicação, estava louco, dizia a si mesmo, não apenas um demente qualquer, havia criado uma ilusão dentro da loucura, havia sido julgado como louco pela própria loucura, como se vivesse uma espécie de submundo dentro da insanidade.

Para ele não havia sequer como falar em sanidade, tudo que entendia estava em frangalhos, Burkhan e Himmler não existiam, suas teorias de poder e controle... Talvez, Catarina também não. Aleksei ou Shura. Provavelmente, a partir do momento em que conheceu Madonna Capadócia tudo tivesse mudado em sua vida. Mas ele ainda sentia a dor nas costas, estava ferido, então imaginou que sua loucura tivesse começado no momento em que Catarina havia morrido, como na história de Sólon, ou não, quem sabe estivesse morto, vagando sem rumo.

Naquele exato momento, não fazia ideia do que pensar, o que poderia ser, desconfiava da realidade, de seus pensamentos. Ali, sozinho e fraco na floresta das faias, tinha perdido o próprio referencial de existência.

Ajoelhado aos pés de Leroy, chorava sem vergonha, pedindo à Deus uma luz que o levasse ao céu, só então parou e lembrou-se das últimas palavras de Burkhan, quando lhe entregara o livro.

"Agora você esta livre para escrever". Era esta última frase, mas qual era o seu real significado? Se ele não existia, então Magnus não poderia ser livre para escrever sua própria história.

Magnus olhou para o lado e, incrivelmente, o livro ainda estava lá, o atirador se dava conta de que mesmo o escritor não existindo ele ainda estava lá. Realmente não havia lógica e Burkhan lhe aconselhara a não esperar por ela.

O vento seguia folheando e arrancando as páginas, então, antes que tudo se perdesse, Magnus correu e fechou o livro. Percebeu que só restava uma última página, exatamente aquela em que Burkhan tinha parado.

Ele leu o trecho poético onde os dois deuses estavam debruçados na praia, com Sólon vendo Nyx gravemente ferida, então, em um estalo, percebeu que estavam em choque porque haviam se tornado livres, sentindo o desejo de se unir. O mago de Creta já não era determinado, unicamente, pelo sol, por outro lado, sentindo a própria individualidade, a ninfa Nyx, também não o era pelo mar.

Assim como ele já não era determinado pela escrita de Burkhan e, ouvindo seus ensinamentos, precisaria escolher sua realidade, sua ilusão. Por isso que o corpo de Leroy permanecia enforcado e o livro ainda estava ali. Ele poderia escolher sua realidade, sua ilusão, e não apenas se tornaria livre, mas seria livre. Livre como só um homem poderia ser.

Através dos ensinamentos de Burkhan, Magnus percebeu que os deuses eram imortais, mas não tinham consciência disso, pois só existia a vida e eles desconheciam a morte. Para realmente sentirem-se imortais era preciso criar a ilusão dela, a ilusão da morte.

Ferido e ardendo em dores, lembrava que, quando chegara a Stalingrado, queria escrever seu nome na história, tornar-se eterno, imortal. Quem sabe tivesse conseguido, mas ele mesmo nunca saberia, estava prestes a morrer e seria preciso a passagem do tempo. Só ele diria quem era realmente imortal.

“O tempo! Meu deus, o tempo, sem a ilusão do seu ciclo, não pode haver eternidade. Só há eternidade para aquilo que existe pela lembrança, ainda que não fisicamente!”

Ouvindo a voz de Burkhan, Magnus abriu a capa do livro, pegou a caneta de tinta presa ao verso, agora estava certo de que colocaria fim à história. Somente ele e mais ninguém poderia fazê-lo. Para isso era preciso criar, de forma consciente, a ilusão do fim.

Escreveu:

Quando Sólon viu Nyx machucada e sem nada poder fazer para cicatrizar as feridas, o mago de Creta pegou a ninfa em seus braços e a levou de volta ao fundo do mar e lá permaneceram. Mas consciente que teria de volta para sustentar a luz e o fogo na terra, ficou combinado entre os dois que metade do dia seria passado em terra e a outra no fundo do mar, com ela. Assim nascia o dia, o sol e a ilusão do fim do dia, mais conhecida como a noite, Nyx, a escuridão.

Magnus finalmente entendia tudo, ele também era Sólon, apenas existia uma fronteira ilusória entre eles e agora podia vê-la em seu pensamento.

"Nada pode ser mais autenticamente seu", pensava, "do que as ilusões que te colocam acima do tempo e do espaço, pois nada pode ser mais único na vida do que estar em seu próprio tempo e espaço".

Por meio da ilusão do tempo, um homem estaria em dois lugares simultaneamente, desde que sentisse. Nada é mais real do que os sentimentos, se o tempo era um limite, uma fronteira, bastaria ir até a sua linha divisória e colocar uma perna de cada lado.

Mas, na imaginação, a barreira temporal e a espacial não existiam e todos os seres humano poderiam ser Deus e homem. Assim, Leroy e Burkhan existiam pelas marcas que tinham deixado em Magnus.

Ele finalmente sentia os ensinamentos de Burkhan, percebia que pela, ilusão da separação que habitava em Sólon, podia ser livre para escolher o desejo de unir. Realidade e ilusão, vida e morte, dúvida e fé, eram o ciclo de opostos que sustentavam a liberdade de escolha dos homens, o livre arbítrio. O ciclo eterno nos impele às escolhas, escolhas diante da ilusão dos limites.

O atirador arrancou a folha e, naquele exato instante, como que operado pela força das palavras, sentiu-se ainda mais fraco, estava escurecendo rapidamente e o frio era cada vez mais insuportável.

Era o momento e ele caminhou na neve, em um último esforço, sabia que perto dali havia um rio que afluía para o rio Don e de lá para o Volga e finalmente dele para o mar. Todos os rios correm para o mar, como todas as vidas correm para a morte.

Sentia-se feliz por tudo o que tinha vivido, aprendido e por todos os segredos desvendados. Muito do que acreditava estava certo, tinha lutado demais, com toda sua força, amado sua pátria, seu Deus, sua família, seus amigos, mas, acima de tudo, a si mesmo. Sua missão estava mais do que cumprida.

Chegou à margem do rio, e então simplesmente se atirou de braços abertos.

Praticamente não sentiu dor na queda, apenas o coração amortecido. Naquele exato instante, o impacto o fez ciente de que tudo era verdade. Recordava-se de toda a sua jornada até ali, não era mentira nem ilusão. Os amigos que tinham ido e aqueles que estavam a lutar, Aleksei, Shura, o Encantador de Ilusões, Mileva. Eles deveriam estar olhando para ele, esperando-o. A roda do tempo era eterna.

O corpo de Magnus ia afundando lentamente e ele podia ouvir o ritmo das batidas de seu coração diminuírem no compasso da queda. O frio estrangulava seus pensamentos e a escuridão ia crescendo com todas as trevas ao redor, cercando, como uma onda feita de morte sem fim. Seus músculos davam espasmos de horror. Ele se debatia sufocando pela água e o medo da morte. Naquele momento horrível, se viu completamente sozinho e arrastado em um turbilhão de pensamentos perturbadores. A morte seria o fim? Mas como, depois de tudo... Só então, uma voz soprou-lhe ao ouvido:

"Seja como o fogo e nada lhe fará mal".

Ele também era o deus Sólon e agora, no meio de toda escuridão, podia ver seu corpo queimando enquanto afundava. Até que, em um determinado ponto, pôde sentir braços que o carregavam e o que parecia o retorno de um calor absolutamente inexplicável que, de alguma forma, estava de volta, como um retorno do tempo.

Logo tudo era apenas uma brisa morna, o som de água foi cessando e dando lugar ao som de pisadas fortes. Cada vez mais o vento quente aumentava em seu rosto, e parecia estar lhe sacudi-lo para cima e para baixo. Seus olhos se abriram pôde ver aquelas colinas douradas crescendo no derradeiro horizonte, tomando seu lugar com imponência, diante das passadas magníficas de um cavalo selvagem.

Era apenas a terra pisoteada no campo e como era bonita! Aquela terra deslumbrante, eternizada na esperança dos homens, saudando e reverenciado a majestade do espírito livre, tão veloz, que nem se podia ver direito. Mas era apenas aquela bela paisagem de flores e camponeses passando rapidamente diante de seus olhos, destilando toda a beleza em pequenos instantes na imensidão. Era, finalmente, a primavera em Madonna Capadócia, simplesmente, os olhos de Mileva que penetravam em sua alma, fazendo-o perguntar-lhe onde estavam.

– Esta é a terra dos homens livres. Onde todos os corações criam raízes. – ela respondeu.

Estava lá, na fazenda de Madonna Capadócia, montado na garupa de Asset a toda velocidade. À frente, Mileva, seguia nas rédeas instigando o cavalo a correr mais e mais, e, por mais incrível que parecesse, a velocidade crescia sem fim. Estavam perseguindo o sol, rumo a eternidade.

Então, Magnus e Mileva simplesmente sorriram para aquele novo sol que crescia no horizonte e só então se deram conta da união dos filhos do sol. Da harmonia entre a consciência da vida e a ilusão da morte nascia o ciclo, o ritmo, o compasso, a coexistência, mas, acima de tudo, a eternidade. Agora cada ser humano saberia que era um ser único sobre a terra, sem esquecer que todos tinham uma origem comum. Eram partes de uma mesma fonte: a eternidade.